GOLDMANN

Buch

»Patricia Wentworth lieferte einige der besten Beispiele für den klassischen britischen Krimi«, schrieb das *Alfred Hitchcock Magazin. Die Uhr schlägt zwölf* ist zweifelsohne eines davon: Auf dem Herrensitz der Familie Paradine wird, wie jedes Jahr, das große Neujahrsdinner vorbereitet. Was scheinbar Routine ist, wird in diesem Jahr das Leben der Familie und sämtlicher Gäste von Grund auf verändern. Denn abweichend vom üblichen Verlauf hält das Familienoberhaupt James Paradine eine Rede, in der er verschwundene wichtige Pläne erwähnt. Einer der Anwesenden habe sie an sich genommen und nun bis Mitternacht Zeit, die Pläne zurückzugeben.

Wenige Minuten nach zwölf ist James Paradine tot. Das Entsetzen der Versammelten ist groß, weicht allerdings schon bald einer Fassade der Unnahbarkeit. Ausflüchte und Alibis beherrschen die Untersuchungen. Es bleibt der findigen Miss Silver vorbehalten, durch ihre bohrenden Fragen und klugen Kombinationen das familiäre Netz aus Neid und Mißgunst, Haß und Furcht zu zerreißen.

Autorin

Patricia Wentworth, alias Dora Amy Elles, ist mit ihren klassischen englischen Miss-Silver-Romanen *die* Wiederentdeckung einer großen »Lady of Crime«. 1878 in Indien geboren, ließ sie sich 1906 nach dem Tod ihres ersten Ehemanns in Camberley, England, nieder. Nach historischen Romanen schrieb sie 1923 ihren ersten Krimi, dem noch 70 weitere folgen sollten. Ihre bekannteste Heldin heißt Miss Silver, die zwischen 1928 und Wentworths Tod 1961 in 31 Romanen die Hauptrolle spielte. Als reizende alte Dame mit scharfer Kombinationsgabe greift sie Scotland Yard bei der Lösung von Kriminalfällen unter die Arme und wurde damit zu einem der bekanntesten Vorbilder für Agatha Christies Miss Marple.

Als Goldmann Taschenbuch außerdem:

Der Elfenbeindolch (5891)
Die Hand aus dem Wasser (1102)

Patricia
Wentworth

Die Uhr schlägt zwölf

Kriminalroman

Aus dem Englischen
von Ursula Walther

GOLDMANN VERLAG

Originaltitel »The Clock strikes twelve«

Umwelthinweis:
Alle bedruckten Materialien dieses Taschenbuches
sind chlorfrei und umweltschonend.
Das Papier enthält Recyclinganteile.

Der Goldmann Verlag
ist ein Unternehmen der Verlagsgruppe Bertelsmann

Deutsche Erstveröffentlichung 7/95

Umschlaggestaltung: Design Team München
Umschlagfoto: Jeanloup Sieff, Paris
Satz: deutsch-türkischer fotosatz, Berlin
Druck: Elsnerdruck, Berlin
Krimi: 5882
Redaktion: Stefanie Wewetzer
T.T. · Herstellung: Heidrun Nawrot
Made in Germany
ISBN 3-442-05882-1

3 5 7 9 10 8 6 4 2

1

Mr. James Paradine beugte sich vor und nahm den Telefonhörer ab. Birleton war noch nicht an das Durchwahlsystem angeschlossen, deshalb wartete er auf die Vermittlung, bat um eine Verbindung mit Mr. Elliot Wray im Hotel Victoria und rührte keinen Muskel, bis die Verbindung zustande kam. Der Mahagonischreibtisch, an dem er saß, war sehr groß und ein schönes Stück mit karmesinroter Lederplatte. Das ganze Mobiliar in diesem Raum war groß und schön – Kommoden mit Schubladen, Aktenschränke und Bücherregale. Die Stühle und Sessel waren von derselben Machart wie der Schreibtisch: bestes Leder, bestes Holz und beste Handwerksarbeit. Ein dicker karmesinroter Teppich bedeckte den Boden. Schwere Vorhänge im selben warmen Farbton waren vor die Fenster gezogen. Über dem schwarzen Marmorkamin hing ein lebensgroßes Porträt der verstorbenen Mrs. Paradine, einer blonden, fülligen und mit Diamanten – mit einer Menge Diamanten – geschmückten Lady in rubinrotem Samt. Trotz der üppigen Juwelen vermittelte sie den Eindruck einer netten, häuslichen Frau. Nichts in diesem Raum war neu, nichts war schäbig oder abgenutzt. Alles erschien ebenso robust und würdevoll wie James Paradine selbst. Eine große vergoldete Uhr, die unter dem Porträt stand, gab vier Töne für die volle Stunde von sich und schlug gleich danach siebenmal. Sobald der letzte Glockenschlag verklungen war, meldete sich eine Frauenstimme vom Vermittlungsamt: »Ihre

Verbindung«, und gleich darauf hörte James Paradine, wie Elliot Wray »Hallo!« rief.

»Sind Sie das, Wray?« fragte James Paradine. »Hier spricht James Paradine. Ich möchte Sie sehen. Hier. Sofort.«

»Aber, Sir ...«

»Kein Aber. Ich möchte, daß Sie augenblicklich hierher kommen. Es ist etwas vorgefallen.«

Am anderen Ende der Leitung stockte Elliot Wray der Atem, und es dauerte eine Weile, bis er herausbrachte: »Was?«

»Das erzähle ich Ihnen, sobald Sie hier sind.«

Wieder entstand eine Pause. Dann fragte Elliot äußerst beherrscht nach: »Stimmt etwas nicht?«

Der angespannte Unterton in Wrays Stimme entlockte James Paradine ein grimmiges Lächeln. »Es ist schlimm genug. Aber es ist etwas Geschäftliches, nichts Persönliches. Kommen Sie her.«

»Ich esse heute abend bei den Moffats, Sir.«

»Das wird nicht gehen. Ich rufe sie an und sage ihnen, daß Sie den Abend bei mir verbringen.«

Elliot Wray runzelte die Stirn, während er den Hörer ans Ohr hielt. James Paradine war Robert Moffats Partner und Leiter der Paradine-Moffat-Werke. Er würde nicht darauf drängen, eine Verabredung zum Essen, schon gar nicht zu einem Silvesteressen, abzusagen, wenn die Angelegenheit nicht wichtig wäre. »Also gut, Sir«, sagte er. »Ich komme.«

»Gut«, sagte James Paradine und legte auf.

Das River House war drei Meilen von Birleton und vier vom Hotel entfernt. Wenn man die Schrecksekunde und die Dunkelheit berücksichtigte, würde Elliot etwa zwanzig Minuten brauchen, um herzukommen.

James Paradine ging zur Tür und schaltete die beiden hellen Deckenleuchten aus, dann durchquerte er den dunklen Raum und zog die schweren Vorhänge auseinander, die die ganze Wand bedeckten. Dahinter befand sich eine große Nische mit Fenstern zur Linken und Rechten und einer Glastür in der Mitte. Mr. Paradine drehte den Schlüssel um, öffnete die Tür und blieb auf der Schwelle stehen, um nach draußen zu sehen. Zwei flache Stufen führten zur Terrasse. Die Brüstung hob sich dunkel gegen die mondbeschienene Landschaft dahinter ab. Das Haus stand auf einer Anhöhe nahe dem Fluß, dem es seinen Namen verdankte. James Paradine betrachtete die in silbernes Licht getauchten, bewaldeten Hügel auf der rechten Seite und ließ den Blick nach links zur dunklen Silhouette von Birleton jenseits des Flußtales schweifen. Der beinahe volle Mond stand am wolkenlosen Himmel. Es war so hell, daß Wray weniger als die zwanzig Minuten brauchen würde, die er ihm zugestanden hatte. Der Rand der Terrasse und der steile Abhang zum Flußufer waren so deutlich zu erkennen wie bei Tageslicht.

Er stand eine ganze Weile so da und erfreute sich der Aussicht, ohne eigentlich darüber nachzudenken. Er hatte andere Dinge im Kopf und beschäftigte sich mit seinen eigenen boshaften Plänen, die ihn mit Befriedigung erfüllten. Er drehte die Uhr an seinem Handgelenk. Das Zifferblatt war deutlich zu sehen – Viertel nach sieben. Er ging zurück ins Zimmer und knipste das Licht wieder an.

Exakt drei Minuten später kam Elliot Wray mit versteinerter Miene, zerzaustem Haar und einem Blick so kalt wie Eis herein. Er war hier, aber er wollte verdammt sein, wenn er auch nur den Bruchteil einer Sekunde länger blieb als nötig. Bevor er das Anwesen erreicht hatte, war ihm nicht klar gewesen, wie schwer es ihm fallen würde, dieses Haus zu betreten. Was war das schon für ein Unterschied – New

York oder London, Birleton oder Timbuktu, es war alles dasselbe, oder nicht? Für ihn war Phyllida gestorben. Er hatte, bis er zum River House kam, nicht gewußt, daß ihr Geist noch immer in seiner Nähe spukte, und auf dem ganzen Weg zum Haus hatte ihm dieser Geist etwas zugeflüstert.

Er schloß die Tür und ging widerstrebend zum Schreibtisch.

»Was ist passiert, Sir?«

James Paradine musterte ihn über den Schreibtisch hinweg und lehnte sich in seinem Drehstuhl zurück, die Hände legte er auf die Armlehnen.

»Sie sollten sich setzen«, sagte er. »Die Blaupausen von den Konstruktionszeichnungen sind verschwunden.«

Elliot stützte die Hände flach auf die Schreibtischplatte. »*Was?*«

James Paradine nickte leicht. »Sie sind weg«, bestätigte er. »Sie sollten wirklich Platz nehmen, Wray.«

Elliot beachtete die Aufforderung nicht. »Wie konnten sie verschwinden?« Er richtete sich auf und trat einen Schritt zurück. »Ich habe sie heute nachmittag bei Ihnen gelassen.«

»Stimmt. Cadogan hat Sie gestern mit ihnen losgeschickt. Bob Moffat, Frank und ich hatten eine Besprechung deswegen. Nach einem weiteren Gespräch haben Sie sie heute nachmittag um drei Uhr hier abgegeben, und um halb sieben entdeckte ich, daß sie nicht mehr da sind.«

»Aber, Sir ...«

»Einen Moment noch ... Ich denke, Sie stimmen mir zu, daß Sie Ihre Verabredung zum Abendessen absagen müssen. Ich habe Bob Moffat erklärt, daß ich Sie heute abend wegen geschäftlicher Dinge hier behalten müsse. Und jetzt hören Sie mir gut zu. Sie brauchen sich keine allzu großen Sorgen zu machen. Die Blaupausen sind weg, aber wir bekommen sie zurück. Es ist eine Familienangelegenheit, und ich habe vor, die Sache auf meine Art zu regeln. Trotzdem muß ich Sie bitten, über Nacht hier zu bleiben. Ihr altes Zimmer ist bereits hergerichtet.«

Elliots Gesicht wurde noch starrer. »Nein, Sir – das kann ich nicht.«

»Wollen Sie zu Cadogan zurückfahren und ihm sagen, daß die Zeichnungen verschwunden sind? Ich habe Ihnen doch gesagt, daß ich die Angelegenheit auf meine Weise regle, und ich kann Ihnen garantieren – ja, *garantieren* –, daß Sie die Pläne vor morgen früh wieder in den Händen halten.«

Ihre Blicke trafen sich – zwei helle Augenpaare mit hartem, zornigen Ausdruck. Nichts deutete darauf hin, wie dieses Duell, falls es je so weit kam, ausgehen würde.

Elliot ergriff als erster das Wort. »Sie sagten, es sei eine Familienangelegenheit. Könnten Sie mir das bitte genauer erklären?«

»Das habe ich vor. Sie haben die Pläne um drei Uhr in meinem Firmenbüro zurückgelassen. Ich habe das Büro um Viertel vor vier verlassen. Während dieser Dreiviertelstunde befanden sich die Blaupausen in dem Aktenkoffer auf meinem Tisch, und es hielt sich immer jemand im Zimmer auf. Ich selbst verließ es dreimal. Beim erstenmal war ich etwa fünf Minuten weg. Sie erinnern sich sicher daran, daß ich mit Ihnen durch den Flur gegangen bin und daß wir Brown, den Firmenmanager, trafen? Er wollte etwas mit mir besprechen. Während dieser Zeit war mein Sekretär, Albert Pearson, in meinem Büro. Als ich zurückkam, schickte ich ihn zu Bob Moffat, der mich um Unterlagen gebeten hatte. Kurz danach betrat mein Stiefsohn Frank Ambrose zusammen mit Mark Paradine, meinem Neffen, den Raum, und ich mußte für ungefähr eine Viertelstunde weg. Bei meiner Rückkehr war

Frank schon gegangen, und Mark befand sich im Aufbruch. Zuletzt schaute mein anderer Neffe Richard Paradine vorbei und ich forderte ihn auf, zu bleiben, dann ging ich kurz ins Badezimmer, um mir die Hände zu waschen. Er wartete auf mich. Danach nahm ich den Aktenkoffer vom Tisch und fuhr hierher. Um halb sieben öffnete ich den Koffer und entdeckte, daß die Blaupausen nicht mehr da waren. Sie wollten wissen, wieso ich denke, daß dies eine Familienangelegenheit ist, und ich kann Ihnen versichern, daß kein Außenstehender die Gelegenheit hatte, die Konstruktionszeichnungen an sich zu nehmen.«

»Und was ist mit Ihrem Sekretär Pearson?« erkundigte sich Elliot.

Jams zog die dünnen schwarzen Augenbrauen hoch. »Wußten Sie nicht, daß er ein Cousin ist? Ein entfernter Cousin, aber er ist mit uns verwandt. Alles bleibt also in der Familie, und ich beabsichtige, die Sache auch im Familienkreis zu klären. Deshalb schließe ich Sie mit ein.«

Elliot erstarrte sichtlich. »Ich fürchte, ich kann für mich nicht in Anspruch nehmen ...«

Er wurde unterbrochen. »Genug davon – steigen Sie von Ihrem hohen Roß. Sie werden tun, was ich Ihnen sage, und wenn auch nur aus dem einfachen Grund, daß wir diese Blaupausen zurückbekommen. Ich vermute, Sie wollen genausowenig wie ich einen Skandal heraufbeschwören. Was die Bestrafung des Übeltäters betrifft, brauchen Sie sich keine Gedanken zu machen. Sie wird ... angemessen sein.«

Eine Weile herrschte Schweigen. Elliot stand immer noch. Es kam ihm vor, als würde er schon eine Ewigkeit in dieser Haltung verharren, und er dachte: Was steckt wohl hinter all dem – was führt er im Schilde – was weiß er? »Ziehen Sie nicht voreilige Schlüsse, Sir?« sagte er laut. »Der Koffer befand sich immerhin ein paar Stunden in diesem Haus. Sie machen die Familie für das Verschwinden der Pläne verantwortlich, aber was ist mit dem Personal?«

James Paradine lehnte sich wieder zurück und preßte die Fingerspitzen aneinander. In ruhigem, beiläufigem Ton sagte er: »Ich fürchte, mit dem Personal hat das nichts zu tun, mein lieber Elliot. Ich weiß, wer die Blaupausen an sich genommen hat.«

2

Grace Paradine kam aus ihrem Zimmer und blieb einen Moment zögernd mit der Hand am Türknauf stehen. Es war eine schneeweiße Hand mit einem prachtvollen Rubinring. Der Flur, in dem sie stand, war hell beleuchtet und mit einem altmodischen, aber sehr wertvollen Teppich mit karmesinrotem, kobaltblauem und grünem Muster ausgelegt. Mr. James Paradine mochte kräftige Farben – daran hatte sich seit seiner Jugend nichts geändert. Die Einrichtung des Hauses war schon so gewesen, als er noch ein kleiner Junge war, und wenn es nach ihm ginge, würde sie auch für immer so bleiben. Falls irgend etwas abgenutzt war und ausrangiert werden mußte, wurde es durch eine detailgetreue Replik ersetzt. Sein einziges Zugeständnis an die modernen Zeiten war praktischer Natur. Überall im Haus befanden sich Telefone, selbst im kleinsten Kämmerchen war elektrisches Licht installiert, und die Räume wurden durch eine Zentralheizung vom Keller aus beheizt.

Miss Paradine zog die Hand zurück und entfernte sich einen Schritt von der Tür. Als sie so im grellen Licht der

Deckenlampe stand, wirkte sie wie eine elegante, üppige Frau – nicht hübsch, aber ziemlich imposant in dem schwarzen Abendkleid mit Pelzstola. An ihrem Ausschnitt steckte eine sternförmige Diamantbrosche, und auch der steife, spitzzulaufende Kragen war mit einem Diamanten geschmückt. Ihr dunkles Haar, in dem kaum eine graue Strähne zu finden war, war in der Mitte gescheitelt und in weichen Wellen zu einem großen Knoten im Nacken geschlungen. Das Haar und die Hände waren die Blickfänge an ihr, und selbst noch in ihren späten Fünfzigern hatte sie nichts von ihrer Schönheit eingebüßt. Ansonsten hatte sie große braune Augen und ein volles Gesicht, das manchmal ein wenig zu massig wirkte. Sie war James Paradines Schwester und hatte ihm in den zwanzig Jahren – seit dem Tod seiner Frau – den Haushalt geführt. Sie spähte stirnrunzelnd durch den Flur – offensichtlich wartete sie auf etwas und lauschte.

Mit einemmal änderte sich beinahe erschreckend plötzlich ihr Gesichtsausdruck. Die Falten auf der Stirn glätteten sich, und die Anspannung wich einem breiten, bezaubernden Lächeln. Sie drehte sich um und lief auf das Mädchen zu, das am anderen Ende des Korridors aus einem Zimmer kam. Die junge Frau bewegte sich langsam vorwärts – langsam und ohne das Lächeln zu erwidern. Sie war groß und hübsch, ein anmutiges Wesen mit dunklen Locken, blasser Haut und dunkelblauen Augen. Sobald die dunklen Wimpern das Blau überschatteten wie jetzt, hätte man meinen können, die Augen seien schwarz. Nur wenn sie weit geöffnet und der Blick nach oben gerichtet war, erkannte man dieses reine Blau – das Blau von Saphiren oder von tiefem Meerwasser. Das Mädchen war Grace Paradines dreiundzwanzigjährige Adoptivtochter, Phyllida Wray.

Sie trug ein langes weißes Kleid und die Perlenkette, die sie zum einundzwanzigsten Geburtstag geschenkt bekommen hatte. Außer den edlen Perlen, von denen eine exakt wie die andere aussah, hatte sie keinerlei Schmuck angelegt. Die grazilen Hände zierte kein Ring, aber die Nägel waren hellrot lackiert.

Grace Paradine legte ihr eine Hand auf die Schulter und drehte sie einmal herum.

»Du siehst sehr hübsch aus, mein Liebling. Aber du bist blaß ...«

Die schwarzen Wimpern flatterten, und für einen kurzen Moment sah man das schimmernde Blau der Augen. Es ging so schnell, daß man nicht sicher sein konnte, ob sie zornig blitzten. »Wirklich, Tante Grace?« erwiderte Phyllida mit vollkommen ausdrucksloser Stimme.

Miss Paradine lächelte zärtlich.

»O ja, mein Liebling.« Sie lachte ein wenig und ließ die Hand liebkosend über den bloßen Arm bis zu den roten Fingerspitzen gleiten. »Nur unter uns beiden – ich denke, du hättest *hier* ein bißchen weniger auftragen und dir dafür ein paar Rosen für unsere Silvesterparty anstecken sollen.«

»Aber Christrosen sind weiß«, sagte Phyllida in seltsamem, halb lachendem Tonfall.

Sie machten sich nebeneinander auf den Weg zur Treppe. Phyllida löste sich von Miss Paradine, und sie gingen mit Abstand zwischen sich die breiten Stufen hinunter. Grace Paradine hielt sich an dem massiven Mahagonigeländer fest.

»Es war schrecklich, daß du über Weihnachten Dienst hattest«, sagte sie.

»Ich habe mich freiwillig gemeldet.«

Miss Paradine schwieg einen Moment, dann lächelte sie. »Es ist sehr schön, dich jetzt hier zu haben, mein Liebling. Wie lange kannst du bleiben?«

»Ich weiß es nicht«, erwiderte Phyllida.

»Aber ...«

Das Mädchen blieb stehen, bedachte sie mit einem Blick, den man als flehend deuten konnte, und sagte schnell: »Wenn ich will, kann ich mir eine Woche frei nehmen, aber ich weiß noch nicht, ob ich das möchte. Ich glaube, es ist besser, wenn ich arbeite.« Ein rebellischer Unterton hatte sich in ihre Stimme geschlichen. »Sieh mich nicht so an – ich habe das nicht gesagt, um dich zu verletzen. Es ist nur ... na ja, du weißt doch ...«

Miss Paradine war auch stehengeblieben, und ihre Hand umfaßte das Geländer fester. Sie gab sich die größte Mühe und hatte Erfolg – voller Mitgefühl erwiderte sie: »Ich weiß. Du mußt dich zu nichts zwingen, aber dies ist immerhin dein Zuhause, Phyl. Das stimmt doch, nicht wahr? Das kann er dir nicht nehmen. Es war dein Zuhause, bevor er kam, und es wird auch noch dein Zuhause sein, wenn wir alle ihn vergessen haben.«

Phyllida ging entschlossen weiter. Die Worte hatten ihr einen Stich versetzt, einen sehr schmerzhaften Stich. »Ich möchte nicht darüber reden«, gab sie gezwungen zurück. »*Bitte*, Tante Grace.«

Miss Paradine sah sie betrübt an. »Mein Liebling, natürlich nicht. Wie dumm von mir. Wir wollen nicht zurückschauen. Für uns beide beginnt ein neues Jahr, und du verbringst deine freien Tage zu Hause. Erinnerst du dich noch, wie wir früher, als du noch ein Schulmädchen warst, jede Minute deiner Ferien vorausgeplant haben? Sie waren immer viel zu kurz, und wir konnten gar nicht all die Dinge tun, die wir uns vorgenommen hatten. Aber heute abend steht selbstverständlich die Familie auf dem Programm – Frank und Irene und Brenda. Sie haben ihren Streit geschlichtet, und

Brenda übernachtet bei ihnen, aber ich weiß nicht, wie lange der Frieden andauert. Lydia ist auch bei ihnen.« Sie lachte. »Hübscher denn je, aber immer noch genauso unausstehlich. Dann kommen noch Mark, Dicky und Albert Pearson. Mir ist nicht recht, daß wir zehn Personen bei Tisch sind, aber daran ist jetzt nichts mehr zu ändern.«

Phyllida atmete erleichtert auf. »Was macht Lydia zur Zeit?«

»Ich habe nicht die geringste Ahnung – sie redet eine Menge Unsinn. Sie ist die Sekretärin von irgend jemandem, glaube ich, aber du solltest sie selbst danach fragen. Ich hoffe, sie hält sich heute abend ein wenig zurück. James mochte sie nie besonders, und für Unsinn hat er gar nichts übrig. Ich habe sie so weit weg von ihm gesetzt wie nur möglich, aber ihre Stimme ist leider sehr laut.«

Sie durchquerten die Halle und kamen in den Salon, in dem zwei Männer am Kamin standen und sich wärmten. Beide hießen Paradine, waren die Neffen des alten James Paradine – Cousins, keine Brüder – und hatten weder miteinander noch mit ihrem Onkel Ähnlichkeit. Mark, der ältere, war fünfunddreißig – ein großer, dunkler Mann mit strengen Gesichtszügen und düsterer Miene. Der um einige Jahre jüngere Dicky hatte blondes Haar, aufrichtige blaue Augen und stets gute Laune.

Während Mark seine Tante und Phyllida wortkarg mit einem Händedruck begrüßte, küßte Dicky die beiden Frauen und überschüttete sie mit Komplimenten, guten Wünschen und Fragen.

»Du siehst umwerfend aus in diesem Kleid, Tante Grace, stimmt's, Mark? Ich würde sagen, du stellst alle in den Schatten. Und dieser sternförmige Diamant! Weißt du noch, wie du ihn an der Spitze des Christbaums befestigt hast und Phyl beinahe einen Heulkrampf bekam, weil sie ihn unbedingt haben wollte?«

»Ich habe nicht geheult.«

»O doch. Du warst erst drei, deshalb wollen wir dir das heute nicht mehr vorwerfen. Damals warst du richtig niedlich, nicht wahr, Tante Grace? Ein so süßer Engel, daß man dich neben dem Stern an den Weihnachtsbaum hätte hängen können.«

Grace lächelte Dicky an, der den Arm um ihre Taille gelegt hatte. Loblieder auf Phyllida wirkten wie eine Droge auf sie, und sie konnte nie genug davon hören.

Die Tür wurde geöffnet, und Lane kündigte Mr. und Mrs. Ambrose, Miss Ambrose und Miss Pennington an. Sie kamen herein – Frank Ambrose, groß und blond mit bleichem, fleischigem Gesicht; seine hübsche dunkelhaarige Frau Irene, die aussah, als hätte sie sich in aller Eile angekleidet; seine Schwester Brenda, ein maskuliner Typ mit kurzgeschnittenem blonden Haar und denselben hellblauen Augen wie Frank. Eine der schlimmsten Auseinandersetzungen, die den Haushalt der Ambroses in regelmäßigen Abständen erschütterten, hatte sich entwickelt, als Irene und ihre Schwester Lydia Pennington andeuteten, daß Brenda ihre äußerliche Erscheinung wesentlich verbessern könnte, wenn sie ihre beinahe weißen Wimpern dunkel färben würde. Lydia hatte entgegenkommenderweise ihre fachkundige Hilfe bei diesem Unterfangen angeboten, aber die ganze Angelegenheit hatte sich nach dem Streit in Wohlgefallen aufgelöst.

Lydias eigene Wimpern waren der Beweis für ihre Geschicklichkeit. In Wirklichkeit waren sie so rot wie ihr Haar, aber Lydia dachte gar nicht daran, diese Laune der Natur tatenlos hinzunehmen. Ihre grau-grünen Augen funkelten wie Edelsteine unter den Wimpern, die inzwischen ebenso dunkel waren wie die von Phyllida. Lydia richtete sich immer so her, als würde sie als Mannequin bei einer Modenschau mitwirken. Die modischsten Kleider, die modischsten Schuhe, die modischste Frisur, die neuesten Lippenstift- und Nagellackfarben – das war Lydia. Wo auch immer sie hinging, machte sie von sich reden. Die Männer liefen ihr nach und verfolgten sie, konnten aber nie mit ihr Schritt halten. Auch Dicky Paradine machte ihr bei jeder Begegnung einen Antrag. Jetzt schwebte sie auf ihn zu und wich entschlossen seinem Kuß aus.

»Hallo, Dicky, hallo, Phyl. Ich glaube, du bist gewachsen – ich muß in Zukunft Schuhe mit höheren Absätzen tragen. Alle in dieser Familie sind riesig. Denkt nur an Mr. Paradine und Tante Grace und Frank und du, Mark! Ihr alle überragt den Rest der Menschheit und seid so ... unerreichbar.«

Dicky legte den Arm um sie. »Ich bin nicht unerreichbar, Liebling. Möglich, daß es dir noch nicht aufgefallen ist, aber ich bin ein ziemlich netter Junge und sehr zugänglich.«

Sie neigte sich ein wenig zurück und lachte. »Du fällst mir nie richtig auf – deshalb liebe ich dich ja so leidenschaftlich.« Sie drehte den Kopf, um Mark anzusehen, und berührte dabei Dickys Schulter. »Ein glückliches Neues Jahr, mein Lieber.«

Mark wandte sich wortlos ab und stieß mit dem Fuß ins Kaminfeuer. Ein großes Holzscheit fiel auf den Rost, und Funken sprühten nach allen Seiten.

»Brüskierend«, beschwerte sich Lydia. Dann machte sie sich von Dicky los und lief zu Miss Paradine. »Kann ich mich so sehen lassen, Tante Grace? Oder wird er wie üblich schockiert sein? Eigentlich wollte ich in meinen neuen Brokathosen erscheinen – ein todschicker Möbelstoff, den ich ohne Marken bekommen habe –, aber Frank und Irene haben mir endlose Gardinenpredigten gehalten, bis ich nachgegeben habe. Und jetzt bin ich ganz die *jeune fille* im Rock.«

»Du siehst sehr hübsch aus, meine Liebe«, sagte Grace Paradine und fügte lächelnd hinzu: »Aber das tust du ja immer.«

Der Rock fegte über den Boden und stand steif ab. Er war aus schwerem cremefarbenen Satin, und nichts daran erinnerte an eine *jeune fille*. Das Oberteil mit hohem Kragen und langen Ärmeln bestand aus golddurchwirktem cremefarbenen Brokat. Das rote Haar war in einem kunstvollen Arrangement von Locken hoch aufgetürmt.

Neben ihrer Schwester wirkte Irene unscheinbar und blaß. Sie hatte Grace Paradine gerade erzählt, daß ihr Jimmy viel klüger war als alle anderen Kinder im Kindergarten, und sobald Lydia ihnen den Rücken kehrte, setzte sie ihren ausführlichen Bericht fort.

Lydia ergriff Phyllidas Arm und schwang sie zu sich herum.

»Sieh dir Irene in diesem alten schwarzen Fetzen an. Ist sie nicht ein abschreckendes Beispiel? Jedesmal wenn ich Lust habe, mich ein bißchen gehenzulassen, brauche ich sie nur anzuschauen – das wirkt jedesmal. Sie ist noch immer hübsch, aber lange wird das nicht mehr anhalten – sie versinkt von Tag zu Tag weiter in ihrem häuslichen Mief. Komm mit da hinüber und erzähl mir alles. Menschenskind – dieser Raum ist grauenvoll für mich – meine Haare und dieses Karmesinrot überall! Schade, daß ich nicht aufs Ganze gegangen bin und mich mit meinen smaragdgrünen Hosen hergewagt habe. Es ist ganz egal, ob man als Schaf oder als Lamm zur Schlachtbank geht, finde ich.«

»Onkel James hätte einen Anfall bekommen«, sagte Phyllida. Sie zog ein dickes Samtkissen mit goldenen Quasten von der Lehne der Brokatcouch und ließ sich anmutig darauf nieder. »In diesem Haus kann man wirklich nichts anderes tragen als Schwarz oder Weiß. Zu diesem Schluß bin ich schon vor Jahren gekommen.«

Der Raum war riesig und hoch. An den drei großen Fenstern hingen rubinrote Samtvorhänge. Zwischen den Fenstern und über dem Kamin befanden sich in Gold gerahmte Spiegel. Ein rubinroter Teppich bedeckte den Boden. Die Sofas, Sessel und Stühle waren mit rotem Brokat bezogen. Zwei enorme Lüster spendeten helles Licht, das sich in den kunstvollen Kristalltropfen brach und in allen Regenbogenfarben leuchtete. Um ein Haar hätte die Einrichtung vulgär gewirkt, aber irgendwie war es doch gelungen, diesen Eindruck zu vermeiden. Der Salon war bedrückend altmodisch – wie ein Zimmer aus einem viktorianischen Roman –, doch die Farben, der Marmor und das viele Gold strahlten gleichzeitig eine gewisse zeitlose Würde aus. Königin Victoria hätte hier ihre Audienzen abhalten können, und Prinz Albert hätte an dem großen Klavier sitzen und Lieder von Mendelssohn spielen können.

Lydia hatte am anderen Ende der Couch Platz genommen und neigte sich Phyllida zu. »Also los – erzähl mir alles. Aber rasch, bevor jemand uns auseinanderreißt. Bestimmt gesellt sich in einer Sekunde einer von den anderen zu uns ... Was tust du? Ich dachte, du hättest dich hier aus dem Staub gemacht, um allein zu leben.«

»Ich habe es nur bis Birleton geschafft«, sagte Phyllida. »Ich arbeite als Sekretärin im Genesungsheim.«

Sie sah Lydia nicht an, aber Lydia wandte den Blick nicht von ihr.

»Warum bist du nicht ganz weggegangen? Ich hätte fast geschrien vor Wut, als Irene mir schrieb, daß du noch immer hier wohnst und jeden Tag mit dem Fahrrad in dieses Genesungsheim fahren willst.«

Phyllida starrte auf ihren Schoß. »Der Weg zur Arbeit war zu weit«, erwiderte sie teilnahmslos. »Tante Grace wollte, daß ich es versuche, aber abends in der Dunkelheit war es zu beschwerlich – das hat sie selbst eingesehen. Ich wohne jetzt im Heim. Ich kann eine Woche Urlaub nehmen, wenn ich will, aber ich glaube, ich bleibe nur ein oder zwei Tage hier. Mir ist es lieber, wenn ich etwas tun kann.«

Lydia musterte sie erneut. »Tante Grace gefällt das gar nicht, oder?«

Phyllida nickte.

»Wie viele Male in der Woche kommt sie vorbei und bringt dir das Mittagessen?« fragte Lydia weiter.

Nicht die Worte, aber der Tonfall war eine regelrechte Herausforderung. Phyllida sah auf, und der Ausdruck in ihren dunklen Augen wirkte verletzt. »Ich fehle ihr – sie kann nichts dafür. Sie war sehr gut zu mir. Lydia, du weißt, was sie für mich getan hat.«

»Ach, und was genau hat sie für dich getan? Sie hat dich adoptiert, aber du wirst doch nicht annehmen, daß sie das für dich getan hat. Die Leute adoptieren kein Baby, um ihm etwas Gutes zu tun. Sie tun es aus demselben Grund, aus dem sie einen kleinen Hund oder ein Kätzchen zu sich nehmen – weil sie etwas haben wollen, was sie verhätscheln können. Kein Mensch fragt den kleinen Hund oder das Kätzchen, ob sie verhätschelt werden wollen – genausowenig wie das Baby gefragt wird.«

Phyllida hob abwehrend die Hand. »Lydia, bitte – so was darfst du nicht sagen. Sie hat meinen Vater und meine Mutter geliebt. Sie waren eng befreundet und sogar entfernt miteinander verwandt. Ich weiß nicht, was aus mir geworden wäre, wenn sie mich nicht zu sich genommen hätte. Meine Eltern haben mir keinen Penny hinterlassen. Niemand wollte mich. Ich verdanke ihr alles.«

Lydia ergriff ihre Hand und drückte sie leicht. »Schon gut, Kleines. Versuch nur nicht, ihr zuviel zurückzuzahlen, mehr will ich damit nicht sagen.«

Phyllida zog ihre Hand zurück. Sie öffnete den Mund, als wollte sie etwas darauf erwidern, besann sich aber anders und fragte nach einer Weile: »Wieso kannst du Tante Grace nicht leiden? Sie ist doch immer sehr nett zu dir.«

Lydias Augen funkelten vor Empörung. »Liebes, ich bewundere sie – genau wie ich weiche Matratzen bewundere oder Sekt oder jemanden, dem ich mein Herz ausschütten kann und der mir das Gefühl vermittelt, etwas Außergewöhnliches zu sein. Ich glaube nur, daß allzu viel davon ungesund ist. Kleine Dosen in großen Zeitabständen, ja, aber täglich rund um die Uhr ... nein, absolut nicht.«

Phyllida sprang auf. Sie wollte keinen Streit mit Lydia anfangen, aber es würde unweigerlich dazu kommen, wenn sie bliebe – oder sie müßte ihr recht geben. Sie ging zu Irene, die Miss Paradine gerade ausführlich von einer Pustel erzählte, die die kleine Rena auf der Brust hatte.

»Ich entdeckte sie erst heute morgen, und natürlich habe ich sofort Fieber gemessen – die Temperatur war normal. Ich bin mit ihr zu Doktor Horton gegangen, und er meinte, daß es nichts zu bedeuten habe. Aber er hat selbst keine kleinen Kinder, und ich denke, er nimmt so etwas nicht ernst genug. Ich wollte heute abend gar nicht herkommen. Die Pustel ist zwar weg, aber man kann ja nie wissen. Du hättest das sicher verstanden, das weiß ich. Aber Frank war so böse deswegen, daß ich mich dann doch umgezogen habe. Ich glaube, wenn es um die Kinder geht, ist er richtig unvernünftig. Er wäre der erste, der sich beklagt, wenn ich sie vernachlässigen würde, aber er scheint der Meinung zu sein, daß ich ihn jederzeit überallhin begleiten kann wie früher. Ich wünschte, du würdest einmal mit ihm darüber reden.«

Grace Paradine legte beruhigend die Hand auf ihren Arm. »Du bist eine sehr hingebungsvolle Mutter, meine Liebe.«

Als sich Phyllida zu ihnen gesellte, wandte sich Irene an sie. »O Phyl, ich habe mir den ganzen Tag solche Sorgen gemacht! Wegen Rena – sie hatte eine Pustel auf der Brust, und selbstverständlich habe ich sofort Fieber gemessen ...«

Grace zog sich zurück, und Frank Ambrose leistete ihr Gesellschaft.

»Hat dich Irene mit ihrem Gerede über Kinderkrankheiten gelangweilt? Sie spricht kaum noch über etwas anderes. Es sind kerngesunde Kinder, aber sie überwacht sie wie eine Glucke und macht sich ständig Sorgen. Wir haben ein zuverlässiges Kindermädchen, aber sie traut ihr nicht über den Weg. Tante Grace, kannst du nicht mal mit ihr sprechen? Es gibt sonst niemanden, auf den sie hören würde.«

»Sie ist noch sehr jung«, warf Grace Paradine nachsichtig ein.

»Das wird sie nicht mehr lange bleiben, wenn sie so weitermacht. Ständig behauptet sie, dies und jenes nicht mehr tun zu können, und immer bringt sie dieselben Entschuldigungen vor – Jimmys Nase muß geputzt werden, oder Rena hat geniest oder hat Schluckauf. Oder einer der beiden hat einmal gehustet. Es war ein hartes Stück Arbeit, sie heute abend herzubekommen.«

Grace bedachte ihn mit einem mitfühlenden Blick. »Armer, alter Frank«, sagte sie.

Lydia beobachtete sie von der anderen Seite des Kamins aus und registrierte, daß der trübsinnige Ausdruck auf

Franks Gesicht allmählich verschwand. Seine Züge entspannten sich. Er redete. Miss Paradine hörte zu. Hin und wieder lächelte sie.

Lydia warf Dicky einen blitzenden Blick zu. »Das *beste* Schmalz«, murmelte sie.

Als er sie anstarrte und fragte: »He, was soll das?«, lachte sie und meinte: »Alice im Wunderland, Liebling.«

In diesem Augenblick ging die Tür am anderen Ende des Salons auf, und drei Menschen kamen herein. James Paradine, der als erster den Raum betrat, bot eine sehr eindrucksvolle Erscheinung. Das Schwarz und Weiß seiner Abendkleidung verschaffte ihm einen ungebührlichen Vorteil denen gegenüber, die ohnehin schon in seinem Schatten standen. Mr. Paradine war etwa einen Meter neunzig und stellte diese Größe mit Gelassenheit und Würde zur Schau. Sein edler Kopf war mit dichtem silbergrauen Haar bedeckt, aber die Brauen und die Augen waren noch genauso dunkel wie vor dreißig Jahren. Das Rubinrot und Gold des Salons wurden zum bloßen Hintergrund, als er den Raum betrat. Links hinter ihm stand Albert Pearson, ein junger Mann mit rundem Gesicht, Hornbrille und einem Anzug, wie man ihn als Sonderangebot von der Stange kaufen konnte. An seiner rechten Seite hielt sich Elliot Wray.

Mit einem Schlag verstummten die Gespräche im Salon. Alle Blicke richteten sich auf Elliot. Mr. Paradine ging zu seiner Schwester und bedachte sie mit einem boshaften Lächeln. »Meine Liebe, du bist bestimmt entzückt zu hören, daß wir einen weiteren Gast haben. Erst heute morgen hast du dich beklagt, daß es nicht gut ist, mit zehn Personen am Tisch zu sitzen. Hier ist Elliot Wray – unser elfter Gast. Wir hatten geschäftlich miteinander zu tun, und ich konnte ihn dazu bewegen zu bleiben.«

3

Elliot Wray ließ den Blick durch den Raum und über die schwarzen und weißen Gestalten, die sich um das rotgolden schimmernde Kaminfeuer versammelt hatten, schweifen. Die goldgerahmten Spiegelbilder der Gruppe und des glühenden Feuers erschienen ihm klein und weit entfernt. Die drei schwarzen Gestalten waren Grace Paradine, Irene und Brenda Ambrose, die beiden weißen Lydia Pennington und Phyllida. Er zwang seinen Geist dazu, sie in dieser Reihenfolge zu registrieren, und betrachtete jede der Frauen aufmerksam, ehe er den Blick auf Phyllida ruhen ließ. Sie war blaß und dünner geworden, trug ein weißes Kleid und Grace Paradines Perlen. Sie stand zwischen Mark und Irene und sah zu Mark auf. Elliot hielt sich hinter James Paradine und hatte den Raum schon zur Hälfte durchquert, bevor sie sich umdrehte und ihn entdeckte.

Etwas in Marks Gesicht brachte sie dazu, sich umzudrehen – diese finsteren, nachdenklichen Augen waren plötzlich wachsam geworden und hatten einen erschrockenen und interessierten Ausdruck angenommen. Phyllida drehte sich um, weil sie wissen wollte, was Mark mit einemmal so sehr fesselte, und erkannte ihren Mann. Sie hatte ihn seit einem Jahr nicht mehr gesehen und konnte nicht glauben, daß er tatsächlich hier war. Sie war so schockiert, daß sie die Hand ausstreckte und sich an Mark Paradines Arm klammerte. Und dann, noch ehe sie Zeit hatte, einen klaren Gedanken zu fassen, geriet alles in ihr in Bewegung – das Blut rauschte, ihr Herz raste, und die Gedanken, die sie weder verstand noch kontrollieren konnte, wirbelten durcheinander. Ihr Gesicht bekam Farbe. Sie erlebte einen dieser Augenblicke, in denen Zeit und Verstand keine Rolle spielten.

Elliot Wray ging an ihr vorbei zur Gastgeberin und begrüßte sie ebenso förmlich wie sie ihn. Er tauschte einen Händedruck mit Irene und Brenda, Lydia stellte sich auf die Zehenspitzen und küßte ihn auf die Wange, dann stand er vor seiner Frau. Sein kurzangebundenes »Hallo, Phyllida« hätte auch einer entfernten Bekannten gelten können, und er wandte sich sofort wieder Lydia zu. Lane kam herein und verkündete, das Dinner sei serviert. James Paradine bot Irene seinen Arm, und die anderen formierten sich hinter ihnen – Phyllida mit Mark, Brenda mit Elliot, Lydia mit Dicky und Albert Pearson und zum Schluß Grace Paradine mit Frank Ambrose.

Im großen Speisezimmer noch mehr Farbe, mehr Gold und mehr helle Lampen. Die Wirkung der siegelwachsroten Tapete wurde durch düstere Familienporträts abgemildert – drei Generationen der Paradines in schwarzen Anzügen, und zwei mit Frauen in Samt und Brokat. Alle erweckten den Eindruck, als fühlten sie sich in ihrer besten Kleidung und den breiten, teuren Rahmen ziemlich unbehaglich, und sie starrten teilnahmslos auf die Gesellschaft, die am Tisch die Plätze einnahm.

James Paradine blieb einen Moment an der Stirnseite stehen und sah in die Runde, dann neigte er leicht den Kopf und sagte im Plauderton: »Möge Gott uns mit aufrichtiger Dankbarkeit erfüllen für das, was wir heute empfangen.« Nach diesen Worten nahm auch er Platz, und Lane stellte eine massiv silberne Suppenterrine vor ihn auf den Tisch. Bei den Mahlzeiten, wie auch bei vielen anderen Gelegenheiten, folgte Mr. Paradine alten Traditionen. Es gefiel ihm, die Suppe für seine Gäste auszuteilen und den Braten höchstpersönlich zu tranchieren – und er würde auch am heutigen Abend keine Ausnahme machen. Er mochte es, wenn die Tafel mit schneeweißem Damast gedeckt war und das Dessert und der Wein an einem polierten Mahagonitisch eingenommen wurde. Und was er sich wünschte, geschah auch.

Elliot fand sich an der linken Tischseite zwischen Brenda und Lydia wieder. In der Tischmitte stand ein monströser silberner Tafelaufsatz, der ihm die Sicht auf Phyllida versperrte. Der Tischschmuck erlaubte ihm nur flüchtige Blicke auf seine Frau, wenn sie sich Mark zu ihrer linken oder Albert auf der anderen Seite zuwandte: eine dunkle Locke, den Schwung der inzwischen geröteten Wangen, mehr bekam er nicht zu sehen. Trotz seiner heftigen Wut redete er sich ein, Erleichterung zu empfinden. Wieso sollte er Phyllida ansehen wollen? Sie trennte weit mehr als ein hohes Blumenarrangement in einer Silberschale. Er widmete Lydia seine Aufmerksamkeit.

Ihre Augen funkelten lebhaft, als sie ihn anschaute. »Warum hat er ein Tischgebet gesprochen? So etwas macht er in der Regel nicht, deshalb haben wir uns alle hingesetzt. Glaubst du, wir bekommen heute etwas Besonderes geboten?« fragte sie.

»Würde mich nicht wundern.«

»Weißt du, was es ist?«

»Wart's ab«, antwortete er trocken. »Wo hast du dich herumgetrieben? Was hast du getan?«

»Herumgetrieben? Überall. Was ich getan habe? Meine Pflicht selbstverständlich. Mache ich das nicht immer?«

»Na, dann frage ich wohl lieber, was deine Pflicht war. Du bist doch nicht etwa beim Frauenhilfstrupp der Air Force, Marinehelferin oder etwas ähnliches?«

Die grünen Augen sahen ihn traurig an, als Lydia den Kopf schüttelte. »Ich glaube, ich würde abhauen, wenn ich unterschreiben und versprechen müßte, das zu tun, was man mir befiehlt. Ich sitze im Büro und übersetze ein paar Sachen.«

»Was für Sachen?«

»Pssst. Kein Wort darüber. Was würdest du dazu sagen, wenn ich dir erzähle, daß ich isländische Texte problemlos lesen kann?«

Elliot lachte. »Ich würde sagen, daß du lügst.«

»Und damit hättest du ganz recht. Und wie lebt es sich so als Genie? Wie viele Erfindungen hast du seit 1940 gemacht? Wir haben uns doch 1940 zum letztenmal gesehen, oder nicht?«

»Ganz recht.«

Sie nickte. »Letztes Jahr zu Silvester. Ich habe dich unter dem Mistelzweig geküßt. Wenn du brav bist, tue ich es vielleicht wieder.«

»Ich fürchte, mir ist nicht danach, brav zu sein.«

Sie zog die Augenbrauen hoch, die passend zu den Wimpern geschwärzt waren. »Sonderbar, Liebling. Was hältst du von Phyllidas Aussehen?«

Falls sie auf einen Ausbruch hoffte, wurde sie enttäuscht. »Ich hatte nicht viel Gelegenheit, mir ein Urteil zu bilden.«

Lydia warf ihm einen wachsamen Blick zu. »Stimmt, deshalb will ich dir auf die Sprünge helfen. Sie ist zu blaß und zu dünn. Außerdem ist sie unglücklich, langweilt sich und kommt sich vor wie eine Gefangene. Was willst du dagegen unternehmen? Du kannst dir deine Antwort überlegen, während ich mich mit Dicky unterhalte. Und stoß mich nicht in den Rücken, sonst geht der Brokatstoff kaputt. Diesen Monat kann ich mir nichts Neues leisten – nicht bevor ich meine Einkommenssteuer und die Miete bezahlt habe.«

Den letzten Satz hatte sie bereits über die Schulter gerufen, und kaum war sie fertig, beschwerte sich Dicky auch schon. »Sieh mal an, du weißt also doch, was sich gehört. Ich habe dich schließlich zum Tisch geführt, oder? Also kannst du mich auch unterhalten, solange sich Tante Grace mit Frank beschäftigt.«

Elliot sprach die mißmutige und beleidigte Brenda an. Sie war schon bei der geringsten Kleinigkeit eingeschnappt, und bei jeder anderen Gelegenheit hätte sich Elliot nicht die Mühe gemacht, sie aufzuheitern, aber unter den gegebenen Umständen mußte er ein Gespräch führen, sich interessiert zeigen und sich ablenken – er mußte alles tun, um sich nicht wie der abgelegte Ehemann vorkommen zu müssen, der überflüssigerweise auf der Szene erschienen ist. Er strengte sich so sehr an, daß sich Brenda genügend entspannte, um ihm anzuvertrauen, daß sie überlegte, ob sie sich bei der Frauenpolizei bewerben solle.

»Was für eine phantastische Idee!«

Sie beäugte ihn argwöhnisch. »Was willst du damit sagen, Elliot?«

»Was schon? Daß ich es für eine wirklich großartige Idee halte.«

Brenda schnaubte. »Na, das kann ich nicht unbedingt behaupten, und ich behaupte auch nicht, daß ich mich darauf freue. Aber wenn man eingesehen hat, wie nötig eine Frauenpolizei ist, muß man auch eingestehen, daß so eine Truppe Personal braucht. Aus diesem Grunde fühle ich mich verpflichtet, mich zu melden.«

»Ich denke, es wird dir gefallen.«

Die blaßblauen Augen zwischen den bleichen Wimpern starrten ihn angriffslustig an, und er dachte: Warum, um Himmels willen, schminkt sie sich diese Wimpern nicht? Aber dann erinnerte er sich an den Streit – an das wahrhaft epische Spektakel – von damals, als Lydia einen ähnlichen Vorschlag gemacht hatte. Phyllida hatte ihm davon erzählt. Ihre Stimme hallte in seinen Ohren wider, er sah sie vor sich

... Er riß sich zusammen und hörte, wie Brenda das Ansinnen, an ihrem Dienst bei der Polizei Vergnügen zu empfinden, weit von sich wies.

Dicky sagte zu Lydia: »Vermutlich weißt du genau, daß ich jedesmal, wenn ich dich sehe, Herzrasen bekomme.«

»*Herzklopfen* – von Richard Paradine.« Lydia schenkte ihm einen schmachtenden Blick. »Schade, daß du das nicht in Verse fassen kannst. Du könntest dir alles von der Seele schreiben, und mir würde es sehr schmeicheln, einen Gedichtband, der mir gewidmet ist, in den Händen zu halten. Einen weißen Ledereinband fände ich schön – mit Goldprägung. ›Für Lydia‹ müßte auf der ersten Seite stehen, oder vielleicht ›Für L.‹. Was meinst du?«

»Die Kritiker würden sich die Mäuler zerfetzen, wenn nur ›Für L.‹ dastünde, wie wär's mit ›Für Lydia, der meine ganze Verehrung gilt‹?«

»›Weil sie nie langweilig ist‹«, ergänzte Lydia. »Wie würdest du lieber sein, Dicky – abscheulich und häßlich, dafür aber sehr amüsant oder schön und schwer von Begriff? Ich habe oft darüber nachgedacht, konnte mich aber nie entscheiden.«

»Das brauchst du auch nicht. Du hast die besten Eigenschaften von beiden Seiten.«

Sie deutete einen Kuß an und blies ihn ihm zu. »Danke, Liebling. Das Kompliment ist um so netter, weil es nicht der Wahrheit entspricht. Wenn diese Haar- und Hautfarbe nicht wären und ich meine Wimpern nicht gefärbt hätte, wäre ich nichts anderes als Irenes jüngere Schwester. ›Ein unscheinbares kleines Ding, aber sie kann ja nichts dafür – das arme Mädchen, man muß nett zu ihr sein.‹ Und dann erst mein Charakter! Mir würde gar nichts anderes übrigbleiben, als mich auf meine häuslichen Tugenden zu besinnen. Das ist die einzige Domäne, die solchen Frauen vorbehalten ist.«

Dicky wurde ein wenig schwindlig, wie immer, wenn Lydia ihn so ansah. »Willst du, daß ich dir einen Antrag mache, während du Truthahn ißt? Genau darauf führt dieses Gespräch nämlich hinaus.«

»Ich weiß nicht ...«, entgegnete Lydia nachdenklich. »Das wäre eine ganz neue Erfahrung, so etwas hat noch nie jemand getan. Aber einmal hat mir ein Mann bei einer Currysuppe anvertraut, daß er mich verehrt. Mitten im Satz hat er sich verschluckt und wäre beinahe erstickt. Es war ziemlich nervenaufreibend, und meine Suppe wurde kalt, während ich ihm auf den Rücken klopfte. Es wäre vielleicht doch besser, du würdest dich zurückhalten. Ich möchte nicht, daß der Truthahn ungenießbar wird.«

Phyllida saß zwischen Albert Pearson und Mark Paradine. Eine Unterhaltung mit Albert war eher lehrreich als unterhaltsam. Er war imstande, einem die genaue Entfernung vom Saturn zur Erde und von Colombo nach Singapur anzugeben oder alle Vitamine aufzuzählen, die die neue Margarine enthielt. Er konnte schildern, wie Kohle entstand oder wie das Verfahren zur Herstellung von Stahl entdeckt wurde. Er wußte viel und war wie eine Bombe, die beim kleinsten Funken von Interesse losging. Lange Übung machte es Phyllida möglich, den Sermon lächelnd über sich ergehen zu lassen.

Als er seinen Vortrag über Beton beendet hatte, wandte sie sich wieder an Mark. Er machte einen sehr unglücklichen Eindruck. Irene, seine andere Tischnachbarin, sprach mit James Paradine, er hatte daher im Augenblick keine Gesprächspartnerin. Phyllida war beunruhigt über seine Leichenbittermiene.

»Woran denkst du?« erkundigte sie sich lächelnd.

Die tiefen Falten in seinem Gesicht glätteten sich etwas. »An nichts, was der Rede wert wäre, Phyl.«

»Und – worüber sollen wir uns unterhalten? Hast du in letzter Zeit irgendein gutes Buch gelesen?«

Er griff ihr Angebot erleichtert auf. Sie redeten über Bücher, Filme und Musik. Elliot, auf der anderen Seite des Tisches, erschien es, als wären sie in eine lebhafte Unterhaltung vertieft. Der Tafelaufsatz schirmte sie ab, aber als sich Phyllida einmal zur Seite beugte, sah er ihre schimmernden Augen und die geröteten Wangen. Den Champagner in ihrem Glas hatte sie nicht angerührt – also mußte sie etwas anderes so angeregt und erhitzt haben. Während Elliot das ausgesprochen mühsame Gespräch mit Brenda aufrechthielt, überlegte er, was Phyllida in diese Stimmung versetzt haben könnte. Beim ersten Wiedersehen im Salon hatte sie bleich und teilnahmslos auf ihn gewirkt. Oder war das nur Einbildung gewesen? Nein, bestimmt nicht. Es hatte ihm das Herz umgedreht, sie so blaß zu sehen.

Brenda Ambrose sah ihn gekränkt an. »Also wirklich, Elliot, ich glaube, du hörst mir überhaupt nicht zu.«

Er riß sich von dem Gedanken an Phyllida los und leistete, so weit er konnte, Wiedergutmachung bei Brenda.

Der Truthahnbraten wurde tranchiert und verteilt. Lane stellte einen Plumpudding vor James Paradine, dann servierte er zusammen mit einem Hausmädchen Gelee und Pasteten. Als sich Phyllida einen Löffel von dem Gelee nahm, rückte sie in Elliots Sichtweite. Er sah sie an, senkte aber den Blick sofort wieder und schaute auf die Hand, die den Löffel hielt. Es war die Linke – Phyllida trug keinen Ring. Eine ringlose Hand und ein bloßer Arm. Nichts unterbrach die Linien von der Schulter bis zum Handgelenk und vom Handgelenk zu den Fingerspitzen. Heißes Blut schoß ihm ins Gesicht und hinterließ eine Eiseskälte, als es langsam wieder zurückwich. Es wäre ihm nie in den Sinn gekommen, daß sie ihren Ehering nicht mehr tragen könnte. Diese Entdeckung traf ihn so unvorbereitet wie ein Schlag ins Gesicht.

Sobald er sich vom ersten Schrecken erholt hatte, wurde er wütend wie nie zuvor in seinem Leben.

4

Grace Paradine fixierte ihren Bruder über den langen Tisch hinweg. Einen Augenblick war sie in hellster Wut gewesen, aber wie alle sehen konnten, hatte sie sich wieder in der Gewalt. Sie war ganz die charmante, freundliche Gastgeberin, die Freundin und Vertraute der gesamten Familie. Seit zwanzig Jahren hieß es: »Frag Tante Grace«, »Tante Grace wird wissen, was zu tun ist«, wann immer jemand nicht mehr weiter wußte. Nur Elliot Wray hatte Distanz gewahrt und sich ihr niemals anvertraut – er hatte sie nie um etwas gebeten und ihr Phyllida genommen ohne sie zu fragen. Sie betrachtete ihn als Dieb. Er hatte sie bestohlen und beraubt, war jedoch nicht in der Lage gewesen, seine Beute zu behalten. Phyllida war zu ihr zurückgekommen. Daß James diesen Elliot ins Haus gebracht hatte, und das ausgerechnet an diesem besonderen Abend, und daß Elliot so wenig Anstand besaß, die Einladung anzunehmen – das waren Dinge, die sie niemals begreifen würde. Grace konnte sich nicht erinnern, je zuvor so in Rage gewesen zu sein. Jetzt hatte sie den Zorn unter Kontrolle. Und die Röte in ihrem Gesicht stand ihr im Grunde ganz gut. Sie redete vielleicht weniger als sonst, doch sie hörte lächelnd Dickys und Lydias Unterhaltung zu und widmete Frank Ambrose ihre ungeteilte Aufmerksamkeit, als er sich des langen und breiten über Irene und Brenda beklagte.

»Merkwürdig, wie Frauen manchmal miteinander umgehen. Die beiden sind wie Hund und Katz.«

»Ich weiß, und es tut mir leid.«

»Männer kennen solche sinnlosen Streitereien nicht. Und dabei ist Brenda ganze zehn Jahre älter als Irene. Man könnte meinen, Irene wäre froh, jemanden zu haben, der sie berät, wenn es um die Kinder und den Haushalt geht. Immerhin haben Brenda und ich neun Jahre zusammen den Haushalt geführt, und Irene könnte sich glücklich schätzen, daß ihr eine Frau mit Erfahrung zur Seite steht, aber nein, schon bei der kleinsten Kleinigkeit ist der Teufel los. Natürlich ärgert sich Brenda darüber, und ich habe das Gefühl, daß sie die Querelen aus ihrem Heim – oder aus dem Haus, das einmal ihr Heim gewesen war – treiben. Meinst du, du könntest Irene zur Einsicht bringen?«

Grace Paradines Miene war ernst. »Ich weiß nicht recht, mein Lieber. Irene nimmt keine Ratschläge an – ein solches Gespräch könnte mehr Schaden anrichten als Gutes bewirken.«

Er errötete. »Sie ist schrecklich unvernünftig.«

Grace Paradine lächelte. »Das sind junge Frauen oft. Du mußt Geduld haben, Frank.«

Lane und das Hausmädchen nahmen die Damastdecke vom Tisch. Der Tafelaufsatz wurde zu diesem Zweck auf der Anrichte abgestellt, und dafür wurden Treibhaus-Trauben, Bananen und Äpfel in Silberschalen aufgetragen. Lane plazierte schwere Kristallkaraffen mit Port, Sherry und Madeira vor James Paradine.

Elliot betrachtete Phyllida über den Tisch hinweg. Sie war schön. Sie war seine Frau. Sie war eine Fremde. Eine schöne Fremde mit Phyllidas Haar und Phyllidas Augen und den Lippen, die er geküßt hatte. Nichts war geblieben, gar nichts –

sie war eine Fremde. In seiner kalten Wut sah er sie an und wandte sich wieder ab. Lane erlöste ihn und stellte den Tafelaufsatz wieder auf seinen alten Platz.

James Paradine reichte Irene ein Schlückchen Portwein, mehr würde sie nicht trinken, und goß ein anderes Glas halbvoll mit Sherry für Brenda, dann ließ er die Karaffen weitergeben. Nachdem sie bei Grace angelangt waren, kamen sie wieder zu ihm zurück. Sobald Lane und Louisa den Salon verlassen hatten und alle mit Getränken versorgt waren, schob James seinen Stuhl zurück und erhob sich. Als er im hellen Schein der Lampe dastand, wurde seine bemerkenswerte Ähnlichkeit mit dem Porträt, das direkt hinter ihm hing, deutlich. Es stellte seinen Großvater Benjamin Paradine dar, den Gründer der Paradine-Werke. Sie waren in etwa gleich groß, der Kontrast zwischen dem silbergrauen Haar und den pechschwarzen Augenbrauen war derselbe. Der durchdringende Blick, die klaren Gesichtszüge, die große Nase und das kantige Kinn – das alles waren unverkennbare Familienmerkmale. Es war kein schönes Gesicht, nicht einmal ein attraktives, aber es war das Gesicht eines Mannes, der genau wußte, was er wollte, und es auch bekam.

James Paradine richtete das Wort an die versammelte Familie.

»Bevor wir unsere üblichen Trinksprüche ausbringen, habe ich euch etwas zu sagen. Ich habe es mir zur Gewohnheit gemacht, den Silvesterabend im Familienkreis zu verbringen. Aber es gehört nicht zu meinen Gewohnheiten, die kleine Feier mit einer Ansprache oder Rede zu unterbrechen. Heute jedoch muß ich euch um Nachsicht bitten. Ich kann euch zwei Dinge versprechen – ich werde mich kurz fassen, und ihr werdet euch bestimmt nicht langweilen.« Er machte eine Pause, und als er merkte, daß alle ihn ansahen – gleichgültig, aufmerksam oder überrascht –, fuhr er fort: »Es handelt sich zwar um eine persönliche Angelegenheit, aber sie ist keineswegs erfreulich. Dies ist eine Familienfeier, und jeder der Anwesenden ist entweder durch Blutsbande oder durch Heirat mit den Anwesenden verbunden.« Er blickte in die Runde. »Brenda – Elliot – Lydia – Richard – Grace – Frank – Albert – Phyllida – Mark – Irene – alle seid ihr da, genau wie letztes Jahr. Und was ich euch zu sagen habe, ist schlicht und einfach dies: Einer von euch war illoyal. Eine Familie hält zusammen, weil es gemeinsame Interessen gibt. Wenn diese Interessen hintertrieben werden, dann ist die Sicherheit gefährdet. Ich stelle als unbestreitbare Tatsache fest, daß einer von euch diese Interessen verraten hat. Ich verkünde das nicht, damit sich die schuldige Person durch irgendein Zeichen verrät. Ich brauche kein solches Zeichen, weil ich weiß, wer die schuldige Person ist.«

Wieder machte er eine Pause und sah alle nacheinander an. Keins der Gesichter hatte sich auffallend verändert, aber alle Mienen waren angespannt und wie eingefroren. Brendas helle Augen betrachteten ihn streitlustig. Elliot wirkte kühl und beherrscht. Lydia lächelte ungläubig. Dicky runzelte die Stirn und hielt den Blick auf Lydias lächelnden Mund gerichtet. Grace Paradine saß aufrecht und mit verschränkten Armen auf ihrem Stuhl, ihr Kopf ruhte an der hohen, geschnitzten Rückenlehne. Albert Pearson hatte seine Brille abgenommen und blinzelte kurzsichtig im hellen Licht – er putzte sie ungeschickt und setzte sie wieder auf. Phyllida hatte die Hände im Schoß gefaltet – sie waren eiskalt. Ihre weitaufgerissenen, ängstlichen Augen vermieden James Paradines Blick und suchten den von Elliot Wray. Der Tafelaufsatz stand zwischen ihnen und versperrte ihr die Sicht. Sie rutschte ein klein wenig zur Seite, aber alles, was sie sehen konnte, war seine Hand am Stiel des Weinglases. Die Knöchel an den Fingern waren weiß. Phyllida war sich nicht bewußt, daß sie Mark berührte und sich gegen seine Schulter lehnte, um einen Blick auf Elliot zu erhaschen, aber sein Gesicht blieb ihr dennoch verborgen. Mark Paradine machte von allen den unbeteiligtsten Eindruck, aber sein düsterer Ausdruck war geblieben. Er schaute starr gerade aus, spürte jedoch, wie sich Phyllida an seine Schulter drückte. Irene hatte einen schwachen, erstaunten Schrei ausgestoßen. Sie war auf ihrem Stuhl zusammengesunken und starrte ihren Schwiegervater entsetzt an. James Paradine, der sie schon immer für eine törichte Person gehalten hatte, sah sich jetzt in seiner Meinung bestärkt. Irene benahm sich genauso, wie er es von ihr erwartet hatte.

Er setzte seine Rede fort: »Ich möchte nicht mißverstanden werden, deshalb wiederhole ich noch einmal – ich weiß, wer die schuldige Person ist. Ich habe mich aus verschiedenen Gründen dazu entschlossen, die Angelegenheit auf diese Weise zu behandeln. Bestrafung ist einer der Gründe. Der oder die Schuldige ist in keiner beneidenswerten Position. Die Person fragt sich, ob ich ihren Namen in dieser Runde nennen werde. Ich habe das nicht vor – nicht jetzt, vielleicht niemals. Das hängt von dieser Person selbst ab. Ich neige dazu, Gnade walten zu lassen – möglicherweise weil ich es für anständiger halte, die schmutzige Wäsche im privaten Kreis zu waschen. Deshalb möchte ich jetzt erwähnen, daß ich mich, nachdem wir die Tafel aufgehoben haben, bis Mitternacht in meinem Arbeitszimmer aufhalten werde. Die Person, deren Namen ich nicht nennen möchte, sollte mich dort aufsuchen, dann wird sie erfahren, wie ich weiterhin vorzugehen gedenke. Das ist alles, was ich zu sagen habe. Jetzt wollen wir wie jedes Jahr unsere Trinksprüche ausbringen. Ich trinke auf das Wohl der Paradine-Moffat-Werke sowie auf John Cadogan und Elliot Wray, deren hervorragende Konstruktionen unserem Land sehr viel Gutes gebracht haben. Ihr Erfolg und Erfindungsgeist mögen auch im kommenden Jahr andauern.« Er hob sein Glas.

Niemand rührte sich. Irene schnappte hörbar nach Luft – es klang beinahe wie ein ersticktes Schluchzen. Frank Ambrose rief »Sir!«, als wollte er protestieren. Nur Grace Paradine beugte sich vor und hob ebenfalls ihr Glas.

James sagte in schneidendem Ton: »Niemand außer der schuldigen Person kann Einwände gegen diesen Trinkspruch haben. Ich fürchte, daß ich eine Verweigerung als öffentliches Geständnis betrachten muß. Ich trinke auf die Paradine-Moffat-Werke.«

Diesmal erhoben alle ihre Gläser. Phyllida führte ihres nur an die Lippen und setzte es sofort wieder ab. Irenes Hand zitterte so sehr, daß der Portwein überschwappte und rote Tropfen auf dem Mahagoniholz hinterließ. Mit einiger Verspätung antwortete Elliot: »Vielen Dank, Sir.«

James Paradine hielt erneut sein Glas hoch. »Auf unsere abwesenden Freunde.«

Die explosive Atmosphäre beruhigte sich ein wenig. Die Katastrophe brach nicht sofort über sie herein.

Der dritte Trinkspruch folgte. »Auf unsere Lieben und auf unsere Gattinnen.«

Paradines Stimme sowie seine Haltung hatten sich kaum merklich verändert, und in seinem Blick lag der Hauch einer Herausforderung, als er von Irene zu Frank und von Phyllida zu Elliot sah und dann Lydia und Dicky ins Auge faßte. »Mit diesem Schluck ehre ich das Angedenken meiner verstorbenen Frau«, setzte er sanfter hinzu und leerte sein Glas in einem Zug.

Alle atmeten erleichtert auf. Das Schlimmste war überstanden. Grace Paradine warf Irene einen Blick zu und schob ihren Stuhl zurück.

5

Der Salon war ein sicherer Hafen. Als sich die Tür hinter ihnen schloß, sahen sich die Frauen betreten an.

»Was hat das alles zu bedeuten?« Brendas Stimme war die barscheste. »Ist er verrückt geworden?«

Miss Paradine gab sich kummervoll. »Meine Liebe, ich weiß nicht mehr als du.«

»Er muß verrückt geworden sein«, beharrte Brenda. »Erst lädt er uns alle ein, und dann sagt er so was. Das ist doch die Höhe!«

Irene hatte die ganze Zeit gezittert, jetzt brach sie in Tränen aus. »Ich weiß, daß er denkt, ich bin es ... dabei habe ich doch gar nichts getan – wirklich nicht. Und ich wollte auch nicht herkommen, das kann Frank euch bestätigen. Frank war böse mit mir, weil ich bei meinem Baby bleiben wollte, und ich wünschte – oh, wie sehr ich mir wünschte, ich hätte nicht auf ihn gehört. Was soll ich denn getan haben? Und warum denkt Onkel James, daß ich es war? Ich weiß nicht mal, wovon er gesprochen hat. Wieso konnte es nicht jemand anderes gewesen sein?«

Nach langem Herumkramen beförderte sie ein Taschentuch zutage. Als sie einen Moment aufhörte, ihre Augen abzutupfen, fiel ihr Blick unglücklicherweise auf ihre Schwägerin.

Brenda starrte zornig zurück. »Ich vermute, du hältst mich

für die Schuldige. Vielen Dank, Irene. Frank wird das sehr zu schätzen wissen, nicht wahr?«

Grace Paradine hob beschwichtigend die Hände. »Meine Lieben ... meine Lieben, nicht doch, nicht doch. Irene – Brenda, diese Angelegenheit ist schon ohne eure Auseinandersetzungen schlimm genug. Ich denke, es liegt ein schrecklicher Irrtum vor. Wenn wir die Sache so betrachten, können wir vielleicht helfen, alles ins Lot zu bringen. Versteht ihr nicht? Wir dürfen jetzt nicht den Kopf verlieren. Also, Irene, wisch dir die Tränen ab. Möchtest du dich einen Augenblick in Phyllidas Zimmer zurückziehen? ... Ich bin sicher, daß Lydia dir ein bißchen Puder geben kann. Lane wird gleich mit dem Kaffee hereinkommen, dann darf man dir nicht ansehen, daß du geweint hast. Phyl, mein Liebling, kümmere dich zusammen mit Lydia um Irene. Natürlich hat kein Mensch sie im Verdacht, etwas Unrechtes getan zu haben – das ist zu lächerlich. Brenda und ich plauschen solange.«

Brenda war glücklich, eine Zuhörerin zu haben. So viele Kümmernisse plagten sie, und sie nahm kein Blatt vor den Mund, als sie sich alles von der Seele redete.

»Weshalb, um alles in der Welt, wollen Männer unbedingt heiraten? Frank und ich haben ein zufriedenes und glückliches Leben geführt. Und sieh ihn dir jetzt an! Irene hat nichts anderes als die Kinder im Kopf. Natürlich – sie ist dumm, das ist das Übel mit ihr. Liebe Güte, sie kann nicht einmal einen Haushalt führen! Die Rechnungen sind doppelt so hoch wie früher, aber wofür sie so viel Geld ausgibt ist unklar.«

Grace Paradine lächelte. »Meine Liebe, wir können nicht alle so eine gute Hausfrau sein wie du. Frank betont immer wieder, wie großartig du deine Sache gemacht hast.«

»Ja – *gemacht habe.*« Brendas Stimme klang bitter. »Warum konnte sie uns nicht in Ruhe lassen? Frank hätte keinen Gedanken an sie verschwendet, wenn sie sich ihm nicht an den Hals geworfen hätte. Sie hat ihn bekommen, aber jetzt will sie ihn nicht mehr.« Eine häßliche Röte überzog ihren bleichen Teint. Ihr verkniffener Mund bebte.

Grace Paradine ahnte Böses. Es würde äußerst schwierig werden, diesen Abend ohne Szene zu überstehen. Auf der anderen Seite des Kamins saß Irene und wischte noch immer über ihre Augen. Die Puderdose, die Lydia ihr hinhielt, würdigte sie keines Blickes. Grace faßte einen plötzlichen Entschluß, legte Brenda die Hand auf die Schulter und stand auf.

»Meine Lieben –«, sie gewann sofort die Aufmerksamkeit aller Anwesenden – »meine Lieben, ich habe für euch alle ein kleines Geschenk vorbereitet. Ich laufe nur schnell nach oben und hole es. Ich sehe nicht ein, wieso mich dieser unselige Zwischenfall davon abhalten sollte, euch das zu geben, was ich euch zugedacht habe. Phyl, komm her und leiste Brenda solange Gesellschaft. Ich bin gleich wieder da ... Nein, Liebling, ich hole die Sachen lieber selbst, du weißt ja nicht, wo sie sind.«

Sie atmete erleichtert auf, als sie sich an der Tür noch einmal umdrehte und zurücksah. Irene puderte sich endlich die Nase, und selbst der angriffslustigen Brenda fiel es schwer, mit Phyl einen Streit anzufangen. Dennoch mußte sie sich beeilen, sie wollte kein Risiko eingehen. Trotz ihrer korpulenten Statur war sie erstaunlich leichtfüßig. Sie hob ihren Rock an und rannte beinahe so schnell, wie Phyllida es getan hätte, die Treppe hinauf.

Sie war wieder zurück, noch ehe Irene mit dem Pudern fertig war. Brenda erkundigte sich bei Phyl nach dem Befinden einiger gemeinsamer Freunde. Grace hatte vier kleine, in Weihnachtspapier – goldene Stechpalmenzweige und rote Beeren auf weißem Grund – verpackte Geschenke bei sich.

Die Schleifen hatten verschiedene Farben: Silber für Irene, Rot für Brenda, Grün für Lydia und Gold für Phyllida.

»Es ist nur eine Kleinigkeit«, verkündete Grace bedauernd.

Die anderen packten die Geschenke aus, als die Tür aufgestoßen wurde, und Lane Kaffee und Tassen auf einem großen Silbertablett hereinbrachte. Gleich hinter ihm betrat Louisa mit einer mehrstöckigen Kuchenplatte den Salon.

Miss Paradine holte tief Luft – sie konnte zufrieden sein. Die Szene hätte nicht unauffälliger oder familiärer sein können – sie selbst beobachtete charmant lächelnd, wie die vier Mädchen eifrig ihre Geschenke auswickelten. Das Tablett mit der schweren Silberkanne, dem Milchkännchen und der Zuckerdose sowie den dunkelblauen, mit Gold verzierten Worcester-Tassen wurde auf dem Walnußtisch abgestellt. Alles war so wie an jedem anderen Silvesterabend.

Louisa setzte das Kuchengestell ab. Ganz unten befanden sich Stücke vom Weihnachtskuchen, in den beiden oberen Schalen verschiedenes Kleingebäck und Schokoladenzungen. Die Szene wirkte sorglos und unverdächtig. Lane mit seinem schütteren grauen Haarkranz trat würdig und respektvoll auf wie in den ganzen zwanzig Jahren, in denen er in den Diensten der Familie stand. Louisa war ein zuverlässiges Hausmädchen mit aufrechtem Charakter und tadelloser Erscheinung – sie trug sogar ein altmodisches Servierhäubchen auf dem hochgesteckten Haar.

Die beiden Angestellten zogen sich dezent zurück, und Tante Grace empfing die Dankesküsse der Mädchen. Lydia hatte ihr bevorzugtes Badesalz bekommen – »Wo hast du das in dieser schweren Zeit aufgetrieben?« –, Brenda eine Taschenlampe – »Das ist endlich einmal etwas, was ich wirklich gebrauchen kann«. Irene hielt eine in Silber gerahmte Fotografie von Jimmy und Rena in den Händen – »O Tante Grace, wie lieb von dir!« Und für Phyllida hatte Grace ein halbes Dutzend hauchdünner Taschentücher mit gesticktem Monogramm ausgesucht. »O Tante Grace, das hättest du nicht tun dürfen – deine Zuteilungsmarken!« Alle versammelten sich um Grace Paradine, lächelten und schwatzten, als die Tür erneut aufging und die Männer hereinkamen.

Aber es waren nur fünf. Die große, dominante Gestalt von James Paradine fehlte.

6

Miss Paradine hatte noch mehr Geschenke zu verteilen – diesmal uneingepackte. Sie drückte sie den Männern, mit deren Erscheinen sie gerechnet hatte, unauffällig in die Hand. Die Tatsache, daß ein fünfter Gast unerwartet hinzugekommen war, wurde geflissentlich übersehen. Elliot Wray wurde ignoriert. Die anderen bekamen je einen kleinen, praktischen Taschenkalender mit Stift – braunes Leder für Frank, rotes für Dicky, blaues für Mark und violettes für Albert Pearson. Mit keinem Blick oder Wort wurde angedeutet, daß ein ungeladener Besucher anwesend war.

Elliot empfand über die Bemühungen der anderen eine bittere Belustigung, die rasch in Zorn umschlug. Heute abend brauchte es nicht viel, um ihn in Wut zu versetzen. Der augenblickliche Anlaß war banal, aber hinter dieser Banalität steckte etwas weitaus Gewichtigeres, ein eiserner Widerstand gegen seine Person. Er hatte diesen Widerstand nie richtig wahrgenommen, doch bis jetzt war er auch nie so deutlich zutage getreten wie in diesem Moment. An der Oberfläche des Ärgers blitzte Galgenhumor auf, und Elliot fragte sich, ob er wenigstens einen Kaffee bekommen würde – oder war er in diesem Haus überhaupt nicht vorhanden?

Wie auf ein Stichwort kam Lydia mit einer Tasse in der Hand auf ihn zu. Ihre Blicke trafen sich, und Lydias grüne Augen funkelten.

»Aber das ist dein Kaffee«, wehrte er ab.

»Ich hole mir eine andere Tasse.«

Sie unterhielten sich leise abseits der Gruppe und hätten genauso gut ganz alleine sein können. Lydia hob die Tasse, um sie ihm zu reichen. Elliot berührte zwar die Untertasse, ergriff sie aber nicht. Sie sah aus ihren hellen, grünen Augen zu ihm auf, und er spürte, wie sein Ärger verflog.

»Sei kein Narr«, sagte sie.

»Ich war ein Narr, weil ich geblieben bin.«

»Warum hast du es getan?«

»Er hat darauf bestanden. Geschäftliche Angelegenheiten.«

Das Pronomen ließ keine Zweideutigkeit zu. *Er,* das war in diesem Haus James Paradine.

Die langen, dunklen Wimpern flatterten. »Und das ist alles?«

»Was sollte sonst noch sein?«

Lydia lachte. »Ich stoße niemanden mit der Nase aufs Offensichtliche. Hier, nimm endlich deinen Kaffee. *Und sei kein Narr!*«

Sie drückte ihm die Tasse in die Hand und ging.

Nach einer kurzen Weile folgte er ihr, umrundete das Grüppchen, das sich um das Kaffeetablett versammelt hatte, und blieb hinter Phyllida stehen. Er hörte Miss Paradine mit betonter Fröhlichkeit sagen. »Wir müssen uns alle so normal wie möglich verhalten und dürfen den Dienstboten keinen

Anlaß zum Klatschen geben, das ist das Allerwichtigste, meint ihr nicht auch? Es mag vielleicht nicht ganz einfach sein, aber ich denke wirklich, daß wir so weiter machen sollten, als wäre nichts geschehen. Ich kann mir gar nicht vorstellen, was James auf diese Idee gebracht hat, aber wenn wir zulassen, daß uns dieser Zwischenfall belastet, wenn sich jemand von uns sonderbar benimmt, dann wird er denken, daß seine Vermutungen zutreffen. Deshalb ist es wichtig, daß alles so abläuft wie letztes Jahr.«

Elliot Wray sagte über Phyllidas Schulter: »Und um das zu erreichen, sollten wir uns hinsetzen und miteinander reden. Genau das haben wir letztes Jahr getan, oder nicht?«

Phyllida drehte sich abrupt um – nicht seine Nähe, die sie sofort gespürt hatte, sondern dieser neue, scharfe Unterton in seiner Stimme hatte sie erschreckt. Er tat ihr weh, und gerade deswegen lächelte sie. Die Tage waren vorbei, an denen sie ihm gezeigt hatte, daß er die Macht besaß, sie zu verletzen. Sie lächelte, wandte sich mit ihm zusammen von der Gruppe ab und nahm auf der Couch Platz, auf der sie vorher mit Lydia gesessen hatte. Sie befanden sich zwar nicht weit weg von den anderen, waren aber dennoch isoliert.

Elliot erfaßte eine unangemessene Hochstimmung, doch der Ursprung dieser Empfindung war nicht Phyllida, sondern Grace Paradine. Er hatte seine Frau vor ihrer Nase weggeführt, und sie konnte nichts gegen ihn unternehmen. Ein sehr erfreulicher Erfolg für ihn – und für Miss Paradine eine heilsame Erfahrung. Alles sollte also genauso sein wie im letzten Jahr? Schön, dann sollte sie eine gute Dosis ihrer selbstverordneten Medizin schlucken. Im letzten Jahr waren er und Phyllida am Silvestertag aus den Flitterwochen zurückgekommen. Eine Woche später hatten sie sich getrennt. In dieser einen Woche war der Himmel über ihren Köpfen eingestürzt, aber das Neue Jahr hatten sie Hand in Hand begrüßt und sich auf das Glück gefreut, das es ihnen bringen würde. Diese Überlegungen machten ihm bewußt, daß er eine Schuld abzutragen hatte, und er sagte in diesem neuen, verletzenden Ton: »Worüber sollen wir uns unterhalten?«

Aber diesmal war Phyllida vorbereitet. Wenn man unter großem Druck steht, benutzt man alle zur Verfügung stehenden Waffen. Ob aus Instinkt oder mit Absicht griff sie zu der einfachsten, überraschendsten und ältesten Waffe von allen. Sie lächelte und erwiderte: »Über dich. Möchtest du mir nicht erzählen, was du in der letzten Zeit getan hast? Ich habe so lange nichts von dir gehört.«

Es war entwaffnend, aber er gab sich nicht geschlagen, und sein Ärger hielt an. »Ich dachte, du hättest kein Interesse daran.«

»O doch«, entgegnete sie schlicht. »Es gibt so viel, was ich wissen möchte – zum Beispiel möchte ich wissen, was aus dem Projekt geworden ist, an dem du gearbeitet hast. Bist du damit zurecht gekommen? Du warst sehr besorgt deswegen.«

»Das solltest du James Paradine fragen – er kann dir darauf die beste Antwort geben.«

Sie schüttelte den Kopf. »Nein. Er redet nie über diese Dinge, das weißt du doch. Ist etwas aus dem Projekt geworden?«

»Nein – wir mußten es fallen lassen.«

»Oh, welch ein Jammer!«

»Eigentlich nicht. Wir haben dafür etwas Besseres – etwas viel Besseres – gefunden. Das habe ich gerade unter Dach und Fach gebracht.«

Unbewußt wechselten sie zu einem unbeschwerteren Tonfall. Phyllida betrachtete ihn mit der ernsthaften, fast wehmütigen Aufmerksamkeit, die immer am Selbstbewußtsein kratzt und ans Gewissen appelliert. Sie wirkte wie ein Kind, das sich sehr anstrengte, jedoch nicht sicher sein konnte, ob seine Bemühungen ausreichten. Elliot erinnerte sich, daß sie einmal gesagt hatte: »Ich liebe es, wenn du über deine Aufgaben sprichst. Aber ich bin nicht klug genug – ich verstehe nichts davon. Das macht dir doch nichts aus, oder?« Und er hatte gesagt: »Jeder kann klug sein, wenn er will. Ich möchte nur, daß du lieb und süß bist.«

Wo war das alles? Zwischen ihnen lag ein leeres, verlorenes Jahr, und alles Schöne war weg. Plötzlich hatte sich der Weg, der vor ihnen gelegen hatte, in Nichts aufgelöst, und sie mußten in verschiedene Richtungen gehen.

Doch Phyllida fuhr fort, als wäre diese Kluft nicht vorhanden. »Wo wohnst du?«

Nein – wenn es die Kluft nicht geben würde, müßte sie ihm diese Frage gar nicht stellen ... »Wo du hingehst, da will auch ich hingehen ...«

Er antwortete ohne wahrnehmbares Zögern. »Bei den Cadogans. Ich habe es sehr bequem bei ihnen, und es ist natürlich praktisch. Ida beklagt sich nur, daß John und ich über nichts anderes als über Geschäftliches reden.« Dabei dachte er grimmig: Also wußte sie nicht einmal, wo ich mich aufhalte – es war ihr egal. Was tun wir hier eigentlich? Es ist, als würden wir uns über ein Grab hinweg unterhalten. Sie ist nicht Phyllida – sie ist ein Gespenst, das versucht, die Vergangenheit heraufzubeschwören. Aber das ist unmöglich, wieso versucht sie es dann?

Zögerlich und unsicher fragte sie: »Wieso siehst du mich so an? Was ist los?«

»Ich dachte, daß du ein Gespenst bist.«

Ihr Blick ruhte auf ihm. Er sah, wie sich ihre Augen weiteten und blinzelten, und empfand ungezähmte Freude darüber, daß er sie verletzt hatte. Er hatte diesen Blick einmal bei einem Mann gesehen, der von einem überraschenden Schlag getroffen worden war.

»Sehe ich so aus? Wie ein Gespenst?« fragte sie rasch und leise.

»Nein.«

Sie sah aus wie das blühende Leben – ihre Augen tiefblau, die Wangen und Lippen rosig angehaucht, ein lebhaftes Wechselspiel von Blässe und Röte. »Warum hast du das gesagt? Ich mag es nicht.«

»Stimmt es denn nicht?«

Sie senkte den Kopf, nicht um ihm beizupflichten, sondern weil sie ihn offenbar nicht länger ansehen konnte. Der Rotton in ihrem Gesicht wurde intensiver.

»Und was bist du?« wollte sie wissen.

»Ich frage mich ...«

»Auch ein Gespenst?«

Er lachte kurz auf. »Gespenster quälen sich nicht gegenseitig mit ihrem Spuk, oder?«

»Ich weiß nicht.« Sie sah wieder auf. »Elliot ...«

»Ja?«

»Könnten wir nicht über ... über ganz normale oder aktuelle Dinge reden?«

»Ich weiß nicht, Phyl. Es ist schon ein bißchen spät dafür.«

»*Bitte,* Elliot«, hauchte sie. »Es war so ... furchtbar, nicht wahr? Heute abend, meine ich. Irene hat geweint, und alles ist ohnehin schon schlimm genug. *Bitte,* Elliot.«

»Also gut, Phyl – unverbindlich.«

»Natürlich. Elliot, was hat er gemeint – was soll das alles bedeuten? Weißt du etwas darüber?«

»Na, er war doch ziemlich direkt.«

Sie beugte sich zu ihm. »Denkst du, daß es wahr ist?

Glaubst du, jemand hat wirklich ... ich kann mir das nicht vorstellen.«

»Ja, ich glaube, daß es wahr ist.«

Sie wurde kreidebleich, und ihre Augen nahmen einen verwirrten, entsetzten Ausdruck an. »Worum geht es?«

Bevor er antworten konnte, rief Grace Paradine: »Phyl, Liebling ... Phyl!«

Es blieb ihr nichts anderes übrig, als zu der Gruppe zurückzugehen.

Miss Paradines Lächeln wirkte schwach, und sie zeigte offen ihren Kummer. »Phyl, sie meinen, daß wir die Feier abbrechen sollen. Frank hält es für besser. Er möchte Irene nach Hause bringen. Und vielleicht ... ich dachte, wir sollten wie sonst auch noch zusammensitzen, aber Irene ist sehr aufgeregt, und Frank denkt ... Oh, es ist schwer zu sagen, was das beste wäre.«

Frank Ambrose neben ihr runzelte die Stirn. »Es hat keinen Zweck, Tante Grace. Man kann sich bis zu einem gewissen Grad verstellen, aber es gibt Grenzen, und ich habe meine erreicht. Ich gehe nach Hause und nehme Irene mit. Brenda und Lydia können tun, was sie wollen.«

»Du erwartest doch nicht, daß wir allein zu Fuß nach Hause gehen, oder?« versetzte Brenda barsch.

Zum erstenmal war Lydia einer Meinung mit ihr. Je früher sie alle heimkamen, um so besser. Tante Grace konnte den Dienstboten eine perfekte Entschuldigung für den Aufbruch bieten. Niemand war in solchen Dingen besser als sie – »Mrs. Ambrose hat sich schreckliche Sorgen um ihre kleine Tochter gemacht – sie schien sich schon am Nachmittag nicht gut zu fühlen, und da Mr. Paradine auch nicht wohlauf war ...« Lydia konnte richtig hören, wie sie diese Erklärung abgab, und sah Lane vor sich, wie er gebührendes Mitgefühl zeigte.

Man verabschiedete sich, und die Ambroses machten sich mit Brenda und Lydia auf den Weg.

Miss Paradine hielt Lane ihre kleine Ansprache. Lydia hätte sich köstlich amüsiert, weil Grace genau die Worte wählte, die sie sich vorgestellt hatte – Mrs. Ambrose macht sich große Sorgen um ihre kleine Tochter und so weiter.

Zehn Minuten später wünschten auch Mark und Dicky eine gute Nacht – die Silvesterparty war zu Ende.

7

Vier Personen befanden sich noch im großen Salon: Elliot, Phyllida, Tante Grace und Albert Pearson als Prellbock. Es war unmöglich zu sagen, ob er sich dieser Situation bewußt war und sie unerträglich fand oder ob er lediglich Pflichtbewußtsein an den Tag legte, als er der Gastgeberin eröffnete, er habe noch zu tun und wolle sich lieber gleich an die Arbeit machen. Er machte keinen nervösen Eindruck, aber das tat Albert nie. Ob er sich jemals in seinem neunundzwanzigjährigen Leben unbehaglich gefühlt hatte, das wußte nur er. Für den Rest der Welt stellte er stets eiserne Tüchtigkeit zur Schau, was manchmal ausgesprochen ärgerlich war. Unfehlbarkeit erforderte eine Menge Charme, sonst war sie schlecht zu ertragen. Unglücklicherweise besaß Albert überhaupt keinen Charme. Dennoch bedauerten in diesem Moment drei Menschen, daß er sie verließ.

Schweigen senkte sich über den Raum. Phyllida stand neben dem Kamin und betrachtete das Feuer. Ihre Haltung drückte auf anmutige Art Gedankenverlorenheit aus. Grace Paradine hatte ihren Platz nicht mehr eingenommen. Nicht weit von ihr entfernt stand Elliot – ganz der höfliche Gast, der eine gewisse Verlegenheit, aber auch Sarkasmus verbarg. Falls sie hoffte, daß er als erster das Wort ergriff, konnte sie lange warten.

Sie alle warteten – Phyllida in Gedanken versunken, Miss Paradine eher aufgebracht. Dieser Kerl besaß die Unverfrorenheit, herzukommen und ihnen – besonders Phyllida – seine Gesellschaft aufzuzwingen! Grace fiel es schwer, James zu vergeben, daß er ihn dazu ermutigt hatte – ausgesprochen schwer. Es war unverzeihlich, daß Phyl diesen Schock erleben mußte. Und worauf wartete er jetzt noch, wenn alle anderen gegangen waren? Sie vollzog eine rasche Bewegung und sagte: »Ich denke, wir ziehen uns jetzt alle zurück. Lane wird Sie zur Tür führen, Elliot.«

In diesem Moment löste sich die Verlegenheit, die Elliot bis dahin empfunden hatte, in Rauch auf. Plötzlich wurde er so wütend, daß ihm alles egal war. »Oh, hat Mr. Paradine Ihnen das nicht gesagt?« fragte er mit gespieltem Vergnügen. »Ich fürchte, ich muß mich bei Ihnen entschuldigen. Ich übernachte heute hier. Wir sind gerade bei einer wichtigen Arbeit, und er hat darauf bestanden, daß ich bleibe.«

Miss Paradine war sprachlos. Das Blut schoß ihr ins Gesicht. Worte, die ihrem Zorn Ausdruck verliehen hätten, lagen ihr auf der Zunge. Aber sie verbiß sich im Moment jeden Kommentar. Wichtiger als ihre Ablehnung und wichtiger als alles andere war die Tatsache, daß Phyllida ihnen zuhörte. Sie durfte sich nicht ins falsche Licht rücken. Wie sehr sie sich auch provoziert fühlte, sie durfte nichts sagen oder tun, was Phyllida dazu bringen konnte, ihre Sympathien auf Elliots Seite zu verlagern. Sie überlegte eine Weile, dann erwiderte sie: »Nein, das hat er mir nicht gesagt, aber ich bin der Meinung, ich hätte davon erfahren müssen.«

Elliot war fähig, auch das zu bewundern, was er nicht mochte. Er mochte Grace Paradine nicht, aber er hatte sie nie als Gegnerin unterschätzt. Sie hatten um Phyllida gekämpft, und Grace hatte gewonnen. Der Zorn über diesen armseligen Sieg schwemmte jede Spur von Bewunderung hinweg.

»Ich stimme Ihnen zu, aber mich dürfen Sie nicht für dieses Versäumnis verantwortlich machen. Mr. Paradine hat mich unvorhergesehen und eindringlich herbeordert – wenn ich die Wahl gehabt hätte, wäre ich sicherlich nicht hier. Ich muß jetzt zu ihm, deswegen wünsche ich Ihnen eine gute Nacht«, sagte er.

Grace Paradine neigte den Kopf und trat einen Schritt zurück. Elliot sah Phyllida an, und sie wandte sich augenblicklich vom Kamin ab und ging auf ihn zu.

»Gute Nacht, Elliot.«

Auch er sagte »Gute Nacht« und wartete – um zu sehen, was sie als nächstes tat, oder weil es ihm schwerfiel, den Blick von ihr zu wenden.

Sie kam noch näher, immer noch mit diesem verträumten Ausdruck, und hielt ihm die Wange für einen Kuß hin. Sie blieb dabei so natürlich, als wollte sie ihm eine unbeabsichtigte Reaktion entlocken. Seine Lippen berührten sie, aber er zog sich im selben Augenblick wie sie zurück. Sie spähte über die Schulter und sagte: »Gute Nacht, Tante Grace.« Dann durchquerte sie den Raum und ging hinaus.

Elliot verspürte nicht den leisesten Drang, ihr zu folgen. Alles in ihm war erstarrt. Sie waren ein Liebespaar gewesen, und sie hatten sich getrennt. Sie waren sich als Fremde wiederbegegnet und hatten ein Gespräch wie entfernte Bekannte geführt. Wie weit hatte sich Phyllida von der Leidenschaft ihrer Liebe und des Zorns entfernt, daß sie es fertig brachte, ihm die Wange zu einem großväterlichen Kuß zu bieten? Sein

Geist war wie betäubt. Er rührte sich nicht von der Stelle, als er Grace Paradine nachsah, wie sie den Salon verließ.

8

Die Erstarrung hielt während des Gesprächs mit James Paradine an. Es dauerte nicht lange. In Wahrheit war dieses Treffen nur ein Vorwand gewesen, um aus dem Salon entfliehen zu können. James erwartete ihn nicht und war auch nicht erpicht darauf, mit ihm zu reden. Er saß an seinem Schreibtisch, grinste grimmig und sagte: »Kommen Sie, um zu gestehen? Gehen Sie. Ich bin beschäftigt. Wenn Sie bleiben, sage ich Ihnen nur, daß ich Sie für einen Narren halte.«

»Danke, Sir – Lydia hat mir das auch schon gesagt.«

»Sie hat ein loses Mundwerk. Sie braucht einen Ehemann, der sie in ihre Schranken verweist. Richard wird das nicht zustande bringen. Aber ich spreche von Ihnen. Sie sind ein Narr, weil Sie heute abend in dieses Zimmer kommen. Es ist kompromittierend – verdammt kompromittierend.« Er lachte bitter. »Falls Sie jemand beobachtet hat, ist Ihr guter Ruf dahin. Alle wären überzeugt, daß Sie gekommen sind, um ein Geständnis abzulegen.«

»Worüber?«

»Über irgendeine Dummheit«, sagte James Paradine. »Es gibt mehr Narren als weise Männer, und ich bin zu dem Schluß gekommen, daß der Teufel einen Mann zum Narren macht. Wie auch immer – verschwinden Sie von hier. Sie bekommen Ihre Entwürfe morgen früh zurück.«

Elliot ging hinaus. Albert Pearson befand sich in Sichtweite und bedachte ihn mit einem ernsten Blick.

»Auf ein Wort, Wray, wenn Sie erlauben ...«

Es gab keinen Menschen auf der Welt, mit dem sich Elliot noch weniger abgeben wollte als mit Albert, doch es war unmöglich, ihn zurückzuweisen. »Ich dachte, Sie hätten zu tun«, warf er ein, erzielte damit aber keinerlei Erfolg.

Albert entgegnete lediglich, daß er die Arbeit auch später erledigen könne, und folgte Elliot in sein Zimmer. Es lag am Ende des Flurs, von dem alle Gästezimmer abzweigten. Hier hatte er auch übernachtet, bevor er Phyllida geheiratet hatte. Es war ein großer Raum, der noch riesiger ausgesehen hätte, wenn er nicht mit so vielen Möbeln vollgestopft gewesen wäre. Mahagonibett, Schrank, Kommode, Toiletten- und Waschtisch nahmen viel Platz ein. Außerdem befanden sich noch ein Schreibtisch, ein Sessel und ein paar kleine Stühle im Zimmer.

Albert kam herein und schloß die Tür. »Haben Sie etwas dagegen, wenn ich bis zwölf Uhr hierbleibe?«

»Was?«

Albert wiederholte seine schreckenerregende Frage. »Haben Sie etwas dagegen, wenn ich bis zwölf Uhr hierbleibe? Er macht es mir schwer, mich in diesem Haus aufzuhalten. Für die Ambrose-Sippe ist es leicht – sie können nach Hause gehen und sich gegenseitig ein Alibi geben, genau wie Richard und Mark. Auch Miss Paradine und Phyllida können zusammen bleiben, wenn sie möchten. Aber was ist mit mir? Er hat gesagt: ›Ich halte mich bis Mitternacht in meinem Arbeitszimmer auf.‹ Wer kann mit Bestimmtheit sagen, daß ich nicht zu ihm gegangen bin, mit ihm gesprochen und gestanden habe, was immer er nach dem Abendessen angedeutet hat? Ich bin derjenige, den die Familie am liebsten in der Rolle des Schuldigen sehen würde, meinen Sie nicht? Auch wenn Sie sich nicht vorstellen können, daß sie sich darum reißen, mich anzuschwärzen, ich kann es sehr gut. Ich besitze nichts. Mein Ruf ist mein einziges Kapital, und das setze ich nicht aufs Spiel. Ich brauche einen Zeugen, daß ich innerhalb der festgesetzten Frist nicht in der Nähe des Arbeitszimmers war.«

Elliot lehnte sich ans Fußende des Bettes, steckte die Hände in die Hosentaschen und entgegnete mit einer Spur Gehässigkeit: »Immerhin hatten Sie ein paar Minuten Zeit für ein Geständnis, bevor ich auf der Bildfläche erschienen bin, nicht wahr?«

Albert schüttelte den Kopf. »Nein. Lane war bei ihm, als ich vorbeikam, und trug ein Tablett mit Getränken heraus – er kann bestätigen, daß ich nicht im Arbeitszimmer war. Und ich hielt mich danach keine halbe Minute mehr in der Nähe auf. Ich vermute, kein Mensch kann mir unterstellen, daß ich in dreißig Sekunden ein Geständnis über was auch immer abgelegt habe.«

»Dann hätten Sie wirklich verdammt rasch zur Sache kommen müssen.«

»Sehen Sie. Und wenn ich hierbleibe bis nach zwölf, kann mir niemand etwas Böses nachsagen.«

Elliot zog die Augenbrauen hoch. Die Zeiger der Uhr auf dem Kaminsims standen auf Viertel nach zehn. Er hatte sich nie mit Albert anfreunden können und würde das an diesem Abend auch nicht tun. Zwei Stunden Albert pur waren eine bestürzende Aussicht. Er sehnte sich danach, endlich allein zu sein und sagte so bestimmt wie möglich: »Ich an Ihrer Stelle würde Schluß mit all dem machen und ins Bett gehen.«

Albert sah ihn eigensinnig an. Alle Paradines konnten starrköpfig sein, aber Alberts Mutter, Millicent Pearson, geborene Paradine, wurde Milly, das störrische Maultier, genannt.

»Ich muß auf meinen Ruf achten.«

Elliot brachte ein liebenswürdiges Lächeln zustande. »Ich könnte Sie in Ihrem Zimmer einsperren und den Schlüssel mitnehmen.«

Alberts Ähnlichkeit mit der verstorbenen Mrs. Pearson trat noch deutlicher zutage. Er marschierte zu dem Sessel und setzte sich.

»Ich könnte einen zweiten Schlüssel haben. Ich gehe kein Risiko ein. Außerdem – haben Sie Ihre eigene Lage schon mal bedacht? Cousine Grace hat Sie nicht gerade in ihr Herz geschlossen, und was für mich gilt, gilt auch für Sie. Wenn wir hier zusammen sitzen bleiben, kann sie uns beiden nichts anhaben. Verstehen Sie? Ich kann bestätigen, daß Sie nicht lange genug bei ihm waren, um etwas einzugestehen. Also sind wir beide fein raus.«

Knapper hätte man die Lage kaum beschreiben können. Die Tatsachen lagen offen auf dem Tisch. Daß die Situation der Komik nicht vollkommen entbehrte, entging Elliot keineswegs. Er fügte sich ins Unvermeidliche.

Albert hatte den einzigen Sessel mit Beschlag belegt, daher machte es sich Elliot auf dem Bett bequem und bereitete sich darauf vor, bis zum bitteren Ende durchzuhalten. Wenigstens wurde von ihm nicht erwartet, nennenswerte Beiträge zur Unterhaltung beizusteuern. Kein Mensch in ganz England konnte besser Monologe halten als Albert. Eine ausführliche Analyse der japanischen Außenpolitik in den letzten zwanzig Jahren führte übergangslos zu einem Resümee der persönlichen Geschichte und Karriere von Tschiang-Kai-schek. Die Worte stürzten auf Elliot herein, ohne sein Gehirn zu belasten oder seine Gedanken zu beeinflussen. Sie übten sogar eine gewisse beruhigende Wirkung aus. Alberts Stimme hob und senkte sich, und es bestand nicht die geringste Notwendigkeit, dem, was er sagte, zuzuhören. Was Elliot auch nicht tat.

Ab und zu erwachte er aus seinem Dämmerzustand, dann wurde ihm bewußt, daß Albert über den Kommunismus, das Verhältniswahlsystem oder den Lebensweg der Aale dozierte, aber meistens hing er seinen eigenen Gedanken nach und ließ Albert reden.

9

Sobald Phyllida die Tür zum Salon hinter sich geschlossen hatte, raffte sie ihren langen weißen Rock und lief wie der Blitz die Treppe hinauf, durch den Flur und in ihr Zimmer. Noch bevor sie das Licht anmachte, drehte sie den Schlüssel im Schloß um. Heute abend würde sie niemanden mehr hereinlassen und mit keinem mehr reden, um nichts in der Welt. Die Tür war verschlossen und würde es auch bleiben.

Sie knipste das Licht an und sah sich erleichtert um. Nach dem Karmesinrot und dem Mahagoni im Rest des Hauses war dieser Raum bezaubernd und hell – cremefarbene Wände und blaßblaue Vorhänge mit einem zarten Muschelmuster; relativ moderne Möbel, silbergrau und handpoliert; ein silbernes Bett mit blaßblauer Decke und Kissen sowie einer blau und silber gemusterten Steppdecke; ein grauer Teppich. Alles wirkte sauber und schlicht, und alles hatte Grace Paradine ausgesucht.

Phyllida verharrte mitten im Zimmer. Sie wartete auf etwas, was unweigerlich kommen mußte – das Klopfen an der Tür und die Stimme, die ihren Namen aussprach.

»Phyl, Liebling, kann ich reinkommen?«

Sie sah, wie sich der Türknauf drehte, und sagte schnell: »Oh, bist du es, Tante Grace? Ich bin gerade dabei, ins Bett zu gehen ...«

»Ich wollte dir nur gute Nacht sagen.«

»Gute Nacht, Tante Grace.«

Eine Weile war alles still, dann entfernten sich ihre Schritte. Phyllida holte tief Luft. Jetzt war sie wirklich allein. Als allererstes machte sie alle Lichter an, eines über dem Toilettentisch und ein anderes, das die lange Spiegelwand erleuchtete. Der Raum schimmerte – cremefarben, silbern und vergißmeinnichtblau, und mittendrin Phyllida in ihrem weißen Kleid.

Sie schaute in den Spiegel und sah das Zimmer und sich selbst wie durch einen Silberrahmen – ein anderes Mädchen in einem anderen Zimmer. So viel Licht und Helligkeit, so viel Farbe und Frische. Dies war nicht das Mädchen, das sie im vergangenen Jahr jeden Tag im Spiegel gesehen hatte. Das Jahr 1941 ging zu Ende und nahm das Mädchen mit sich. Phyllida wollte es nie wieder sehen. Das hier war etwas anderes. Sie schaute unverwandt in den Spiegel und ging näher heran, um die Augen dieser anderen Phyllida zu betrachten. Ganz plötzlich drehte sie sich um und knipste alle Lichter bis auf die Nachttischlampe aus. Langsam schlenderte sie zum Kamin und ließ sich auf einen der kleinen, niederen Stühle sinken. Eine Viertelstunde verging.

Schließlich stand sie auf, ging zur Tür und öffnete sie. Der lange Flur war dunkel und verlassen. Die helle Deckenleuchte brannte nicht, und ein schwacher Lichtschein schimmerte von der Treppe herüber. Phyllida lauschte, hörte aber nicht den leisesten Ton.

Eine volle Minute verstrich, ehe sie die Tür lautlos hinter sich schloß und durch den Korridor ging. Zwei Türen befanden sich auf der einen Seite, ein Bad und Tante Graces Schlaf- und Wohnzimmer auf der anderen. Dann waren es nur noch ein paar Schritte bis zur breiten Treppe, die in die Halle führte.

Auf der untersten Stufe blieb sie wieder stehen und horchte. Eine Lampe brannte die Nacht über in der Halle und ließ die Türen zum Speisezimmer und Salon zur Linken, die zur Bibliothek und den grün tapezierten Durchgang, der zum sogenannten Westflügel führte, zur Rechten erkennen. Im Westflügel befanden sich die Räume, die James Paradine für seine Frau eingerichtet hatte, als sie krank geworden war – Schlafzimmer, Wohnzimmer, Bad und Ankleidezimmer. Alle Räume gingen auf die Terrasse und Flußseite hinaus und konnten über den Flur zwischen Bibliothek und Billardzimmer erreicht werden. Am anderen Ende dieses Flurs befand sich die Treppe zu den Gästezimmern. Mrs. Paradines Schlafzimmer war seit ihrem Tod nicht mehr bewohnt worden, aber James Paradine benutzte das Bad, schlief im ehemaligen Ankleidezimmer und hatte das Wohnzimmer zu seinem Büro gemacht.

Er saß an seinem Schreibtisch und wartete. Sein Blick war auf die Tür gerichtet. Er lauschte angestrengt, um auch das leiseste Geräusch zu bemerken. Vor ihm auf dem Tisch waren, ordentlich arrangiert, Schreibunterlage, Federhalter, Notizblock und das hübsche silberne Tintenfaß, das ihm seine Angestellten zur Hochzeit geschenkt hatten. Links neben ihm lag die *Times*.

Er saß schon seit geraumer Zeit, ohne sich zu rühren, so da, als ein ganz leises Klopfen an der Tür ertönte. Das Geräusch war so schwach, daß man es leicht hätte überhören können. James Paradine schien nur auf dieses Zeichen gewartet zu haben und rief: »Herein!«

Es war unmöglich zu sagen, ob ihn das Erscheinen von

Phyllida überraschte oder nicht. Sie huschte ins Zimmer und lehnte sich, als hätte sich ihre Energie vollkommen erschöpft, an die Tür, ohne den Türknauf loszulassen.

»Kann ich mit dir sprechen, Onkel James?«

Er sah sie mit dem strengen, blitzenden Blick an, vor dem sie sich als kleines Mädchen immer gefürchtet hatte. Auch jetzt schüchterte er sie ein. Ihr Atem beschleunigte sich, und ihre Augen nahmen einen verschreckten Ausdruck an.

»Selbstverständlich, Phyllida«, sagte James Paradine. »Komm und setz dich. Wenn du die Tür absperren würdest, könnten wir vermeiden, gestört zu werden.«

Sie drehte den Schlüssel im Schloß, ging zum Schreibtisch und nahm auf dem Stuhl Platz, auf dem Elliot einige Zeit vorher gesessen hatte. Für einen Moment ruhte ihr ängstlicher Blick auf James Paradines Gesicht. Dann spürte sie, wie ihr die Röte in die Wangen stieg, und sie wandte sich ab.

Seine Lippen verzogen sich zur Andeutung eines spöttischen Lächelns. »Also, Phyllida – bist du gekommen, um zu gestehen?«

»Als du das beim Abendessen gesagt hast«, erwiderte sie hastig, »hast du doch nicht ... du meinst doch nicht Elliot damit. Oder?«

»Was bringt dich auf diese Idee?«

»Er würde nie ... er *könnte* nicht ...«

»Sehr nobel und anständig von dir, meine Liebe. Eine Frau sollte immer von der Unbescholtenheit ihres Mannes überzeugt sein.«

Phyllida riß den Kopf hoch, als wäre sein Zynismus eine Herausforderung für sie, und entgegnete stolz: »Du denkst, ich hätte kein Recht mehr, Elliot zu verteidigen. Möglicherweise habe ich das auch nicht. Aber ich weiß genau, daß er gewisse Dinge niemals tun würde.«

James Paradine nickte. »Ganz recht, meine Liebe, und du bist eine großartige Fürsprecherin. Aber ich kann dich beruhigen – ich erwarte kein Geständnis von deinem Mann. Aber was ist mit deinem?«

Sie senkte erneut den Blick. »Es ist eigentlich kein Geständnis – ich denke nur ... ich war ... Ich weiß nicht, wie ich das ausdrücken soll ...«

»Du meinst, daß du etwas Dummes getan hast?« half ihr James Paradine auf die Sprünge.

Wieder traf ihn ein flüchtiger Blick – noch immer ängstlich, aber diesmal funkelte auch wehmütige Belustigung in ihren Augen. »Vielleicht – ich weiß es nicht. Deshalb möchte ich ja mit dir darüber reden.«

»Und warum ausgerechnet mit mir? Ich dachte, Grace wäre diejenige, der man in dieser Familie alles anvertraut.«

Phyllida sagte in hoffnungslosem Ton: »Die Sache liegt ihr zu sehr am Herzen. Ich wollte mit jemandem darüber sprechen, der sich nicht so viel daraus macht.«

James Paradine musterte sie amüsiert. »Du möchtest die Meinung eines unbeteiligten Außenstehenden hören. Ich verstehe. Also, worum geht's?«

»Ich weiß nicht, was Tante Grace dir im letzten Jahr erzählt hat – über Elliot und mich.«

Er zog die schwarzen Augenbrauen hoch. »Mal sehen, woran ich mich noch erinnere – ihr seid von der Hochzeitsreise zurückgekommen, wart über die Weihnachtsfeiertage in London bei Lionel Wray und seiner Familie, und am dreißigsten Dezember kamt ihr zu uns. Wir haben den Silvesterabend wie üblich mit den anderen verbracht, und am sechsten Januar – oder war es der siebte? – informierte mich Grace, daß ihr euch getrennt habt.«

»Hat sie dir auch gesagt, warum?«

»Sie sagte –« James Paradines Stimme klang sehr sachlich –, »soweit ich es noch im Gedächtnis habe, sagte sie, daß er sich als ›ausgesprochen unwürdig‹ erwiesen hätte, und deutete an, du hättest Grund genug, die Scheidung zu verlangen. Mir erschien das reichlich früh nach der kurzen Ehe. Darf ich fragen, ob du vorhast, mir zu erzählen, was wirklich vorgefallen ist?«

Phyllida sagte: »Ja.« Sie sah ihn direkt an. »Ich habe nie mit jemandem darüber gesprochen. Die anderen machen sich zu große Sorgen, oder es ist ihnen gleichgültig, und niemand möchte mir einen Rat geben.«

»Keine schöne Haltung«, meinte James Paradine und fügte hinzu: »Ich weiß zu schätzen, daß du mich nicht zu diesen Leuten zählst.«

»Tante Grace hat so viel für mich getan – alles, was menschenmöglich war. Ich bin ihr *sehr* dankbar, aber wenn einen jemand zu sehr liebt, hat man manchmal das Gefühl, man könne keine Bewegung machen, ohne ihn zu verletzen. Als ich mich mit Elliot verlobte, spürte ich, daß ich Tante Grace damit verletzte. Und ich war dabei, ihr noch mehr weh zu tun, aber ich konnte nichts dagegen unternehmen. Sie mochte Elliot nicht.«

James Paradine nickte. »Nein, sie mochte ihn nicht. Meine Liebe, ich würde sagen, die Chancen standen ausgesprochen schlecht, daß sie überhaupt einen Mann, den du heiraten wolltest, mögen würde.«

Wieder wirkte sie verschreckt. »Ich war deswegen sehr unglücklich, aber ich konnte wirklich nichts tun. Wir haben geheiratet und sind in die Flitterwochen gefahren. Zwei Tage nach unserer Abreise bekam Tante Grace einen Brief – offenbar hat die Post getrödelt, und er kam nicht rechtzeitig vor unserer Hochzeit an. Den Brief hatte eine Freundin von ihr abgeschickt – diese Mrs. Cranston, die ich noch nie richtig leiden konnte –, und sie schrieb lauter Sachen über Elliot.«

»Frauen haben ein bemerkenswertes Talent, sich in die Angelegenheiten anderer Leute einzumischen«, stellte James Paradine fest.

»Sie fand, daß Tante Grace wissen sollte, daß Elliot ... daß er ...«

»Ja, meine Liebe?«

Sie war ziemlich blaß geworden. »Er hatte einige Zeit zuvor einen Autounfall beinahe vor dem Haus der Cranstons. Ein Mädchen war bei ihm, und sie wurde bei dem Unfall verletzt. Er brachte sie ins Haus der Cranstons – deshalb war Mrs. Cranston so gut informiert. Elliot saß am Steuer. Natürlich mußten sie ihre Namen und Adressen angeben. Der Name des Mädchens lautete Maisie Dale. Mrs. Cranston schrieb Tante Grace, daß die beiden am folgenden Abend in einem Rasthaus übernachteten.«

Wieder zog Mr. Paradine die Augenbrauen in die Höhe. »Ist das alles?«

»Nein, natürlich nicht. Es ist nur ... ich habe noch nie darüber gesprochen ... es ist nicht leicht.«

»Ich verstehe. Möchtest du weiter erzählen?«

Sie nickte. »Ja. Es war noch viel mehr. Ich habe den Brief nicht selbst gelesen – ich wollte das nicht. Ich halte Mrs. Cranston für eine gräßliche Frau, aber ich glaube, sie hat nur geschrieben, was die Leute geredet haben – über Elliot und dieses Mädchen. Tante Grace war schrecklich aufgeregt. Wir hatten geheiratet, und ihre Freundin eröffnete ihr jetzt, daß Elliot immer noch Kontakt zu diesem Mädchen hätte. Ich habe keine Ahnung, woher Mrs. Cranston das wußte.«

»Sie gehört zu der Sorte Frauen, die es sich zur Aufgabe gemacht haben, alles über ihre Mitmenschen zu wissen«, sagte James Paradine. »Ach übrigens, war das Mädchen schwer verletzt?«

»O nein. Mrs. Cranston meinte, sie hätte nur kurz das Bewußtsein verloren und wäre ganz in Ordnung gewesen, nachdem sie wieder zu sich gekommen war.«

»Ich verstehe. Und?«

Phyllida stieg wieder die Röte ins Gesicht, und sie vermied es, James direkt in die Augen zu sehen. »Tante Grace wollte herausfinden, ob es wahr ist ... Ich meine, ob Elliot diese Maisie Dale wirklich noch sieht. Sie hat jemanden engagiert, der Nachforschungen anstellte.«

»Wie tatkräftig und wagemutig!«

»Sie war überzeugt, das Richtige zu tun. Als wir zurückkamen, merkte ich, daß sie verstört war. Damals wußte ich von all dem noch nichts – ich dachte, sie ist unglücklich, weil ich aus dem Haus ging. Eines Tages kam sie in mein Zimmer und erzählte mir alles. Sie las mir Mrs. Cranstons Brief vor, und gerade, als sie fertig war, kam Elliot herein. Verstehst du, ich hatte keine Zeit, über all das nachzudenken. Alles ging so schnell – in der einen Minute war mein Leben in schönster Ordnung, und in der nächsten lag die Welt in Trümmern. Elliot fragte: ›Was ist los?‹, und Tante Grace sagte: ›Phyllida möchte wissen, was Sie über Maisie Dale zu sagen haben.‹ Sie hat mir nicht einmal Gelegenheit gegeben, selbst etwas zu sagen.«

»Das kann ich mir vorstellen.«

Ihre Wangen waren immer noch gerötet, als sie ihn aus leuchtenden Augen ansah. »Elliot wurde böse – beide waren wütend. Tante Grace sagte: ›Sie haben im Juni ein Wochenende mit ihr in Pedlar's Hall verbracht‹, und er erwiderte:

›Und wenn, das geht Sie gar nichts an.‹ Dann sagte sie: ›Wollen Sie abstreiten, daß Sie noch mit ihr in Verbindung stehen?‹ Und er: ›Auch das geht Sie nichts an.‹ Darauf sie: ›Wollen Sie auch abstreiten, daß Sie dieser Person am Nachmittag des sechsundzwanzigsten Dezember einen Besuch abgestattet haben und ihr die Miete für die Wohnung bezahlen?‹ – ›Ich streite gar nichts ab‹, sagte er. ›Miss Paradine, würden Sie uns jetzt bitte allein lassen, damit ich ungestört mit meiner Frau reden kann?‹«

»Und – ist sie gegangen?«

Phyllida schüttelte den Kopf. »Sie rief: ›Bilden Sie sich ein, Sie könnten sie mit irgendwelchen Ausreden abspeisen?‹«

»Und was hattest du zu all dem zu sagen, Phyllida?«

»Ich habe nichts gesagt – überhaupt nichts. Es klingt idiotisch, aber selbst wenn ich mir die Szene ins Gedächtnis rufe – und das habe ich seither hundert- und aberhundertmal getan –, ich kann mich nicht erinnern, ein einziges Wort herausgebracht zu haben. Ich hatte nur das Gefühl, daß für mich alles zu Ende ist. Ich empfinde auch heute noch so, wenn ich darüber nachdenke. Ich hörte all die schrecklichen Dinge, die sie sich an den Kopf warfen, und schwieg. Zum Schluß sagte Elliot: ›Ich verschwinde von hier. Kommst du, Phyllida?‹ Tante Grace lief zu mir, legte die Arme um mich und erwiderte: ›Nein.‹ Elliot stürmte hinaus und schlug die Tür zu, und ich fiel in Ohnmacht. Ich dachte, er würde zurückkommen, aber er tat es nicht, und dann dachte ich, er würde mir wenigstens schreiben, aber auch das tat er nicht. Und Tante Grace behauptete, er wäre zu *ihr* gegangen.«

»Bist du sicher, daß er dir nicht geschrieben hat?«

»Was meinst du damit?«

»Na ja, ich hätte eigentlich damit gerechnet, daß er dir schreibt.«

»Nein, er hat es nicht getan.«

»Ich an deiner Stelle würde ihn fragen, ob er einen Brief an dich abgeschickt hat.«

»Ihn fragen?« wiederholte sie.

»Aber natürlich. Jetzt, da er hier ist, wirst du ihn doch sicherlich nicht wieder fortlassen, ohne mit ihm ausführlich über die Angelegenheit zu sprechen, nicht wahr?«

»Oh ...«

James Paradine lehnte sich zurück und betrachtete sie. »Der Fall wurde damals ein wenig einseitig verhandelt, meinst du nicht? Die Anklage war stark vertreten, aber es gab keine Verteidigung, und der Angeklagte wurde nicht einmal angehört.«

Phyllida machte wieder: »Oh ...« Dann setzte sie vorsichtig hinzu: »Onkel James, darf ich dir auch von heute abend erzählen?«

»Selbstverständlich.«

»Als Elliot in den Salon kam ...«

»Ja, meine Liebe?«

»Ich war sehr niedergeschlagen – ich wußte gar nicht, daß man so unglücklich sein kann –, aber sobald Elliot hereinkam, fiel das ganze Elend von mir ab. Ich brauchte ihn nur einmal anzusehen, und ich war *erschreckend* glücklich.«

»Das ist mir nicht entgangen.«

»Oh ...«

»Meine Liebe, du kannst nicht all deine Fahnen hochhalten und erwarten, daß es niemandem auffällt.«

Auch jetzt sprach ihre Miene Bände. Sie seufzte. »Es schien keine Rolle mehr zu spielen – mir war gleichgültig, was vorgefallen war.« Und sie fuhr sehr ernst fort: »Aus diesem Grund wollte ich mit dir darüber reden. Ich möchte herausfinden, ob ich es bloß leid bin, so unglücklich zu sein. Ich meine, ist es nur so, daß ich mich nicht mehr um die Dinge kümmern möchte, die mir am Herzen liegen sollten? Das will ich herausfinden. Tante Grace ist so besorgt, und ich mache mir zu viele Gedanken und weiß nicht einmal, ob Elliot das alles etwas ausmacht. Vielleicht ist es ihm inzwischen egal, was aus uns und unserer Ehe wird.«

»Ich würde ihn danach fragen«, empfahl James Paradine energisch. Er beugte sich vor, zog eine Schublade auf und holte eine Dose heraus. Er öffnete die Dose – sie enthielt Drops mit verschiedenen Geschmacksrichtungen. James nahm sich ein Zitronenbonbon und bot Phyllida auch eines an.

»Phyllida hör auf, dir so viele Gedanken um dich zu machen. Denk an Elliot. Selbst ein Angeklagter hat Rechte – und Gefühle. Ich würde mir an deiner Stelle anhören, was er zu der Sache zu sagen hat ... Jemand hat sich an meinen Bonbons gütlich getan – schon seit einiger Zeit habe ich den Verdacht, daß sich jemand selbst bedient. Albert vielleicht, obwohl, das wäre ein zu menschlicher Zug. Wer könnte es sonst sein? Wie heißt dieses apfelbäckige Kind, das immer knallrot wird, wenn es mir auf dem Flur begegnet?«

Phyllida lachte unsicher. »Polly Parsons. Sie ist erst sechzehn, und wahrscheinlich mag sie Bonbons.«

»Ich werde ihr das Vergehen nachsehen. Wie würde sie wohl reagieren, wenn ich eine große Tüte mit Süßigkeiten in die Schublade lege und darauf schreibe: ›Für Polly‹?«

Phyllida schob ihren Stuhl zurück und stand auf. »Ich denke, sie würde zu Tode erschrecken«, sagte sie.

In diesem Moment drehte sich der Türknauf und quietschte leise.

James Paradines Miene wurde streng, bevor er rief: »Einen Moment, ich öffne die Tür!«

Danach legte er den Zeigefinger an die Lippen und winkte Phyllida in die Richtung des unbewohnten Schlafzimmers. Als sie darauf zueilte, hörte sie, wie James das Zimmer durchquerte, und sobald sie die Verbindungstür hinter sich geschlossen hatte, vernahm sie noch etwas anderes – der Schlüssel wurde umgedreht.

Das Zimmer, in dem sie stand, war finster – stockfinster. Phyllida konnte sich nicht erinnern, jemals hier gewesen zu sein. Ein- oder zweimal hatte sie an der Tür gestanden und hereingeschaut, aber weiter war sie nie gekommen. Als sie ein Kind war, stellte dieser Raum verbotenes Terrain dar. Die flüchtigen Blicke, die sie damals gewagt hatte, hatten den erschreckenden Eindruck von schweren roten Vorhängen, einem riesigen Bett mit vier Pfosten und einer staubigen Decke sowie massiven Mahagonimöbeln hinterlassen. Ein Schrank bedeckte die ganze Wand zwischen der Tür und dem Fenster auf der linken Seite.

Als sie den ersten Schritt wagte, wurden Stimmen im Arbeitszimmer laut – James Paradines Stimme und eine andere. Beide waren ihr vertraut. Sie trat fünf Schritte weiter in das dunkle Zimmer, drehte sich zur Seite und ging mit ausgestreckten Händen weiter, bis sie die Tür zum Flur ertastete.

10

Gegen halb zwölf wurde Elliot Wray hellwach. Seine Geduld war am Ende. Albert beschrieb gerade anschaulich die Wanderung der Aale zur Saragasso See, wo sie sich fortpflanzten, und plötzlich konnte Elliot diese eindringliche Stimme nicht mehr ertragen. Wie das stete Tropfen eines Wasserhahns war ihm das Geplapper zur reinsten Folter geworden, und er war unfähig, diese Qual noch länger zu erdulden. Er stand auf, streckte sich und schlug vor: »Lassen Sie uns etwas trinken.«

Albert starrte ihn an – seine Gedanken waren noch vollauf mit den Aalen beschäftigt. Durch die dicken Brillengläser sahen seine Augen aus wie die eines Bullen – nur kleiner, aber genauso braun und hervorquellend. Wenn man sich einen Bullen mit beleidigtem Blick vorstellen kann, dann weiß man, wie Albert in diesem Moment aussah.

Elliot grinste. »Kommen Sie. Lane läßt immer ein Tablett mit Karaffen im Speisezimmer stehen. Sehen wir mal nach.«

Die Gästezimmer befanden sich direkt über James Paradines Räumen, der Bibliothek und dem Billardzimmer. Um das Speisezimmer zu erreichen, konnten sie entweder die schmale Treppe am Ende des Korridors benutzen oder nach links zur Haupttreppe gehen, die in die Halle führte. Auf diesem Weg waren sie heraufgekommen, und er war nicht nur ein wenig kürzer, er ersparte ihnen auch, an James Paradines Arbeitszimmer vorbeischleichen zu müssen.

Elliot wandte sich nach links. Bei den ersten Schritten war der Blick auf die Halle halb durch den vergoldeten Lüster versperrt, der im schwachen Schein der Nachtlampe nichts weiter als ein dunkler Schatten an der Decke war. Erst als sie auf dem Treppenabsatz standen, konnten sie die Halle überblicken und die große Doppeltür aus Mahagoniholz sehen, die zum Vestibül und der Veranda dahinter führte. Die rechte Hälfte der Tür bewegte sich. Es war nur ein flüchtiger Eindruck, und später mußte sich Elliot angestrengt auf diesen Augenblick konzentrieren, um sicher zu sein, ob er diese Bewegung tatsächlich wahrgenommen hatte. Aber wie Galileo beharrte er auf der Meinung: »Und sie bewegt sich doch.« Aber als er sich der Treppe zuwandte, war alles ruhig. Er überlegte, daß es ihn nichts anging, ob James Paradine Besuch gehabt hatte. Außerdem war es vielleicht schon zu spät, um nachzusehen, wer dieser Besucher gewesen war.

Als sie in die Halle kamen, war ein Geräusch im oberen Stockwerk zu hören. Als würde eine Tür geöffnet oder geschlossen – jedoch war auch das mehr eine Ahnung als eine gesicherte Tatsache.

Elliot betrat das Speisezimmer, bediente sich mit einem Whisky-Soda und sah Albert zu, wie er sich über einer Spiritusflamme einen Kakao kochte. Als Albert weiter über Aale dozieren wollte, protestierte Elliot, und drohte, ihn sofort stehen zu lassen und ihm nicht mehr als Alibi zu dienen, sollte er ihn weiterhin mit Informationen vollstopfen. Woraufhin Albert sich mit seinem Kakao tröstete.

Als sie das Speisezimmer verließen, versuchte Elliot das zweite Geräusch zu analysieren. Er hatte etwas gehört, dessen war er ziemlich sicher – einen Laut aus der oberen Etage, aus dem Teil des Hauses, den Grace Paradine und Phyllida bewohnten. Beide hatten ein Wohnzimmer und ein Bad. Sonst schlief niemand in diesem Flügel. Die Quartiere der Dienstboten befanden sich unten neben der Küche. Falls dort oben jemand herumgegangen war, dann mußte es entweder Phyllida oder Miss Paradine gewesen sein. Selbst wenn er angestrengt nachdachte, konnte er nicht mehr dazu sagen. Was er gehört hatte, waren möglicherweise Schritte gewesen oder das Zuklappen oder Öffnen einer Tür. Er war sicher, etwas gehört zu haben, und glaubte, daß jemand herumgegangen war – aber das war lediglich ein subjektiver Eindruck. Er ging zurück in sein Zimmer und sah, daß die Zeiger der Uhr auf acht Minuten nach zwölf standen.

Das Jahr 1942 hatte begonnen, und Albert brauchte kein Alibi mehr.

11

Kurz vorher, während sich Elliot Wray und Albert Pearson im Speisezimmer aufhielten, saß James Paradine noch an seinem Schreibtisch im Arbeitszimmer. Vor drei Stunden hatte er die Bombe im Kreis der Familie platzen lassen, dennoch zeigte er keinerlei Anzeichen von Langeweile oder Müdigkeit. Im Gegenteil – er machte eher den Eindruck, als wäre für ihn die Zeit wie im Fluge vergangen. Während er dasaß und darauf wartete, daß die Uhr zwölf schlug und ihn von der Verpflichtung befreite, die er sich selbst auferlegt hatte, schien er mit sich und der Welt zufrieden zu sein. Tatsache war, daß sich seine Stirn für einen Augenblick in tiefe Falten legte, als sein Blick auf die Pappröhre fiel, die offen auf dem Tisch zu seiner Linken lag, seine Miene glättete sich jedoch rasch wieder und ein spöttisches Lächeln huschte über sein Gesicht. Er entdeckte den ledergebundenen Kalender auf der anderen Seite des Tisches. Er war aufgeschlagen und lag umgekehrt da. Das hellblaue Leder des Einbands hob sich deutlich von der dunkelroten Tischplatte ab. James nahm den Kalender in die Hand und schaute nach, bei welchem Datum er aufgeschlagen war – erster Februar. Er klappte das Büchlein zu und legte es auf die Schreibunterlage. Für eine Weile schien er sich erfreulicheren Gedanken hinzugeben.

Dann stand er auf, holte einen Schlüsselbund aus seiner rechten Hosentasche und ging zu dem Aktenschrank, der links vom Kamin stand, rückte ihn von der Wand und öffnete den Tresor, den er verdeckt hatte. Einen Augenblick später hielt er eine Reihe altmodischer Kästchen aus rotem Leder, mit den goldenen Initialen CP in der Hand. Das Leder war abgenutzt und das Gold verblaßt, aber die Diamanten, die die Kästchen enthielten schimmerten und glitzerten hell.

Das Collier, das man auch als Diadem tragen konnte; die Ohrringe mit den Solitären; die Ringe mit den im Halbkreis angeordneten Edelsteinen; der Ring mit dem einzelnen großen Stein; die Armbänder und -reifen; der Brustschmuck; die Broschen – sie funkelten auch nach zwanzig Jahren in der Dunkelheit noch genauso wie damals, als Clara sie getragen hatte, um für das Porträt über dem Kamin Modell zu sitzen.

James sah von den echten Steinen zu den gemalten. Es war ein gutes Porträt und Clara sehr ähnlich, auch die Diamanten waren ausgezeichnet getroffen. Es waren wertvolle Steine, und er hatte ein Vermögen dafür bezahlt. Niemand hatte sie seit Claras Tod getragen. Es war ihm nie in den Sinn gekommen, sie an Brenda oder Irene weiterzugeben. Brenda war Claras Tochter und Irene ihre Schwiegertochter, aber ein Paradine hatte die Diamanten erworben, und sie waren ein Teil des Familienvermögens.

Er legte die Kästchen wieder in den Tresor, verschloß ihn und schob den Aktenschrank an die Wand. Mit dem Schlüssel in der Hand ging er zum Kamin, um auf die Uhr zu sehen. Zwei Minuten vor zwölf ... Er vermutete, daß jetzt niemand mehr an seine Tür klopfen würde. Der Silvesterabend war fast vorbei. Ein sonderbarer Abend, dachte er, aber keineswegs ein vergeudeter.

Wie schon vor dem Abendessen ging er zur Tür und löschte die Lichter. Dann tat er das, was ihm offensichtlich zur Gewohnheit geworden war. Er schob die schweren Vorhänge ein Stück auseinander und entriegelte die Tür zur Terrasse. Als er hinaussah, merkte er die Veränderung, die seit dem Abendessen vor sich gegangen war. Noch immer war die Landschaft in schwaches Mondlicht getaucht, aber der Mond selbst war nicht mehr zu sehen. Wind war aufgekommen und trieb dunkle Wolken vor sich her. Es würde nicht mehr lange dauern, bis auch das letzte helle Fünkchen verlosch. Die Uhr auf dem Kaminsims gab vier Töne für die volle Stunde von sich, dann schlug sie zwölfmal. James Paradine trat auf die Terrasse, ging bis zur Brüstung und sah hinunter zum Fluß. Die letzten Strahlen des Mondes funkelten auf dem Wasser, dort wo der Fluß bei Hunter's Lea eine Biegung machte. James dachte an die Diamanten, die er weggeschlossen hatte. Im nächsten Moment war die Nacht pechschwarz.

Als der letzte der zwölf Schläge verklang, öffneten die schwarzen Wolken ihre Schleusen, und Regen prasselte hernieder.

12

Eine halbe Stunde später war es mucksmäuschenstill im Haus. Die Schritte im Flügel über dem Arbeitszimmer, das Wasserrauschen im Bad und das Gurgeln, als die Zisterne wieder vollief – all das war verstummt. Nach dem wohltuenden Bad war Elliot eingeschlafen, sowie sein Kopf das Kissen berührte. Das Haus verfiel in jenes tiefe Schweigen, das die Orte menschlicher Gewohnheiten heimsucht, wenn bewußte Gedanken und Handlungen zur Ruhe kommen. Die Stille in einem schlafenden Haus hat eine besondere Qualität – es ist die Stille des Lebens, die sich von der Stille der Leere ebenso unterscheidet wie der Schlaf vom Tod.

Phyllida träumte, daß sie in der Dämmerung in einem Garten spazierenging. Die Luft war schwer vom Duft der Rosen, und sie wußte, daß Elliot da war. Sie fühlte, daß sein Arm sie umschlang, aber sein Gesicht konnte sie nicht sehen. Plötzlich tauchte eine verschleierte Frau im Dämmerlicht auf und nahm ihn ihr weg. Auch dieses Gesicht konnte Phyllida wegen des Schleiers nicht erkennen, aber sie vermutete, daß es Maisie Dale war. In ihrem Traum verlor sie jeglichen Stolz. Sie rannte hinter den beiden her und rief nach Elliot, aber er war nicht mehr da, und die geheimnisvolle Frau drehte sich um und riß sich den Schleier vom Gesicht. Sie war nicht Maisie Dale, sondern Grace Paradine, die sagte: »Ich lasse dich niemals gehen.«

Phyllida wachte von einem Geräusch auf – es klang wie ein Schrei. Sie wußte nicht, ob sie wirklich diesen Schrei gehört hatte oder nicht. Es war dunkel, und sie hatte Angst. Die Gefahr, der sie gerade entronnen war, verfolgte sie noch über den Traum hinaus.

Sie streckte die Hand aus und machte die Nachttischlampe an. Sofort umgab sie der Zauber und die Geborgenheit des Zimmers. Der Traum war vorbei. Sie blinzelte im Licht und sah, daß die Zeiger der kleinen verchromten Uhr auf kurz nach zwölf standen. Das schreckliche Jahr war zu Ende. Phyllida war froh, daß sie nicht aufstehen und es förmlich verabschieden mußte. Sie wollte es in der Vergangenheit versinken lassen und vergessen wie einen Gast, der zu lange geblieben war und dem bei seiner Abreise niemand eine Träne nachweinte.

Sie löschte das Licht wieder und dachte daran, daß sie Elliot am nächsten Morgen sehen würde. Diesmal durfte sie nicht riskieren, daß sich jemand zwischen sie stellte, und sie nahm sich vor, ihn in ihr Wohnzimmer zu bitten. Das brachte sie beinahe zum Lachen. Komisch, wenn man ein heimliches Treffen mit dem eigenen Ehemann plante – komisch und schön. Ein starkes Gefühl, daß all das Elend hinter ihr lag, erfaßte sie, und sie versank in einen tiefen, traumlosen Schlaf.

Es war Lanes Gewohnheit, um Punkt halb acht Mr. Paradines Schlafzimmer zu betreten. Die Prozedur war immer die gleiche: ein Dutzend Schritte, dann stellte er das Tablett ab, das er mitgebracht hatte, danach schloß er das Fenster, zog die Vorhänge vor und knipste das Licht an. Auch an diesem ersten Morgen des Jahres 1942 folgte er der üblichen Routine, aber als er sich zum Bett umdrehte, erlebte er eine Überraschung – es war leer.

Sein erster Eindruck war genau das, nicht mehr – das Bett war leer. Aber gleich darauf machten sich Bestürzung und Entsetzen bemerkbar, denn in dem Bett lag nicht nur niemand, es war vollkommen unberührt. Die Decken waren noch ordentlich gefaltet und zurückgeschlagen, die Kissen aufgeschüttelt und ohne jedes Fältchen, und der rot-weiß gestreifte Pyjama lag noch genauso da, wie Lane ihn am Abend ausgebreitet hatte. Lane war so erschrocken, daß er sich vergewissern mußte und näher zum Bett ging, um es zu berühren, danach hastete er ins Bad, weil ihm einfiel, daß Mr. Paradine einen Herzanfall hätte haben können. Aber auch im Badezimmer war alles aufgeräumt – zu aufgeräumt. Die Badematte lag kerzengerade ausgerichtet, nirgendwo waren Wasserspritzer, Zahnbürste und Zahnpasta befanden sich an ihrem Platz.

Lane stürmte aufgeregt ins Arbeitszimmer und zu den Fenstern, dann ging er durch den Vorhang zu der Glastür in der Mitte. Plötzlich überfiel ihn Angst – die Tür war unverschlossen und stand einen Spalt offen, so daß der kalte Wind hereinfegte. Er blies ihm direkt ins Gesicht, frostig und ein wenig feucht. Offenbar hatte es in der Nacht geregnet. Lane stieß die Tür ganz auf und sah ins Freie.

Es war noch dunkel – der Tag würde erst in einer Stunde anbrechen. Er sah nichts. Obwohl er wußte, daß sich die Terrasse bis zu der Brüstung, die sie begrenzte, erstreckte, konnte er nichts erkennen.

Er lief zurück ins Zimmer, fand die Taschenlampe, und ging damit wieder auf die Terrasse. Es mußte in den vergangenen Stunden heftig geregnet haben. Überall dort, wo der Steinbelag uneben war, hatten sich kleine Pfützen gebildet. Der Strahl der Taschenlampe tanzte über die triefnassen Fahnen und zitterte heftig, weil Lane sie, so sehr er sich auch bemühte, nicht ruhig halten konnte.

Er kam zur Brüstung, die kaum höher als sechzig Zentimeter war, und blieb stehen. Seine Lippen bewegten sich, während er die Taschenlampe in der Hand hielt.

»Ich hab's ja immer gesagt. Lizzie kann das bestätigen – immer wieder habe ich es gesagt. Es ist gefährlich – so ein steiler Abhang, und dann nur so ein niedriges Mäuerchen – das habe ich so oft schon gesagt.«

Lane gab bei diesen Worten keinen Laut von sich, seine Lippen bewegten sich tonlos.

Er hob die Taschenlampe und leuchtete über die Brüstung auf den steilen Weg zum Flußufer. Da war etwas – ein dunkles Kleiderbündel, die Gestalt eines Mannes, der reglos wie der Weg und der Felsen dahinter dalag.

Lane zitterte mit einemmal nicht mehr. Eine furchtbare Gewißheit erfüllte ihn. Auf der rechten Seite der Terrasse führte eine Treppe zu einer kleinen Rasenfläche hinunter, und von dort aus wand sich der schmale Weg zum Flußufer. Ab und zu verlief der Pfad gerade, an manchen Stellen war er von ein paar Holzstufen unterbrochen, die heute rutschig und naß waren. Lane überwand die Hindernisse mit sicherem Schritt. Dieser Weg wurde gewöhnlich nur bei sonnigem Wetter benutzt – an Sommertagen, wenn man zum Bootshaus wollte –, für einen regennassen, finsteren Morgen im Januar war er zu gefährlich. Lane dachte flüchtig daran, daß es der Neujahrsmorgen war.

Als er in der Nähe des Flusses ankam, hielt er mit der Taschenlampe nach der liegenden Gestalt Ausschau. Es war James Paradine, und er war tot.

13

Als Phyllida wieder wach wurde, war es noch dunkel. Ein Klopfen an der Tür hatte sie geweckt, und sie murmelte verschlafen: »Herein.« Die Tür ging auf und schloß sich wieder, das Deckenlicht flammte auf, und Elliot kam auf sie zu. Offenbar hatte er sich hastig angezogen, sein blondes Haar war zerzaust, und das Gesicht sah müde und grimmig aus. Sobald sie ihn sah, war ihr neu gefundenes Glück verflogen, und die furchtbare Gewißheit, daß etwas Schlimmes bevorstand, machte ihr das Herz schwer. Es schien ihm nicht einmal merkwürdig vorzukommen, in ihrem Zimmer zu stehen. Phyllida sprang blitzschnell aus dem Bett.

»Was ist? Elliot, was ist geschehen?«

»Ich fürchte, ich überbringe schlechte Nachrichten.«

Sie zitterte und faßte nach seinem Arm, um sich festzuhalten.

»Es ist Mr. Paradine – er hatte einen Unfall.«

»Einen Unfall ...«

Sie klammerte sich an ihn, und beiden erschien das nicht im geringsten unnatürlich.

»Er ist tot«, sagte Elliot.

Tränen liefen über Phyllidas Gesicht.

»Setz dich lieber hin«, empfahl Elliot. »Phyl, du mußt dich

zusammennehmen. Es hängt sehr viel davon ab, was wir jetzt tun und sagen – wir alle. Wir müssen uns alle zusammennehmen und einen klaren Kopf bewahren.« Er führte sie wieder zum Bett, und sie setzten sich nebeneinander auf den Rand. »Lane hat ihn gefunden. Er ist von der Terrasse gefallen und lag unten auf dem Weg zum Fluß. Du weißt, daß er jeden Abend vor dem Schlafengehen noch einmal hinausgegangen ist, um frische Luft zu schnappen und den Fluß zu betrachten – er hat das nie versäumt, egal ob es regnete oder nicht. Heute nacht muß ihm schwindlig geworden sein – er fiel über die Brüstung. Sein Bett war unberührt, und die Terrassentür im Arbeitszimmer stand offen. Lane ist mit einer Taschenlampe hinausgegangen und hat ihn gefunden. Er kam sofort zu mir, und ich ging zu Albert, der augenblicklich alle Leute benachrichtigt, die von dem Unfall in Kenntnis gesetzt werden müssen – Moffat, Frank Ambrose, Mark und Dicky, Dr. Horton und die Polizei.«

Phyllida hielt sich immer noch an ihm fest, aber ihr Griff lockerte sich ein wenig.

»Was soll das bedeuten ... du hast gesagt, es hängt viel davon ab, was wir jetzt tun oder sagen ... was meinst du damit?«

Elliot antwortete nicht sofort, stand statt dessen auf und holte ihren hellblauen Chintz-Morgenmantel.

»Zieh das an«, sagte er und fuhr, nachdem er ihr den Morgenrock um die Schultern gelegt hatte, mit ernster Stimme fort. »Ich glaube, du mußt Miss Paradine Bescheid sagen. Und ich denke, wir alle sollten uns erst einmal klar darüber werden, was wir der Polizei erzählen wollen.«

Jetzt standen beide. Phyllida verknotete den Gürtel um ihre Taille und sah ihn entsetzt an. »Was meinst du damit?«

»Ich rede über das, was gestern beim Abendessen geschehen ist. Wir können nicht so tun, als wäre nichts gewesen. Eine Menge Leute haben gehört, was er gesagt hat. Wenn sie es verschweigen wollen, dann müssen wir alle den Mund halten. Falls sie sich dafür entscheiden, darüber zu sprechen – wenn auch nur einer ein Wort darüber verliert –, wird die Polizei viele Fragen stellen.«

Sie ließ ihren Gürtel los. »Was hast du vor?«

Ihre Blicke trafen sich. Elliots war hart, zornig, feindselig. »Ich weiß es noch nicht«, sagte er und nach einer kurzen Pause setzte er hinzu: »War es wirklich nur ein Unfall?«

Er sah sie immer noch mit diesem starren Blick an. »*War* es einer? Du weißt es nicht, und ich weiß es auch nicht. Wenn ja, dann hat jemand großes Glück gehabt. Du hast gehört, was er sagte – wir alle haben es gehört. Eins der Familienmitglieder hat die Familie betrogen, und er wollte das klären. Er hatte seine eigenen Vorstellungen von Bestrafung und wollte die Sache intern behandeln. Aber wer auch immer dieses Vergehens schuldig war, er wollte sich nicht zu erkennen geben. James Paradine wußte, wer es war. Das ist der Haken an der Geschichte – er kannte den Schuldigen. Und er hatte sich vorgenommen, bis Mitternacht in seinem Arbeitszimmer zu warten. Der oder die Schuldige sollte gestehen und die Konsequenzen tragen – so hat er sich ausgedrückt, oder nicht? Jemand ist zu ihm gegangen und hat gestanden. Aber er muß keine Konsequenzen tragen, weil James Paradine diesen Unfall hatte. Das ist in etwa die Situation.«

Phyllida war aschfahl geworden. »Woher weißt du, daß jemand bei ihm war und gestanden hat?«

»Ich weiß es einfach.«

»Aber *woher*?«

Nach kurzem Schweigen erklärte er: »Es wurde etwas gestohlen, und jetzt liegt es wieder an seinem Platz.«

»Was wurde gestohlen?«

Er schüttelte den Kopf. »Das kann ich dir nicht sagen. Aber ich weiß, daß jemand in der letzten Nacht bei ihm im Arbeitszimmer war.«

Phyllida sah ihn direkt und ohne Scheu an. »Ich war dort.«

Seine Hand senkte sich vehement – fast wie bei einem Schlag – auf ihre Schulter. »Weißt du, was du da sagst?«

Sie nickte. »Natürlich weiß ich das. Ich ging ins Arbeitszimmer, weil ich mit Onkel James sprechen wollte.«

»Nach allem, was er beim Abendessen verkündet hat, warst du tatsächlich so verdammt dumm, zu ihm zu gehen?«

Es war außerordentlich ermutigend, daß Elliot sie ausschimpfte. Höfliche Fremde taten das nicht. Elliot war wütend, und darin lag etwas, was nur Menschen, die sich vertraut waren, betraf.

»Oh, sei nicht albern. An diese Sache dachte ich dabei gar nicht, ich wollte nur mit ihm sprechen«, erwiderte sie.

Kein Mann war fähig, je zu begreifen, wie unlogisch der Verstand einer Frau arbeiten konnte.

Elliot starrte sie verständnislos an. »Er hat die ganze Gesellschaft beim Abendessen in Aufruhr versetzt, und du hast nicht mehr daran gedacht – du wolltest einfach nur mit ihm reden? Worüber wolltest du mit ihm reden?«

»Über uns.«

Er ließ sie los und wandte sich ab. Vor dem Frisiertisch blieb er mit dem Rücken zu ihr stehen und spielte mit den Sachen, die dort herumlagen – Nagelschere, Puderquaste, ein kleines Cremedöschen, ein Stift.

»Wieso wolltest du mit ihm über uns sprechen?«

Ein bebendes Lächeln huschte über Phyllidas Gesicht, dann war es wieder weg. Ihre Augen wurden feucht. Wenn Elliot in den Spiegel geschaut hätte, wären ihm all diese

Dinge aufgefallen, aber er hatte den Blick auf die törichten Kleinigkeiten gerichtet, die auf irgendeine Weise sein Herz anrührten und noch mehr Wut in ihm weckten.

»Ich hatte das Bedürfnis, mit ihm zu reden«, sagte sie.

Bei diesen Worten schwang er herum und ging zu ihr zurück. »Hat dich jemand kommen oder gehen sehen?«

»Ich glaube nicht.«

»Um wieviel Uhr warst du dort?«

»Ich weiß nicht genau – es war schon nach zehn. Ich denke, ich war ungefähr zwanzig Minuten bei ihm, aber ich kann es wirklich nicht genau sagen. Ich habe nicht auf die Zeit geachtet – da noch nicht.«

»Was soll das heißen – *da noch nicht*?«

Ihr Ausdruck wurde ängstlich, als sie näher zu ihm trat. »Erst später habe ich auf die Uhr gesehen. Ich ging ins Bett und wachte plötzlich auf. Ich hatte einen scheußlichen Traum, und als ich wach wurde, dachte ich, ich hätte einen Schrei gehört. O Elliot, denkst du ...«

»Hast du auf die Uhr geschaut?« erkundigte er sich hastig. »Wie spät war es?«

»Kurz nach zwölf – vielleicht eine halbe Minute nach. Ich habe das Licht angemacht und auf die Uhr gesehen. Oh – ist es da passiert?«

»Scheint so. Hör mir gut zu, Phyllida – du darfst nichts darüber verlauten lassen. Du bist vor zehn in dein Zimmer und zu Bett gegangen, dann hast du die ganze Nacht geschlafen. Du hast nichts gehört und weißt von nichts – das ist alles. Du sagst kein Wort mehr, verstanden?«

»Ich ... ich weiß nicht recht.«

Er nahm sie bei den Schultern und schüttelte sie. »O doch – du machst, was ich dir sage. Ich will nicht, daß du in diese Sache hineingezogen wirst, und damit basta.«

Etwas in Phyllidas Innerem begann zu singen. Wenn sie ihm gleichgültig wäre, würde er nicht so zornig reagieren. Er war fuchsteufelswild, reckte das Kinn angriffslustig vor, und seine Finger bohrten sich schmerzhaft in ihre Schultern. Sie senkte den Blick, damit er ihr nicht in die Augen sehen konnte. In diesem Moment ging die Tür auf, und Grace Paradine kam herein.

Sie hatte ihr Haar hochgesteckt, trug aber einen pflaumenfarbenen Morgenmantel und mit Pelz besetzte Pantoffeln. Der Anblick, der sich ihr bot, konnte sehr leicht mißdeutet werden – Phyllida mit gesenktem Kopf, und Elliot, der gerade die Hände von ihren Schultern nahm. Es hätte das Ende – oder der Anfang – einer Umarmung sein können.

Grace Paradines Augen sprühten Funken, als sie sagte: »Was hat das zu bedeuten?«

Elliot bedauerte, daß ihm sein Anstand verbot, das auszusprechen, was ihm bei dieser Frage in den Sinn kam. Eine Frau, der man zu eröffnen hatte, daß ihr Bruder tödlich verunglückt war, konnte man nicht schroff in ihre Schranken verweisen.

»Phyllida wird Ihnen sagen, was geschehen ist, Miss Paradine«, sagte Elliot und ging an ihr vorbei aus dem Zimmer.

Grace Paradine eilte zu Phyllida und schlang die Arme um sie. »O mein Liebling, wie siehst du denn aus? Ich hätte im Traum nicht daran gedacht ... wie kann er es wagen, hier hereinzukommen – es ist abscheulich. Aber du darfst dich nicht aufregen. Ich werde dafür sorgen, daß so etwas nie wieder vorkommt.«

Phyllida hielt den Blick gesenkt. »Ich bin nicht wegen Elliot aufgeregt, Tante Grace.«

Grace Paradine erstarrte. »Was soll das heißen?«

Phyllida gab sich einen Ruck. Wenn sie es schon tun mußte,

dann so schnell wie möglich. Sie zwang sich zur Ruhe und sagte: »Es ist etwas passiert. Elliot kam zu mir, um es mir zu sagen. Es ist etwas Schreckliches. Onkel James ...«

»*Was?*« rief Grace Paradine erschrocken.

»O Tante Grace – er ist tot«, sagte Phyllida.

14

Die Familie hatte sich in Miss Paradines Wohnzimmer versammelt – ein hübsch möblierter Raum mit tiefblauen Vorhängen und Polsterbezügen. An der Wand stand ein Sekretär aus Walnußholz, und ein paar Queen-Anne-Stühle waren im Raum verteilt. An den cremefarbenen Wänden hing ein halbes Dutzend kunstvoller Aquarelle. Aber was am meisten ins Auge fiel, waren die Fotografien in jeder Größe: Phyllida in allen Lebenslagen von ihren frühesten Kindertagen an bis zu Abbildungen aus Illustrierten, die vor einiger Zeit erschienen waren. Nur eines fehlte – auf keinem der Fotos war Phyllida in ihrem Hochzeitskleid zu sehen. Es gab nur Abbildungen von Phyllida Paradine, keine einzige von Phyllida Wray. Dennoch wäre diese Tatsache nur einem Fremden seltsam vorgekommen. Die Familie hatte sich schon so sehr daran gewöhnt, daß sie keine Notiz mehr davon nahm, und heute hatten sich hier nur Familienmitglieder eingefunden – Grace Paradine, Frank und Brenda Ambrose, Mark und Richard Paradine – Schwester, Stiefsohn, Stieftochter und Neffen des Verstorbenen – und Phyllida.

Miss Paradine sagte gerade etwas, als Elliot dazukam. Er schloß die Tür hinter sich und ließ den Blick durch den Raum schweifen. Grace Paradine und Phyllida saßen auf dem Sofa;

Mark stand mit dem Rücken zu den anderen am Fenster, Frank Ambrose und Dicky hatten sich neben dem Kamin postiert – Frank stützte den Ellbogen auf den Sims, Dicky spielte mit einem Stück Schnur; beide machten einen schockierten Eindruck. Brenda thronte aufrecht auf einem der Queen-Anne-Stühle, der schwarze Hut saß schief auf ihrem Kopf.

Grace Paradine achtete nicht darauf, daß sich noch jemand zu ihnen gesellt hatte, und setzte ihre Ansprache mit ihrer tiefen, vollen Stimme fort.

»Ich kann mir nicht vorstellen, daß das in Frage gestellt werden könnte. Er war nicht er selbst. Ich glaube, ich war nie zuvor so erschrocken. Es ist jedoch unnötig, daß wir das erwähnen – das würde seinem Ansehen nur großen Schaden zufügen. Er hätte so etwas nie gesagt, wenn er ganz bei Verstand gewesen wäre. Es war –« die tiefe Stimme bebte, als würde sie gleich ersterben –, »es war eine schreckliche Qual. Für uns alle, und ich denke, wir sollten das so schnell wie möglich vergessen. So möchten wir ihn alle nicht in Erinnerung behalten.« Sie zwang sich zu einem zittrigen Lächeln und schaute von einem zum anderen.

Mark, der ihnen noch immer den Rücken zukehrte, war nicht anzusehen, was er dachte. Brenda betrachtete Grace mit eigensinnigem Blick, Frank wirkte sehr ernst, schien aber unschlüssig zu sein.

Elliot wurde ganz offensichtlich ausgeschlossen, aber dennoch ergriff er das Wort. Er trat ein paar Schritte vor und gesellte sich zu den Männern am Kamin, ehe er sagte: »Ich vermute, ihr erörtert, ob wir die Vorfälle vom gestrigen Abendessen erwähnen sollen oder nicht.«

»Warum sollten wir?« erkundigte sich Brenda trotzig. Das kam so unerwartet, daß alle sie anstarrten. »Ich sehe nicht ein, was das irgend jemanden angehen könnte.«

Dicky nickte. »Selbstverständlich geht das niemanden etwas an. Wieso auch? Die ganze Sache ist lächerlich – ich weiß gar nicht, weshalb wir noch lange darüber diskutieren wollen. Tante Grace hat bereits alles Notwendige gesagt. Er war gestern abend nicht er selbst, das konnte jeder beobachten. Ich dachte, er hätte den Verstand verloren – vermutlich dachten wir das alle. Sehr schmerzlich und beunruhigend – so etwas nennt man, glaube ich, einen Anfall von Geistesverwirrung. Danach ist er wie immer auf die Terrasse gegangen, hat den Fluß betrachtet und fiel über das Mäuerchen. Vielleicht war ihm schwindlig oder so. Es ist ein schreckliches Unglück, aber wir wollen die Sache doch nicht noch schlimmer machen, indem wir sein Benehmen bei Tisch überbewerten.«

Frank Ambrose sagte: »Ja, es ist ein grauenvolles Unglück«, und setzte hinzu: »Ich glaube nicht, daß sie uns Fragen stellen, die schwer zu beantworten sind. Warum auch?« Die mit tonloser Stimme vorgetragenen Worte klangen nicht gerade überzeugend.

Nach Franks Äußerung herrschte Schweigen, bis Elliot meinte: »Sie werden uns fragen, ob er sich gestern anders als sonst verhalten hat, und sie werden wissen wollen, wer ihn als letzter lebend gesehen hat.«

Diesmal knisterte das Schweigen voller Spannung, und wieder meldete sich Elliot als erster zu Wort. Das, was er zu sagen hatte, hatte er zuvor schon Phyllida klarzumachen versucht.

»Wenn wir etwas verschweigen wollen, müssen wir alle den Mund halten. Wir sollten das Problem von allen Seiten beleuchten. Zehn Menschen außer Mr. Paradine saßen am Tisch, und er sprach eine ernste Anschuldigung gegen einen von uns aus. Er sagte nicht, gegen wen, aber er kannte die schuldige Person. Er kündigte auch an, daß er eine Bestrafung vorgesehen habe und daß das Strafmaß davon abhänge, ob ein volles Geständnis vor Mitternacht abgelegt würde. Er sagte, daß er sich bis dahin in seinem Arbeitszimmer aufhalten wolle, und jeder von uns weiß, daß er nie etwas aussprach, was er nicht ernst meinte. Wenn er sagte, daß er bis zwölf Uhr in seinem Arbeitszimmer zu finden wäre, dann konnte man sicher sein, daß er dort wartete. Und wir alle wußten auch, daß er jeden Abend vor dem Schlafengehen noch einmal auf die Terrasse ging und den Ausblick genoß. Er hat jedem von uns davon erzählt, und er hat auch des öfteren gesagt, daß er seit fünfzig Jahren an jedem Abend, den er in diesem Haus verbrachte, auf der Terrasse war. Nun, wenn diese drei Aspekte offenkundig werden, dann wird man uns Fragen stellen, die wir sicher nicht gern beantworten. Wir sollten schweigen, aber das Problem besteht in folgendem: Sobald auch nur einer von uns etwas sagt, sind wir alle davon betroffen. Deshalb müssen wir uns hier und jetzt klarwerden, ob wir uns darauf verlassen können, daß alle zehn Personen kein Wort darüber verlauten lassen.«

Grace Paradine sah Elliot nicht einmal an, als sie betonte: »Es ist Sache der Familie zu entscheiden, wie wir uns zu verhalten haben.«

Die Zurechtweisung war deutlich genug – Elliot Wray mischte sich in Angelegenheiten, die ihn nicht betrafen. Er verstand sofort und nahm die Herausforderung an. »Sie täuschen sich – alle zehn Personen, die mitangehört haben, was Mr. Paradine gestern abend gesagt hat, müssen sich mit der Entscheidung einverstanden erklären. Pearson hat sich nützlich gemacht und einige Dinge veranlaßt. Jetzt kümmert er sich um die Polizisten, aber er muß jeden Augenblick hier eintreffen. Was ist mit Irene und Lydia? Kannst du für sie einstehen, Frank? Uns bleibt nicht mehr viel Zeit – der Superintendent wird bald mit Miss Paradine sprechen wollen. Was ist mit den beiden Frauen?«

Er hatte die Frage an Frank Ambrose gerichtet, aber Brenda antwortete. Sie gab ein kurzes, freudloses Lachen von sich und rief: »Irene und Lydia! Ich kann mir kaum vorstellen, daß eine von ihnen den Mund halten könnte, selbst wenn sie sich noch so sehr anstrengen. Dabei kann ich nicht einmal behaupten, daß ich je erlebt hätte, wie sie sich anstrengen.«

Frank Ambroses Miene verfinsterte sich. »Sie werden schweigen müssen – mehr ist dazu nicht zu sagen.«

»Und wenn sie es nicht tun?«

»Sie müssen.« Er gab sich einen Ruck und straffte die Schultern. »Ich denke, wir messen dem, was gestern abend vorgefallen ist, zuviel Bedeutung bei. Ich stimme Tante Grace zu – er war nicht er selbst, bestimmt nicht. Sein Auftritt war abscheulich, und ich kann mir nicht vorstellen, daß irgend jemand auch nur ein Wort darüber verlieren möchte. Ich schlage vor, daß wir die Sache nicht mehr erwähnen. Es geht die Polizei nicht das geringste an, und es hat rein gar nichts mit dem Unfall zu tun. Ich bin dafür, daß wir dieses Thema ad acta legen.«

»Da kann ich nur zustimmen«, sagte Grace Paradine.

Es entstand eine Pause, die durch Brenda Ambrose unterbrochen wurde. »Ich frage mich, was in ihn gefahren war«, sagte sie unverblümt. »Und ich würde auch gern wissen, ob jemand bei ihm im Arbeitszimmer war.«

Phyllidas Gesicht lief rot an. Elliot entging das nicht, weil er sie unverwandt ansah. Er wurde wütend und machte sich Sorgen, daß die Veränderung noch jemandem aufgefallen sein könnte. Dabei dachte er unnötigerweise: Lydia hat recht, sie ist dünn geworden. Er verabscheute dieses graue Kleid – sie sah darin aus wie ein Gespenst, aber er vermutete, daß sie es in dieser Situation tragen mußte. Eine unsinnige Sitte – diese düstere Trauerkleidung war barbarisch. Sein Blick traf den ihren und verbot ihr, etwas zu sagen. Dann drehte er sich zu Brenda um.

»Genau das wird die Polizei auch wissen wollen – war einer von uns gestern abend noch bei ihm? Wer hat ihn als letzter gesehen? Ich war ein oder zwei Minuten im Arbeitszimmer, nachdem ich mich im Salon verabschiedet hatte. Falls später niemand bei ihm war, bin ich vermutlich der letzte, der mit ihm gesprochen hat.«

Grace Paradines Blick huschte über ihn. »*Sie* waren in seinem Zimmer?«

»Ja.«

»Darf ich fragen, weshalb?«

»Sie dürfen fragen, und es macht mir keineswegs etwas aus, die Frage zu beantworten. Er bat mich, die Nacht über hier zu bleiben, weil wir Geschäftliches zu regeln hatten. Ich bin ins Arbeitszimmer gegangen, um meinem Gastgeber eine gute Nacht zu wünschen. Ich habe mich dort keine drei Minuten aufgehalten, das kann Albert bestätigen. Er beobachtete, wie ich hineinging, und wartete, bis ich wieder herauskam.«

Brenda fixierte ihn eingehend und sagte, als hätte sie gerade eine große Entdeckung gemacht: »Albert – das ist die Lösung! Ich könnte wetten, daß der alte Herr von Albert gesprochen hat – er ist derjenige, der die Familie verraten hat, ja, darauf gehe ich jede Wette ein. Ich frage mich, was er verbrochen haben könnte. Hat er Firmengeheimnisse ausgeplaudert oder die Finger zu tief in die Kasse gesteckt? Wenn man genauer darüber nachdenkt, dann kommt wahrscheinlich überhaupt nur Albert in Betracht.«

Elliot lachte. »Das, meine liebe Brenda, ist genau das, was

Albert vermutet hat. Deshalb wartete er auf mich. Er erklärte mir frank und frei, daß die Familie alles daransetzen würde, ihn zum Sündenbock zu machen, und er wollte sich ein Alibi verschaffen. Deshalb ist er bis nach Mitternacht nicht von meiner Seite gewichen. Ich kam mir vor, als würde ich den Abend mit der *Encyclopaedia Britannica* verbringen, aber ich bin in der Lage zu behaupten, daß er keine Gelegenheit hatte, auch nur in die Nähe des Arbeitszimmers zu gelangen, bevor dieser unglückliche Unfall passiert ist.«

»Aber kein Mensch kann genau sagen, wann er passiert ist, oder?« warf Dicky ein.

Elliot drehte sich ihm zu. »Doch, die Polizei kann den Zeitpunkt bestimmen, weil es kurz nach zwölf zu regnen angefangen hat und weil der Boden unter dem Leichnam trocken war. Der Superintendent sagt, es hat von einer Sekunde zur anderen wie aus Eimern geschüttet. Albert und ich dürften in diesem Moment gerade im Speisezimmer gewesen sein und etwas getrunken haben. Es war etwa zehn Minuten nach zwölf, als wir wieder in mein Zimmer kamen und uns eine gute Nacht wünschten. Ich fürchte, es hat keinen Sinn, Albert als das schwarze Schaf der Familie hinzustellen.«

»Schade ...«, ließ Brenda sich vernehmen.

In diesem Augenblick kam Albert durch die Tür. »Der Superintendent möchte mit Miss Paradine sprechen.«

Grace Paradine stand auf. »Vielleicht sollte ich ihn lieber hier empfangen, was meint ihr?«

»Schließen Sie die Tür, Albert!« sagte Elliot. »Wir sind übereingekommen, nichts über die Ereignisse während des Abendessens verlauten zu lassen, müssen Sie wissen.«

»Oh, gut – schlafende Hunde soll man nicht wecken, oder so. Aber das wird nicht leicht sein, meinen Sie nicht?« gab Albert zu bedenken.

Zum erstenmal drehte sich Mark Paradine zu den anderen um. Er hatte auf die nasse Kiesauffahrt gestarrt, den vom Frost braun gewordenen Rasen und die dunklen Sträucher betrachtet – mehr konnte man in diesem Teil des Hauses nicht sehen. Von Phyllidas Wohnzimmer aus hatte man hingegen einen wunderschönen Blick auf den Fluß. Miss Paradine hatte sich seinerzeit mit der weniger schönen Aussicht begnügt.

Es war zweifelhaft, ob Mark überhaupt wußte, wonach er Ausschau gehalten hatte. Er drehte sich um, und Elliot bemerkte, daß er erschüttert war. Jeder Muskel war angespannt, und er biß die Zähne fest aufeinander, bevor er fragte: »Was soll das heißen?«

Albert kam ein wenig näher. »Na ja, die Sache könnte unangenehm werden.«

»Was meinen Sie damit?«

»Die Polizisten werden sich nicht so leicht geschlagen geben. Ich war einige Zeit unten bei ihnen und habe mein Bestes getan, aber sie sind nicht überzeugt.«

»Was soll das bedeuten – sie sind nicht überzeugt?«

Mark hatte die Hände tief in den Hosentaschen vergraben, und Elliot vermutete, daß sie zu Fäusten geballt waren. Alles an ihm schien verkrampft zu sein. Elliot lief ein Schauder über den Rücken – er mochte Mark.

Albert erwiderte in seiner blasierten Art: »Nun, sie sind nicht überzeugt, daß es wirklich ein Unfall war.«

»Was sonst hätte es sein können?« schaltete sich Grace Paradine empört ein.

Albert wandte sich ihr zu. »Das haben sie nicht gesagt, Miss Paradine, aber es ist nicht zu übersehen, daß sie ihre Zweifel haben. Verstehen Sie – man hat eine Menge Abschürfungen und Wunden gefunden, die er sich zugezogen haben muß, als er über die Brüstung stürzte. Dr. Horton glaubt, daß der Aufprall an der Mauer ziemlich hart gewesen sein muß, und die Polizei scheint der Meinung zu sein, daß er nicht auf diese Weise gestürzt wäre, wenn ihm schwindlig geworden wäre. Ich fürchte wirklich, daß sich die Sache sehr unangenehm entwickelt.«

15

Superintendent Vyner stürmte herein wie der sprichwörtliche Elefant im Porzellanladen. Er war sich bewußt, daß seine Stiefel nicht nur klobig, sondern auch schlammverschmiert waren und daß sich die ganze Angelegenheit, wie sich Albert ausgedrückt hatte, sehr unangenehm entwickeln könnte. Frühere Begegnungen mit Miss Paradine hatten zu erfreulichen Gelegenheiten wie bei der Bereitstellung von Fahrzeugen für die Polizei stattgefunden. Sie hatte auch bei Tanzabenden und Wohltätigkeitsveranstaltungen großzügig gespendet und war dafür geehrt worden. Aber dies hier war kein Vergnügen, er mußte seine Pflicht tun. Er wünschte insgeheim Dr. Frith, der Polizeiarzt, wäre nicht so sicher, was diese Wunden und Abschürfungen betraf. Dr. Horton bemühte sich nach Kräften, die Sache für die Familie zu erleichtern – er war nicht umsonst seit zwanzig Jahren Hausarzt der Paradines. Aber als Frith auftauchte und die Untersuchungen übernahm – na ja, es war nicht zu übersehen, daß Dr. Horton ihm nicht widersprechen konnte, obwohl er es gern getan hätte. Es war ihm nichts anderes übriggeblieben, als sich der Meinung des Kollegen anzuschließen und nur hin und wieder Bedenken anzumelden. Ein Arzt wie er mußte vorsichtig sein und auf seinen Ruf achten. Frith hingegen war sich seiner Sache ganz sicher, und nachdem er seine Argumente und Beobachtungen dargelegt hatte, konnte man nicht umhin, ihm beizupflichten. Wenn ein Mann einen Schwindelanfall erleidet, fällt er in sich zusammen. Er prallt nicht mit solcher Wucht gegen eine sechzig Zentimeter hohe Mauer, daß seine Hose zerreißt und er sich die Knie tief aufschürft – und das war noch längst nicht alles, was gegen die Unfalltheorie sprach. Nachdem Frith dargelegt hatte, daß die Wunden und Prellungen vor Mr. Paradines Tod zustande gekommen sein mußten, und nicht von dieser Ansicht gewichen war, hatte man die Brüstung untersucht und die Stellen gefunden, an denen der Stein abgebröckelt war. Daraufhin erklärte Dr. Horton, daß er sich darüber kein Urteil erlauben könne und daß er auch nicht gerufen worden war, um sich über solche Dinge zu äußern. Im Klartext hieß das alles, daß Mr. Paradine über die Brüstung gestoßen worden war, und die Frage lautete: Wer hatte ihn gestoßen? Ja, die Angelegenheit war beileibe nicht angenehm.

Diese Gedanken beschäftigten Superintendent Vyner, als er den Raum betrat und Miss Paradine – groß und würdig in einem schwarzen Kleid – gegenübertrat. Sie neigte den Kopf, wünschte ihm einen guten Morgen und forderte ihn auf, Platz zu nehmen. Er wählte den Stuhl, auf dem kurz zuvor noch Brenda Ambrose gesessen hatte, und wünschte, das Gespräch läge schon hinter ihm. Der Rest der Familie war entlassen worden, und Miss Paradine war allein auf sich gestellt.

»Ein sehr trauriger Unfall, Superintendent«, sagte sie.

Die Art, wie sie das betonte, deutete einen gewissen Widerstand an, der ihn hellhörig machte. Mr. Pearson wußte sehr gut, daß sich Dr. Frith nicht mit der Unfalltheorie anfreunden konnte – schließlich hatte er keinen Hehl daraus gemacht, daß er von anderen Voraussetzungen ausging. Superintendent Vyner hegte nicht den geringsten Zweifel, daß Mr. Pearson die Familie von den Untersuchungsergebnissen in Kenntnis gesetzt hatte. Es lag nicht in Mr. Pearsons Natur, die Informationen, die er erfahren hatte, für sich zu behalten. Frith hätte sich nicht so freimütig äußern dürfen, aber es war nun einmal geschehen. Er hatte vor dem Butler und Mr. Pearson deutlich zum Ausdruck gebracht, daß kein Unfall vorlag. Die Chancen standen eins zu hundert, daß Mr. Pearson nichts davon erzählt hatte. Kein Wunder, daß Vyner hellhörig wurde, wenn Miss Paradine immer noch von einem traurigen Unfall sprach – es sah beinahe so aus, als wollte sie ihn hinters Licht führen. Ihm blieb nichts anderes übrig, als seine Pflicht zu tun.

Er saß kerzengerade auf dem Queen-Anne-Stuhl, sah die Lady an und erwiderte ohne Umschweife: »Dr. Frith glaubt nicht, daß es ein Unfall war.«

Miss Paradine hatte ein Taschentuch in der Hand. Vielleicht hatte sie geweint – vielleicht auch nicht. Jetzt tupfte sie sich die Lippen ab und sagte: »Dr. Frith? Was soll das heißen? Dr. Horton war der Arzt meines Bruders.«

Der Superintendent nickte. »Dr. Frith ist Polizeiarzt, und er ist der Meinung, daß es kein Unfall war.« Er erklärte, weshalb der Arzt zu dieser Ansicht gekommen war.

Sie hörte ihm mit wachsender Besorgnis zu. »Aber, ich kann es nicht fassen. Sie glauben ... nein, Dr. Frith denkt, daß mein Bruder über die Brüstung gestoßen wurde?«

»Das schließt er aus den Beweisen, die er gefunden hat, und ich muß zugeben, daß ich denselben Eindruck gewonnen habe.«

Sie starrte ihn in hellstem Entsetzen an. »Aber wer ... es gibt niemanden ... das ist abscheulich!«

»Genau das müssen wir herausfinden. Ich nehme an, Sie unterstützen unsere Untersuchungen, so gut Sie können.«

»Selbstverständlich.«

»Dann wird es Ihnen sicherlich nichts ausmachen, mir ein paar Fragen zu beantworten.«

»O nein.«

Er rutschte ein wenig vor – ein großer, kräftiger Mann mit grauem Haar, das an den Schläfen allmählich schütter wurde, und einem kantigen, wettergegerbten Gesicht. Sein Haar war früher blond gewesen, und die tiefliegenden Augen waren erstaunlich blau.

»Zunächst würde ich gern wissen, ob es jemanden gibt, der Ihnen verdächtig vorkommt«, begann er seine Befragung.

»Natürlich nicht.«

»Gibt es jemanden, der ein Motiv hatte oder der besser dran ist, wenn ihm Mr. Paradine nicht mehr im Wege steht? Gab es Streit oder Drohungen? Hat er Briefe bekommen, in denen er bedroht wurde?«

»Nicht daß ich wüßte.«

»Keine Meinungsverschiedenheiten in der Firma – oder in der Familie?«

»Ganz bestimmt nicht«, erwiderte Miss Paradine ausgesprochen kalt.

Vyner bemühte sich um einen versöhnlicheren Tonfall. »Sie dürfen mir diese Fragen nicht übel nehmen – ich muß sie stellen. Sie hatten gestern abend eine Familienfeier – dies ist die Liste der Namen, die mir Ihr Butler genannt hat: Außer Ihnen und Mr. Paradine hielten sich Mr. und Mrs. Wray sowie Mr. Pearson über Nacht im Haus auf. Mr. und Mrs. Ambrose, Miss Ambrose und Miss Pennington, Mr. Mark Paradine und Mr. Richard Paradine haben hier gegessen. Ist das korrekt?«

»Ja.«

»Um wieviel Uhr fand das Abendessen statt?«

»Gewöhnlich wird um acht Uhr serviert, aber gestern haben wir uns ein paar Minuten später zu Tisch gesetzt. Mr. Wray war in geschäftlichen Angelegenheiten bei meinem Bruder. Wir hatten nicht erwartet, daß er bleibt, deshalb gab es eine kurze Verzögerung.«

»Ich verstehe. Können Sie mir sagen, wann Sie das Speisezimmer verlassen haben?«

»Etwa um neun Uhr, denke ich – ich habe nicht auf die Zeit geachtet.«

»Die Gesellschaft brach ziemlich früh auf, nicht wahr?«

»Mrs. Ambrose machte sich Sorgen um ihre kleine Tochter. Sie gingen ungefähr um halb zehn.«

»Und Mr. Mark und Mr. Richard?«

»Kurz danach.«

»Hat sich Mr. Paradine nach dem Essen zu Ihnen in den Salon gesellt?«

»Nein.«

»War das nicht ein wenig ungewöhnlich?«

Miss Paradine zögerte. »Ich glaube, ich verstehe nicht ganz, was Sie damit meinen.«

Der Superintendent sah ihr in die Augen. »Sie hatten eine Silvesterfeier. Mr. Paradine saß nicht mit Ihnen zusammen im Salon – er ist vom Speisezimmer direkt in sein Büro gegangen. Ist das nicht sonderbar?«

»Ich glaube, ihm war nicht wohl«, entgegnete sie.

»Wollen Sie damit sagen, daß er krank war?«

»O nein – nicht krank, das habe ich nicht gemeint. Er schien nur nicht ganz er selbst zu sein, und als er nicht mit in den Salon kam, dachte ich, daß er sich ausruhen wollte. Er hatte den ganzen Tag über sehr viel zu tun. Mr. Wray war bis zum Abendessen bei ihm, glaube ich. Und mein Bruder war schließlich kein junger Mann mehr.«

Sie strengt sich sehr an, Erklärungen abzugeben, dachte Vyner und fragte weiter: »Haben Sie ihn noch einmal gesehen, nachdem Sie das Speisezimmer verlassen hatten?«

»Nein.« Sie preßte wieder das Taschentuch an den Mund.

»Auch nicht, als Ihre Gäste aufbrachen?«

»Nein.«

»Er kam nicht aus dem Arbeitszimmer, als Mr. und Mrs. Ambrose und die beiden Damen gingen?«

»Nein.«

»Waren sie bei ihm, um sich von ihm zu verabschieden?«

Wieder sagte sie: »Nein.«

Vyner verlagerte sein Gewicht auf dem Stuhl. »Ist das nicht ziemlich eigenartig, Miss Paradine?«

Ihr Gesicht drückte nichts als Entrüstung aus, aber an der Hand, die das Taschentuch hielt, traten die Knöchel weiß hervor. »Nein – ich weiß nicht. Ich denke, wir alle waren überzeugt, daß er nicht gestört werden wollte. Es war eine reine Familienfeier, und es gab keinen Grund für Förmlichkeiten.«

»Dann hat ihn also keiner von Ihnen gesehen?«

»Ich weiß jedenfalls nichts davon ... Oh, ich glaube, Mr. Wray war noch einmal bei ihm.«

»Ach, Mr. Wray? Ja, ich erinnere mich, daß er das erwähnte – er wollte ihm eine gute Nacht wünschen. Hat das sonst noch jemand getan?«

»Das kann ich wirklich nicht sagen.«

»Mr. und Mrs. Ambrose haben sich nicht verabschiedet – oder Miss Ambrose – oder Mr. Mark – oder Mr. Richard?«

»Nein.«

»Und Sie?« »Wie gesagt, ich war der Meinung, daß er nicht gestört werden wollte.«

»Oder Mrs. Wray?«

»O nein. Sie ging noch vor mir hinauf.«

Er beugte sich vor. »Miss Paradine, Sie müssen sich doch im klaren sein, daß das alles ziemlich seltsam klingt. Ich fühle mich gezwungen, Sie zu fragen, ob irgend etwas vorgefallen ist, was den frühen Aufbruch der Gäste verursacht haben und Grund dafür sein könnte, daß niemand außer Mr. Wray zu Mr. Paradine gegangen ist, um ihm eine gute Nacht zu wünschen. Ich muß Ihnen sagen, wie ich die Sache sehe – ich denke, es hat Streit innerhalb der Familie gegeben.«

»Es gab keinen Streit.«

»Auch keine Meinungsverschiedenheit? Keinerlei Unstimmigkeiten? Nichts, was Mr. Paradine dazu veranlaßte, sich in sein Arbeitszimmer zurückzuziehen? Nichts, was erklären könnte, daß die Gäste um halb zehn das Haus verließen, ohne sich von ihrem Gastgeber zu verabschieden?«

Sie straffte die Schultern und sagte: »Die Gäste sind gegangen, weil sich Mrs. Ambrose Sorgen um ihr Töchterchen machte.«

»Ist das Kind ernsthaft erkrankt?«

»O nein. Mrs. Ambrose neigt dazu, überängstlich zu sein.«

»Aber, Miss Paradine, deshalb bricht doch nicht eine ganze Gesellschaft am Silvesterabend um halb zehn auf, um nach Hause zu gehen, meinen Sie nicht auch? Und es erklärt auch nicht, warum sich niemand von Mr. Paradine verabschiedet hat. Bleiben Sie wirklich dabei, daß sich nichts Unerfreuliches ereignet hat?«

Sie sah ihm direkt ins Gesicht und sagte: »Es ist nichts Ungewöhnliches vorgefallen.«

16

Die Familie hielt sich auf der anderen Seite des Korridors in Phyllidas Wohnzimmer auf. Der Instinkt, sich zusammenzurotten und nicht als einzelner ausgegrenzt zu werden, hatte sie hergeführt – der alte, primitive Herdentrieb. Diesmal setzte sich niemand. Mark lehnte am Kaminsims und schaute ins Feuer. Dicky drehte noch immer die Schnur zwischen den Fingern. Über ihnen lastete diese entsetzliche Stille, die niemand unterbricht, weil keiner der erste sein will, der das, was alle denken, ausspricht. Schon allein die Tatsache, daß es Albert die Sprache verschlagen hatte, genügte, um alle anderen auch zum Schweigen zu bringen. Ein stummer Albert Pearson war noch nie dagewesen, und so etwas würde vermutlich auch nie wieder vorkommen. Albert stand der Tür am nächsten, als müßte er für ein Familienalbum posieren – alle wirkten steif, hatten denselben starren Blick und bemühten sich um eine möglichst sorglose Haltung.

Wieder mal ergriff Brenda für alle Anwesenden das Wort. In schonungslos aufrichtigem Ton meinte sie: »Ich wünschte, wir könnten erfahren, was Tante Grace zu ihm sagt.«

Ihr Bruder runzelte die Stirn und warf ihr einen finsteren Blick zu. »Sie wird genau das sagen, was wir abgemacht haben, was sonst?«

Albert Pearson trat ein paar Schritte vor. »Sehr bedauerlich, daß wir nicht mehr Zeit hatten, alles genau durchzusprechen. Dr. Frith war felsenfest überzeugt davon, daß kein Unfall passiert ist, und als sie Lane entlocken konnten, wie früh die Gäste gestern aufgebrochen sind, ahnte ich schon, daß sie eine Menge Fragen stellen würden. Natürlich möchte niemand die Unwahrheit sagen, aber wir wollen auch keine weiteren Probleme heraufbeschwören.«

»Was ist mit Irene – und Lydia?« erkundigte sich Brenda. »Angenommen er geht zu ihnen, um sie zu vernehmen, was dann? Solltest du sie nicht lieber anrufen und ihnen klarmachen, daß sie vorsichtig sein und aufpassen müssen, was sie sagen?«

»Nein«, erwiderte Frank Ambrose.

»Na, ich würde es aber doch tun.«

»Das ist zu riskant. Außerdem ist das Telefon kaputt – wenigstens war es das gestern abend.«

Brenda zog die Schultern hoch. »Dann würde ich nicht dafür garantieren, daß sie nicht alles ausplaudern.«

»Lydia sagt bestimmt nicht zuviel, sie hat Verstand genug«, meinte Dicky.

Brenda lachte spöttisch. »Und Irene hat überhaupt keinen.«

»Halt deine Zunge im Zaum«, warnte Frank Ambrose gefährlich ruhig.

Elliot Wray ahnte, daß eine Katastrophe unmittelbar bevorstand, und sah sich im Zimmer um – in Phyllidas hübschem pastellfarbenen Zimmer, das er so sehr haßte, weil es so gar nicht Phyllidas Zimmer war. Alles trug Grace Paradines Handschrift – es war nach ihrem Geschmack möbliert mit ihren Sachen und so, wie *sie* sich das Zimmer eines jungen Mädchens vorstellte: pfirsichfarben, ein bißchen Mauve, ein bißchen Pink, ein Hauch von Violett und eine Menge Blau. Wir haben uns zuviel vorgenommen, dachte Elliot, das geht nicht gut. Zehn Personen – eine von ihnen muß zwangsläufig zusammenbrechen und alles erzählen.

Phyllida legte die Hand auf seinen Arm und sagte leise, so daß nur er es hören konnte: »Elliot, ich werde nicht lügen – ich glaube, ich kann es nicht.«

Er sah sie an, und seine Augen funkelten in ärgerlicher Belustigung. »Ach, du kannst nicht, wie?«

Sie schüttelte den Kopf. »Warum dürfen wir nicht einfach die Wahrheit sagen und erzählen, was genau gestern abend vorgefallen ist?«

Er bedeckte ihre Hand mit der seinen und flüsterte beinahe unhörbar, aber in äußerst gereiztem Tonfall: »Du sagst auf keinen Fall, daß du im Arbeitszimmer warst, hast du mich verstanden?«

»Also schön, ich erwähne es nicht, es sei denn, der Superintendent fragt mich danach.«

»Er wird dich nicht fragen – warum auch?«

»Ich weiß nicht, vielleicht tut er es doch.«

»Dann streitest du es ab.«

Wieder schüttelte sie den Kopf. »Das kann ich nicht, Elliot, ehrlich.«

»Der George-Washington-Komplex?« Sein Griff tat ihr weh. »Sei nicht so verdammt dumm, Phyl!«

»Du tust mir weh«, sagte sie, und er erwiderte: »Am liebsten würde ich dir den Hals umdrehen.«

Er war nicht darauf vorbereitet, daß sie mit einem Lächeln zu ihm aufsah. Was kann man noch tun, wenn einen ein bezauberndes Wesen auf diese Weise ansieht? Und was trieb sie dazu, ihn anzulächeln, nachdem er sie gerade beschimpft und ihr angedroht hatte, ihr den Hals umzudrehen? Er ließ sie los, als Brenda ihre erste Bemerkung wiederholte: »Ich wünschte, wir könnten erfahren, was Tante Grace zu ihm sagt.«

Superintendent Vyner beendete die Befragung von Miss Paradine und überlegte, wen er als nächstes drannehmen sollte. Er hatte nicht vor, Grace Paradine zu den anderen Familienmitgliedern gehen zu lassen, und bereits einen Plan ersonnen, wie er das verhindern konnte. Er rief Sergeant Manners herein und erklärte ihm, daß Miss Paradine freundlicherweise ihre Aussage zu Protokoll geben wolle. Selbst ohne ihm vorherige Instruktionen gegeben zu haben, konnte man sich darauf verlassen, daß Manners endlos lang für diese simple Routineaufgabe brauchen würde – er schrieb sehr langsam und war peinlich darauf bedacht, jede Kleinigkeit korrekt zu Papier zu bringen. Leute, die ihn zur Eile antrieben, mußten die Erfahrung machen, daß er nur noch penibler wurde und jeder Versuch die Situation verschlimmerte.

Der Superintendent wollte das nächste Verhör im Arbeitszimmer führen, aber schon als er den Korridor entlangging, hörte er Stimmen unten in der Halle. Er spähte über das Geländer, und der Anblick, der sich ihm bot, veranlaßte ihn, so schnell ihn seine Beine trugen, die Treppe hinunterzulaufen. Sobald er die letzte Stufe überwunden hatte, stand er Mrs. Frank Ambrose und ihrer Schwester gegenüber. Beide Damen waren in angemessener Trauerkleidung erschienen; Mrs. Ambrose trug einen Pelzmantel und einen kleinen schwarzen Turban, Miss Pennington ein graues Tweedkostüm mit weißem Schal. Sie hatte keine Kopfbedeckung aufgesetzt, und ihr kupferrotes Haar leuchtete neben den düsteren Farben besonders hell. Der Superintendent stellte sich Irene in den Weg.

»Guten Morgen, Mrs. Ambrose. Tut mir sehr leid, daß ich aus einem so schmerzlichen Anlaß hier bin und meine Pflicht tun muß. Würden Sie mir freundlicherweise ein paar Minuten Ihrer Zeit widmen? Dann könnte ich Ihre Aussage gleich zu Protokoll nehmen, und Sie haben die lästige Befragung hinter sich.«

Irene riß zu Tode erschrocken die Augen auf. »Meine Aussage?«

»Ja, natürlich, Mrs. Ambrose. Nach einem so plötzlichen

und unerwarteten Todesfall würde ich gern allen Personen, die gestern abend hier waren, ein paar Fragen stellen. Würden Sie mich bitte ins Arbeitszimmer begleiten? Ich halte Sie bestimmt nicht lange auf ...«

Irene öffnete den Mund und schloß ihn wieder. Lydia, die zwei Stufen über ihr stand, sah auf sie herunter. Sie war blaß und ungeschminkt. So ohne Make-up wirkt sie wie ein kleines, unscheinbares Wesen, schoß es dem Superintendent durch den Kopf, aber als ihn der Blick aus diesen grau-grünen Augen traf, änderte er seine Meinung. Sie war keineswegs eingeschüchtert – im Gegenteil, sie sprühte vor Tatendrang. Aus Lydia Pennington würde er sicherlich nicht viel herausbekommen.

Er wandte sich wieder an Irene, die mit leicht geöffnetem Mund vor ihm stand, und war überzeugt, sich die richtige Schwester ausgesucht zu haben. Am besten führte er sie gleich ins Arbeitszimmer, bevor einer von den anderen Gelegenheit hatte, ihr zu sagen, was sie verraten durfte und was nicht.

Lydias Stimme bestärkte ihn in seiner Ansicht. »Möchten Sie, daß ich mitkomme?«

Es machte ihm großes Vergnügen, zu erwidern: »Nicht im Augenblick, Miss Pennington, vielen Dank.«

17

Lydia rannte die Treppe hinauf, blieb einen kurzen Augenblick im Flur stehen und lauschte, und als sie die Stimmen in Phyllidas Wohnzimmer hörte, riß sie die Tür auf und stürmte hinein.

Alle bewegte dieselbe Frage, und Frank, Brenda und Dicky stellten sie gleichzeitig: »Wo ist Irene?«

»Bei dem großen Polizisten. Er hat uns in der Halle abgefangen und sie gleich zur Vernehmung ins Arbeitszimmer geführt. Warum?«

Brenda rief: »Jetzt ist es passiert!«, und Dicky meinte: »Menschenskind, Frank – wäre es nicht besser, du würdest hinuntergehen? Vielleicht kannst du verhindern, daß sie zuviel plappert.«

Frank zuckte mit den Schultern. »Hat schon mal jemand versucht, Irene zurückzuhalten, wenn sie etwas sagen will? Mit Andeutungen oder unauffälligen Hinweisen kann sie nichts anfangen – besonders nicht, wenn sie von mir kommen. Außerdem – wie würde das aussehen? Vyner wüßte sofort, daß etwas im Busch ist.«

»Du hättest sie eben doch vorher anrufen sollen«, beharrte Dicky.

»Ich habe schon einmal gesagt, daß unser Telefon nicht funktioniert.«

»Aber irgend jemand hat es geschafft, euch telefonisch die Neuigkeit mitzuteilen, oder?«

»Albert hat unsere Nachbarn, die Brethertons, angerufen und sie mit der Nachricht zu uns geschickt. Meinst du, ich hätte auch Jack Bretherton anrufen und ihn bitten sollen, Irene auszurichten, daß sie den Mund halten soll, wenn die Polizei etwas von ihr wissen will?«

»Schon gut, schon gut«, wiegelte Dicky ab.

Lydia kam näher und baute sich zwischen den beiden auf. »Frank, was hat das alles zu bedeuten? Elliot – was ist eigentlich los?«

Diesmal übernahm Mark Paradine die Aufgabe, die Sachlage zu erläutern: »Frith meint, es war Mord.«

Niemand hatte dieses Wort bis jetzt ausgesprochen. Es krachte mit einer Wucht in ihre Mitte wie ein Stein durch eine Fensterscheibe. Das Schweigen zersplitterte, und Proteste wurden laut, die von Lydias spitzem Schrei übertönt wurden. »Mark!«

»Es stimmt. Ihr alle habt das bis jetzt vertuscht und wolltet nicht daran rühren, aber genau darauf läuft es doch hinaus. Frith sagt, daß er über die Brüstung gestoßen wurde. Zwei und zwei ergeben immer noch vier, oder nicht? Ihr könnt euch das Weitere selbst ausrechnen. Wenn er gestoßen wurde, dann war es Mord«, sagte Mark.

Lydia stand wie angewurzelt da und starrte ihn an. Nach einer Weile wandte sie sich an Elliot Wray. »Dr. Frith meint, daß ihn jemand hinuntergestoßen hat?«

»Ja.«

»Wie kommt er darauf?«

Elliot erzählte ihr, was bei der Untersuchung herausgekommen war.

»Ich verstehe«, murmelte Lydia, dann hakte sie nach: »Aber wer hat es getan – *wer*?«

»Genau das versucht Vyner herauszufinden.«

»Wenn Irene aussagt, was der alte Herr gestern verkündet hat, muß Vyner zu der Überzeugung kommen, daß es einer von uns war«, meldete sich Brenda zu Wort.

Wieder sagte Lydia: »Ich verstehe.« Dann ging sie zu Mark, ergriff seinen Arm und führte ihn durch die Verbindungstür in Phyllidas Schlafzimmer.

»Also wirklich«, schnaubte Brenda.

Hinter der geschlossenen Tür verstärkte Lydia ihren Griff und fragte: »Was ist los mit dir, Mark?«

Er starrte sie wortlos an.

»Mark, was ist – warum siehst du mich so an?«

»Was erwartest du von mir?« erwiderte er. »Er ist ermordet worden.«

»Ja, mein Lieber, aber du darfst die Sache nicht noch schlimmer machen. Das hat doch gar keinen Sinn.«

Niemand hätte geahnt, daß Lydias Stimme so sanft sein konnte. Sie hob die andere Hand und strich zärtlich über Marks Arm. »Es ist bestimmt ein schrecklicher Schock für dich, aber du mußt dich zusammennehmen. Hörst du, Mark – du *mußt*! Er ist nicht mehr da, um uns zu helfen – wir alle sind jetzt auf dich angewiesen. Eines Tages mußte er sterben, nur hat niemand damit gerechnet, daß es so plötzlich und unerwartet passiert. Du mußt jetzt seinen Platz einnehmen und tun, was er in einer ähnlichen Situation getan hätte. Verstehst du das denn nicht?«

»Du scheinst nicht zu verstehen«, erwiderte er schroff.

»Was meinst du damit, Mark?«

Er machte sich von ihr los und ging zum Fenster. Mit dem Rücken zu ihr sagte er: »In einem hast du recht – jetzt fällt alles mir zu. An etwas anderes kann ich nicht denken. Ich wollte weg von hier, aber das geht jetzt nicht mehr. Diese Chance ist verspielt. Ich werde hier bleiben müssen.«

Sie kam langsam auf ihn zu, berührte ihn aber nicht wieder. »Warum wolltest du weg?«

»Ich kann jetzt nicht weg«, wiederholte er niedergeschlagen. »Die Chance ist vorbei, ich muß hier bleiben.« Das Zimmer war geheizt, aber Lydia fror.

Nach einem Moment fragte sie: »Was hast du vor, Mark – ich meine, wegen der Sache von gestern abend? Was für Fragen haben sie dir gestellt?«

»Noch keine. Vyner hat bis jetzt nur mit Tante Grace gesprochen. Sie wollte nichts von gestern sagen, ich weiß aber nicht, wie sehr er sie in die Mangel genommen hat. Es war ihre Idee, daß wir alle den Mund halten sollen. Ich persönlich glaube nicht, daß das jetzt noch durchzuhalten ist. Es wäre vielleicht ganz in Ordnung gewesen, wenn es sich wirklich um einen Unfall gehandelt hätte – sie hätten Tante Grace und den alten Dr. Horton nach seinem Gesundheitszustand gefragt, und weiter wäre nichts passiert. Aber wenn Frith sagt, daß es Mord war, dann wollen sie ganz genau wissen, was in der letzten Nacht in diesem Haus geschehen ist. Wir waren außer ihm zehn bei Tisch, und wir alle haben seine Ansprache gehört – Irene war eine von uns. Kannst du auch nur einen Moment lang glauben, daß diese Rede im Dunkeln bleibt? Jemand wird sich ganz sicher verplappern, und wenn der Stein erst einmal ins Rollen kommt ... wer weiß, was dann daraus entsteht?«

Wenigstens redete er jetzt – das gräßlich brütende Schweigen war gebrochen.

Lydia schlug vor: »Komm, wir gehen zu den anderen und sprechen mit ihnen darüber. Wie beurteilt Elliot die Lage?«

»Ich weiß es nicht – ich habe nicht so genau zugehört. Soweit ich weiß, hat er vorgeschlagen, daß wir nichts erwähnen sollen, aber das war, bevor Albert hereinkam und uns eröffnete, zu welcher Ansicht Frith gelangt ist.«

»Albert?«

»Ja, er kam zu uns und erzählte, was sie herausgefunden haben, aber dann, bevor er fertig war, wollte Vyner mit Tante Grace reden, und wir alle verließen ihr Wohnzimmer. Niemand weiß, was sie ausgesagt hat oder welche Fragen angesprochen wurden.«

Plötzlich stieg Lydia die Röte ins Gesicht. Mark hatte sich vom Fenster weggedreht, und sie faßte wieder nach seinem Arm und hielt ihn fest.

»Wieso überlegen wir überhaupt, was wir sagen sollen?

Warum sollen wir uns in Lügen verstricken? Wir haben doch nichts zu verbergen.«

»Wirklich nicht?« hakte er nach.

»Weshalb sagen wir ihnen nicht einfach die Wahrheit?«

Sie sah zu ihm auf, doch er mied ihren Blick. »Kennst du überhaupt die Wahrheit?« wollte er wissen, dann fuhr er beinahe ungestüm fort: »Hast du vergessen, was er in seiner verdammten Rede behauptet hat? Er beschuldigte einen von uns eines Verbrechens – nicht mehr und nicht weniger. Er beschuldigte eine der zehn Personen, die mit ihm im Speisezimmer saßen. Und er sagte, daß er in seinem Arbeitszimmer auf das Geständnis des oder der Schuldigen warten würde. Nun, er hat gewartet und ist ermordet worden. Du wirst doch nicht annehmen, daß Vyner glaubt, den Mörder außerhalb dieser Familie zu finden.«

»Nein, das nehme ich nicht an. Trotzdem glaube ich nicht, daß es uns weiterbringt, wenn wir lügen.«

»Es ist sowieso fraglich, ob uns das gelingt«, erwiderte er bitter. »Und das bringt uns wieder zu dem Motto ›Ehrlichkeit ist die beste Politik‹ und zu anderen frommen Poesiealbum-Sprüchen. Komm, laß uns zu den anderen gehen. Versuchen wir, sie zu bekehren.«

18

Irene war nervös, als sie das Arbeitszimmer betrat. Sie sah scheu an sich herunter und nahm so weit wie möglich vom Schreibtisch entfernt Platz. Der Aufforderung des Superintendent, ein wenig näher zu rücken, folgte sie mit offensichtlichem Widerstreben. Es war ausgesprochen eigenartig, diesen Fremden an Mr. Paradines Platz sitzen zu sehen. Kein Mensch außer ihm hatte je auf diesem Stuhl gesessen oder den Schreibtisch benützt. Irene kam es so vor, als könne Mr. Paradine jeden Moment hereinkommen und sie überraschen – und entsetzlich wütend werden. Bei diesem Gedanken fühlte sie sich, als würde ihr kaltes Wasser über den Rücken rinnen, wie Tropfen von einem Regenschirm. Sie hoffte nur, daß diese Unterredung nicht lange dauerte.

Der Superintendent sah sie freundlich und mit aller gebotenen Höflichkeit an und sagte wie zur Antwort auf ihre Überlegungen: »Ich werde Sie nicht lange aufhalten, Mrs. Ambrose. Ich möchte nur, daß Sie mir erzählen, was gestern abend geschehen ist.«

»Gestern abend?«

»Ja. Es fand hier im Haus eine Silvesterfeier statt, nicht wahr? Sie, Ihr Mann, Miss Ambrose und Miss Pennington waren hier, habe ich recht?«

»Ja.«

»Das Essen wurde, soviel ich weiß, um acht serviert – oder kurz nach acht. Um halb zehn haben Sie zusammen mit Ihrem Mann, Ihrer Schwester und Ihrer Schwägerin das Haus verlassen. Können Sie mir sagen, weshalb?«

Irenes Miene hellte sich auf. »O ja – meiner kleinen Tochter ging es nicht gut, zumindest hatte ich Angst, daß sie eine Krankheit ausbrütet, aber zum Glück ist sie heute wieder ganz wohlauf. Sie hatte eine Pustel auf der Brust, müssen Sie wissen, und Dr. Horton meinte, das hätte nichts zu bedeuten, aber bei Pusteln weiß man ja nie. Obwohl sie keine Temperatur hatte oder so, hätte ich im Traum nicht daran gedacht, sie allein zu lassen, wenn nicht diese Feier gewesen wäre. Ich wollte natürlich so schnell wie möglich wieder nach Hause. Eigentlich hatte ich gar nicht vor, überhaupt herzukommen, aber mein Mann bestand darauf. Und selbstverständlich wäre es Mr. Paradine gar nicht recht gewesen, wenn einer von uns weggeblieben wäre.«

»Vermutlich«, bestätigte Vyner. »Also sind Sie wegen Ihrer Tochter so früh nach Hause gegangen und nicht, weil etwas Ungewöhnliches beim Abendessen geschehen ist?«

Irenes Gesichtsausdruck änderte sich. Die Lebhaftigkeit, mit der sie von der kleinen Rena erzählt hatte, schwand schlagartig. Mit einemmal wurde sie unsicher und zupfte ergebnislos an einer widerspenstigen Locke herum.

Der Superintendent wiederholte seine Frage. »Beim Essen ist etwas vorgefallen, nicht wahr? Sie wollten nach Hause zu Ihrem Töchterchen, aber Ihr Mann wäre deshalb nicht so früh aufgebrochen. Da war noch mehr, stimmt's?«

Irene fiel es immer schwer, rasch von einem Thema zum anderen zu wechseln. Sie überlegte, was das eine mit dem anderen zu tun haben könnte, und suchte nach einem Verbindungsglied. »Oh, aber es hat ihm gar nichts ausgemacht«, sagte sie schließlich. »Es war sogar seine Idee – ich selbst wäre nicht gar so früh gegangen. Frank hat es vorgeschlagen – wirklich.«

Es hatte keinen Zweck – die Locke ließ sich nicht wieder unter den Turban stopfen. Sie ließ sie, wo sie war und legte die Hände in den Schoß. Dann sah sie den Superintendent ernst an. Jetzt war sie nicht mehr nervös – er schien ein sehr netter Mann zu sein. Sie überlegte, wie alt er wohl sein mochte. Vielleicht hatte er Enkel im Alter von Jimmy und Rena. Sie würde ihn bei Gelegenheit danach fragen. Er hatte sehr hübsche blaue Augen – sie hoffte, daß Renas Augen auch blau blieben …

Plötzlich sagte er: »Mr. Ambrose wollte nach Hause, weil etwas beim Essen vorgefallen ist, nicht wahr?«

Ihr blieb der Mund offen stehen. Frank würde nicht wollen, daß sie diese Frage bejahte. Sie war vollkommen durcheinander und stammelte: »Oh ... ich ... ich weiß nicht ...«

»Mrs. Ambrose, es war für Sie alle sicherlich kein erfreulicher Abend. Ich glaube, Mr. Ambrose hielt es für besser, die Feier abzubrechen.«

»Oh, ich weiß nicht ...«

Allmählich verlor Vyner die Geduld. »Mr. Paradine kam direkt vom Speisezimmer hierher und ließ sich nicht wieder bei der Gesellschaft blicken. Er war doch nicht mehr im Salon, oder?«

»Nein ...«

»Das muß sehr unangenehm für Sie gewesen sein.«

»O ja, das war es.«

Falls Vyner bei dieser Aussage ein Gefühl des Triumphes empfand, ließ er es sich nicht anmerken. Er beugte sich über den Tisch, um Irene näher zu sein und sagte: »Also, Mrs. Ambrose – ich frage mich, ob Sie mir erzählen möchten, welchen Eindruck das alles auf Sie machte. Verschiedene Leute beurteilen ein und dieselbe Situation auf unterschiedliche Art. Ich würde sehr gern von Ihnen hören, wie Sie das, was geschehen ist, erlebt haben – in Ihren eigenen Worten.«

Irene setzte den Prozeß, den sie Nachdenken nannte, in Gang. Eine ganze Reihe von verworrenen Vorstellungen und vagen Überlegungen durchzuckten ihren Geist. Frank mußte dem Superintendent von gestern abend erzählt haben – oder vielleicht war es ein anderer? Falls Frank es nicht erzählt hatte, würde er sehr wütend werden, wenn ... Ihre wirbelnden Gedanken waren in Wirklichkeit nicht in derartige Worte gefaßt – sie faßte das, was in ihrem Kopf vor sich ging, nie in Worte. Sie ließ die Gedanken ungehindert strömen.

»Ich weiß nicht«, sagte sie zögerlich, »ob ich ...«

»Möchten Sie es nicht wenigstens versuchen, Mrs. Ambrose? Fangen Sie ganz von vorn an. Womit hat es begonnen?«

»Ich weiß es nicht – es ist einfach geschehen. Er stand auf, und wir dachten alle, daß er einen Trinkspruch ausbringen will – das hat er ja zum Schluß auch getan ... ich weiß nicht, was mit den anderen war ... Aber diesmal hat er nicht nur auf das Wohl irgendwelcher Leute getrunken.«

»Ich verstehe. Ich frage mich, an wieviele der folgenden Ereignisse Sie sich noch erinnern. Erzählen Sie einfach, was Ihnen einfällt.«

Wieder murmelte sie: »Oh, ich weiß nicht ...«

»Soll das heißen, Sie erinnern sich an gar nichts?«

»Doch, natürlich erinnere ich mich.«

»Gut, mal sehen, ob Sie mir weiterhelfen können. Was hat er als erstes gesagt?«

Irene warf ihm einen unsicheren Blick zu. »Daran erinnere ich mich nicht mehr. Er sagte, daß er uns nicht langweilen würde – und er meinte noch, es wäre nichts Erfreuliches. Dann sprach er davon, daß wir alle miteinander verwandt sind, durch Blutsbande oder Heirat, und daß eine Familie zusammenhalten müsse ... und solche Sachen.«

»Und danach?«

»Ich weiß nicht, ob ich darüber reden sollte ... ich glaube nicht ...«

Superintendent Vyner unterbrach sie ruhig: »Ich fürchte, ich muß darauf bestehen, daß Sie fortfahren. Berichten Sie mir, was Ihnen im Gedächtnis geblieben ist.«

»Na ja, er hat eine Menge gesagt – an alles kann ich mich wirklich nicht erinnern. Und ich weiß nicht ...«

»Bitte, Mrs. Ambrose – erzählen Sie weiter.«

Irene schauderte in ihrem Pelzmantel. Ihre Ahnung, daß

Frank wütend auf sie sein würde, wurde immer mehr zur Gewißheit, aber sie konnte doch nichts dafür, oder? Wenn man die Fragen der Polizei nicht beantwortete, glaubten sie womöglich noch, man hätte etwas zu verbergen. Aber sie beantwortete sie wirklich nicht freiwillig – ihr fiel alles wieder ein, und Mr. Paradines Worte wiederholte man nicht gern vor der Polizei oder irgend jemandem sonst.

»Er sagte ... jemand wäre ... illoyal gewesen. Er sagte, jemand hätte ... die Interessen der Familie verraten. Er behauptete ... einer von uns wäre ...«

Vyners Blut geriet in Bewegung und er dachte begeistert: Herr im Himmel, ich hab's geschafft – *Herr im Himmel!* Er senkte den Blick auf die Schreibunterlage und entdeckte einen kleinen in Leder gebundenen Taschenkalender – hellblau mit der in Gold geprägten Jahreszahl »1942«. Er faßte ihn ins Auge, um Mrs. Ambrose nicht ansehen zu müssen. Du darfst sie nicht erschrecken, ermahnte er sich und zwang sich zur Ruhe. »Hat er gesagt, wen er damit meinte?« fragte er gefaßt.

»Nein.«

»Glauben Sie, er wußte es?«

»O ja – er hat gesagt, daß er es weiß.«

»Er sagte, daß jemand die Familieninteressen verraten hätte und daß er wußte, wer diese Person war?«

»Ja, genau das hat er gesagt.«

Jetzt sah er sie wieder an. »Sie machen Ihre Sache sehr gut, Mrs. Ambrose. Was hat er sonst noch gesagt?«

Irene empfand so etwas wie freudige Erregung – sie machte ihre Sache gut und wurde sogar gelobt. Es war gar nicht so schwer, wie sie es befürchtet hatte. »Es war schrecklich«, fuhr sie selbstzufrieden fort. »Ich wußte gar nicht, wo ich hinschauen sollte. Und ich saß direkt neben ihm. Es war wirklich grauenvoll. Wir dachten alle, er hätte den Verstand verloren.«

»Hat er einen aufgeregten Eindruck auf Sie gemacht?«

»O nein. Deshalb war es ja so schrecklich – er war die Ruhe selbst. Ich weiß gar nicht, wie er das fertigbrachte, nach allem, was er uns zu sagen hatte, aber er war ganz *ruhig.*«

»Wollen Sie mir erzählen, was er sonst noch sagte?«

»Na ja, erst machte er noch ein bißchen so weiter, und dann kündigte er an, daß er bis zwölf Uhr im Arbeitszimmer warten würde, und falls jemand ein ... Geständnis ablegen wolle, wäre er dort zu finden ... Ich kann mich nicht genau erinnern, aber ich glaube, daß es für den, der alles zugeben würde, nicht allzu schlimm würde. Ich *glaube* wenigstens, daß er das meinte, aber er hat auch von Bestrafung gesprochen.«

»Wissen Sie noch, was er genau gesagt hat?«

Irene sah ihn nachdenklich an. »Nein – das weiß ich nicht mehr. Ich erinnere mich nur noch, daß er die Person irgendwie bestrafen wollte.«

»Ich verstehe. Es muß eine große Erleichterung für Sie gewesen sein, als sich die Gesellschaft aufgelöst hat.«

»O ja.«

»Haben Sie Mr. Paradine noch einmal gesehen?«

»Nein.«

»Keiner von Ihnen war bei ihm, um sich zu verabschieden?«

»Nein.«

»Und Sie, Ihr Mann, Ihre Schwester und Ihre Schwägerin sind zusammen nach Hause gegangen?«

»Ja.«

»Sie dürften ungefähr um Viertel vor zehn zu Hause angekommen sein. Wissen Sie, ob jemand noch einmal ausgegangen ist?«

Ihr Gesicht bekam wieder Farbe, und ihre Augen weiteten sich. »Oh«, machte sie.

Vyner dachte: Bei Gott, jetzt bin ich auf der richtigen Spur. Er sah sie streng an und sagte. »Wer von Ihnen hat das Haus noch einmal verlassen?«

Sie war zwar aufgeregt, aber unter diesen Umständen war das nicht ungewöhnlich. »Es war wegen der kleinen Rena«, erklärte sie. »Ich bekam sie nicht wach.«

Vyner war verblüfft. »Warum wollten Sie sie wecken?«

»Das wollte ich nicht – nicht wirklich. Ich war sehr froh, daß sie so tief schlief, als ich nach Hause kam. Aber dann – unterhielt ich mich noch eine Weile mit meiner Schwester, und als ich wieder zu der Kleinen kam und selbst ins Bett gehen wollte, dachte ich, daß sie vielleicht zu fest schläft.«

»Ach ja?«

»Ich bekam Angst. Meine Schwester kennt sich mit Kindern überhaupt nicht aus. Ich versuchte, meinen Mann dazu zu bewegen, sich die Kleine einmal anzusehen, aber er sagte nur: ›Hör auf mit dem Unsinn.‹ Er hält mich für übervorsichtig. Ich nahm Rena aus dem Bettchen und ihr Kopf fiel nach vorn, aber sie wachte nicht auf. Das hat mir eine *schreckliche* Angst eingejagt, und ich versuchte, Dr. Horton zu erreichen. Leider war unser Telefon kaputt, das hatte ich ganz vergessen. Da ich nicht durchkam, hielt ich es für das beste, zu ihm zu gehen und ihn zu holen – er wohnt nicht weit weg von uns, deshalb bin ich zu Fuß gegangen.«

»Sie sind zu Dr. Horton gegangen und haben ihn zu sich ins Haus geholt?«

Wieder wurde sie unsicher. »Nein, eigentlich nicht. Als ich zu seinem Haus kam, stieg er gerade in sein Auto, um irgendwohin zu fahren. Ich lief ihm nach und rief, aber er hat mich nicht bemerkt.«

»Also sind Sie unverrichteterdinge wieder nach Hause gegangen.«

»Nein – nicht sofort. Ich dachte, daß er vielleicht nicht lange ausbleiben würde, und ging ein wenig auf und ab. Ich wollte nicht bei ihm klingeln, weil Mrs. Horton mir immer wieder erzählt, daß sie acht Kinder großgezogen und nie eins von ihnen so verhätschelt hat.«

Vyner bemühte sich, sein Gesicht so ausdruckslos wie möglich zu halten. »Wie lange haben Sie auf der Straße gewartet, Mrs. Ambrose?«

»Ungefähr eine halbe Stunde. Dann bekam ich wieder Angst und machte mir Sorgen, daß Rena inzwischen etwas passiert sein könnte, also ging ich schnell wieder heim. Ich bin den ganzen Weg gerannt, aber es ging ihr Gott sei Dank gut.«

»Und sie schlief immer noch?«

»O ja. Mein Mann war wütend.«

»Hat er Sie vermißt?«

»Ja. Er suchte nach mir, als ich nach Hause kam. Dann kam er auch heim und war schrecklich wütend.«

»Wie spät war es, als er ins Haus kam?«

»Ich weiß nicht – es muß ziemlich spät gewesen sein. Er wollte gleich zu Bett.«

»Hat Ihr Mann Ihnen erzählt, wo er war?«

»Er sagte, er hätte mich gesucht.«

»Und wo?«

»Das hat er nicht gesagt.«

»Er hat Ihnen nur erzählt, er hätte nach Ihnen gesucht?«

Irene wurde rot. »Er war sehr unfreundlich und böse«, sagte sie.

19

Superintendent Vyner saß dem Chief Constable in einem bequemen Sessel am Kamin gegenüber. Der Chief Constable war Colonel Bostock, ein kleiner drahtiger Mann mit gebräuntem faltigen Gesicht, hell blitzenden Augen und vergnügter Miene. Er war sechzig Jahre alt, und man hatte das Gefühl, daß er jede Minute seines Lebens genossen hatte. Da er Witwer war, sollte das eigentlich nicht der Fall sein, aber Mrs. Bostock war schon vor vielen Jahren gestorben, so daß die traurigen Erinnerungen wahrscheinlich schon lange verblaßt waren. Seine drei Töchter, die gegenwärtig dem Vaterland dienten, waren alle gesund und hatten ihm nie Anlaß zur Sorge gegeben. Eine hielt sich in Übersee auf, aber die anderen beiden verbrachten ihren siebentägigen Urlaub zu Hause.

Vyner hatte gerade das Wort »Mord« ausgesprochen. Colonel Bostock betrachtete ihn mit der gespannten Aufmerksamkeit eines Terriers, der gerade den Befehl bekommen hatte: »Such die Ratte!«

»Was Sie nicht sagen!«

»Nicht ich sage das, Sir, sondern Dr. Frith. Und Dr. Horton konnte ihm nicht widersprechen, obwohl ihm nichts lieber gewesen wäre. Wenn Sie mich fragen, dann hat Dr. Frith recht. Es war ganz sicher Mord. Mr. Paradine wurde über die Brüstung gestoßen, und ich möchte behaupten, daß es jemand getan hat, der von seiner Gewohnheit, auf die Terrasse zu gehen und den Ausblick zu genießen, wußte. Der Butler sagt, er hätte das regelmäßig wie ein Uhrwerk jeden Abend, bevor er zu Bett ging, getan.«

»Das ist ja alles schön und gut, aber wer wußte, wann genau er zu Bett gehen wollte? Oder ist er auch regelmäßig wie ein Uhrwerk zur selben Zeit schlafen gegangen?«

»O nein, Sir. Aber alle zehn Personen, die gestern abend mit ihm zusammen bei Tisch saßen, haben gehört, wie er sagte, daß er bis zwölf Uhr in seinem Arbeitszimmer sitzen würde. Er hat gegen einen von ihnen eine ernsthafte Anschuldigung ausgesprochen und wollte in seinem Zimmer auf den Schuldigen und dessen Geständnis warten. Das ist das Motiv. Wir wissen noch nicht, wie ernst die Sache war. Bei diesem Vergehen könnte es sich, nach allem, was wir erfahren haben, um ein richtiges Verbrechen gehandelt haben. Es besteht kein Zweifel, daß die Familienmitglieder sehr betroffen sind und daß sie sich vorgenommen haben, nicht zuviel preiszugeben. Sie halten Miss Paradines Aussage in den Händen – sie verschweigt die ganze Episode. Das hätte sie nicht getan, wenn sie nicht angenommen hätte, daß die anderen ihr den Rücken stärken. Sie haben nur nicht damit gerechnet, daß ich Mrs. Ambrose abfange, bevor sie die Gelegenheit hatten, ihr einzuschärfen, was sie sagen darf und was nicht.«

Colonel Bostock schnaubte. »Mrs. Ambrose? Mal sehen – sie heißt Irene. Lydia ist die Rothaarige. Die Töchter des alten Pennington. Die Mutter ist auch schon gestorben, war eine sehr hübsche Frau, diese Mrs. Pennington. Hat getanzt wie ein Engel. Keine der beiden Töchter kann sich mit ihrer Schönheit vergleichen. Das rote Haar kommt von der Pennington-Seite. Netter Bursche, der alte Pennington, und ein verdammt guter Schütze. Rot wie eine Karotte. Die Mädchen sind mit meinen in die Schule gegangen. Moment mal – da war was mit einer von ihnen ... Nicht mit Lydia, nein. Es wäre keine Überraschung gewesen, wenn's der Rotschopf gewesen wäre. Einer rothaarigen Frau kann man nicht über den Weg trauen. Nein, es war die andere, Irene – das Mädchen, das aussieht, als könnte es nicht bis drei zählen.«

Vyner hielt es für nötig, seinen Chief Constable von den Reminiszenzen loszureißen. Er tat es mit Respekt und dennoch entschlossen.

»Nun, Sir, nachdem wir die Aussage von Mrs. Ambrose hatten, war es für die anderen sinnlos, die Sache weiterhin zu verheimlichen. Als nächstes sprach ich mit ihrer Schwester, Miss Lydia Pennington – eine sehr intelligente junge Dame, wenn ich das sagen darf –, und sie merkte sofort, daß das Spiel aus war. Ich las ihr vor, was Mrs. Ambrose ausgesagt hatte, und sie bestätigte im wesentlichen die Einzelheiten. Sie unternahm nur die größten Anstrengungen, uns klarzumachen, daß Mr. Paradines kleine Ansprache beim Abendessen möglicherweise nicht viel zu bedeuten habe. Sie betonte, wie gern sie ihn hatte und so, konnte aber nicht abstreiten, daß er sehr streng und altmodisch war und von jedem Familienmitglied Gehorsam erwartete.«

»Das entspricht der Wahrheit. Jeder weiß das. Sehr fähiger Mann – sehr fähig, in der Tat. Ein bißchen ein Autokrat, ein Tyrann – das würde mich nicht wundern.«

»Ja, Sir – diesen Eindruck wollte Miss Pennington vermitteln. Sie hat das sehr gut gemacht. Hier ist die Abschrift ihrer Aussage.«

Colonel Bostock überflog sie. »Ja, ja … das stimmt alles. Wen haben Sie sich als nächsten vorgeknöpft?«

»Mr. Ambrose. Hier ist seine Aussage – sehr kurz und prägnant. Es widerstrebte ihm, überhaupt etwas preiszugeben, und er war offensichtlich sehr zornig, als ich ihm vorlas, was seine Frau ausgesagt hat. Sie wird bestimmt einiges von ihm zu hören bekommen. Doch er hat nichts geleugnet – er gab nur an, daß er keine Ahnung habe, was sein Stiefvater mit seinen Andeutungen gemeint hätte, aber davon überzeugt sei, daß nicht viel dahintersteckte. Mr. Paradine sei überarbeitet gewesen, sagte er, und möglicherweise hätte etwas, was im Grunde vollkommen unwichtig war, seinen Zorn erregt. Die Frage, ob er nach seiner Heimkehr noch einmal das Haus verlassen habe, bejahte Mr. Ambrose. Er sei ausgegangen, um nach seiner Frau zu suchen. Als ich ihn fragte, woher er wußte, wo er sie suchen mußte, erwiderte er, daß er es nicht genau gewußt habe, sie jedoch beim Doktor vermutet habe, weil sie sich immer übertrieben große Sorgen um den Gesundheitszustand ihrer Kinder mache und weil das Telefon am Abend gestört gewesen sei. Das klingt ein bißchen dünn, finde ich.«

»Oh, ich weiß nicht«, meinte Colonel Bostock und fügte hinzu: »Guter Gott, was deuten Sie da an – daß Ambrose den ganzen Weg zum River House zurückgetrabt ist, um den alten Paradine über eine Mauer zu stoßen?«

Vyner sah abrupt auf. »Sir, Sie sagen ›den ganzen Weg zum River House‹ – so weit ist das gar nicht.«

»Mit dem Auto braucht man eine Viertelstunde.«

»Ja, Sir – mit dem Auto, aber über die Fußgängerbrücke und den Flußpfad ist man in sechs, sieben Minuten dort.«

Colonel Bostock stieß einen langen Pfiff aus. »Die Fußgängerbrücke! Natürlich, da ist es viel kürzer, und die Ambroses wohnen in Meadowcroft. Das ist über den Steg gar nicht weit weg. Hat er gesagt, wie lange er unterwegs war oder wann er wieder nach Hause kam?«

»Das konnte er nicht genau angeben – er sagte, er hätte nicht auf die Uhr gesehen. Das erscheint mir ehrlich gesagt merkwürdig, Sir. Ein Mann, der auf seine Frau wartet, schaut ständig auf die Uhr, besonders wenn er aufgebracht ist – ich habe das selbst schon erlebt.«

»Möglicherweise hat er kein Leuchtzifferblatt«, wandte Colonel Bostock ein. »Sie vergessen die Dunkelheit.«

»Es war heller Mondschein, Sir, bis kurz vor Mitternacht.«

»Hm. Mal sehen, was der Bursche sonst noch gesagt hat. Kurz und knapp. Gott sei Dank.« Er studierte das Protokoll und legte es wieder weg. »Na ja, es könnte alles so gewesen sein, wie er behauptet, Vyner. Dieses Mädchen – Irene, Mrs. Ambrose –, welchen Eindruck hatten Sie von ihr? Trauen Sie ihr zu, daß sie tatsächlich mitten in der Nacht zum alten Horton rennt, wie sie gesagt hat? Davon hängt eine Menge ab, müssen Sie wissen.«

Vyner gestattete sich ein Lächeln. »Ja, Sir, das ist ihr zuzutrauen.«

»Hat nicht viel im Kopf, wie? Früher kam sie manchmal zu uns, wenn meine Mädchen daheim waren, aber ich kann nicht behaupten, daß ich mehr als drei Worte mit ihr gewechselt hätte, seit sie verheiratet ist. Nette Leute, diese Penningtons. Aber irgend etwas war mit dieser Irene – ich muß meine Töchter fragen, wenn ich sie das nächste Mal sehe. Sie halten sie also für etwas einfältig?«

Das Lächeln blitzte noch eine Weile in den Augen des Superintendent. »Ja, Sir.«

»Na also, da haben Sie's. Eine dumme Frau benimmt sich närrisch. Sie könnte alles mögliche anstellen.«

Der Superintendent fand, daß das Thema Mrs. Ambrose erschöpfend behandelt worden war, und sagte: »Ja, Sir. Nach Mr. Ambrose habe ich die vier anderen Männer befragt – Mr. Mark Paradine, Mr. Richard Paradine, Mr. Pearson und Mr. Wray. Aus keinem konnte ich mehr herausbringen als aus Mr. Ambrose. Wenn Sie sich die Abschriften ansehen, werden Sie merken, daß die Formulierungen etwas variieren, aber sie sagen alle dasselbe. Es besteht kein Zweifel daran, daß Mrs. Ambrose die Vorfälle ziemlich genau beschrieben hat. Den vier Herren habe ich ihre Aussage nicht mehr vorgelesen, und sie hatten auch keine Gelegenheit, sich mit ihr oder ihrem Mann abzusprechen, bevor ich sie zu mir rief – einen nach dem anderen selbstverständlich. Sie konnten also nicht erfahren haben, was Irene zu Protokoll gegeben hat. Ich setzte sie nur in Kenntnis, daß sowohl Irene als auch Mr. Ambrose die beunruhigenden Ereignisse beim Abendessen geschildert hätten, und forderte sie auf, mir ihre eigene Version davon zu erzählen. Keiner von ihnen war begeistert, aber sie haben sich auch nicht geweigert. Sie spielten die Angelegenheit herunter, so gut sie konnten, und verrieten nicht mehr als unbedingt nötig, aber ihre Aussagen decken sich weitgehend, wie Sie sehen werden. Ich denke, sie sagen die Wahrheit, auch wenn sie nicht mehr sagten, als sie mußten.«

»Gut, das kann man ihnen nicht übel nehmen. Eine unangenehme Situation für die Familie.«

»Ja, Sir«, bestätigte Vyner trocken, »besonders wenn einer von ihnen den alten Herrn über die Brüstung gestoßen hat.«

Colonel Bostock war offensichtlich schockiert. »Lieber Himmel, Vyner – ein schrecklicher Verdacht.«

»Ja, Sir, aber ein begründeter. Lassen Sie uns noch einmal auf diese Aussagen zu sprechen kommen – falls Sie sie durchsehen, wird Ihnen auffallen, daß Mr. Mark Paradine und Mr. Elliot Wray am wenigsten über das Abendessen erzählt haben. Mr. Richard hingegen hat eine Menge geredet und sich beinahe überschlagen, alles zu erklären und herunterzuspielen. Und Mr. Pearson war äußerst diskret.«

»Moment, helfen Sie mir, die Leute auseinanderzuhalten. Mark und Richard sind die Neffen, nicht wahr? Welcher ist der große, dunkle?«

»Mark, Sir.«

»Ganz recht. Jemand hat mir etwas über ihn erzählt. Er

wollte zur Air Force, aber sie wollten ihn nicht weglassen – er ist ein wichtiger Mann in der Forschungsabteilung. Der andere – meine Mädchen kennen ihn. Lebhaft – hinter den Frauen her. Er macht im Augenblick angeblich Lydia Pennington den Hof.«

»Ja, Sir.«

»Elliot Wray – das ist der Bursche, der die Adoptivtochter geheiratet hat – wie ist ihr Name? – Phyllida. Die Ehe war zerrüttet, bevor die Flitterwochen zu Ende waren. Außergewöhnlich. Ein netter junger Mann – ein hübsches Mädchen. Ich kann mir gar nicht vorstellen, was die jungen Leute auseinander gebracht hat. Sollte mich nicht überraschen, wenn sich da jemand eingemischt hätte. Grace Paradine zum Beispiel. Eine alte Jungfer mit Adoptivtochter, für meinen Geschmack ist das irgendwie unnatürlich. Schade, daß sie Bob Moffat nicht geheiratet und selbst ein halbes Dutzend Kinder bekommen hat. Ich hab' nie herausgefunden, was sie davon abgehalten hat. Erst war sie Feuer und Flamme für ihn und feierte Verlobung, und plötzlich platzt das Ganze, und die beiden Familien gehen sich aus dem Weg. Verdammt unangenehme Sache, wenn so was mit einem Geschäftspartner passiert.«

Wieder sagte Vyner: »Ja. Sir.«

Colonel Bostock nahm die Aussage von Albert Pearson in die Hand. »Wer ist dieser Pearson?« wollte er wissen, nachdem er sie gelesen hatte. »Was hat der mit den Paradines zu tun?«

»Er ist der Sekretär, Sir, und auch ein entfernter Cousin. Er wohnt im Haus.«

Colonel Bostock rieb sich die Stirn. »Pearson … Pearson … ja, natürlich, er ist der Sohn von Milly Paradine. Ein großes, bäurisches Mädchen. Eine Cousine zweiten Grades.

Sie ist früher manchmal zu Besuch gekommen und dann mit dem guten Pearson durchgebrannt, dem Sohn vom Juwelier. Es gab eine Menge Gerede. Der alte Pearson und die Paradines wollten nichts mehr mit ihnen zu tun haben. Ein eigensinniges Mädchen. Pearson hat irgendwo eine Anstellung bekommen und ist ein paar Jahre später gestorben. Ich dachte eigentlich, daß der Junge in die Fußstapfen seines Vaters tritt und eine Lehre in einem Juwelierladen gemacht hat ... Warten Sie, da war noch was. Liebe Güte, wer hat nur vor kurzem von Milly Paradine gesprochen? Campion? Nein, Campion war's nicht. Mrs. Horton – ja, vielleicht Mrs. Horton. Sie erinnert mich an einen Elefanten – sie vergißt nie etwas. Sie muß es gewesen sein. Sie meinte, daß der junge Pearson ein guter Sohn gewesen sei – ein lobenswerter Junge, fleißig, ehrgeizig, ein geschickter Lehrling, und außerdem hat er die Abendschule besucht – Fremdsprachen, Schreibmaschine, Steno und all diese Sachen. Die Mutter starb vor zwei Jahren. Das ist also dieser Pearson!« Mit zufriedener Miene widmete er sich erneut der Aussage von Albert Pearson.

»Pearson hat Mr. Paradine gesehen, nachdem er sich in sein Arbeitszimmer zurückgezogen hatte«, erklärte Vyner. »Er saß mit den anderen im Salon, bis die Ambroses und die beiden Neffen Paradine gingen. Dann wünschte auch er eine gute Nacht und machte sich auf den Weg ins Arbeitszimmer, um Mr. Paradine zu fragen, ob er seine Dienste noch benötigte. Der Butler Lane brachte gerade ein Tablett mit Getränken herein und bestätigt das. Pearson sagt, daß Mr. Paradine ihn weggeschickt, aber noch einmal zurückgerufen habe. Er wollte etwas in einem Brief, den er Pearson vorher diktiert hatte, geändert haben. Pearson sagt, daß er nur einen Moment bei dem alten Herrn gewesen sei und danach in sein Zimmer gehen wollte, aber dann wurde ihm bewußt, in welch, wie er selbst es ausdrückte, prekärer Situation er sich befand. Er dachte eine Weile über seine Lage nach und überlegte, daß es am besten wäre, wenn er Gesellschaft hätte bis Mitternacht, und die Zeit, die Mr. Paradine in seinem Arbeitszimmer auf ein Geständnis warten wollte, nicht allein verbringen würde. Er sagt, er hätte gerade den Entschluß gefaßt, in den Salon zurückzugehen, als er Mr. Elliot Wray aus der Halle kommen sah. Mr. Paradines Räume liegen im Erdgeschoß – Schlafzimmer, Bad, Arbeitszimmer und das unbewohnte Zimmer seiner verstorbenen Frau. Mr. Pearson stand vor diesen Räumen im Flur, der zur Hintertreppe führt, über die er sein eigenes Zimmer erreichen konnte. Er beobachtete, wie Mr. Wray ins Arbeitszimmer ging, und beschloß, auf ihn zu warten. Nach höchstens zwei, drei Minuten sei Mr. Wray wieder herausgekommen. Pearson sprach ihn an und erklärte ihm ohne Umschweife, daß er die Zeit bis nach Mitternacht mit ihm zusammen verbringen wolle. Danach gingen sie hinauf in Mr. Wrays Zimmer, das dem von Pearson gegenüber liegt, und blieben dort bis kurz nach halb zwölf. Zu diesem Zeitpunkt machten sie sich zusammen auf den Weg ins Speisezimmer, um etwas zu trinken. Als sie wieder oben ankamen, war es acht Minuten nach zwölf. Mr. Wray nahm ein Bad, und Pearson ging gleich zu Bett. Die Aussagen der beiden Herren stimmen exakt überein. Soweit es den Mord betrifft, kommen sie also nicht in Betracht, weil Mr. Paradine um zwölf Uhr bereits tot war. Das steht außer Zweifel, da zu diesem Zeitpunkt ein heftiger Regen eingesetzt hat. Das kann ich selbst bezeugen. Wir saßen noch beisammen, um auf das Neue Jahr anzustoßen, und hatten das Radio angestellt. Mit dem letzten der zwölf Glockenschläge hörte ich, wie der Regen gegen die Fensterscheibe prasselte. Kurz zuvor hatte ich den Hund ins Haus gelassen, da war alles noch trocken. Mr.

Paradine muß also kurz vor dem letzten Glockenschlag gestorben sein.«

Colonel Bostock zog eine Grimasse, und sein Gesicht legte sich noch mehr in Falten. »So wie Sie das ausdrücken, klingt es wie eine Passage aus einem verdammten Kriminalroman. Wer sagt, daß Wray und Pearson um acht Minuten nach zwölf wieder hinaufgingen?«

»Beide bestätigen das, Sir.«

Der Chief Constable grunzte. »Sehr aufmerksam von den Herren. Normalerweise sieht man nicht jedesmal auf die Uhr, wenn man einen Raum betritt.«

»Immerhin war Silvester, Sir. Und Pearson machte keinen Hehl daraus, daß er sich absichern wollte, bis diese Frist für das sogenannte Geständnis verstrichen war – er hat rundheraus eingestanden, daß die Familie nur zu froh wäre, wenn sie ihm etwas unterstellen könnte.«

»Was meint er damit – den Mord oder dieses ominöse Geständnis?«

»Beides«, erwiderte Vyner ziemlich trocken. »Ich kann nicht behaupten, daß er falsch liegt. Er steht, wenn man es so ausdrücken darf, den anderen Familienmitgliedern nicht besonders nahe. Aber Mr. Wray erhärtet mit seiner Aussage, daß Pearson nicht bei Mr. Paradine gewesen sein und irgendein Vergehen eingestanden haben konnte – er sagt, die Frist sei um acht Minuten überschritten gewesen, als sie sich trennten.«

»Hm, und was, wenn die Uhr falsch ging?« fragte Colonel Bostock.

»Nun, Sir, Mr. Paradine war in diesem Punkt äußerst penibel – er ließ früher wöchentlich einen Mann kommen, der alle Uhren im Haus aufzog und nachstellte. Als die Arbeitskräfte knapp wurden, hat er diese Aufgabe höchstpersönlich übernommen. Der Butler sagt, daß er fuchsteufelswild wurde, wenn eine der Uhren auch nur um eine halbe Minute falsch ging. Ich habe selbst nachgesehen – sie zeigten alle dieselbe Zeit an, und alle gingen auf die Sekunde genau.«

»Also gut, machen wir weiter. Was ist mit den Neffen? Mal sehen – sie haben das Haus auch sehr früh verlassen, nicht wahr?«

»Ja, Sir – ungefähr um Viertel vor zehn.«

»Zusammen?«

»Ja, Sir – sie fuhren mit dem Rad. Mr. Mark lebt in einer Wohnung in dem neuen Häuserblock – Birleton Mansions – am Stadtrand. Er sagt, er hat dort haltgemacht. Mr. Richard wohnt ein Stück weiter weg in der Lennox Street. Beide sagen, sie hätten Mr. Paradine nicht mehr gesehen, bevor sie gingen. Mr. Richard behauptet, seine Wohnung nicht mehr verlassen zu haben, während Mr. Mark noch einen Spaziergang machte. Tatsächlich hat ihn der diensthabende Polizist auf der Brücke gesehen. Es war heller Mondschein bis kurz vor dem Regenschauer. Der Polizist sagt, Mr. Mark sei an ihm vorbei und in Richtung River House gegangen. Als Zeitpunkt gibt er etwa zwanzig nach zehn an – er hat ein paar Minuten später auf die Uhr gesehen, weil ihm die Zeit lang wurde. Ich habe das gerade erst erfahren, deshalb hatte ich noch keine Möglichkeit, Mr. Mark mit der Beobachtung des Polizisten zu konfrontieren. Das ist alles, was ich über die Neffen in Erfahrung bringen konnte. Dann sind da noch Mr. und Mrs. Wray. Er hält sich wegen geschäftlicher Angelegenheiten hier auf. Er und seine Frau bewohnen Räume auf entgegengesetzten Seiten des Hauses.«

Colonel Bostock nickte. »Zerrüttete Ehe. Ein Jammer. Erstaunlich, daß er überhaupt im Haus blieb. Unangenehme Situation.«

»Er gibt an, daß ihn dringende Geschäfte hergeführt haben, und daß Mr. Paradine darauf bestanden hatte, daß er über Nacht blieb. Regierungsgeschäfte, vertraulich.«

Colonel Bostock nickte wieder. »Ja, ja – er arbeitet mit Cadogan zusammen. Konstruktionen von Bombenzielgeräten – und derartige Sachen. Sehr fähiger, intelligenter Bursche, habe ich gehört.«

»Ja, Sir. Er hat nicht viel über die geschäftlichen Angelegenheiten verlauten lassen und nur gesagt, daß er bei Mr. Paradine vorbeigeschaut habe, um gute Nacht zu sagen. Und dann stimmt seine Geschichte mit der von Pearson überein. Aber Mrs. Wray – nun, Sir, sie hat eingestanden, eine lange Unterhaltung mit Mr. Paradine geführt zu haben, nachdem sich die anderen bereits zurückgezogen hatten.«

»Was?«

»Ich glaube nicht, daß das viel zu bedeuten hat, Sir. Um genau zu sein, sie hätte mir gar nichts davon zu erzählen brauchen. Ich stellte ihr eigentlich nur aus formellen Gründen die Frage, ob sie Mr. Paradine noch einmal gesehen hätte, und sie bejahte die Frage ohne auch nur im geringsten zu zögern – sie sagt, daß sie erst in ihrem Zimmer war, aber dann fiel ihr etwas ein, was sie mit Mr. Paradine besprechen wollte. Also ging sie zu ihm. Die Unterredung dauerte laut ihren eigenen Angaben etwa zwanzig Minuten. Es sei ein freundliches Gespräch gewesen und habe nichts mit der Angelegenheit zu tun gehabt, die während des Abendessens für Aufsehen gesorgt hatte. Mehr als das wollte sie nicht angeben, aber ich hatte den Eindruck, daß das Wiedersehen mit ihrem Mann sehr überraschend für sie war. Der Butler meinte, niemand hätte Mr. Wray erwartet. Ich bin sicher, daß Mrs. Wray ziemlich aufgeregt deswegen war und mit ihrem Onkel darüber reden wollte.«

»Das ist nur verständlich.«

»Ja, Sir, das dachte ich auch – aber man kann natürlich nie wissen. Ich habe Manners und Cotton im Haus gelassen, damit sie die Aussagen des Personals aufnehmen können. Lane, den Butler, habe ich selbst befragt – die Abschrift seiner Aussage habe ich hier. Er hat die Leiche gefunden. Dann sind da noch seine Frau – sie ist Köchin –, Louisa Holme, ein Hausmädchen – sie ist seit fünfzehn Jahren bei den Paradines – und zwei junge Mädchen, Polly Parsons, das zweite Hausmädchen, und Gladys Huggins, die Küchenhilfe. Ich würde sagen, daß keiner von ihnen etwas Genaueres weiß. Miss Holme hat zusammen mit Lane das Dinner serviert, aber sie kam gar nicht in die Nähe des Arbeitszimmers. Die anderen hatten auch nichts dort zu tun. Ihre Zimmer liegen alle im Küchentrakt auf der anderen Seite vom Speisezimmer. Keiner der Räume geht auf die Terrasse hinaus. Die einzigen Fenster, die sich auf derselben Seite wie die im Arbeitszimmer befinden, sind die von Mr. Wrays Zimmer im oberen Stockwerk und die von Mrs. Wray am anderen Ende des Flurs. Mr. Wray hielt sich zum Zeitpunkt des Mordes im Speisezimmer auf der anderen Seite auf. Aber Mrs. Wray sagt, etwas hätte sie geweckt, sie dachte, einen Schrei gehört zu haben, aber sie sei sich nicht ganz sicher, weil sie lebhaft geträumt habe. Trotzdem hatte sie das Gefühl, irgendein Geräusch hätte sie geweckt. Sie machte das Licht an und sah auf die Uhr – es war kurz nach zwölf. Ich denke, es kann kaum ein Zweifel daran bestehen, daß sie Mr. Paradines Entsetzensschrei gehört hat, als er stürzte.«

Colonel Bostock verzog das Gesicht. »Guter Gott, Vyner, wenn ein Mädchen im Traum Geräusche hört, ist das noch lange kein gesicherter Beweis.«

»Nein, Sir ... Das sind alle Aussagen, bis auf die von

Brenda Ambrose. Ich habe sie mir bis zuletzt aufgehoben, da ich nicht erwartete, irgend etwas von ihr zu erfahren. Und jetzt weiß ich nicht, ob das zutrifft oder nicht.«

Colonel Bostock spitzte die Ohren. »Was soll das heißen?«

»Sir, da ist das von ihr unterschriebene Protokoll ihrer Aussage, aber Miss Ambrose brachte mehr als das zum Ausdruck. Sie benahm sich jedesmal äußerst seltsam, wenn sie ihre Schwägerin, Irene Ambrose, erwähnte. Ich hatte das Gefühl, sie ist ganz und gar nicht gut auf sie zu sprechen.«

Colonel Bostock pfiff durch die Zähne und kramte Brenda Ambroses Aussage hervor. »Es ist nicht so sehr das, was sie sagt, sondern wie sie es sagt, stimmt's?«

»Ganz genau, Sir.«

Colonel Bostock pfiff wieder, aber diesmal leiser. »Na, da war doch etwas mit diesem Mädchen Irene ...«, murmelte er.

20

Miss Maud Silver kaufte ein. Auch in Kriegszeiten und trotz der Schwierigkeiten mit den Zuteilungsmarken brauchten Kinder warme Kleidung. Sie hatte vor, einen Pullover und eine Überziehhose für den Jüngsten ihrer Nichte Ethel zu stricken, der im nächsten Monat seinen dritten Geburtstag hatte. Ethel konnte zwei Marken beisteuern, aber das genügte sicher nicht. Miss Silver würde auf ihre eigene Frühjahrszuteilung zurückgreifen müssen. Das war nicht weiter schlimm – das Sommerkleid, das sie im letzten Jahr getragen hatte, konnte sich noch sehen lassen, und Strümpfe hatte sie genug. Für junge Mädchen, die diese hauchdünnen Seidenstrümpfe trugen, war es natürlich schwerer. Schon ein Blick genügte, und man wußte, daß dieses zarte Gewebe nicht lange halten konnte. Ihre eigenen strapazierfähigen Strümpfe waren da schon etwas ganz anderes – gerippte, graue Wolle im Winter und guter, fester Zwirn im Sommer. So was war natürlich viel haltbarer.

Nachdem sie das Problem mit den Marken gelöst hatte, mußte sie nur noch entscheiden, welche Wolle am passendsten war. In Birleton gab es sehr gute Geschäfte, fast so gute wie in London – Hornby's zum Beispiel war ein solches Geschäft, aber heutzutage war die Auswahl bei Wolle natürlich nicht besonders groß. Das konnte man auch nicht erwarten.

Die Verkäuferin in der Wollabteilung, die aussah wie fünfzehn, konnte Miss Silver nur drei verschiedene Posten anbieten – eine dunkelgraue Wolle, eine grelle rote und eine sehr helle smaragdgrüne. Miss Silver betrachtete mißbilligend die Farben und zog sogar ernsthaft in Betracht, auf eine Ersatzfaser zurückzugreifen – ein dicker, schwerer baumwollartiger Faden, der sich zwar nicht mit reiner Wolle vergleichen ließ, dafür aber in hübschen Farben angeboten wurde. Es kam selten vor, daß es ihr schwerfiel, eine Entscheidung zu fällen. Doch da die kältesten Wintermonate noch vor ihnen lagen, sollte man wärmendes Material bevorzugen. Trotzdem – das Grün war zu grell, es blendete regelrecht ... und dunkelgrau für einen Dreijährigen – lieber Himmel, nein!

Während sie unschlüssig an der Verkaufstheke stand, wurden Stimmen hinter einem Ständer mit bunten Schals laut. Die Stimmen waren zu dem zischenden Flüstern gesenkt, das in sich schon eine ganz eigene Qualität birgt.

»Eine äußerst schockierende Affäre! Ausgerechnet Mr. Paradine!« Das war die eine Stimme.

Eine andere, höhere und leicht lispelnde erwiderte eifrig: »Man sagt, es war Mord.«

»Das kann nicht sein.«

»Ich hab' das gehört.«

»O *nein*!«

»Sie wissen ja, daß Mrs. Curtin für mich arbeitet ...«

»Ja?«

»Ihre Nichte Gladys ist Küchenhilfe bei den Paradines, und sie sagt, alle sind felsenfest davon überzeugt, daß er niemals über das Mäuerchen gefallen wäre, wenn ihm nicht jemand einen Stoß versetzt hätte.«

»Schsch!«

»Ich erzähle doch nur, was sie gesagt hat ... aber natürlich klatschen die Leute so viel ...«

»Ja, nicht wahr? Es ist gräßlich.«

»Wirklich! Schsch, da drüben ist Lydia Pennington, sie kommt in unsere Richtung.«

Miss Silver faßte einen schnellen Entschluß. Der kleine Roger würde einen dunkelgrauen Wollanzug mit Bündchen, Kragen und Gürtel in Smaragdgrün bekommen. Sie gab forsch ihre Anweisungen, händigte der Verkäuferin ihre Karte aus, damit sie die Marken abschneiden konnte und drehte ihr den Rücken zu, um sich in der Abteilung umzusehen.

Lydia Pennington in dunkelgrauem Kostüm kam auf sie zu. Der schwarze Hut, den sie gerade gekauft hatte, war tief über die roten Locken gezogen. Die Krempe warf einen Schatten über ihr kleines, blasses Gesicht. Ihre Wangen hatten kein bißchen Farbe, und sogar die Lippen waren nur so viel geschminkt, wie es sich mit Lydias Auffassung von Anstand vereinbaren ließ.

Möglicherweise hätte Miss Silver, die Lydia nur einmal begegnet war, sie nicht erkannt, wenn die flüsternden Stimmen hinter den Schals ihren Namen nicht erwähnt hätten.

Andererseits wäre Miss Silver Lydia überall aufgefallen – die sauber, aber unmodern gekleidete Person: ein schwarzer Tuchmantel mit altem, zerzaustem Pelzbesatz, ein Hut mit einem Strauß violetter Stiefmütterchen als Schmuck, das ordentlich frisierte mausgraue Haar und das sanftmütige und selbstbeherrschte Auftreten; all diese Dinge hinterließen schon nach dem ersten Blick einen so tiefen Eindruck, daß man sie jederzeit sofort wiedererkannte.

Miss Silver hörte ihren Namen, und ihre Hand wurde geschüttelt.

»Miss Silver! Erinnern Sie sich noch an mich? Nein, natürlich nicht. Wir sind uns vor einem Monat bei Laura Desborough begegnet – sie hat uns miteinander bekannt gemacht. Laura ist eine Freundin von mir, ich bin Lydia Pennington.«

Miss Silver ließ das für sie typische trockene Hüsteln hören. »Tatsächlich erinnere ich mich sehr gut an Sie, Miss Pennington.«

Lydia fragte hastig: »Was machen Sie hier?« Ihre Gedanken rasten wild durcheinander, und ihr Gesicht hatte ein wenig Farbe bekommen.

Miss Silver erwiderte nüchtern: »Ich kaufe Wolle.«

Lydia errötete noch mehr. Mit gesenkter Stimme erklärte sie: »Das meinte ich nicht. Eigentlich wollte ich wissen, ob Sie an einem Fall arbeiten.«

Miss Silver musterte sie aufmerksam. »O nein. Ich besuche meine Nichte, Mrs. Burkett. Ihr Mann wurde nach Birleton versetzt und arbeitet jetzt in der hiesigen Bankfiliale. Er hat sich freiwillig gemeldet, müssen Sie wissen, aber er ist nicht sehr kräftig, deshalb hat man ihn wieder nach Hause an die Arbeit geschickt. Für Ethel ist das wunderbar. Sie führen eine großartige Ehe, und sie haben drei Kinder – nur

Jungs. Sie waren so lieb, mich zu Weihnachten einzuladen, aber da war ich verhindert, deshalb habe ich statt dessen Silvester mit ihnen verbracht.«

Während sie redete, registrierte Miss Silver, daß das Blut wieder aus Miss Penningtons Gesicht wich und daß sie große Anstrengungen unternahm, den anderen Kunden den Rücken zuzukehren. Deshalb war sie nicht besonders überrascht, als Lydia sagte: »Miss Silver – könnte ich mit Ihnen sprechen? Wäre das möglich?«

»Hier gibt es eine hübsche Teestube. Wir könnten eine Tasse Tee zusammen trinken.«

»Ich weiß nicht ... ich glaube, das ist nicht gut – hier kennen mich zu viele Leute. Ich bin nur hier, weil ich einen Hut kaufen wollte. Ich hatte keinen schwarzen, und da ist noch die gerichtliche Untersuchung und die Beisetzung. Wo wohnen Sie? Kann ich Sie dorthin begleiten?«

Miss Silver hüstelte. »Wir können zusammen gehen – ja, natürlich. Meine Nichte hat eine Wohnung in Birleton Mansions.«

»Was?«

»Die Wohnungen sind ziemlich neu, und die Anlage ist ausgesprochen praktisch und bequem – im Erdgeschoß befindet sich ein Restaurant. Aber selbstverständlich kocht meine Nichte schon allein wegen der Kinder meistens selbst. Die kleine Küche ist hochmodern eingerichtet. Vielleicht kennen Sie ja die Wohnanlage?«

»Ich kenne jemanden, der auch dort wohnt.«

»Ich bezahle nur schnell die Wolle, dann können wir einen kleinen Spaziergang in die Richtung machen«, sagte Miss Silver.

21

Etwa eine Stunde später verließ Lydia Mrs. Burketts Wohnung – Birleton Mansions Nummer 12 – und blieb einen Moment im Treppenhaus stehen. Sie konnte den Lift nehmen oder zu Fuß nach unten gehen. Von diesen automatischen Aufzügen war sie nicht begeistert. Sie spähte am Liftschacht vorbei auf die Tür von Nummer 12A und dachte über den eigenartigen Zufall nach, daß Miss Silvers Nichte direkt gegenüber von Mark Paradine im selben Stockwerk wohnte. Sie fragte sich, ob er zu Hause war, und mit einemmal überwältigte sie das Bedürfnis, ihn zu sehen, so sehr, daß sie zu seiner Tür ging und auf den Klingelknopf drückte. Es würde ihr eine Menge Zeit ersparen, wenn sie jetzt gleich mit ihm sprach, und sie konnten endlich einmal über alles in Ruhe reden, ohne daß die restlichen Familienmitglieder um sie herumschwirrten. Und er konnte sie auf dem Rückweg begleiten – bestimmt würde er heute wieder zum River House gehen. Sie hatte also gute, vernünftige Gründe, bei ihm zu klingeln, aber in Wirklichkeit handelte sie aus einem reinen Impuls, der keiner Begründung bedurfte.

Die Glocke ertönte in der Wohnung, und Lydia war ziemlich sicher, daß er längst aus dem Haus gegangen war. Wieso sollte er daheim herumsitzen? Es war kurz vor fünf, und wahrscheinlich trank er Tee mit Grace Paradine und Phyllida – vielleicht leisteten ihnen auch Elliot und Albert im Hintergrund Gesellschaft, wenn sie nicht gänzlich ausgeschlossen worden waren. Oder er hatte Besprechungen mit Anwälten, Bestattungsunternehmern oder Polizeibeamten.

Diese Überlegungen machten ihr zu schaffen, doch gerade als ihre Stimmung auf den Nullpunkt gesunken war, wurde die Tür aufgerissen, und Mark stand mit finsterer Miene vor ihr. Lydia hoffte nur, daß sein wütender Blick nicht ihr persönlich galt.

Seine erste Bemerkung beruhigte sie in diesem Punkt. »Ich dachte schon, es wäre wieder einer dieser verdammten Reporter.«

Sie faßte sich wieder und wurde sofort ganz die kühle, selbstbeherrschte Lydia. »Danke, Liebling – ich bin froh, daß ich sowas nicht bin. Du siehst richtig mordlustig aus. Darf ich reinkommen?« sagte sie.

Er trat beiseite, um sie hereinzulassen. »Warum hast du das gesagt?« herrschte er sie an.

»Was?«

»Mordlustig«, sagte er mit heiserer Stimme.

Lydia wurde es flau im Magen. Was war mit ihm los? Was brachte ihn dazu, so auszusehen und in diesem Tonfall zu sprechen? Sie schlug die Tür hinter sich zu, lehnte sich dagegen und entgegnete ebenso ärgerlich wie er: »Sei nicht so ein verdammter Narr!«

Sie standen sich gegenüber und funkelten sich böse an, bis sich Mark plötzlich einen Ruck gab und kurz auflachte. Dann drehte er sich um und ging auf das Zimmer zu, aus dem er offenbar gekommen war.

»Also schön – damit hätten wir das erledigt. Willst du immer noch reinkommen?«

»Ja.«

Sie drängte sich an ihm vorbei in ein unaufgeräumtes, ungemütliches Wohnzimmer – braune Ledersessel, braune Vorhänge, ein schäbiger Teppich, Bücherregale an den Wänden, ein Schreibtisch, ein elektrischer Ofen. Lydia ließ sich auf der Lehne eines Sessels nieder.

»Hör auf mit dem Unsinn«, sagte sie. »Ich liebe es, mit dir zu streiten, Liebling, aber wir haben im Augenblick keine

Zeit dafür. Ich möchte mit dir reden. Würde es dir etwas ausmachen, dich hinzusetzen? Du überragst mich um Meilen, und ich kann mich nicht mit Leuten unterhalten, die mich von oben herab anschauen. Das vermittelt mir dasselbe unangenehme Gefühl wie ein Ferngespräch.«

Widerwillig setzte er sich ihr gegenüber auf die Lehne des anderen Sessels. »Was willst du? Ich habe viel zu tun, verstehst du? Ich bin nur hier, um Unterlagen zu holen.«

»Also gut, ich will dich auch nicht länger aufhalten als nötig. Wenn es dir allerdings lieber ist, dann halte ich dich gar nicht auf.«

»Jetzt sag schon – was ist los?«

Mit jeder Faser, die er aktiviert hatte, um ihr zu widerstehen, wollte er, daß sie schnell wieder ging, gleichzeitig wünschte er sich mit dem Sturm der Gefühle, gegen die er den Widerstand aufgebaut hatte, daß sie blieb. Eine Stimme in seinem Inneren meldete sich und nannte ihn – genau wie Lydia vorhin – einen Narren, einen verdammten Narren.

»Mark, willst du mir zuhören?« fragte sie ernst. »Ich möchte mit dir reden, aber ich kann das nur, wenn du mir auch wirklich zuhörst. Ich meine, du sollst nicht nur die Ohren spitzen, sondern auch versuchen, mich zu verstehen.«

Er sah sie an, nickte und wandte sich wieder ab. »Gut, meinetwegen.«

»In Meadowcroft oder im River House werden wir immer von irgend jemandem unterbrochen – da kann man kein richtiges Gespräch führen. Ich will mit dir reden.«

»Also gut, dann rede.«

Sie vermied es, ihn anzuschauen, und richtete den Blick auf die rotglühende Heizschlange des Ofens. »Mark, es ist eine scheußliche Sache. Die Polizei glaubt, daß es einer von uns war«, begann sie.

»Und das hast du erst jetzt begriffen?«

»Nein, natürlich nicht. Aber ich sehe keinen Ausweg.«

»Ich auch nicht. Und?«

»Wir brauchen jemanden, der uns hilft.«

»Was willst du damit sagen?«

Jetzt sah sie ihn eindringlich an. »Es gibt jemanden, der uns helfen kann – sie ist in diesem Augenblick hier, in diesem Haus. Ihr Name ist Maud Silver, und sie ist eine Detektivin. Laura Desborough hat mir von ihr erzählt. Du wirst sie nicht kennen, aber ich denke, du kannst dich an den Mordfall mit dem chinesischen Schal erinnern – den hat sie aufgeklärt. Und im letzten Herbst bei den Morden im Vandeleur House wurde diese Frau gefaßt – wie hieß sie doch gleich? – Simpson. Die Polizei hat Ewigkeiten nach ihr gesucht, aber Miss Silver hat sie gefunden. Sie ist wunderbar, und zur Zeit macht sie den Leuten in Nummer 12 einen Besuch. Mrs. Burkett ist ihre Nichte.«

Marks Blick war ebenso eindringlich wie der ihre, aber er drückte auch Bitterkeit aus.

»Und was erwartest du von dieser Wunderdetektivin? Soll sie einen geeigneten Sündenbock im Kreis der Familie entlarven? Was für eine Aussicht!«

»Ich will niemanden zum Sündenbock machen – ich möchte die Wahrheit herausfinden.«

»Wie auch immer sie aussieht?«

»Ja, wie auch immer sie aussieht. Du nicht?«

»Ich ... ich weiß nicht ...«

Sie schlug die Hände zusammen. »Mark, wir müssen wissen, was passiert ist. Wie können wir weiterleben, wenn wir im Ungewissen bleiben? Dieser unselige Vorfall muß aufgeklärt werden. Wenn wir uns keine Klarheit verschaffen, stehen wir alle unter Verdacht – jeder verdächtigt den andern, und jeder hat so viel Angst, für den Schuldigen gehalten zu werden, daß er sich nicht mehr traut, den Mund aufzumachen. Sieh dich selbst an – oder mich! Ich habe ein Wort benützt, das im Grunde gar nicht viel zu bedeuten hat, und du bist gleich in die Luft gegangen. Ich hätte mir am liebsten auf die Zunge gebissen, kaum daß ich es ausgesprochen hatte. Und als du mich so angeherrscht hast, hätte ich dir fast eine Ohrfeige versetzt, wenn ich dein Gesicht hätte erreichen können. Sollen wir eine Liste der Themen, die wir nicht mehr ansprechen dürfen, und der Worte, die wir nicht mehr benützen dürfen, zusammenstellen? Schleichen wir alle ab jetzt herum wie die Katze um den heißen Brei? Wer auch immer es getan hat – es ist besser, wenn wir uns Klarheit verschaffen.«

Mark stand auf, ging zum Regal und nahm wahllos ein Buch heraus. »Wer immer es auch getan hat?« wiederholte er. »Ich weiß nicht. So etwas sagt sich leicht, aber wenn es ernst wird und man einen nach dem anderen durchgeht und sich fragt, wer es getan haben könnte ... ich weiß nicht. Angenommen, es war wirklich Mord und jemand hat ihn über die Brüstung gestoßen, und angenommen, die Polizei oder deine Miss Silver findet heraus, wer es war – wen, glaubst du, entlarven sie? Tante Grace? Frank Ambrose? Brenda? Irene? Dich? Mich? Dicky? Albert Pearson? Elliot? Phyllida? Um diese Personen geht es. Einer von uns hat es getan. Und du sagst, wer immer es war, wir müssen uns Klarheit verschaffen. Denk doch mal nach – sobald die Polizei oder deine Miss Silver den Fall aufgeklärt hat, wird der Mörder gehängt.« Er drehte sich um und ging zu ihr zurück. »Eine dieser zehn Personen kommt an den Galgen – Tante Grace, Frank, Brenda, Irene, du, ich, Dicky, Albert, Elliot, Phyllida. Wer wird es sein?«

Lydia erhob sich ebenfalls. Sie war weiß wie die Wand, hielt aber seinem Blick gelassen stand. »Genau das will ich wissen.«

»Hast du keine Favoriten? Natürlich wäre uns allen am liebsten, es wäre Albert, weil wir ihn noch nie besonders gut leiden konnten. Aber man kann einen Mann nicht hängen, nur weil er eine Nervensäge ist, und unglücklicherweise sind Elliot und Albert die einzigen, die für eine lange Zeitspanne ein Alibi haben. Wenn du wissen willst, wen die Polizei im Visier hat, dann kann ich dir weiterhelfen – *mich.*«

»Wie kommst du auf diese Idee?« Ihre Stimme war genauso ruhig wie ihr Blick.

Er lachte. »Weil ich noch einmal zurückgegangen bin.«

»Warum?«

»Was vermutest du, warum?«

»Ich weiß es nicht, Mark.«

»Du bist nicht sehr schlau, meine Liebe. Du scheinst zwei und zwei nicht zusammenzählen zu können. Aber die Polizei kann es – in diesen Dingen sind sie sehr gut. Sie werden behaupten, daß ich zurückgegangen bin, um das Vergehen einzugestehen, auf das Onkel James beim Essen angespielt hat. Und dann ist es nur noch ein kleiner Schritt bis zu der Annahme, daß ich ihn über die Mauer gestoßen habe.«

Eine kleine Pause entstand, bevor Lydia fragte: »Wissen sie, daß du noch einmal im Haus warst?«

Er zuckte mit den Schultern. »Sie werden es erfahren. Der Chief Constable war heute nachmittag mit Vyner bei mir. Ich habe ihnen erzählt, daß ich noch einen Spaziergang gemacht habe – eine ziemlich dünne Aussage. Inzwischen hat ihnen der Bursche, der auf der Brücke Dienst hatte, mit ziemlicher Sicherheit berichtet, mich gesehen zu haben. Er kennt mich relativ gut. Ich glaube, ich habe sogar gegrüßt, als ich an ihm vorbeiging. Sie werden sich vergewissern, ob ich zum River House gegangen bin.«

»Bist du hingegangen?«

»Ja.«

»Warum?«

»Oh, natürlich um Onkel James umzubringen, was sonst?«

Sie ergriff seinen Arm und schüttelte ihn. »Hör mit diesem Blödsinn auf, Mark! Das ist ein zu gefährliches Spiel. Siehst du denn nicht, wie gefährlich es ist?«

Er drehte sich von ihr weg, ging ans andere Ende des Raums und blieb dort einen Moment stehen, ehe er zurückkam.

»Bitte Miss Silver her«, empfahl Lydia ernst. »Wir brauchen Hilfe – mit dieser Sache werden wir nicht allein fertig. Hörst du, Mark?«

»O ja.«

»Wer ist der Erbe? Bist du Testamentsvollstrecker?«

»Ja – ich und Robert Moffat.«

»Und das Haus – wer bekommt das Haus?«

»Ich – das Haus und seinen Posten in der Firma und das meiste seines verdammten Vermögens. Das sind die Motive, nach denen die Polizei wahrscheinlich sucht.«

»Unsinn! Ich wollte es nur wissen. Sieh mal, wenn dir das Haus gehört und wenn du Testamentsvollstrecker bist, dann kann dich nichts und niemand davon abhalten, Miss Silver einzuschalten. Du kannst offiziell behaupten, daß sie eine zusätzliche Sekretärin ist. Niemand braucht zu erfahren, was sie in Wirklichkeit tut.«

»Ich führe die Familie nicht hinters Licht – so eine Lüge kann man vielleicht dem Personal auftischen. Wie ist diese Miss Silver?«

Plötzlich entspannte sich Lydia. Er würde einwilligen. Sein Widerstand, gegen den sie gekämpft hatte, war gewichen. Seltsam, aber genau in diesem Moment fing sie an zu zittern. Sie lachte leise und sagte: »Sie ist genau so, wie man sich eine Gouvernante vorstellt.«

22

Miss Silver saß in tadelloser Haltung am Schreibtisch. Ein Heft mit hellgrünem Umschlag lag vor ihr auf Marks Schreibunterlage. Mark hatte ihr gegenüber Platz genommen, und Lydia lümmelte im bequemsten Sessel und sah ihnen zu. Die Namen und Verwandtschaftsgrade der Familie Paradine wurden in dem Heft vermerkt, genau wie die Einzelheiten, die Miss Silver ihrem Gesprächspartner über die verschiedenen Personen entlocken konnte. Mark berichtete von den Ereignissen am Silvesterabend und den Umständen, die zu Mr. Paradines Tod geführt hatten.

Plötzlich richtete sich Mark auf. »Wir laden Ihnen eine große Last auf die Schultern. Ich glaube, wir hätten warten sollen, bis wir mit dem Rest der Familie ausführlich über die Angelegenheit gesprochen haben. Möglicherweise ist es ihnen nicht recht ...«

Miss Silver hüstelte. »Sie verpflichten sich zu nichts, Mr. Paradine – damit wir uns in diesem Punkt recht verstehen. Ich behandle natürlich alles, was Sie mir erzählt haben, streng vertraulich. Aber ich halte es für meine Pflicht, Ihnen klarzumachen, daß jeder Vorbehalt, den ein Familienmitglied gegen eine Untersuchung vorbringt, als bedeutsame Tatsache, die man nicht übersehen darf, gewertet werden muß.«

»Die Menschen, die es nicht mögen, von einer Fremden ins Kreuzverhör genommen zu werden, sind nicht unbedingt alle Kriminelle und Mörder.«

Miss Silver lächelte nachsichtig. »Nein, selbstverständlich nicht, Mr. Paradine. Das öffentliche Interesse, dem Hinterbliebene eines Ermordeten ausgesetzt werden, ist eine echte Plage, aber ich fürchte, so was ist unvermeidlich. Ich möchte Ihre Bemerkung, wenn Sie gestatten, noch weiter führen und sagen, daß nicht jeder, der etwas zu verbergen hat, kriminell ist. Das, was einen Fall wie diesen so kompliziert macht, ist die Tatsache, daß viele Menschen etwas getan haben oder Gedanken und Wünsche hegen, die sie freiwillig nicht einmal einem Freund anvertrauen würden, dennoch werden bei polizeilichen Ermittlungen einige dieser Geheimnisse ans Licht gebracht. Es ist im Grunde so was wie das Jüngste Gericht, falls ich mir diesen Vergleich erlauben darf, ohne gotteslästerlich zu erscheinen.«

»Ja, das stimmt«, bestätigte Mark.

Er staunte über sich selbst. Nach einem etwa zwanzigminütigen Gespräch mit dieser seltsam unmodernen kleinen Person, bei dem sie weder etwas Bemerkenswertes gesagt noch getan hatte, empfand er eine eigentümliche Erleichterung. Er konnte sich nicht daran erinnern, sich seit seinen Kindertagen je so gefühlt zu haben. Miss Silver rief Erinnerungen an seine alte Kinderschwester wach – Nanna, die Tyrannin und der ruhende Pol in den düsteren Tagen vor dem Tod seiner Eltern. Die altmodische Kleidung, die Autorität, die nicht unter Beweis gestellt werden mußte, weil sie unzweifelhaft vorhanden war – diese Dinge nahm er wahr, und er verspürte den Drang, sich dagegen aufzulehnen. Miss Silvers kluger, freundlicher Blick versetzte ihn in eine Zeit zurück, an die er lange nicht mehr gedacht hatte. »Was ist das für ein Benehmen, Master Mark? Du kannst dich nicht vor mich stellen und mir Lügen auftischen. Ich dulde das auf keinen Fall und werde dich rasch eines Besseren belehren.«

Das war die eine Seite, aber dieses Persönchen vermittelte ihm auch ein Gefühl der Geborgenheit, die er zum letztenmal empfunden hatte, als er nach einem Alptraum schweißgebadet aufgewacht war, das Kerzenlicht auf dem Nachttisch seiner Nanna gesehen und ihre beruhigende Stimme gehört hatte. »Aber, aber, mein Kleiner – ganz ruhig, jetzt ist alles wieder gut.«

Mark sah auf und begegnete dem klugen, freundlichen Blick. In seinen Augen war etwas zu erkennen, was Miss Silver schon in so vielen anderen gesehen hatte – der verzweifelte Wunsch nach Hilfe. Sie lächelte, wie man ein ängstliches Kind anlächelt, und sagte: »Mr. Paradine, belassen wir es für den Moment dabei. Sie beraten sich mit Ihrer Familie, und wenn Sie es dann noch wünschen, komme ich ins River House und helfe Ihnen, so gut ich kann.«

»Ich möchte mich nicht mit der Familie beraten«, entgegnete er unvermittelt. »Ich bin bereit, die Verantwortung allein zu tragen. Ich bitte Sie, diesen Fall zu übernehmen und gleich mit mir zum River House zu gehen.«

Miss Silver wurde sehr ernst. »Sind Sie sich dessen ganz sicher?«

Er nickte ungeduldig. »Ja, ich bin ganz sicher. Ich möchte, daß Sie mitkommen. Lydia hat recht – wir müssen die Wahrheit erfahren. Jemand, der sich im Haus aufhält, hat bessere Chancen, der Sache auf den Grund zu gehen, als die Polizei. Das ist mir jetzt auch klar.«

Miss Silver räusperte sich. »Mr. Paradine, Sie müssen verstehen, daß ich auf privater Ebene ermittle und daß ich an nichts beteiligt sein möchte, an dem die Polizei Anstoß nehmen könnte. Darf ich fragen, wer die Leitung in diesem Fall übernommen hat?«

»Superintendent Vyner.«

Ihr Gesicht drückte Interesse aus. »Tatsächlich? Ein ehemaliger Schüler von mir, Randal March, hat mir von ihm erzählt. Randal March ist Superintendent in Ledlington und hält Mr. Vyner für einen sehr fähigen Mann.«

Sie stand auf wie eine Lehrerin, die ihre Klasse entläßt. »Also gut. Ich gehe hinüber in die Wohnung meiner Nichte und packe meinen Koffer.«

23

»Du hast einen Detektiv hergebracht – *hierher*?« Miss Paradine war kreidebleich und einigermaßen beherrscht, aber ihre Augen sprühten Funken, und ihre Stimme klang schriller als sonst.

Mark stand an der Tür ihres Wohnzimmers, überblickte die versammelte Familie und sagte schlicht: »Ja.«

Alle außer Albert Pearson waren da und sahen ihn an – Frank Ambrose mit tief gefurchter Stirn; Brenda, die blasser als gewöhnlich war, durchbohrte ihn mit ihrem Blick; Irene riß Mund und Augen auf; Phyllida wirkte verschreckt, Elliot grimmig; Dickys Lippen waren zu einem unhörbaren Pfiff gespitzt; und Grace Paradine bedachte Mark mit einem zornigen Blick, den er schon ein-, zweimal an ihr gesehen hatte, der aber nie ihm gegolten hatte. Nur Lydias Miene drückte Ermutigung aus. Sie sah ihm lächelnd in die Augen, dann schaute sie schnell weg. Sie dachte: Es wird ein erbitterter Kampf. Oh, mein armer Mark!

Alle standen, und Grace Paradine ergriff erneut das Wort: »Was hast du dir dabei gedacht? Du mußt ihn sofort wieder wegschicken.«

Mark rührte sich nicht vom Fleck. »Nein«, sagte er fest und fügte hinzu: »Es ist eine Frau, Tante Grace – Miss Maud Silver.«

»Du mußt sie wegschicken«, wiederholte Miss Paradine nicht weniger ärgerlich.

»Das kann ich nicht. Tut mir leid, daß dir das nicht gefällt, aber mein Entschluß steht fest. Keinem von euch wird es gefallen, aber in diesem Haus ist ein Mord passiert. So wie ich es sehe, kann nur der Mörder Einwände gegen eine Untersuchung erheben. Damit will ich nicht behaupten, daß es einer von uns gewesen sein muß, aber die Polizei scheint davon überzeugt zu sein. Ich hoffe, das erweist sich als Irrtum. Ich habe Miss Silver hergeholt, weil ich denke, daß das unsere beste Chance ist, die Wahrheit aufzudecken – wir müssen uns absolute Klarheit verschaffen, das ist meine Meinung. Im Moment stehen wir alle unter Verdacht. Uns erscheint das nicht möglich, weil wir mittendrin stecken – wir haben keine Ahnung, wie Außenstehende die Situation beurteilen. Die Polizei verdächtigt jeden, der kein Alibi hat, und sie werden graben, bis sie ein Motiv gefunden haben. Miss Silver meinte, daß ein Mordfall immer wie das Jüngste Gericht ist, und sie hat vollkommen recht damit. Bei den meisten Menschen läßt sich etwas finden, was sie nicht ans Tageslicht bringen wollen. Na ja, das wird ein Problem – wir werden nichts mehr verheimlichen können. Es ist abscheulich, aber es gibt etwas Schlimmeres – nämlich die Tatsache, daß jeder jeden im Verdacht hat und von jedem, den wir kennen, verdächtigt wird. Deshalb müssen wir herausfinden, wer es getan hat, und zwar schnell.«

Tödliches Schweigen machte sich breit, bis Irene in Tränen ausbrach. Ihr geschluchztes »Wie … wie kannst du nur so etwas Schreckliches sagen?« beantwortete er kurz: »Alle Welt wird das sagen.«

»Du bist ziemlich eilfertig, deine Verwandten eines Mordes zu beschuldigen«, versetzte Grace Paradine in kaltem Zorn. »Vielleicht verrätst du uns auch, wen du verdächtigst.«

Mark straffte die Schultern und betrachtete sie mit verbittertem Amüsement. »Na, ich nehme an, die Polizei favorisiert mich.«

Diesmal war Dickys Pfiff vernehmlich.

Frank Ambrose fragte: »Warum?«

»Oh, aus den unterschiedlichsten Gründen. Ihr erwartet doch nicht, daß ich jetzt Dinge anführe, die gegen mich sprechen, oder?«

»Die Polizei wird sicher wissen wollen, welche Verfügungen Onkel James in seinem Testament getroffen hat. Kennst du sie?«

»Kennst *du* sie?«

»Nein«, erwiderte Frank Ambrose hastig und fuhr nach einer kurzen Pause fort: »Aber vermutlich weißt du Bescheid. Da du das Heft so schnell in die Hand genommen hast, nehme ich an, daß das Testament zu deinen Gunsten ausgefallen ist.«

»Das ist einer der Gründe, weshalb die Polizei mich im Verdacht haben wird.«

Frank blieb hartnäckig. »Und du weißt, wie du stehst? Ich denke, wir sollten das alle erfahren.«

»Hier und jetzt?«

»Ich glaube, wir haben das Recht, genauso viel zu wissen wie du. Und ich frage dich nicht danach, *wie* du an die Informationen herangekommen bist.«

»Du bist verdammt beleidigend, Frank«, stellte Mark fest und erklärte mit seltsam ausdrucksloser Stimme: »Er hat mir den Entwurf des Testaments gezeigt, und ich kann mich nicht mehr an jede Einzelheit erinnern. Phyllida bekommt fünftausend Pfund – er hat sie sehr gern gehabt. Dicky erhält zehntausend und die Anteile von Crossely. Tante Claras Diamanten werden zwischen Dicky und mir aufgeteilt – zwei Drittel für mich, ein Drittel für Dicky. Albert erhält tausend Pfund plus die Erbschaftssteuern dafür. Du und Brenda, ihr bekommt jeder zweitausend Pfund als Zeichen der Zuneigung. Er sagte, daß er euch beiden Geld zur Volljährigkeit gegeben hat. An mehr kann ich mich so aus dem Stegreif nicht erinnern.«

Frank sah ihn bedeutsam an. »Wer bekommt den Rest?«

»Ich – ich bin der Nachfolger in der Firma.«

»Du bekommst auch das Haus?«

Mark nickte. »Ja. Du siehst, warum die Polizei mich im Verdacht hat. Aber laßt uns wieder auf Miss Silver zu sprechen kommen. Sie ist außerordentlich erfolgreich in anderen Fällen gewesen. Man kommt gut mit ihr aus, sie ist sehr umgänglich und höflich. Ich möchte euch bitten, ihr ihre Aufgabe so weit wie möglich zu erleichtern. Tante Grace, ich verstehe, daß dir das unangenehm ist, und es tut mir leid. Aber du willst doch sicher genauso wie wir alle, daß die Sache aufgeklärt wird. Wie ich schon sagte, es gibt nur eine einzige Person, die nicht an Aufklärung interessiert sein kann, und das ist der Täter. Ich vermute, keiner von euch möchte sich diesen Schuh anziehen, und deshalb setze ich voraus, daß ihr alle tut, was ihr könnt, um Miss Silver bei ihrer Arbeit zu unterstützen.«

Niemand antwortete darauf.

Als das Schweigen lange genug gedauert hatte, um deutlich zu machen, daß keiner mehr Einwände erheben würde, drehte sich Mark um und verließ das Zimmer. Er lief Albert auf der Schwelle in die Arme, und beinahe hätte es eine Kollision gegeben. Albert wich im letzten Moment aus und ging auf Miss Paradine zu.

»Mr. Moffat ist unten und fragt, ob Sie ihn empfangen können.«

24

Grace Paradine erwartete Robert Moffat. Sie war näher zum Kamin gegangen und schaute auf die Tür, durch die er gleich kommen mußte. Seit dreißig Jahren war sie nicht mehr allein mit ihm in einem Zimmer gewesen – nicht mehr seit der kurzen, unerfreulichen Unterredung, bei der sie ihm seinen Ring zurückgegeben und ihm eröffnet hatte, daß sie über Carrie Lintott Bescheid wußte. Noch nach all den Jahren erinnerte sie sich mit Genugtuung daran, daß *er* geweint hatte, nicht sie. Das war nur einen Monat vor dem festgesetzten Hochzeitstermin gewesen. Ihr Hochzeitskleid hing bereits mit Leintüchern bedeckt in dem Zimmer, das jetzt Phyllida bewohnte. Kranz und Schleier lagen in der obersten Schublade in der Kommode. Aber Robert Moffat war derjenige, der bei diesem letzten Gespräch Gefühle zeigte. Er sank vor ihr auf die Knie und klammerte sich an ihren Rock. In seiner Zerknirschung erniedrigte er sich bis zum äußersten – er flehte, beschwor sie und protestierte. In diesem Augenblick erinnerte sie sich ganz genau an diese Szene – wie jedesmal, wenn sie ihm in den letzten dreißig Jahren irgendwo begegnet war.

Man kann nicht im selben Ort wohnen und darauf hoffen,

daß man sich nie mehr trifft. Roberts Vater war Partner in den Paradine-Moffat-Werken gewesen, und Robert hatte den Posten von ihm übernommen. Sie mußten sich zwangsläufig über den Weg laufen. Grace war eine Weile weggewesen, aber sie war zurückgekommen, und das erste Mal hatte sie Robert beim County Ball wiedergesehen. Sie trug ein neues Kleid und sah blendend aus. Sie neigte lächelnd den Kopf, und er wurde rot und wandte sich ab. Danach gab es viele zufällige Begegnungen – auf der Straße, auf dem Weg aus der Kirche, im Theater, auf Bällen, Empfängen und Wohltätigkeitsbasaren. Mit der Zeit gewöhnte er es sich ab, zu erröten, aber Grace erinnerte sich stets und ständig daran, daß sie ihn dazu gebracht hatte, vor ihr auf den Knien zu liegen. Als er heiratete, stattete Grace der Braut einen förmlichen Besuch ab und gab die Karte ihres Vaters ab. Mrs. Moffat, eine muntere, kleine Person, zeigte ihr Lächeln mit den Grübchen und war die Liebenswürdigkeit selbst. Miss Paradine war nicht zu Hause, als Bessie Moffat den Gegenbesuch machte. Zusammentreffen der beiden Familien waren äußerst selten und rein formeller Natur. Bis zu diesem Moment hatte sich Robert Moffat nie bemüht, Grace persönlich näher zu kommen.

Die Tür öffnete sich, und er kam herein – ein großer, gutmütig-derber Mann mit gesunder Gesichtsfarbe. Er ging mit ausgestreckter Hand auf Grace Paradine zu. Er war schockiert und entsetzt, aber auch offensichtlich nervös. Selbst ein Mord in der Familie hielt ihn nicht davon ab, daran zu denken, wie furchteinflößend Grace Paradine aussah und welchem Schicksal er entronnen war. Seltsam, daß er früher so verrückt vor Liebe zu ihr gewesen war. Er hatte tatsächlich geglaubt, die Welt würde untergehen, als sie ihn zurückgewiesen hatte. Fast mußte er kichern – er war viel besser dran mit seiner gemütlichen Bessie. Freundlich, das war Bessie – nett, freundlich und gemütlich. Eine Frau sollte nett und freundlich sein.

Miss Paradine ignorierte die ausgestreckte Hand.

Auf seinen Ausruf »Eine schreckliche Tragödie!«, erwiderte sie, daß sie sein Kommen zu schätzen wisse.

Ihm fiel auf, wie teilnahmslos und beherrscht sie wirkte. Er hätte sich eigentlich denken können, daß sie nicht am Boden zerstört war. Aber als sie sich ein bißchen mehr zum Licht drehte, das durch das Fenster auf der anderen Seite des Zimmers drang, erschrak er über ihre Blässe und die dunklen Ringe unter den Augen.

»Es ist ein entsetzlicher Schock. Wenn es irgend etwas gibt, was ich tun kann ... Ein schrecklicher Verlust für dich, Grace. Ich kann mir gar nicht vorstellen, wie alles werden soll ohne ihn – ich begreife es noch immer nicht richtig, er war immer da. Und für dich ist es noch schlimmer – ich weiß gar nicht, was ich sagen soll. Ich hoffe, Phyllida steht dir bei ... sie wird dir ein Trost sein. Elliot ist ja auch in dieser schweren Stunde bei dir, nicht wahr? James hat mich gestern abend angerufen und mir gesagt, daß Elliot bei euch übernachtet. Er hat das Abendessen bei uns ausgeschlagen – jeder andere hätte etwas von mir zu hören bekommen, aber in diesem Fall haben wir uns sogar gefreut – Bessie und ich. Gräßlich, wenn junge Leute sich so mir nichts, dir nichts trennen. James war auch nicht glücklich darüber, das weiß ich – er wollte, daß sie sich aussöhnen. Ich hoffe, er war in dem Wissen gestorben, die beiden wieder zusammengebracht zu haben. Ich selbst habe nie verstanden, was da schiefgelaufen sein könnte. Phyllida ist ein reizendes Mädchen, ich bin froh, daß du sie um dich hast.«

Grace Paradine entgegnete mit ihrer tiefen, kontrollierten Stimme: »Ja, ich habe Phyllida bei mir.«

Dann trat sie einen Schritt vor und betätigte die Hausglocke. »Du wirst bestimmt mit Mark sprechen wollen, Robert.«

25

Mark hatte gerade die Treppe erreicht, als Elliot ihn einholte.

»Mark, warte eine Minute.«

»Was ist?«

»Wohin hast du diese Frau gebracht?«

»Ins Arbeitszimmer. Ich habe Lane aufgetragen, das Gästezimmer neben deinem für sie herzurichten.«

»Ich will mit ihr sprechen«, verkündete Elliot unvermittelt.

»Schön, dann komm mit. Möchtest du, daß ich an dem Gespräch teilnehme?«

Elliot dachte nach. »Ich weiß nicht recht ... Nein, ich glaube, ich rede lieber erst mal allein mit ihr. Wieviel weiß sie?«

»Lydia war zuerst bei ihr – ich habe keine Ahnung, was sie ihr anvertraut hat. Ich habe ihr erzählt, was gestern abend vorgefallen ist, und ihr die Namen und Verwandtschaftsgrade der anwesenden Personen gegeben.«

Elliot blieb einen Moment stehen, als wäre er im Zwiespalt, ob er Mark etwas erzählen sollte oder nicht. Schließlich lachte er unfroh und äußerte etwas, worüber er gar nicht nachgedacht hatte: »Du scheinst außer all dem anderen auch die Neigung, hochexplosive Neuigkeiten zu verbreiten, geerbt zu haben.«

Nachdem er unten angekommen und um die Ecke gebogen war, tauchte Robert Moffat aus dem Salon auf – Elliot hatte ihn gerade verpaßt.

Beim ersten Blick auf Miss Silver war Elliot aufs höchste erstaunt. Sie war ganz und gar nicht der Mensch, den er sich vorgestellt hatte, obwohl er selbst nicht genau wußte, was genau er erwartet hatte – vielleicht eine strenge, effiziente Frau mit stählernem Blick und verkniffenem Mund, aber ganz sicher nicht dieses sanftmütige, schickliche Persönchen, das in Kleidern steckte, die schon außer Mode gekommen sein mußten, als er geboren wurde. Miss Silver erinnerte ihn an eine Figur aus einem edwardianischen Film, den er kürzlich gesehen hatte.

»Miss Silver?« begann er und erntete ein freundliches Lächeln und einen Gruß mit leicht geneigtem Kopf.

Ein grünes Heft lag vor ihr auf dem Tisch. Es war eigenartig, sie auf dem Stuhl des alten James sitzen zu sehen. Die Polizei hatte den Raum den ganzen Vormittag mit Beschlag belegt. Fotografen hatten alles, besonders die Terrasse und den Fundort aufgenommen, und überall war nach Fingerabdrücken gesucht worden. Jetzt war alles wieder aufgeräumt und ordentlich. Die Polizei war fertig mit diesem Zimmer – genau wie Mr. Paradine. Abgesehen von der Tatsache, daß die kleine gouvernantenhafte Frau jetzt an seinem Schreibtisch saß, war alles so wie am vorangegangenen Abend. Die Stühle und Sessel standen wieder an ihren angestammten Plätzen. Der Tisch, das Tintenfaß, die Schreibunterlage – das alles war wie sonst. Nur das grüne Heft vor Miss Silver und einer dieser kleinen Taschenkalender, die Miss Paradine am vergangenen Abend verschenkt hatte, waren neu hinzugekommen. Es war der blaue. Elliot überlegte, wie er wohl hierher gekommen war, konnte sich aber nicht mehr erinnern, wer den blauen bekommen hatte – gestern hatte er nicht darauf geachtet. Er glaubte, der blaue Kalender müsse Mark oder Richard gehören. Elliot ging zum Schreibtisch und nahm ihn in die Hand. Als er ihn umdrehte klappte er auf wie ein Buch, das man nach hinten gebogen hatte, um die richtige Seite schnell wiederzufinden. Das Datum, das auf dem Blatt stand, war der erste Februar.

Er sah den Kalender immer noch nachdenklich an, als Miss Silver sagte: »Interessiert Sie das Datum oder das Büchlein?«

Er legte es sofort weg. »Oh, keins von beidem. Miss Paradine hat gestern abend mehrere dieser Kalender verschenkt. Ich frage mich ...«

»Wem hat sie diesen geschenkt? Sie denken, daß er nicht Mr. Paradine gehört hat?«

»Ich weiß es nicht«, antwortete Elliot entschieden. Er zog einen Stuhl heran und setzte sich. »Ich glaube, Sie haben eine Liste von allen Namen der Angehörigen. Ich bin Elliot Wray. Mark Paradine meinte, daß ich herkommen und mit Ihnen reden könnte.«

»Oh, gewiß.« Ihre Stimme klang damenhaft – freundlich, aber ein bißchen gekünstelt. Noch während Elliot diesem Gedanken nachhing, fügte sie hinzu: »Worüber möchten Sie mit mir sprechen, Mr. Wray?«

»Ich frage mich, wieviel Sie wissen«, antwortete Elliot Wray prompt.

Miss Silver lächelte. Ein ziemlich rauhbeiniger, aber gutaussehender junger Mann – intelligent und längst nicht so angespannt wie Mr. Mark Paradine. Ihr ausgezeichnetes Gedächtnis ließ sie nicht im Stich, und sie wußte noch, daß Mr. Wray einer der beiden glücklichen jungen Männer im Kreis der Familie war, die mit einem Alibi für die Mordzeit aufwarten konnten. Sie bedachte ihn mit einem Lächeln.

»Nicht so viel, wie mir lieb wäre, Mr. Wray. Vielleicht könnten Sie mir helfen, mein Wissen etwas aufzubessern. Ich bin sehr froh, Sie zu sehen, wenn Sie mir diese Bemerkung gestatten. Würde es Ihnen etwas ausmachen, wenn ich Ihnen ein paar Fragen stelle?«

»Keineswegs.«

»Also schön, Mr. Wray – Sie leben nicht in Birleton, nicht wahr?«

»Nein.«

»Und Sie sind an der geheimen Konstruktion und Ausrüstung von Flugzeugen beteiligt?«

»Ja.«

»Ist das allgemein bekannt? Und wissen die Leute auch, daß Ihr gegenwärtiger Besuch im Zusammenhang steht mit der Arbeit, die die Paradine-Moffat-Werke für die Regierung leistet?«

»Ich würde nicht sagen, daß es allgemein bekannt ist.«

Miss Silver hüstelte. »Aber die Gesellschaft, die sich gestern abend zum Essen hier eingefunden hat, weiß von Ihrer Tätigkeit für die Paradine-Moffat-Werke?«

Er sah sie überrascht an. »Ja, das kann ich bestätigen – wenigstens hätten sich alle zusammenreimen können, warum ich mich hier aufhalte, wenn sie sich dafür interessieren. Ich nehme jedoch nicht an, daß sich die Damen besondere Gedanken darüber gemacht haben.«

Miss Silver hüstelte wieder. »Annahmen sind nicht immer zuverlässig, Mr. Wray. Aber lassen Sie uns fortfahren. Sie haben letzte Nacht hier im Haus verbracht, aber nicht die Nacht davor – trifft das zu? Hatten Sie von vornherein vor, hier zu übernachten?«

Seine hellen Augenbrauen zogen sich zusammen, als er sagte: »Nein.«

»Hatten Sie erwartet, gestern abend hier zu essen?«

»Nein.«

»Wollen Sie mir anvertrauen, welcher Umstand die Änderung Ihrer Pläne bewirkt hat?«

»Mr. Paradine rief mich um sieben Uhr an«, erwiderte er unbedacht. »Er wollte in einer geschäftlichen Angelegenheit mit mir sprechen.«

»Und als Sie hier waren, bestand er darauf, daß Sie zum Essen und über Nacht blieben. Darf ich fragen, was Sie ursprünglich am gestrigen Abend vorhatten?«

Er musterte sie neugierig. »Ich war bei Mr. Moffat, Mr. Paradines Partner, zum Essen eingeladen.«

»Und Sie haben die Verabredung abgesagt?«

»Mr. Paradine hat für mich abgesagt.«

»Liebe Güte«, rief Miss Silver. »Ich werde Ihnen jetzt eine Frage stellen, die Sie möglicherweise nicht beantworten möchten. Miss Pennington und Mr. Mark Paradine haben mir einen Eindruck über die Vorgänge beim Abendessen vermittelt. Es muß eine ausgesprochen unangenehme Szene gewesen sein, insbesondere für die schuldige Person. Soweit ich weiß, hat Mr. Paradine genau die Worte ›die schuldige Person‹ benutzt, aber abgesehen von der Behauptung, daß die Familieninteressen verraten worden waren, hat er keinerlei Hinweise gegeben, welcher Natur dieser Verrat sein könnte. Die Polizei hat diesen Punkt sicherlich genauer untersucht und die Beteiligten vernommen. Leider habe ich nicht die Mittel zu erfahren, welche Informationen sie gesammelt und welche Schlüsse sie möglicherweise aus diesen Informationen gezogen haben. Ich würde gern von Ihnen wissen, ob Sie irgendwelche Dokumente oder Pläne bei Ihrem Besuch bei sich hatten. Ich bin mir fast sicher, daß Sie etwas dergleichen hergebracht haben.«

»Natürlich.«

»Sie haben diese Unterlagen Mr. Paradine anvertraut?«

»Was bringt Sie auf diesen Gedanken?«

Miss Silver lächelte. »Mr. Wray, ich habe das im Gefühl. Genauso sicher bin ich mir, daß Mr. Paradine Sie gestern um sieben Uhr aufgefordert hat, in dieses Haus zu kommen, weil er Sie informieren wollte, daß diese Unterlagen – oder einige von ihnen – verschwunden waren.«

Elliot schob abrupt seinen Stuhl zurück und sprang auf. »Wer hat Ihnen das erzählt? Mark?«

Miss Silver betrachtete ihn aufmerksam und entgegnete steif: »Ich kann mir nicht vorstellen, daß Mr. Mark etwas davon weiß.«

Elliot beugte sich über den Tisch. »Dann muß es Lydia gewesen sein – Lydia hat es Ihnen erzählt.«

Miss Silver schüttelte den Kopf. »Ich bin ziemlich sicher, daß Miss Pennington auch nichts davon weiß.«

»Von wem, zum Teufel, haben Sie es dann erfahren?«

Miss Silver warf ihm einen tadelnden Blick zu, und Elliot spürte zu seiner Überraschung, daß ihm das Blut ins Gesicht schoß.

»Ich bitte um Verzeihung. Würde es Ihnen etwas ausmachen, mir zu verraten, wer Ihnen davon erzählt hat?«

Ihre Miene wirkte mit einemmal geduldiger, und Elliot kam sich vor wie ein Schuljunge, dem eine Lehrerin eine längst bekannte Tatsache erklären muß.

»Mr. Wray, niemand hat etwas darüber verlauten lassen – es ist offenkundig. Sie werden mir vergeben, wenn ich auf etwas zu sprechen komme, was schmerzlich für Sie sein könnte. Zwischen Ihnen und der Familie Paradine ist es vor einem Jahr zum Bruch gekommen. Daß Sie hier gegessen und übernachtet haben, konnte nur zweierlei Gründe haben – eine

Versöhnung oder ein ernster Zwischenfall, der jegliche Vorbehalte und Zerwürfnisse unwichtig machte. Für eine Versöhnung gab es keinerlei Anzeichen. Ihr Erscheinen im Speisezimmer hat alle Anwesenden erschreckt. Es war offensichtlich, daß niemand, nicht einmal Miss Paradine, Sie erwartet hatte – auch nicht Mrs. Wray, wie ich hinzufügen möchte. Deshalb mußte ich die zweite Möglichkeit in Betracht ziehen – ein unvorhergesehener Notfall, der so bedrohlich war, daß sich Mr. Paradine veranlaßt sah, Ihre Verabredung mit Mr. Moffat höchstpersönlich abzusagen und sich Ihrer Mitwirkung bei einem Vorhaben zu sichern, das Ihre Anwesenheit nötig machte. Das und Mr. Paradines Bemerkung über Verrat sowie seine Behauptung, er kenne die schuldige Person, führte mich zu der Schlußfolgerung, daß er wichtige Papiere vermißte und daß er wußte, wer sie an sich genommen hatte. Er glaubte, den Dieb durch seine kleine Ansprache so sehr unter Druck zu setzen, daß er die Dokumente zurückbringen würde. Diese Theorie erklärt Ihre Einwilligung, hierzubleiben, und die Szene bei Tisch. Noch dazu ist dies ein schwerwiegendes Motiv für den Mord an dem Mann, der die Identität des Übeltäters kannte.«

Elliot sank langsam auf den Stuhl zurück. Seine Hände umklammerten noch immer die Kante des Schreibtischs. Nach einem Moment sagte er: »Sie befinden sich kaum eine Viertelstunde in diesem Haus und wollen mir weismachen, daß Sie all das ganz allein herausgefunden haben? Tut mir leid, aber das kann ich nicht glauben. Ich will genau wissen, was Mark und Lydia Ihnen anvertraut haben. Ich möchte Sie keineswegs beleidigen, aber Sie werden sicher selbst einsehen, daß derjenige, der angab, daß meine Zeichnungen gestohlen wurden, sich selbst als Dieb zu erkennen gegeben hat. Nur drei Personen wußten, daß die Blaupausen weg waren –

die Person, die sie an sich genommen hat, Mr. Paradine und ich selbst. Wenn Mark oder Lydia ...«

Miss Silver hüstelte. »Sehr scharfsinnig, Mr. Wray. Es ist ein Vergnügen, sich mit jemandem zu unterhalten, der den Dingen so schnell auf den Grund kommt. Trotzdem kann ich Ihnen versichern, daß weder Mr. Mark noch Miss Lydia die Möglichkeit auch nur angedeutet haben, Mr. Paradines Beschuldigungen könnten irgend etwas mit Ihren Dokumenten zu tun haben. Miss Lydia informierte mich lediglich, daß es ein Zerwürfnis zwischen Ihnen und der Familie Paradine gegeben habe, daß Ihre geschäftliche Verbindung zu den Werken davon jedoch nicht betroffen sei. Mr. Mark fügte hinzu, Ihr gegenwärtiger Besuch habe etwas mit vertraulichen Regierungsaufträgen zu tun. Ich zog meine eigenen Schlüsse aus diesen Informationen und einer Reihe anderer scheinbar unbedeutender Tatsachen. Nach allem, was Sie gesagt haben, darf ich wohl annehmen, daß ich mich nicht geirrt habe.«

Elliot ließ die Tischkante los und lehnte sich zurück. »O nein, Sie haben sich keineswegs geirrt.«

Miss Silver schlug das grüne Heft auf und machte sich eine Notiz. Dann sagte sie: »Hat Mr. Paradine Ihnen gesagt, daß er weiß, wer die Unterlagen genommen hat?«

»Ja.«

»Hat er auch einen Hinweis darauf gegeben, wen er im Verdacht hatte?«

»Nein.«

Sie sah zu ihm auf, »Mr. Wray, Sie könnten mir in diesem Punkt weiterhelfen. Sie sind gescheit, ein guter Beobachter. Ich möchte wissen, welchen Eindruck er auf Sie gemacht hat, als er mit Ihnen darüber sprach – wie klang seine Stimme, wie war sein Gesichtsausdruck, sein Benehmen? Wie sehr betraf ihn dieser Verrat – zeigte er Gefühle? War er schockiert?«

Elliot lachte auf. »Es war nicht Mr. Paradines Art, Gefühle zu zeigen.«

»Dennoch müssen Sie einen Eindruck gewonnen haben, und sicherlich haben Sie nachträglich viel über diesen Eindruck nachgedacht. Die Entdeckung des Verlusts muß ein Schock für Mr. Paradine gewesen sein. Dachten Sie zu diesem Zeitpunkt – oder denken Sie jetzt –, daß ihn dieser Diebstahl persönlich getroffen hat?«

Elliot sah sie an – erst erstaunt, dann interessiert. »Seine Stimmung war ausgesprochen gut. Wenn Sie mich fragen, würde ich sagen, daß er sogar Vergnügen empfand. Er eröffnete mir, daß ich bleiben müsse, und daß ich die Blaupausen am nächsten Morgen wieder in den Händen halten würde. Da Sie ohnehin schon so viel wissen, kann ich Ihnen auch verraten, daß er absolut recht behalten hat – ich habe sie wieder. Sie lagen hier auf diesem Tisch.« Er beugte sich vor und deutete auf die Ecke zu ihrer Linken. »Ich habe sie an mich genommen, aber ich hatte nicht vor, auch nur ein Wort darüber zu verlieren. Ich hielt Mr. Paradines Tod für einen Unfall – das taten wir im ersten Moment alle. Als es hieß, es handle sich um Mord, mußte ich meine Position neu überdenken. Ich kam zu dem Schluß, kein Recht mehr zu haben, Stillschweigen zu bewahren, und als der Chief Constable heute nachmittag hier war, sagte ich genau das aus, was Sie mir gerade dargelegt haben.« Bei den letzten Worten verzogen sich seine Lippen zu einem eigenartigen schiefen Lächeln.

»Danke, Mr. Wray, Sie haben das Richtige getan«, sagte Miss Silver. »Um noch einmal auf Mr. Paradine zurückzukommen – er schien also nicht emotional betroffen oder aufgewühlt zu sein, als er sagte, er kenne den Dieb?«

Elliot grinste und sagte: »Mr. Paradine hatte keine Emotionen.«

Miss Silver sah ihn an, als argwöhnte sie, daß er ihrer Frage absichtlich auswich. »Vielleicht sollte ich mich ein wenig anders ausdrücken und eine andere Frage stellen«, sagte sie. »Mr. Paradine hatte gestern abend zehn Gäste. Welchem dieser Gäste brachte er Ihrer Beobachtung nach die meiste Zuneigung entgegen?«

»Ich bin kein Dummkopf«, versetzte Elliot grob, »ich weiß genau, worauf Sie hinauswollen. Sie möchten wissen, ob er die Person, die die Zeichnungen an sich genommen hat, besonders gern mochte und ob er aufgeregt war. Also, ich würde sagen, man merkte ihm nichts an. Der Polizei sage ich das sicher nicht, und ich würde das auch keinesfalls beschwören, aber wenn Sie mich nach meinem Eindruck fragen, dann schildere ich Ihnen gern, wie sich mir die Situation dargestellt hat. Ich dachte, daß er jemanden überführt hatte und daß er es genoß, dieser Person eins auszuwischen. Aber das könnte auch nur ein Bluff gewesen sein – im Grunde nehme ich das nicht wirklich an, aber ich meine, er könnte auch Theater gespielt haben. Ich kenne noch jemanden, der nach außen hin vergnügt und munter wirkt, während er vor Wut kocht. Ich glaube nicht, daß Mr. Paradine Gefühle jeglicher Art preisgegeben hätte. Er zeigte nicht, was in ihm vorging – man wußte nicht einmal, ob er überhaupt Gefühle hatte. Er benahm sich immer sehr distanziert – nur einen gewissen Sarkasmus konnte er nicht verbergen. Aber wenn Sie meine Meinung über seine Beziehung zu den verschiedenen Familienmitgliedern erfahren möchten, bitte. Ich glaube, er mochte meine Frau und vermutlich auch seine Schwester – sie hat ihm zwanzig Jahre lang den Haushalt geführt. Aber das ist eine reine Vermutung. Wahrscheinlich hat er sehr viel von Mark gehalten. Er ist in der Forschungsabteilung tätig und leistet sehr gute Arbeit. Vor zwei Jahren wollte er zur Air

Force, und Mr. Paradine wurde fuchsteufelswild. Ich war zu dieser Zeit nicht hier, aber ich kann mir vorstellen, daß es ein richtiges Donnerwetter gab. Was er von Dick Paradine hielt, weiß ich nicht. Die anderen Familienmitglieder mögen ihn, also gibt es keinen Grund anzunehmen, daß Mr. Paradine etwas gegen ihn hatte. Dann sind da noch Frank und Brenda Ambrose. Sie sind seine Stiefkinder – seine Frau hat sie mit in die Ehe gebracht. Er hatte seine Frau sehr gern, und ich nehme an, er mochte auch ihre Kinder. Er hat ihnen Geld geschenkt, als sie volljährig wurden. Frank hat einen Posten in der Firma – er ist ein zuverlässiger, tüchtiger Bursche, arbeitet gründlich und methodisch. Brenda ist der seltsame Vogel in der Familie und ziemlich gerade heraus.« Sein Lachen machte Miss Silver deutlich, daß dies eine Untertreibung war.

Sie sah von ihm zu dem Porträt über dem Kamin. »Ist das die verstorbene Mrs. Paradine?«

»Ja – mit Diamanten behängt.«

Miss Silver betrachtete mit ernster Miene das Gemälde. Gelassen überblickte Clara Paradine den Raum. Rubinroter Samt und die Diamanten, die ihr Mann für sie ausgewählt hatte – ein plumper weißer Hals und bleiche Schultern, aschblondes Haar, große blaue Augen unter farblosen Brauen, ein freundlicher Gesichtsausdruck ... Miss Silver betrachtete sie aufmerksam, dann wandte sie sich Elliot wieder zu.

»War sie Engländerin, Mr. Wray?«

»Wieso fragen Sie das?«

»Sie ist kein englischer Typ. Sie könnte Holländerin oder Deutsche gewesen sein.«

»Deutsche«, erwiderte Elliot.

»Und ihr erster Mann – Mr. Ambrose?«

»Er war Engländer.«

Miss Silver ließ das Thema fallen und forderte Elliot auf:

»Bitte fahren Sie fort, die Familienmitglieder zu beschreiben.«

Er runzelte die Stirn. »Na ja, im großen und ganzen waren das alle. Lydia Pennington haben Sie bereits kennengelernt. Sie gehört zu der Sorte, auf die man sich verlassen kann. Mr. Paradine stellte immer offensichtliche Mißbilligung zur Schau, wenn er sie sah, aber meiner Ansicht nach mochte er sie sehr – wie gesagt, das ist nur meine Meinung. Miss Paradine würde Ihnen sicher erzählen, daß er sie verabscheut hat. Lydias Schwester Irene ist mit Frank Ambrose verheiratet. Eine überkandidelte, ein bißchen minderbemittelte Person – sie hat nicht viel im Kopf. Nein, das stimmt nicht – sie hat nur noch ihre Kinder, den kleinen Jimmy und die kleine Rena im Kopf. Sie geht allen mit Geschichten über die beiden auf die Nerven. Ich wage zu behaupten, daß Mr. Paradine sie nur in Kauf genommen hat, weil ihm nichts anderes übrigblieb. Der letzte ist Albert Pearson – der perfekte Sekretär und ein fürchterlich lästiger Kerl. Er ist ein entfernter Cousin. Mr. Paradine hat ihn vor drei Jahren aufgespürt – Albert hat damals seine verwitwete Mutter finanziell unterstützt und eine Abendschule besucht.«

»Sehr lobenswert«, befand Miss Silver. »Darf ich fragen, wie er seine Mutter unterstützen konnte?«

»Er war Gehilfe bei einem Juwelier, glaube ich. Seine Mutter starb, und Mr. Paradine hat ihn hier ins Haus gebracht und ihn als Sekretär eingestellt. Er hat Steno und Schreibmaschine schreiben gelernt.«

»Hatte Mr. Paradine viel für ihn übrig?«

Elliot lachte. »Niemand, der Albert kennt, hat viel für ihn übrig.«

26

Miss Silver aß mit der Familie zu Abend und saß danach mit den anderen zusammen in dem karmesinroten und goldenen Salon, den sie sehr bewunderte. Ein großzügig geschnittener Raum – so warme Farben – der wunderbare Brokat – und dieser weiche, hochflorige Teppich und die hübschen Kristallüster! Das feinste, was sie je gesehen hatte. Sie sang Loblieder auf Mr. Paradines Geschmack und bedauerte aufrichtig seinen Tod. Jetzt würden all die schönen und großartigen Möbelstücke höchstwahrscheinlich durch Chintz und Leinen ersetzt.

Das Dinner verlief besonders mühsam. Da Miss Silver den Wunsch geäußert hatte, die ganze Familie kennenzulernen, und Mark großen Wert darauf gelegt hatte, waren alle erschienen, aber niemand hatte sich für diese Gelegenheit umgezogen. Die Männer trugen ihre Tagesanzüge, Irene, Lydia und Brenda hatten Kostüme an und Phyllida ihr graues Kleid, nur Miss Paradine trug ein langes schwarzes Kleid, schlicht im Schnitt und hochgeschlossen. Miss Silver hatte ihren Gewohnheiten gemäß ihre Alltagskleidung gegen ein zwei Jahre altes Sommerkleid ausgetauscht – grüne, künstliche Seide mit einem verwirrenden Muster von orangefarbenen Tupfen und Linien. Das Vorderteil zierte eine riesige Kameen-Brosche, auf der ein apokrypher Grieche mit Helm abgebildet war. Nachdem sie den Hut abgenommen hatte, wurde sichtbar, daß sie dichtes, weiches Haar besaß, das sie zu Zöpfen geflochten und am Kopf festgesteckt hatte. Der geflochtene Kranz wurde von einem Haarnetz an Ort und Stelle gehalten. Zusätzlich zu der auffallenden Kamee trug sie kleine, goldene Ohrstecker, eine goldene Halskette mit einer Schmuckspange aus Staubperlen, an der ein Kneifer befestigt war, den sie hin und wieder zum Lesen benutzte. Noch immer hatte sie die grauen, gerippten Wollstrümpfe an, die sie so praktisch für den Winter fand, aber statt ihrer geschnürten Schuhe trug sie jetzt schwarze Lackslippers, die vorn an den Zehen mit Perlen verziert waren. Elliots Überzeugung, sie schon einmal in einem edwardianischen Film gesehen zu haben, verstärkte sich mit jedem Blick, nur ihr Kleid hätte länger sein und bis zu ihren Füßen reichen müssen.

Miss Paradine hatte ihm einen Platz am Tisch zugewiesen, der so weit wie möglich von Phyllidas entfernt war. Grace Paradine hatte auch dafür gesorgt, daß er den ganzen Tag über keine fünf Minuten mit seiner Frau allein sein konnte, und sie versuchte, ihn aus dem Haus zu scheuchen. Sollte sie ... Elliot war in diese Sache hineingezogen worden, und jetzt würde er bleiben, da konnte sich Grace Paradine noch so sehr anstrengen. Dies war jetzt Marks Haus und nicht ihres, und Elliot konnte sich nicht recht vorstellen, daß sie Mark so weit bringen konnte, ihn vor die Tür zu setzen.

Diese Überlegungen beschäftigten ihn so sehr, daß er während des größten Teils der Mahlzeit schwieg. Doch das fiel nicht besonders auf – Frank Ambrose ergriff nur zweimal das Wort, und Mark sagte so gut wie gar nichts. Diese Zusammenkunft war eine Karikatur des gestrigen Abends. Truthahn-Ragout, aufgebackener Plumpudding, der leere Platz an der Stirnseite, den niemand einzunehmen gedachte. Eine Detektivin saß in ihrer Mitte und beobachtete sie eingehend. Sie registrierte ihre Gesichter, was sie sagten und dachten, wie sie aßen und tranken. Auf die Unterhaltung wirkte sich das nicht gerade belebend aus, selbst Dickys Redefluß war versiegt.

Frauen haben mehr Sinn für gesellschaftliche Formen als Männer. Phyllida bemühte sich, mit Frank auf ihrer einen und Mark auf der anderen Seite zu plaudern, bis es offensichtlich wurde, daß sie keine Resonanz fand, und sie aufgab. Lydia und Dicky tauschten ein paar gedämpfte Bemerkungen aus und verfielen dann auch in Schweigen. Miss Paradine am unteren Ende des Tisches stellte würdig ihre Trauer zur Schau – das lange schwarze Kleid mit den weiten Ärmeln steigerte den Effekt. Dunkle Schatten lagen unter ihren Augen, und die Falte von der Stirn zur Nase hatte sich vertieft. Jetzt drückte ihre Miene keine Wut mehr aus. Ihr Blick war traurig, und ihr Benehmen ließ keinen Ärger erkennen. Sie war die aufmerksame Gastgeberin, die darauf bedacht war, das Unbehagen der Gäste zu lindern und ihren eigenen Kummer zu verschleiern. Sie unterhielt sich liebevoll mit Phyllida und höflich mit Miss Silver und war nett zu jedermann, ausgenommen zu Elliot Wray, den sie wie Luft behandelte.

Miss Silver saß neben Albert Pearson und kam in den vollen Genuß seiner Redegewandtheit. Es brauchte mehr als einen Mordfall im Haus, um seine Leidenschaft, Informationen zu verbreiten, in die Schranken zu verweisen. Aber Miss Silver machte die Erfahrung, daß er selbst bestimmen mußte, welche Informationen er preisgab. Nachdem Mark ihr einen groben Umriß von Alberts früherem Werdegang geboten hatte, versuchte sie, ihn auf ein Thema zu bringen, in dem er vermutlich äußerst bewandert war. Miss Silver interessierte sich sehr für außergewöhnlichen Schmuck, aber als sie Albert eine dementsprechende Frage stellte, stieß sie auf Schweigen. Statt dessen wurde sie beim Truthahn-Ragout mit der Geschichte von Birleton, angefangen in der Zeit der Sachsen bis zur Regentschaft von Königin Elizabeth, beglückt. Der Pudding bot Gelegenheit, auf Aktuelleres zu sprechen zu kommen. Die Gründung der Paradine-Werke durch Benjamin Paradine – »Großvater des verstorbenen Mr. Paradine und mein Urgroßvater« – wurde von Miss Paradine unterbrochen, als sie das Zeichen für die Damen gab, sich zurückzuziehen.

Im Salon nahm die Gastgeberin Miss Silver unter ihre Fittiche.

»Ich hoffe, Sie haben alles, was Sie brauchen, Miss Silver.«

»O ja, Miss Paradine, danke.«

»Sagen Sie mir Bescheid, wenn ich etwas für Sie tun kann.«

Miss Paradine gab sich ausgesprochen huldvoll. Falls es eine Spur von Herablassung in ihrer Haltung oder einen Hinweis darauf, daß sie in ihrem Stolz verletzt war, gab, dann kaschierte sie diese Anzeichen äußerst sorgfältig. Miss Silver jedoch erinnerte die Pose unbestreitbar an eine hochgestellte Persönlichkeit, die einen Wohltätigkeitsbasar eröffnete. Sie hob ihre Handarbeitstasche, ein Weihnachtsgeschenk von Ethel, auf den Schoß, holte ihre Nadeln und ein dunkelgraues Wollknäuel heraus und sagte: »Sie sind sehr großzügig.«

Ungefähr ein Zentimeter des Bündchens von Rogers kleinem Anzug hing schon an drei Nadeln. Miss Silver kramte eine vierte aus der Tasche und begann mit bemerkenswerter Geschwindigkeit und großem Geschick zu stricken. Nach kurzem Zögern nahm Miss Paradine am anderen Ende des Sofas Platz.

»Wir alle hoffen, daß diese schreckliche Angelegenheit so schnell wie möglich aufgeklärt wird.«

Miss Silvers Stricknadeln klapperten. »O ja, das kann ich Ihnen nachfühlen.«

Miss Paradines Verhalten änderte sich – sie strahlte mit einemmal Herzlichkeit aus, und ihre Stimme klang gefühlvoll. »Plötzliche Todesfälle sind schon schlimm genug auch ohne diesen grauenvollen Verdacht.«

»Ja, in der Tat.«

»Mein Bruder hat uns allen sehr viel bedeutet. Allerdings – Miss Pennington kannte ihn nicht sehr gut. Sie ist die Schwester meiner angeheirateten Nichte Irene Ambrose und demzufolge kein richtiges Familienmitglied, aber wir haben sie alle sehr gern. Mein Neffe Mark drückt sich, wie ich finde, nicht immer sehr geschickt aus – er ist auf seine Art ausgesprochen klug, aber ziemlich reserviert, und natürlich hat ihn der Tod seines Onkels sehr aufgeregt. Ich kann mir nicht vorstellen, daß Ihnen die beiden wirklich erklären konnten, wie groß der Verlust ist, den wir erlitten haben.«

Miss Silver sah ihre Gastgeberin verständnisvoll an und strickte weiter.

Miss Paradine holte tief Luft. »Mein Bruder war ein bemerkenswerter Mann, und er regelte die Dinge gern auf seine eigene Weise. Ich vermute, man hat Ihnen berichtet, was gestern abend vorgefallen ist. Es ist sehr schmerzlich für uns, daß die Polizei eine so ungerechtfertigte Theorie auf den Äußerungen aufbaut. Ich frage Sie, finden Sie die ganze Sache nicht auch reichlich übertrieben? Mein Bruder hatte auch eine lebhafte, dramatische Art, die Dinge darzustellen, selbst wenn es nur um Lappalien ging. Ich bin überzeugt, daß das alles nicht viel zu bedeuten hat. Etwas oder besser jemand hat ihn verärgert, und er hat seine eigene Methode angewandt, uns das wissen zu lassen. Ich versichere Ihnen, eine solche Szene entsprach genau seinem Charakter. Ich habe dem so wenig Bedeutung beigemessen, daß ich es nicht einmal erwähnte, als mich der Superintendent heute morgen befragt hat.«

Miss Silver sagte: »Liebe Güte …«

Ein kaum merkliches Zucken von Miss Paradines dunklen Augenbrauen verriet, daß sie ein Stirnrunzeln unterdrückte.

Sie zeigte ein schwaches, trauriges Lächeln. »Ich habe es wirklich für vollkommen unwichtig erachtet. Wie ich heute nachmittag Colonel Bostock – er ist der Chief Constable – erzählte, es war mir entfallen. Der Schock über den Unfall meines Bruders – ich glaube immer noch, daß es ein Unfall war ...« Sie hielt inne, preßte die Hände zusammen und schloß die Augen halb. Dann stand sie auf. »Verzeihen Sie – ich hätte nicht darüber sprechen dürfen ... es ist noch zu früh. Vielleicht möchten Sie sich ein wenig mit meiner Nichte Mrs. Ambrose oder mit Miss Ambrose unterhalten.«

Miss Silver warf einen kurzen Blick auf die Gruppe am Kamin – Irene, Brenda, Phyllida. Sie räusperte sich und sagte: »Ich würde sehr gern mit Miss Ambrose sprechen, wenn Sie gestatten.«

Als sich Brenda widerstrebend neben ihr niederließ, lächelte Miss Silver gewinnend. »Ich habe um eine Unterredung mit Ihnen gebeten, Miss Ambrose, weil ich von jemandem, der aufmerksam beobachten kann und ein zuverlässiges Urteilsvermögen hat, erfahren möchte, was geschehen ist, nachdem Sie gestern abend in den Salon gekommen waren.«

Brenda starrte sie mit ihren hellen Augen an, die denen von Clara Paradine glichen – sie waren nur nicht so intensiv blau wie die auf dem Porträt. Sie sah insgesamt ihrer Mutter sehr ähnlich, aber ihr fehlte die sanftmütige Schönheit und der zufriedene Ausdruck, der auf dem Gemälde zu sehen war.

»Hier – gestern abend?«

»Wenn es Ihnen nichts ausmacht.«

Brendas starrer Blick wandte sich nicht ab. »Na ja, ich weiß nicht. Wir kamen herein, und ich sagte, mein Stiefvater müsse verrückt geworden sein. Ich vermute, man hat Ihnen schon erzählt, was er beim Dinner gesagt hat.«

»O ja.«

»Nun, ich meinte, er sei verrückt, wenn er uns alle zu sich einlädt und dann so etwas von sich gibt. Ich sagte noch: Das ist die Höhe! Und meine Schwägerin, Irene – das ist sie, die links neben dem Kamin sitzt –, brach in Tränen aus und behauptete, daß Mr. Paradine sie gemeint hätte.«

»Liebe Güte – sagte sie, was sie darauf gebracht hat?«

»Nein. Sie benahm sich absolut lächerlich und beteuerte, daß sie nichts getan hätte. Immer wieder fragte sie, warum er glaube, daß sie es war. Sie ist eine hysterische Person – keinerlei Selbstbeherrschung. Ich habe keine Ahnung, was in ihrem Kopf vor sich ging, aber wenn Sie mich fragen, dann muß sie an etwas Bestimmtes gedacht haben, sonst hätte sie kein solches Theater veranstaltet. Wenn Miss Paradine nicht gewesen wäre, hätten wir sie nie beruhigen können. Ich sowieso nicht, weil sie mich nicht leiden kann – sie duldet mich nur um Franks willen im Haus. Ich werde Ihnen etwas über Irene erzählen – sie ist rachsüchtig. Man würde es nicht annehmen, weil sie so zart und kraftlos aussieht und ständig nur von ihren Kindern redet, bis man nichts mehr davon hören kann; aber wenn sie jemanden auf dem Kieker hat, dann läßt sie nicht locker. Mich hat sie auf dem Kieker, weil ich meinem Bruder früher den Haushalt geführt habe und diese Pflichten verdammt viel besser erfüllt habe als sie jetzt. So ist Irene – wenn sie selbst etwas nicht fertig bringt, haßt sie die Person, die es kann.«

Miss Silvers Nadeln klapperten. »Kein liebenswürdiger Charakterzug, aber leider kommt das häufiger vor«, bemerkte sie.

Brenda lachte zornig. »Irene mag nur die Leute, die ihr schöntun«, stellte sie klar. »Frank tut das nicht mehr – er hat sie durchschaut. Ich frage mich allmählich, ob mein Stiefvater nicht auch erkannt hat, wie sie in Wirklichkeit ist. Das würde eine Menge erklären. Wissen Sie, sie macht nur so einen Wirbel um ihre Kinder, weil sie bei ihnen Anklang findet – sie himmeln sie an. Sie werden einen gräßlichen Schock erleiden, wenn sie älter werden und erkennen, daß ihre Mutter gar nicht so selbstlos und hingebungsvoll ist. Das macht mich krank!«

»Liebe Güte«, sagte Miss Silver, »das ist äußerst interessant.« Sie betrachtete Brenda Ambrose nachsichtig. »Ich bitte Sie, fahren Sie fort. Sie erzählten, was sich nach dem gestrigen Abendessen ereignet hat. Miss Paradine beschwichtigte Ihre Schwägerin ...«

»O ja. Sie ist sehr geschickt – sie weiß, wie man die Menschen behandeln muß. Sie hatte für uns alle Geschenke und ging, um sie zu holen. Sie wollte, daß Lane, der den Kaffee servieren sollte, nichts bemerkt.«

Während sie redete, wiederholte sich die Zeremonie vom gestrigen Abend auch in Wirklichkeit. Lane kam mit dem großen Silbertablett herein, Louisa folgte ihm mit dem Kuchengestell. Miss Silver bewunderte das Service und das massive viktorianische Tablett, die Kaffeekanne und das Milchkännchen und bedauerte, daß die zweifellos ebenso hübsche Zuckerdose fehlte. Die Flasche mit Saccharin, deretwegen sich Lane in Grund und Boden schämte, war vor ihren Blicken verborgen, doch sie hätte sie in jedem Fall als armseligen Ersatz empfunden. Als patriotische Bürgerin war sie bereit, ihren Kaffee ohne Zucker zu trinken, aber Saccharin kam für sie nicht in Frage.

Ohne ihre Handarbeit zu unterbrechen, stellte sie fest: »Das war ein sehr guter Einfall von Miss Paradine. Sie sagten, sie ist gegangen, um die Geschenke zu holen. Meinen Sie damit, daß sie den Raum verlassen hat?«

»Natürlich, sie holte sie von oben.«

»Und wie lange war Miss Paradine weg, Miss Ambrose?«

»Oh, nicht lange – sie holte nur die Päckchen und war gleich wieder da.«

»Sie hätte in dieser Zeit also nicht mit ihrem Bruder ein paar Worte wechseln können?«

»Nein, natürlich nicht. Er befand sich noch im Speisezimmer.«

»Sind Sie sich dessen sicher?«

»Selbstverständlich – sonst würde ich es nicht sagen. Die Männer saßen noch im Speisezimmer. Sie kamen erst in den Salon, nachdem Miss Paradine die Geschenke verteilt hatte. Ich habe eine Taschenlampe bekommen, Phyllida Taschentücher, Lydia Badesalz und Irene gerahmte Fotografien von ihren Kindern. Wir packten die Päckchen aus, und danach kamen die Männer herein.«

»Und haben sie auch Geschenke erhalten?«

»Nur Elliot Wray nicht. Man hatte nicht mit seinem Erscheinen gerechnet. Er und Phyllida leben seit einem Jahr getrennt. Ich muß sagen, der Bursche hat wirklich Nerven – einfach hier so aufzutauchen! Miss Paradine war wütend. Sie würde ihm nie und nimmer etwas schenken – sie kann ihn nicht ausstehen. Die anderen haben jeder einen Taschenkalender bekommen. Es ist schrecklich schwierig, Geschenke für einen Mann zu finden, nicht wahr?«

»In der Tat, aber ein Taschenkalender ist immer etwas Nützliches. Hat Miss Paradine das Glück gehabt, welche in verschiedenen Farben zu finden?«

Brenda nickte. »Ja. Sie ist sehr umsichtig in solchen Dingen und gibt sich große Mühe.«

»Das kann ich mir vorstellen. Welche Farben hat sie gefunden?«

»Oh, braun, rot, blau, violett.« Brenda langweilte dieses

Gespräch allmählich. Sie hielt Miss Silver für eine nichtssagende alte Jungfer. »Ich bringe Ihnen eine Tasse Kaffee«, bot sie unvermittelt an.

Aber als sie sich erhob, stellte Miss Silver eine andere Frage. »Blau ist meine Lieblingsfarbe – ob Miss Paradine wohl auch Blau bevorzugt? Wem hat sie den blauen Taschenkalender geschenkt, Miss Ambrose?«

Brenda drehte sich zu ihr um. Sie kam sich sehr schlau vor, als sie erwiderte: »Ich fürchte, das wird Ihnen nicht viel weiterhelfen. Mark hat den blauen bekommen, aber Richard ist Tante Graces Liebling – sie hat ihm den roten geschenkt. Manche Menschen bevorzugen rot, wissen Sie. Miss Paradine tut das auch.«

27

Im Laufe des Abends gelang es Miss Silver, sich mit den meisten Mitgliedern der Familie Paradine zu unterhalten. Mrs. Ambrose zeigte großes Interesse an Rogers Anzug, und Miss Silver erbat ihren Rat, ob sie die Hose einfarbig oder mit grünen Streifen stricken sollte. Miss Silver erzählte Geschichten über Johnny, Derek und Roger und wurde mit Anekdoten von Jimmy und der kleinen Rena belohnt. Irene wurde lebhaft und berichtete in allen Einzelheiten, wie schrecklich es für sie gewesen war, daß sie Rena in der letzten Nacht nicht wach bekommen hatte, wie sie zu Dr. Horton gelaufen war und wie wütend Frank deswegen gewesen war – »Männer sind so *unvernünftig*!«

Miss Silver erwiderte, man könne von Männern nicht erwarten, daß sie die Gefühle einer Mutter nachvollziehen könnten. Nach diesen Präliminarien war das Eis zwischen ihnen gänzlich gebrochen, und Miss Silver erfuhr, wie schwierig Brenda war und was für ein Jammer es sei, daß sich Lydia nicht dazu entschließen konnte, Dicky zu heiraten und sich in Birleton niederzulassen – es wäre so hübsch, jemanden in der Nähe zu haben, dem man die Kinder ab und zu anvertrauen könne. Auch wenn sie Miss Pennington nicht besonders gut kannte, bezweifelte Miss Silver, daß die Aussicht, Irenes Kinder zu betreuen, einen besonderen Anreiz für Lydia darstellte, aber sie hütete sich davor, diesen Gedanken laut auszusprechen.

Nach ein paar taktvollen Ermunterungen lockerte sich Irenes Zunge immer mehr. Miss Paradine sei ein wunderbarer Mensch – »Sehen Sie nur, wie sie alles zusammenhält. Man möchte nicht meinen, daß etwas so Grauenvolles in diesem Haus passiert ist. Sie ist so selbstbeherrscht – ich weiß nicht, wie sie das fertigbringt. Ich beneide die Menschen, die sich so in der Gewalt haben. Tante Grace ist großartig in dieser Beziehung. Ich erinnere mich noch gut an Phyllidas Hochzeit – niemand hätte geahnt, daß ihr das Herz dabei brach, aber es muß schrecklich für sie gewesen sein. Ich glaube, ihr war nicht recht, daß Phyllida überhaupt geheiratet hat, aber wenn es ein Mann aus Birleton gewesen wäre, hätte sie es wahrscheinlich nicht ganz so schwer getroffen. Wir hätten es damals schön gefunden, wenn sie Mark geheiratet hätte. Er ist ein sehr entfernter Cousin – Phyllida ist adoptiert, müssen Sie wissen –, deshalb wäre nichts Schlimmes daran gewesen. Aber die Hochzeit mit Elliot Wray bedeutete für die arme Tante Grace, daß sie sich ganz von Phyllida trennen mußte – kein Wunder, daß sie am Boden zerstört war. Ich weiß nicht, wie ich mich fühlen werde, wenn Rena einmal heiratet – ich mag gar nicht daran denken.«

Miss Silver fand ein paar tröstende Worte über Renas zukünftige Ehe.

»Natürlich *mag* ich Elliot«, sagte Irene, »und Phyllida war schrecklich verliebt in ihn. Jetzt sind sie getrennt, verstehen Sie? Ich weiß nicht, was vorgefallen ist – Tante Grace verliert kein Wort darüber. Sie kamen aus den Flitterwochen zurück, und wir alle dachten noch, wie glücklich sie sind, und plötzlich sagte Tante Grace, daß Elliot abgereist sei und nicht mehr zurückkommen würde. Die arme Phyl sah aus wie ein Gespenst. Sie können sich nicht vorstellen, wie überrascht wir alle waren, als er am Mittwoch abend hier hereinmarschierte, als wäre nichts geschehen.«

»O doch, das kann ich mir sehr gut vorstellen«, warf Miss Silver ein.

Anschließend führte sie ein Gespräch mit Phyllida, die ihr ohne Scheu berichtete, daß sie, nachdem sich alle anderen zurückgezogen hatten, ins Arbeitszimmer gegangen war, um mit ihrem Onkel zu reden.

»Elliot wollte, daß ich niemandem etwas davon erzähle, aber das wäre nicht richtig, nicht wahr? Es hatte gar nichts mit dem zu tun, was mein Onkel beim Abendessen gesagt hat. Elliot befürchtete, die Polizei könnte das denken. Ich wollte wegen einer anderen Sache mit Onkel James sprechen.«

Miss Silver bedachte sie mit einem gütigen Blick. »Das ist nur zu verständlich, Mrs. Wray.«

Phyllida erschrak. »Aber ich habe Ihnen gar nicht ...«

Miss Silver räusperte sich. »Sie wollten natürlich erfahren, wieso Mr. Paradine Ihren Mann eingeladen hat und warum Mr. Wray die Einladung angenommen hat.«

Phyllida wurde rot und wußte nicht, was sie darauf sagen sollte. Sie begegnete Miss Silvers Blick, und irgend etwas brachte sie zu der Überzeugung, daß es keinen Sinn hatte, dieser Frau etwas vorzumachen oder die Dinge zu verschleiern. Sie fühlte sich mit einemmal befreit. Normalerweise vertraute man Fremden nicht seine geheimsten Gefühle an, aber Miss Silver kam ihr ganz und gar nicht vor wie eine Fremde, und deshalb empfand sie Erleichterung. Miss Silver setzte sich zu einem ans Feuer und tat so, als würde sie sich ganz zu Hause fühlen – alles wurde so selbstverständlich.

»Ich mußte mit jemandem reden«, sagte Phyllida.

»Und konnte Mr. Paradine Ihnen helfen?«

»Ich glaube schon.«

Miss Silver unterbrach ihre Tätigkeit, die Stricknadeln ruhten einen Moment auf ihrem Schoß. »Das freut mich sehr«, sagte sie herzlich. »Man sollte Mißverständnisse immer so rasch wie möglich aus dem Weg räumen.«

»Ja, aber es war nicht nur ein Mißverständnis.«

Miss Silver lächelte, und Phyllida kam sich vor, als wären sie und Elliot kleine Kinder, denen man sagt, daß sie nicht streiten dürfen, daß sie sich einen Kuß geben und wieder Freunde sein sollen. Sie erwiderte ein wenig unsicher das Lächeln.

»Als Sie aus dem Arbeitszimmer kamen, haben Sie da jemanden gesehen?« wollte Miss Silver wissen.

Diese Frage erschreckte Phyllida, und sie war froh, sie verneinen zu können – aber es war offensichtlich, daß sie unsicher wurde.

»Oder haben Sie jemanden gehört, Mrs. Wray?« hakte Miss Silver rasch nach.

Diesmal wurde Phyl eine Spur blasser. Sie senkte den Blick und flüsterte mit bebender Stimme: »O nein ... es war nichts ...«

Miss Silver bedrängte sie nicht, sie wußte, daß doch etwas

gewesen sein mußte, und nahm an, in Kürze mehr darüber in Erfahrung bringen zu können.

In diesem Moment kamen die Männer herein, und das bot Phyllida die Möglichkeit zu entkommen. Sie begegnete Dicky, als er vorbeiging, und überließ es ihm, sich mit Miss Silver zu beschäftigen. Sie vermutete, daß er gut zurecht kommen würde. Er mochte alte Jungfern, die ihn immer, wenn sie von ihm sprachen, »diesen reizenden Jungen« nannten. Ein entsetzlicher Gedanke schlich sich plötzlich wie eine Schlange in die Schatten ihres Bewußtseins. Ein Schauder lief ihr über den Rücken, und sie wurde so bleich, daß Miss Paradine sie besorgt musterte.

»Komm und setz dich, Liebling, dann kannst du dich wärmen. Du warst zu weit weg vom Feuer.«

Phyllida brachte ein dünnes Lächeln zustande, aber statt sich dem Kaffeetablett zu nähern, ging sie auf die andere Seite des Kamins und stellte, halb abgewandt von den anderen, den einen Fuß auf den Marmorsockel. In anmutiger Pose stützte sie sich mit einer Hand an der Kaminumrandung ab und tat so, als würde sie sich wärmen.

Elliot kam mit einer Kaffeetasse zu ihr. Er stellte die Tasse auf dem Kaminsims ab und sagte: »Ich möchte mit dir reden.«

Die Worte drängten sich in ihre Gedanken, die ihr die Fassung geraubt hatten, wie jemand, der in ein Zimmer stürmt und die Tür zuknallt. Sie kannte Elliots Launen. Im Augenblick machte sein Zorn ihr Mut – alles ist besser, als mit einer Schlange allein im Dunkeln zu sein. Sie schaute immer noch ins Feuer und murmelte: »Ich weiß nicht, wie …«

Elliot nahm seine Tasse in die Hand und trank den schwarzen Kaffee mit einem Schluck aus, dann stellte er sie wieder weg. »Was hält uns davon ab, gemeinsam aus dem Zimmer zu gehen?«

Phyllida errötete. »Das könnte ich nicht.«

Elliot lachte. »Fürchtest du dich vor einem Skandal?«

»Ich kann es nicht. Morgen – morgen werde ich eine Gelegenheit finden ...«

»Sie hält dich den ganzen Tag auf Trab«, fiel er ihr ärgerlich ins Wort. »Morgen ist es dasselbe wie heute – ständig ist jemand in der Nähe, der uns davor bewahrt, auch nur eine Minute allein zu sein.«

Phyllida wandte den Blick nicht von den flackernden Flammen. Elliot war in einer äußerst schlechten Stimmung. Eigenartigerweise wich die Kälte, die der Schreck verursacht hatte, einem angenehmen Glühen. Sie schwieg, und ein uralter Instinkt sagte ihr, daß es Elliot nicht schaden könnte, wenn er sich noch ein wenig gedulden mußte.

Grace Paradines drängende Stimme erhob sich laut. »Phyl, mein Liebling!«

Diesmal ging sie zu ihr, trank einen Schluck aus ihrer eigenen Tasse und stellte sie auf das Silbertablett. »Ja, Tante Grace?«

Miss Paradine winkte sie näher zu sich und sagte mit gesenkter Stimme: »Liebes, würdest du bitte Brenda Gesellschaft leisten und sie von Irene fernhalten? Die Nerven der beiden sind zum Zerreißen gespannt, und ich glaube, ich kann diese Auseinandersetzungen nicht länger ertragen.«

Es war unmöglich, ihr diesen Wunsch abzuschlagen. Phyllida setzte sich, um die versteckten Andeutungen und offenen Beschuldigungen, die eine Schwägerin gegen die andere vorzubringen hatte, über sich ergehen zu lassen. Jeder Versuch, das Gespräch auf etwas anderes zu bringen, war zwecklos. Ob man über den Nordpol, den Krieg im Osten oder den neuesten Film sprach, Brenda schaffte es immer wieder, Irene ins Spiel zu bringen. Es hätte amüsant sein können, wenn die

Situation nicht so furchterregend gewesen wäre. Phyllida fragte sich, warum ausgerechnet Brenda und Irene das Monopol auf Nervosität gepachtet hatten. Nichts auf der Welt hätte sie lieber getan, als Brenda eine Ohrfeige zu versetzen und in Tränen auszubrechen. Natürlich tat sie nichts dergleichen.

Sie fuhr fort, über alle möglichen Dinge, die ihr einfielen, zu plaudern, und Brenda ließ nicht davon ab, Irene schlecht zu machen.

28

Der Salon im River House war nicht der einzige Ort, an dem Irene Gesprächsthema war. Colonel Bostock erlebte einen erfreulichen Abend in Gesellschaft seiner Töchter. Als er ein Holzscheit ins Kaminfeuer warf, fiel ihm wieder ein, daß er sie etwas fragen wollte. Er wandte sich an Janet, eine gesunde, gut gebaute junge Frau mit freundlichem Gesicht.

»Erinnerst du dich an die Pennington-Mädchen – Irene, und wie heißt die andere? Lydia?«

»Natürlich. Warum?«

»Der alte Paradine ist tot. Eine von ihnen ist mit seinem Stiefsohn verheiratet. Sein Name ist – Ambrose, nicht wahr?«

»Die Paradines haben eine Menge Geld«, warf Alice Bostock ein. »Ob Irene wohl auch etwas abbekommt?«

»Sie ist nicht die Rothaarige, oder?« erkundigte sich Colonel Bostock.

Beide Mädchen riefen wie aus einem Mund: »O nein – das ist Lydia.«

Colonel Bostock lehnte sich in seinem Sessel zurück, und

als er seine Mädchen betrachtete, mußte er zugeben, daß er sehr zufrieden mit ihnen sein konnte. Sie waren keine atemberaubenden Schönheiten oder Intelligenzbestien, aber sie waren anständig und fleißig und vertrieben sich ihre Freizeit mit vernünftigen Tätigkeiten – besaßen gesunden Menschenverstand und überraschten ihn nie mit Spleens oder Verrücktheiten. Janet war ein prima Mädchen und sehr vernünftig. Alice, die blonde, schlankere war nicht ganz so gefestigt, aber auch ein gutes Kind. Und Milly – Milly schlug ganz ihm nach, sie war die aufgeweckteste von den dreien. Schade, daß sie diesmal nicht nach Hause kommen konnte.

Noch in Gedanken versunken sagte er: »Irene – war da nicht etwas mit dieser Irene?«

Alice und Janet tauschten einen Blick, wandten sich aber gleich wieder ab. Keine von beiden antwortete.

Colonel Bostock wiederholte seine Frage ein wenig direkter. »Irgend etwas war mit dieser Irene, stimmt's? Du warst mit ihr im Internat in einer Klasse, Janet. Was war damals los?«

»Das ist schon lange her«, begann Janet.

Ihr Vater zog ungeduldig die Schultern hoch. »Klar, du bist jetzt fünfundzwanzig. Da war etwas, aber was? Ich will es wissen.«

»Ich meine«, entgegnete Janet widerstrebend, »es ist schon so lange her, und es ist nicht fair, die alte Geschichte noch mal aufzurühren.«

Colonel Bostocks Gesicht drückte lebhaftes Interesse aus. »Unsinn! Entweder ist etwas vorgefallen oder nicht. Wenn ja, dann gibt es mindestens ein Dutzend Leute, die mir davon erzählen können. Wollt ihr, daß ich herumlaufe und jeden danach frage? Ich frage lieber euch – das ist besser und gibt weniger Gerede.«

Janet sah ihn ernst an. »Ich finde es nicht richtig, das alles aufzuwärmen – es war vor beinahe zwölf Jahren. Und eigentlich war ja auch nichts. Ich meine, nichts ist passiert – Mina ist mit heiler Haut davongekommen.«

Colonel Bostock grunzte und sah seine Tochter spöttisch an. »Nichts ist also passiert! Also los, erzähl mir davon.«

»Es ging um Irenes Kätzchen«, sagte Alice. »Im Grunde war es gar nicht ihres – es war ein Streuner. Wir durften selbstverständlich keine Haustiere in der Schule haben, deshalb hat Irene das Kätzchen in einem Geräteschuppen versteckt.«

»Sie hat dem Gärtnergehilfen ihr ganzes Taschengeld gegeben, damit er sie nicht verrät – der Gärtner war damals krank und nicht da«, sagte Janet. »Und sie hat bei den Mahlzeiten kleine Leckerbissen in ihr Taschentuch gewickelt und sie der Katze zum Fressen gebracht.«

»Natürlich hätte sie das nicht lange durchhalten können, ohne daß jemand etwas merkte, es war noch dazu ein scheußliches heruntergekommenes Vieh, aber sie bestand stur darauf, die Katze zu behalten«, setzte Alice die Geschichte fort. »Dann drohte Mina Cotterell ihr, alles Miss Graham zu erzählen. Mina war ein ekelhaftes Biest – niemand konnte sie leiden. Sie behauptete steif und fest, daß die Katze Flöhe hätte.«

»Wahrscheinlich hatte sie welche.«

»Wie auch immer«, sagte Alice, »Irene wurde jedenfalls fuchsteufelswild. Ich kann mir ehrlich nicht vorstellen, daß sie sich bewußt war, was sie tat – sie schubste Mina in den Fluß.«

»Mina war nicht verletzt«, versicherte Janet schnell.

Alice verzog das Gesicht. »Es hätte alles mögliche passieren können. Es war ziemlich gefährlich. Du kennst doch die

Gegenden, die wir nicht betreten durften – sie waren ein absolutes Tabu für uns, weil das Ufer dort so hoch war. Ich weiß nicht, wie Irene Mina dazu gebracht hat, mit ihr dorthin zu gehen, aber irgendwie hat sie es geschafft, und sie stieß sie in den Fluß.«

»Gott sei meiner Seele gnädig«, murmelte Colonel Bostock. »Ja, ja, jetzt erinnere ich mich wieder. Die Penningtons waren in hellster Aufregung deswegen. Diese Mina ist nur knapp dem Tod entronnen. Sie konnte nicht schwimmen, nicht wahr?«

»Nein, sie konnte nicht schwimmen«, bestätigte Janet. »Glücklicherweise fischte ein Mann ganz in der Nähe – er hat sie herausgezogen. Es gabe einen schrecklichen Skandal. Irene wäre aus der Schule verwiesen worden, wenn die Cotterells nicht ein gutes Wort für sie eingelegt hätten. Soweit ich mich entsinne, sagte Mina, daß die Katze ertränkt wurde. Ich glaube nicht, daß Irene wußte, was sie da anstellte. Sie ist einfach so, weißt du – wenn sie sich etwas in den Kopf gesetzt hat, kann sie an nichts anderes mehr denken. Damals war es dieses gräßliche Katzenvieh, heute sind es die Kinder. Sie kann einfach an nichts anderes denken und auch über nichts anderes reden. Es geht einem entsetzlich auf die Nerven.«

Colonel Bostock nickte, nach einer Weile sagte er: »Wer hätte das gedacht? Besser, wir reden nicht darüber – mit niemandem.«

Kurze Zeit später erschien Superintendent Vyner zu einer Besprechung mit seinem Chef und wurde ins Arbeitszimmer geführt.

»Tut mir leid, wenn ich Sie störe, Sir, aber da gibt es ein oder zwei Punkte...«

»Schon gut, Vyner, setzen Sie sich. Was ist los?«

Vyner nahm in einem großen Sessel Platz, den er ganz ausfüllte. Das Licht fiel seitlich auf sein dichtes helles Haar, das allmählich ergraute, und auf sein kantiges Gesicht. In den hellen blauen Augen erkannte man Unschlüssigkeit, aber auch Belustigung.

»Nun, Sir, Miss Pennington konnte heute nachmittag nicht noch einmal vernommen werden, weil sie sich nicht im River House aufhielt, aber ich hätte sie gern gefragt, ob sie gehört hat, wann Mrs. Ambrose am Abend das Haus verlassen und wieder zurückgekommen ist. Wir möchten, wenn es möglich ist, die Zeitspanne genauer festlegen, deshalb ging ich abends nach Meadowcroft und erfuhr, daß sich die ganze Familie im River House versammelt hat. Also machte ich mich auch auf den Weg dorthin.«

»Und – haben Sie etwas in Erfahrung gebracht?«

»Nicht von Miss Pennington, aber ich habe mit Mr. Mark Paradine gesprochen, und er erzählte mir, daß er eine Privatdetektivin engagiert hat.«

Wie jeder andere, dem diese Neuigkeit mitgeteilt wurde, sagte auch Colonel Bostock: »*Was?*«

»Ja, Sir. Haben Sie je von Miss Silver gehört?«

»Gott sei meiner Seele gnädig«, rief Colonel Bostock. »Was macht sie hier?«

»Sie haben von ihr gehört, Sir?«

Colonel Bostock zuckte zusammen. »Ich bin dem jungen Abbott begegnet, als er über Weihnachten hier war – der Bursche ist Detective Sergeant beim Yard und ein Cousin von den Abbotts in Huntersgrange. Ich habe ihn dort getroffen. Er hat von dieser Frau geschwärmt – komisch, ich hätte meine Stiefel darauf verwettet, daß er nicht zu der Sorte gehört, die irgend jemanden so in den Himmel hebt. Ein sehr selbstsicherer junger Kerl – arrogant und eiskalt, aber mit Köpfchen.«

»Na ja, Sir, sie hat in ein paar Fällen bemerkenswerte Arbeit geleistet – ich weiß das zufällig. Es stand nichts über sie in den Zeitungen, aber solche Sachen sprechen sich herum. Zum erstenmal habe ich von Superintendent March aus Ledlington etwas über sie gehört. Damals ging es um die vergifteten Raupen – außerdem schwört er, daß sie ihm das Leben gerettet hat.« Vyner lachte. »Ein eigenartiger Zufall, Sir – sie war früher seine Gouvernante, und ich glaube, sie sieht immer noch so aus wie eine kleine, alte Gouvernante, March hat mir viel von ihr erzählt. Da war der Fall mit dem chinesischen Tuch im letzten Winter...Ein andermal, als ich in London bei Detective Inspector Lamb war, erfuhr ich alles über die Morde im Vandeleur House – damals haben sie diese Mrs. Simpson geschnappt, erinnern Sie sich? Lamb sagt, daß sie das nur Miss Silver zu verdanken haben – er gibt das frank und frei zu.«

»Mark Paradine hat sie engagiert?«

»Ja, Sir. Aber die Frage ist, wie werden wir uns verhalten? Ich möchte behaupten, daß sie uns sehr nützlich sein könnte. Verstehen Sie, sie ist im Haus – Mr. Mark persönlich hat sie eingeladen, bei der Familie zu wohnen. Man sollte in Betracht ziehen, daß sie Einblicke erhält, die uns verwehrt sind – in das Privatleben der Familie, wenn Sie verstehen, was ich meine, Sir. Und laut Lamb ist sie gerade in diesen Dingen ausgesprochen geschickt. Er sagt, daß die Leute gern mit ihr sprechen, und sie ist eine ausgezeichnete Menschenkennerin. Zweifellos sind die Beteiligten nicht so gehemmt, wenn sie mit einer Person reden, die nicht bei der Polizei ist, und Miss Silver ist nicht wie wir an die Vorschriften gebunden.«

»Was haben Sie vor?«

»Sir, ich würde vorschlagen, daß wir ihr die Protokolle und unsere bisherigen Ermittlungsergebnisse zum Lesen geben. Lamb sagt, daß sie eine absolut vertrauenswürdige Frau ist, sie würde ganz sicher nicht irgendwelche Informationen weitergeben.«

»Ein paar Frauen können den Mund halten.«

»Ja, Sir. March und Lamb sagen beide, daß sie schweigen kann wie ein Grab, also wenn Sie erlauben...«

Colonel Bostock zuckte mit den Schultern. »Na, dann zeigen Sie ihr die Unterlagen, und ziehen Sie sie hinzu. Ich sag' Ihnen was, Vyner, das ist ein verzwickter Fall – ein verdammt verzwickter Fall. Hören Sie, ich habe etwas erfahren, was ich Ihnen nicht verheimlichen möchte. Ich sagte doch, daß es irgend etwas mit diesem Mädchen, dieser Irene, gegeben hat. Also, hier ist die ganze Geschichte...«

29

Wie am vorangegangenen Abend gingen die Ambroses früh nach Hause. Mit Ausnahme von Frank, der bis zur Grenze der Unverschämtheit wortkarg geblieben war, hatten sich alle bereitwillig mit Miss Silver unterhalten. Kurz nach ihrem Aufbruch entschuldigte sich auch Miss Silver und ging in das Zimmer, das man für sie hergerichtet hatte. Bevor sie jedoch allen eine gute Nacht wünschte, fragte sie Miss Paradine nach den Taschenkalendern.

»Vergeben Sie mir, wenn ich an etwas Schmerzliches rühre, aber ich glaube, Ihre Nichte erwähnte, daß Sie Ihren Neffen Neujahrsgeschenke überreicht haben.«

Grace Paradine lächelte. »Daran ist nichts schmerzlich«.

Miss Silver hüstelte. »Nein, selbstverständlich nicht. Aber ich wollte Sie fragen, ob Sie Ihrem Bruder auch einen geschenkt haben.«

»O nein.« Miss Paradine war überrascht. »Er hatte für so was keinen Sinn. Er benützte nie einen Taschenkalender, er hatte nur eine große Jahresübersicht.«

»Diese kleinen Kalender sind äußerst praktisch. Ich dachte, er hätte auch gern immer einen bei sich gehabt, und es ist so schwierig, ein geeignetes Geschenk für einen Mann zu finden.«

»Er hätte ihn nicht benutzt – er hatte für derlei Dinge nichts übrig.«

Miss Silver spürte, daß Miss Paradine das Thema unangenehm war, und hielt es für das Beste, ihr eine gute Nacht zu wünschen.

Ihr Zimmer war behaglich – sehr komfortabel und gemütlich mit dem dicken, roten Teppich. Vorhänge, Bettüberwurf und Kissen waren mit Mohn- und Kornblumen sowie Getreideähren gemustert. Die roten Ziegel im Kamin leuchteten im Licht des kleinen elektrischen Feuers. Der Raum lag gegenüber von dem, den Mr. Pearson bewohnte, und neben dem Zimmer von Elliot Wray. Auf der anderen Seite befand sich ein Bad – sehr bequem und komfortabel.

Miss Silver zog das ziemlich dünne Kunstseidenkleid aus und streifte einen warmen, karmesinroten Morgenmantel über. Er war am Hals mit einer selbstgehäkelten Borte eingefaßt und wurde in der Taille von einer Wollkordel zusammengehalten, die an einen alten Glockenstrang erinnerte. Bequeme schwarze Fellpantoffeln ersetzten die Lackslippers mit dem Perlenbesatz. Miss Silver setzte sich in einen Sessel vor den Kamin, nahm ein Kissen auf den Schoß und legte das grüne Heft darauf. Mit einem Füllfederhalter machte sie sich Notizen.

Sie hatte schon einige Seiten vollgeschrieben, als jemand an die Tür klopfte. Sie rief »Herein«, und als sie aufschaute, sah sie ein etwa sechzehnjähriges Mädchen in kurzem schwarzen Kleid, mit weißer Schürze und Rüschenhäubchen. Das Kind hatte dicke Beine, eine pummelige Gestalt, apfelrote Wangen und strahlendblaue Augen – kurz gesagt, es sah aus wie eine Porzellanpuppe. Die Kleine brachte eine Wärmflasche, aber als sie Miss Silver im Morgenrock sah, sagte sie: »Verzeihung, Miss«, und blieb wie angewurzelt stehen.

»Lassen Sie sich nicht stören«, sagte Miss Silver, »Sie wollen mein Bett aufdecken? Wie heißen Sie?«

»Polly, Miss – Polly Parsons.«

»Und dies ist Ihre erste Anstellung, habe ich recht?«

»O ja, Miss.«

»Ein trauriger Neujahrstag«, sagte Miss Silver.

Polly nahm die Chintz-Decke vom Bett und faltete sie zusammen, darunter befand sich ein karmesinrot bezogenes Plumeau.

»O ja, Miss – es ist schrecklich, nicht wahr?«

Miss Silver stimmte ihr zu. »Es muß für Sie alle ein scheußlicher Schock gewesen sein.«

»Aber ja, Miss, das kann man sagen. Mir ist immer noch ganz mulmig.« Sie legte die zusammengefaltete Decke über eine Stuhllehne und ging wieder zum Bett.

»Haben Sie hin und wieder auch im Arbeitszimmer zu tun, Polly?«

Das Mädchen hatte ihr den Rücken zugedreht und bückte sich, um das Bett aufzudecken. Miss Silver bemerkte dennoch, daß sie bis zu den Haarwurzeln errötete – dort wo sich die braunen Locken im Nacken kräuselten.

»Nur um Holz im Kamin nachzulegen, Miss, wenn sie beim Abendessen sind. Mr. Lane hat dort zu tun und kann es nicht selbst machen.«

»Mr. Paradine saß also abends nach dem Essen immer in seinem Arbeitszimmer?«

»O ja Miss.«

»Und Sie sind gestern abend wie gewöhnlich hineingegangen, um Holz nachzulegen?«

Polly steckte die Wärmflasche unter die Bettdecke.

»Ja, Miss.«

»Und um wieviel Uhr mag das gewesen sein?«

Polly drehte sich um. »Das kann ich nicht sagen, Miss.«

Miss Silver schenkte ihr einen liebenswürdigen Blick und ein autoritäres: »Versuchen Sie's, Polly!«

Kaum jemals zuvor hatte Polly einen so drängenden Wunsch verspürt, ein Zimmer so schnell wie möglich zu verlassen. Aber das gehörte sich nicht. Sie konnte genausowenig Miss Silver stehen lassen und durch die Tür laufen, wie sie Louisa ungehorsam sein konnte. Es gehörte sich einfach nicht. Die Worte sprudelten aus ihr heraus. »Es war ein bißchen später als sonst – ich mußte in der Küche aushelfen wegen der Feier.«

Miss Silver lächelte. »Dann haben Sie wahrscheinlich auf die Uhr gesehen. Bestimmt haben Sie das getan, wenn Sie befürchtet haben, zu spät dran zu sein. Wieviel Uhr war es?«

»Gerade neun Uhr, Miss.«

»Saßen da alle noch im Speisezimmer?«

Pollys Blick huschte durchs ganze Zimmer, nur Miss Silver konnte sie nicht ansehen.

»Also?« drängte Miss Silver behutsam.

»Die Ladies kamen heraus, als ich zur Tür vom Arbeitszimmer kam.«

Miss Silver ließ sie nicht aus den Augen – ihr Blick war freundlich und entschlossen. Sie saß aufrecht und gerade in ihrem Morgenmantel mit dem Kissen auf den Knieen da. »Und wie lange hielten Sie sich im Arbeitszimmer auf?«

Pollys apfelrote Wangen wurden puterrot, und sie erwiderte mit erstickter Stimme: »Ich mußte nur nach dem Feuer sehen, Miss.«

Miss Silver wandte den Blick immer noch nicht ab, und Polly wurde immer röter. Als Schritte auf dem Flur laut wurden, schluckte sie schwer und strebte der Tür zu. Auf der Schwelle stammelte sie noch etwas, was augenscheinlich eine Entschuldigung darstellen sollte. Nur die Worte »Louisa« und »die anderen Wärmflaschen« waren einigermaßen deutlich zu verstehen. Dann schloß sie die Tür hinter sich, und Miss Silver hörte, wie sie durch den Korridor rannte.

»Liebe Güte«, sagte Miss Silver.

30

Colonel Bostock, Superintendent Vyner und Miss Silver fanden sich am nächsten Morgen im Arbeitszimmer ein. Ein Feuer flackerte im Kamin. Die karmesinroten Vorhänge waren ganz zurückgezogen, und man sah die vom Haus überschattete Terrasse und den abgebrochenen Stein an der Stelle der Brüstung, gegen die James Paradine bei seinem Sturz geprallt war. Die Nacht war stürmisch und regnerisch gewesen, aber die Wolken rissen allmählich auf. Hier und da traf ein blasser Sonnenstrahl auf den Fluß.

Superintendent Vyner saß am Schreibtisch. Die Papiere, die er Miss Silver zum Lesen gegeben hatte, lagen links neben ihm – dort, wo sie sie hingelegt hatte. Miss Silver hatte sich den zweckdienlichsten Stuhl mit hoher, schmaler Lehne und gerader Sitzfläche ausgesucht. Er war mit kleinen schimmernden Polsterknöpfen verziert. Miss Silver hielt den Rücken ganz gerade – parallel zur Lehne – und hatte die

Hände in den Schoß gelegt. Sie trug ihr braunes Wollkleid und ihre aus Mooreiche geschnitzte Brosche, dazu hatte sie eine Miene aufgesetzt, die sowohl Selbstachtung als auch den nötigen Respekt vor den anwesenden Autoritätspersonen zum Ausdruck brachte.

Colonel Bostock hatte für sich einen geraden Stuhl ans andere Ende des Schreibtischs gerückt. Er machte es sich darauf bequem, stützte die Ellenbogen auf die Armlehnen und lehnte sich, so gut es auf einem Stuhl dieser Art ging, zurück. Gelegentlich, wenn Miss Silver nicht in seine Richtung sah, musterte er sie mit spöttischem Blick. Die Worte »Gott sei meiner Seele gnädig« wären ihm beinahe über die Lippen gerutscht. Diese Brosche faszinierte ihn. Irgendwo hatte er schon einmal eine ganz ähnliche gesehen – bei einer Hochzeitsfeier...bei Janes Hochzeit. Jane war die Cousine seiner Frau, und Janet war nach ihr benannt worden. Eine Tante des Bräutigams hatte eine solche Brosche getragen. Eine verknöcherte alte Lady mit Hut und Federboa, die ihr ganzes Geld für die Unterstützung eines Heims für Papageien ausgegeben hatte. Bostock hätte vor einem Richter nicht beschwören können, daß es sich wirklich um Papageien gehandelt hatte, aber etwas Ähnliches mußte es gewesen sein. Wie auch immer – Jane und ihr Mann hatten keinen Penny von ihr geerbt. Ungeheuerlich.

Miss Silver äußerte in ihrer damenhaften Art: »Es war außerordentlich freundlich von Ihnen, mich über die Fingerabdrücke zu informieren, Superintendent.«

»Ja«, entgegnete Vyner und drehte sich auf seinem Stuhl, um sie über die Ecke des Schreibtischs hinweg anzusehen. »Natürlich muß man in einer so familiären Umgebung damit rechnen, überall Fingerabdrücke von allen zu finden, und man kann nicht behaupten, irgend etwas wäre bewiesen, nur weil man sie gefunden hat. Nehmen Sie zum Beispiel den Knauf von dieser Tür – da wimmelt es von Fingerabdrücken. Außer Mr. Paradine selbst haben ihn Lane, Mr. Pearson, Mr. Wray und Mrs. Wray am bewußten Abend angefaßt.«

Miss Silver hüstelte. »Und das Mädchen, das das Feuer im Kamin geschürt hat.«

»Ja«, bestätigte Vyner.

»Sie war etwa um neun Uhr hier«, fuhr Miss Silver fort.

»Hm! Das ist zu früh, um von Bedeutung zu sein. Die anderen waren alle nach neun Uhr hier, das wissen wir mit Sicherheit«, schaltete sich Colonel Bostock ein.

»Es ist fast überall dasselbe«, sagte Vyner. »An verschiedenen Stellen gibt es Fingerabdrücke von Lane, diesem Mädchen Polly, Mr. Paradine, Mr. Pearson, Mr. und Mrs. Wray. Und nach unseren Untersuchungen hat sich das Mädchen an dieser Schreibtischschublade zu schaffen gemacht. Mr. Paradine hat hier Süßigkeiten aufbewahrt, und ich würde sagen, Polly hat sich selbst bedient.«

Deshalb also die plötzliche Verlegenheit und die Flucht, oder? Miss Silver dachte darüber nach, während Vyner seine Ausführungen fortsetzte.

»Ich habe nicht mit ihr darüber gesprochen – wir suchen hier nach einem Mörder, und alles, was wir bis jetzt finden konnten, war ein Kind, das Süßigkeiten stibizt. Na ja, nicht ganz alles, weil da auch noch die Abdrücke von Mr. Mark Paradine sind, und die kann man nicht so leicht erklären. Auf dem Stuhl, auf dem im Moment Chief Constable sitzt, haben wir seine und die von Mr. Richard entdeckt – auch an der Schreibtischkante, und auf dem kleinen Taschenkalender sind auch die von Mr. Mark. Mr. Richard war am späten Nachmittag hier, um Miss Paradine einen Besuch abzustatten – das ist gesichert. Und er sagt, daß er auch bei seinem

Onkel im Arbeitszimmer vorbeigeschaut habe. In diesem Punkt haben wir nur eine Aussage, aber es klingt ziemlich glaubhaft, und es würde die Fingerabdrücke begründen. Aber Mr. Mark Paradine – nun, für seine haben wir keine Erklärung. Er war den ganzen Mittwoch nicht hier, auch nicht am Dienstag oder am Montag. Er ist erst kurz vor dem Essen am Silvesterabend hergekommen, aber seinen Onkel hat er nicht gesehen, weil Mr. Paradine eine Besprechung unter vier Augen mit Mr. Wray hatte, und er sagt, daß er auch nach dem Essen nicht einmal in die Nähe des Arbeitszimmers gekommen sei – die anderen bestätigen das. Er hat zusammen mit Mr. Richard um Viertel vor zehn das Haus verlassen und ist in seine Wohnung in Birleton Mansions zurückgekehrt. Aber später ist er, wie er selbst zugibt, noch einmal spazierengegangen. Eigenartige Zeit für einen Spaziergang. Der diensthabende Constable hat gesehen, wie er um etwa zwanzig nach zehn über die Brücke den Fluß in Richtung River House überquert hat. Zu diesem Zeitpunkt schien der Mond noch sehr hell, und der Constable kennt Mr. Mark vom Sehen. Mr. Mark behauptet, er sei nur die Straße entlang und nach einer Weile wieder zurückgegangen. Seine Rückkehr wurde nicht beobachtet – Hardings Dienst an der Brücke endete um halb elf, und der Mann, der ihn abgelöst hat, lebt noch nicht lange hier und hat wahrscheinlich auch nicht auf Fußgänger geachtet. Es scheint fast so, als ob Mr. Mark die Fingerabdrücke nur nach zwanzig nach zehn hier hinterlassen haben konnte – nachdem Harding ihn in Richtung River House hat gehen sehen.«

»Wer hat ihn hereingelassen?« erkundigte sich Colonel Bostock. »Lane hat es nicht getan.«

»Die Tür war nicht von innen verriegelt, Sir. Mr. Mark und Mr. Richard haben früher hier gewohnt, sie sind erst vor ein paar Jahren ausgezogen. Bestimmt haben beide noch Schlüssel. Oder, wenn Mr. Mark keinen hatte, brauchte er nur zur Terrasse zu gehen und an die Glastür zu klopfen. Jeder in der Familie wußte, daß Mr. Paradine bis Mitternacht hier warten würde.«

»Eine gräßliche Sache«, meinte Colonel Bostock.

»Ja, Sir. Aber zu dieser Zeit sind die Fingerabdrücke entstanden – nach zehn Uhr zwanzig am Mittwoch abend. Es gibt keine andere Möglichkeit.«

Miss Silver räusperte sich. »Ist er nach einer Erklärung gefragt worden, Superintendent? Als er mich gebeten hat, den Fall zu übernehmen, hat er mir frei heraus eingestanden, man würde ihn verdächtigen. Daraufhin informierte ich ihn, daß ich nicht mithelfen könne, irgendwelche Beweise zu verschleiern, und daß ich es als meine einzige Pflicht erachte, die ganze Wahrheit aufzudecken. Er entgegnete mir, daß er genau deshalb gern meine Dienste in Anspruch nehmen würde. Wußten Sie, daß dieser Taschenkalender ihm gehört?«

»Was?« rief Colonel Bostock.

»Ein Neujahrsgeschenk von Miss Paradine«, sagte Miss Silver. »Mr. Ambrose, Mr. Pearson und ihre beiden Neffen haben je einen bekommen. Miss Paradine hat sie am Mittwoch nach dem Dinner im Salon verteilt. Jeder hat eine andere Farbe, und der blaue gehört Mr. Mark.«

»Gott sei meiner Seele gnädig.«

»Na, ich würde sagen, das setzt allem die Krone auf«, sagte Vyner.

Miss Silver nahm den Taschenkalender in die Hand. »Einen Moment noch, Colonel Bostock. Es ist ein ganz neues Büchlein, aber Sie werden sehen, daß es sich von selbst öffnet – immer an derselben Stelle. Wenn Sie und der Superintendent sich selbst überzeugen wollen – Sie werden mir bestätigen, daß der Rücken so weit zurückgezogen wurde, daß der Kalender immer auf dieser Stelle aufklappt. Das Datum ist der erste Februar.«

»Ja, das ist uns schon aufgefallen«, sagte Vyner. »Und noch dazu haben wir einen sehr deutlichen Fingerabdruck auf der Seite gefunden, genau wie auf dem Einband. Ich komme darauf zu sprechen, weil es eine merkwürdige Sache ist. Mr. Marks Fingerabdruck ist auf der Seite und außen, genau wie Mr. Paradines, und wo sie sich überlappen, überlagern die von Mr. Paradine die von Mr. Mark. Ich denke, wir sollten Mr. Mark wirklich in dieser Angelegenheit befragen und ihn gleich zu uns hereinbitten. Ich werde ihn fragen, ob er Einwände gegen Ihre Anwesenheit erhebt, Miss Silver, aber da er Sie selbst hinzugezogen hat, wird er sich nicht dagegen verwahren. Sobald er einwilligt, in Ihrer Gegenwart auszusagen, setzt er Maßstäbe für den Rest der Familie.«

Miss Silver teilte seine Meinung und neigte den Kopf. »Sehr freundlich von Ihnen«, murmelte sie bescheiden.

Die Glocke wurde geläutet, und man bat Lane, Mr. Mark Paradine ins Arbeitszimmer zu bitten. Mark sah aus, als hätte er in der letzten Nacht kein Auge zugetan und als würde er die größte Mühe haben, sich zusammenzunehmen. Seinem Gesicht sah man keine Regung an, und wenn er vermutete, in der nächsten Minute verhaftet zu werden, dann hielt er sich ausgesprochen gut.

Colonel Bostock sagte: »Wie geht es Ihnen, Mr. Paradine? Kommen Sie, setzen Sie sich.«

»Guten Morgen«, grüßte Vyner.

Keiner der Männer stand auf, und niemand bot ihm die Hand. Allem Anschein nach hatte man vor, eine formelle Unterredung mit ihm zu führen.

Mark nahm Miss Silver gegenüber Platz. Vier Menschen

an einem Tisch – drei im Dienste von Recht und Gesetz und einer, der sehr gut einen Angeklagten abgeben könnte.

Colonel Bostocks Miene drückte aus, daß er eine Phrase, die er schon einmal ausgesprochen hatte, im Geist wiederholte – »Ein verzwickter Fall, wirklich ein verdammt verzwickter Fall«. Er räusperte sich und sagte laut: »Haben Sie etwas dagegen, wenn wir Ihnen ein paar Fragen stellen?«

»Keineswegs.«

»Erheben Sie Einwände gegen Miss Silvers Anwesenheit? Ich glaube, Sie selbst haben sie gebeten, diesen Fall zu untersuchen.«

»Nein, Sir, ich erhebe keine Einwände.«

Colonel Bostock sagte. »Also gut, Vyner, fangen Sie an.«

Der Superintendent wandte sich Mark zu und nahm den Taschenkalender in die Hand. »Ist das Ihr Eigentum, Mr. Paradine?«

Mark betrachtete den Kalender mit gerunzelter Stirn. »Wie kommen Sie darauf?«

»Wir haben erfahren, daß Miss Paradine am Mittwochabend vier dieser kleinen Taschenkalender als Neujahrsgeschenke verteilt hat. Es hieß, daß Sie den blauen bekommen hätten. Ist das korrekt?«

Mark straffte den Rücken. »Absolut.«

»Sie haben dieses Geschenk im Salon in Empfang genommen, nachdem Sie sich zu den Damen gesellt haben?«

»Ja.«

»Und Sie waren in der Zeit bis zu Ihrem Aufbruch um Viertel vor zehn nicht in diesem Raum?«

»Nein.«

»Mr. Paradine, würden Sie uns dann bitte erklären, wieso sich der Kalender auf diesem Tisch befand, als die Polizei am folgenden Morgen um Viertel nach acht hier eintraf? Sowohl

Ihre Fingerabdrücke als auch die des verstorbenen Mr. Paradine wurden auf dem Einband und auf der Seite mit dem Datum des ersten Februar gefunden – übrigens wurde das Büchlein genau an dieser Stelle aufgeschlagen und so zurückgebogen, daß es immer wieder an dieser Stelle aufspringt. Haben Sie eine Erklärung dafür?«

Mark sah Miss Silver an und begegnete ihrem ruhigen, freundlichen Blick, der auch eine Ermunterung für einen schüchternen Schüler hätte darstellen können. Auf gewisse Weise – warum, konnte er selbst nicht recht begreifen – fühlte er sich tatsächlich ermuntert.

»Ja, ich denke, ich kann das erklären. Ich glaube, ich sollte Ihnen erzählen, was geschehen ist«, sagte er.

Colonel Bostock räusperte sich wieder. »Es ist meine Pflicht, Ihnen zu sagen, daß alles, was Sie sagen, zu Protokoll genommen wird und später gegen Sie verwendet werden kann.«

Mark sah ihn an, und sein Mund verzog sich zu etwas, was man als Lächeln hätte deuten können. »Danke, Sir – aber ich gebe eine Erklärung ab, kein Geständnis. Ich bin am Abend in meine Wohnung in Birleton Mansions zurückgekehrt, ging aber noch einmal aus – das habe ich dem Superintendent bereits erzählt. Ich war nicht unbedingt bestrebt, ihm zu eröffnen, wo ich hinging, aber vermutlich mußte es so oder so herauskommen. Ich kam hierher zurück, weil ich mit meinem Onkel sprechen wollte, und nach allem, was er beim Abendessen geäußert hat, wollte ich nicht, daß die Familie etwas von meinem Besuch erfährt.«

»Gott sei meiner Seele gnädig! Sie kamen noch einmal hierher und haben mit Mr. Paradine gesprochen?«

»Ja, Sir.«

»Wie sind Sie ins Haus gekommen?«

»Ich habe meinen Schlüssel benutzt.«

Colonel Bostock stieß hörbar den Atem aus.

Vyner sagte: »Worüber wollten Sie mit Mr. Paradine reden? Können Sie uns das sagen?«

Mark zog die Stirn kraus. »Ja. Ich hege schon seit langer Zeit den Wunsch, die Firma zu verlassen und der Air Force beizutreten. Mein Onkel hat sich stets geweigert, mich fortzulassen. Das heißt – eigentlich lag die Entscheidung gar nicht bei ihm, aber die Chancen standen gering, daß die Regierung meine Kündigung annehmen würde, wenn er es nicht befürwortete.«

Colonel Bostock musterte ihn scharf. »Sie sind mit Forschungsarbeiten beschäftigt, nicht wahr?«

»Ganz recht, Sir.«

»Fahren Sie fort.«

»Mein Onkel wollte mich nicht gehen lassen. Ich war in besagter Nacht hier, um ihm zu sagen, daß er einwilligen muß. Das ist alles.«

»Warum wollen Sie weg?«

»Aus persönlichen Gründen.«

»Können Sie uns diese Gründe benennen?«

»Nein, Sir. Der Tod meines Onkels hat alles geändert. Meine Hoffnungen, die Firma verlassen zu können, sind jetzt gleich Null.«

Vyner hatte ihn die ganze Zeit aufmerksam beobachtet. »Wie verlief Ihr Gespräch mit Mr. Paradine? Freundschaftlich?«

»Ja, er hat eingewilligt, mich gehen zu lassen. Deshalb wurde der Kalender auf der Seite mit dem ersten Februar aufgeschlagen. Ich stecke gerade mitten in einer Arbeit – ich sagte ihm, daß ich noch ungefähr einen Monat dafür brauchen würde. Er bat mich, diesen einen Monat abzuwarten und dann noch einmal mit ihm zu reden. Ich sagte: ›Vier Wochen von heute an?‹, und er erwiderte: ›Nein, einen Kalendermonat.‹ Ich erinnerte mich an den Taschenkalender, den mir meine Tante geschenkt hat, nahm ihn aus der Tasche und suchte nach dem ersten Februar – ich wollte sehen, was für ein Tag das ist. Dann reichte ich ihm den Kalender, und er sagte: ›Also gut – wenn du bis dahin deine Meinung nicht geändert hast.‹«

»Was geschah dann?«

»Ich ging nach Hause. Ich war mir gar nicht bewußt, daß ich den Kalender hiergelassen hatte – ich habe ihn vollkommen vergessen.«

»Um wieviel Uhr sind Sie gegangen?«

»Ich weiß nicht – etwa um halb zwölf, denke ich.«

»Niemand hat Sie kommen oder gehen sehen?«

»Soweit ich weiß, nicht.«

Vyner schwieg einen Moment, schließlich sagte er: »Mr. Wray und Mr. Pearson kamen um halb zwölf herunter, um etwas zu trinken. Mr. Wray meinte, er hätte den Eindruck gehabt, daß sich die Tür von draußen in die Halle gerade schloß. Das würde genau zu dem passen, was Sie sagen, Mr. Paradine.«

»Ja.«

»Mr. Paradine – wie war die Stimmung zwischen Ihnen und Ihrem Onkel, als Sie sich von ihm verabschiedeten? Freundlich?«

Miss Silver sah, daß ein Muskel an Marks Wange zuckte. Die schwarzen Augenbrauen waren zusammengezogen.

»Ja«, sagte er.

»Er war noch am Leben, als Sie ihn verließen?«

Die Augen sprühten Funken, und es dauerte eine Weile, bis Mark Paradines zweites »Ja« hörbar wurde.

31

Miss Silver brach das darauf folgende Schweigen mit einem Hüsteln. »Mr. Paradine, können Sie uns sagen, was sich auf dem Schreibtisch befand, als Sie in der Nacht vom Mittwoch zum Donnerstag hier waren?«

Überraschung zeichnete sich auf seinem Gesicht ab. »Wie meinen Sie das?«

»Versuchen Sie einfach, sich den Tisch so vorzustellen, wie Sie ihn in dieser Nacht gesehen haben, und nennen Sie uns all die Dinge, an die Sie sich erinnern können.«

Diesmal runzelte er die Stirn, um sich besser konzentrieren zu können. »Ich weiß nicht – ich habe nicht darauf geachtet. Ich würde sagen, es war alles so wie jetzt.«

»Ich bitte Sie, versuchen Sie es, Mr. Paradine. Zählen Sie die Gegenstände auf. Vielleicht besinnen Sie sich doch.«

Die Falten auf seiner Stirn vertieften sich, dennoch verzog Mark ungeduldig und leicht amüsiert den Mund. »Da waren all die Dinge, die Sie jetzt sehen – Tintenfaß – Füllfederhalter – Bleistifte – Schreibunterlage – Notizblock...«

»Der liegt aber jetzt nicht da.«

»Der Notizblock? Es lag einer vor ihm während unserer Unterhaltung, da bin ich mir sicher. Aber es stand nichts auf der obersten Seite.«

»Bitte, machen Sie weiter.«

»Ich kann mich an sonst nichts erinnern.«

»Ein Kalender? Miss Paradine erwähnte zufällig, daß er eine Jahresübersicht benutzte.«

Mark schüttelte den Kopf. »Nein, kein Kalender, sonst hätte ich meinen nicht aus der Tasche gezogen. Aber es war ja der letzte Tag des Jahres – wahrscheinlich hatte er den alten Kalender weggeworfen und den neuen noch nicht auf den Tisch gelegt.«

»Lag nichts auf der Ecke hier – zwischen mir und dem Superintendent?«

»Nur eine Zeitung.«

»Liebe Güte«, sagte Miss Silver. »Da lag eine Zeitung?«

»Ja, die *Times*. Er muß sie gelesen haben.«

»Mr. Paradine, können Sie sich daran erinnern, ob die Zeitung flach auf dem Tisch auflag? Oder denken Sie, sie war gewölbt, als hätte etwas, sagen wir Mr. Wrays Blaupausen, darunter Platz gehabt? Soviel ich weiß, steckten sie in einer Papprolle. Hätte sie von der Zeitung verdeckt sein können?«

Mark sah erst Vyner, dann den Chief Constable bestürzt an. »Sie sind doch nicht weg, oder? Hat mein Onkel etwa darauf angespielt, daß die Konstruktionszeichnungen verschwunden sind?«

Colonel Bostock entgegnete: »Dieser Gedanke kommt Ihnen erst jetzt in den Sinn?«

Mark machte Anstalten aufzustehen, aber er ließ sich gleich wieder auf den Stuhl zurücksinken, beugte sich vor und sah von einem zum anderen.

»Kommen Sie, Paradine!« versetzte Colonel Bostock scharf.

»Woran dachten Sie, als Ihr Onkel andeutete, jemand hätte die Interessen der Familie verraten? So was sagt man nicht gern, und es ist auch nicht angenehm, es zu hören. Was haben Sie angenommen, als er das sagte?«

»Die Blaupausen waren weg? Das war es also?«

»Ich möchte wissen, was Sie zu diesem Zeitpunkt annahmen, Paradine.«

Mark richtete sich wieder auf. »Tut mir leid, Sir. An die Blaupausen habe ich nicht ein einziges Mal gedacht.«

»Tatsächlich? Dann würde ich gern erfahren, woran Sie sonst dachten.«

Mark schwieg mindestens eine halbe Minute, allen kam es vor wie eine kleine Ewigkeit. Schließlich sagte er: »Ich werde es Ihnen sagen, Sir. Die ganze Angelegenheit war natürlich schockierend – wie Sie schon sagten, es ist nicht angenehm, so was zu hören. Aber an die Zeichnungen dachte ich wirklich nicht dabei. Ich wußte nicht, was ich davon halten sollte. Ich war in Gedanken ziemlich mit meinen eigenen Problemen beschäftigt, und als ich genauer über alles nachdachte, fragte ich mich, ob er sich auf mich bezogen haben könnte. Es klingt vielleicht ein wenig übertrieben, aber er war jedesmal wütend, wenn ich davon sprach, die Firma zu verlassen. Das letzte Mal, als wir darüber redeten, sagte er fast dasselbe wie am Mittwoch abend.«

»Erinnern Sie sich an Einzelheiten?«

»Nun ja, er sagte, daß ich freiwillig die Firma und mein Land im Stich lassen würde, nur um ein bißchen Ruhm und Ehre einzuheimsen.«

»Also nahmen Sie an, er meinte Sie, als er von Verrat sprach?«

Mark schüttelte den Kopf. »So eindeutig stellte es sich mir nicht dar. Ich hatte nur das Gefühl, daß alles außer Kontrolle geraten sei. Ich spürte, daß ich so nicht weitermachen konnte, deshalb bin ich noch einmal zurückgegangen, um mit ihm zu reden.«

Colonel Bostocks Augen funkelten argwöhnisch. »Und Sie bleiben dabei, daß die Unterredung freundschaftlich verlief?«

Röte schoß Mark Paradine ins Gesicht. »Ja, Sir. Ich konnte ihn dazu bringen, meinen Standpunkt zu verstehen. Ich habe Ihnen bereits erzählt, daß er sich einverstanden erklärte, mich in einem Monat gehen zu lassen, wenn sich bis dahin meine Wünsche nicht geändert hätten.«

»Ja, das sagten Sie.« Der Tonfall war genauso skeptisch wie sein Blick.

Mark versteifte sich sichtlich.

»Sie wußten also nicht, daß die Konstruktionszeichnungen verschwunden waren?« vergewisserte sich Vyner. »Wann haben Sie sie das letzte Mal gesehen?«

»Ich habe sie überhaupt nicht gesehen.«

»Ganz sicher?«

»Ziemlich sicher.«

»Aber Sie wußten über sie Bescheid – Sie wußten, daß Mr. Wray sie hergebracht hatte?«

»Ja.«

»Waren Sie am Mittwochnachmittag im Büro des verstorbenen Mr. Paradine?«

»Ja.«

»Um wieviel Uhr und wie lange?«

»Ich ging zusammen mit Frank Ambrose kurz vor vier hinein und blieb etwa eine Viertelstunde.«

»Und Sie waren zu keinem Zeitpunkt allein?«

»Doch, ich war allein. Mein Onkel war die meiste Zeit weg, und Ambrose ging vor mir. Ich wartete auf meinen Onkel, und nachdem er wieder im Zimmer war, ging ich auch.«

»Ist Ihnen ein Aktenkoffer auf dem Tisch im Büro aufgefallen?« »Ja, ich denke schon – er müßte dort gewesen sein. Mein Onkel hat in dem Koffer immer Unterlagen vom Büro nach Hause und wieder ins Büro transportiert.«

»Haben Sie den Koffer berührt?«

Mark runzelte die Stirn. »Das könnte sein – ich lehnte mich an den Tisch.«

»Und was hat Mr. Ambrose getan?«

»Das weiß ich wirklich nicht. Wir haben kurz miteinander geplaudert.«

»Sie lehnten am Tisch. Blieben Sie die ganze Zeit dort stehen, während er sich im Raum aufhielt?«

»Nein – eine Zeitlang stand ich am Fenster.«

»Was haben Sie dort gemacht?«

»Ich habe hinausgesehen. Wir vertrieben uns irgendwie die Zeit und warteten auf meinen Onkel. Zu guter Letzt wollte Ambrose nicht mehr warten.«

»Dann hatten Sie also zeitweise dem Tisch den Rücken zugekehrt?«

»Ja.«

»Und nachdem Mr. Ambrose gegangen war, befanden Sie sich ganz allein in Mr. Paradines Büro?«

»Etwa ein oder zwei Minuten.«

»Sie waren allein mit dem Aktenkoffer?«

»Ja.«

»Sie hätten ihn öffnen können. Haben Sie ihn geöffnet?«

»Selbstverständlich nicht«, erwiderte Mark halb beiläufig, halb verächtlich.

»Sie haben also den Koffer nicht geöffnet und die Blaupausen nicht an sich genommen?«

»Ich wußte nicht einmal, daß sie jemand weggenommen hat.« Die Verachtung gewann die Oberhand.

Vyner warf dem Chief Constable einen Blick zu, und Colonel Bostock sagte: »Sie wußten nicht, daß jemand diese Blaupausen gestohlen hatte. Wußten Sie, daß sie zurückgebracht wurden?«

Mark Paradines Gesichtsausdruck änderte sich. Seine Anspannung schwand. Er beugte sich vor und vergewisserte sich eifrig: »Sie sind zurückgebracht worden?«

Colonel Bostock nickte.

»Wann, Sir?«

»Das, Mr. Paradine, versuchen wir herauszufinden«,

mischte sich Miss Silver ein. »Wir würden uns glücklich schätzen, wenn Sie uns dabei helfen könnten. Die Zeichnungen befanden sich in einer Papprolle. Mr. Wray fand die Rolle, als er am Donnerstagmorgen, kurz nachdem er von Mr. Paradines Tod erfahren hatte, dieses Zimmer betrat. Sie lag auf der Schreibtischecke. Können Sie sich vorstellen, daß sie bei Ihrem Besuch in der vergangenen Nacht bereits hier gelegen hat?«

Mark zögerte, dachte nach und sagte dann: »Das könnte sein... Aber da müßte es doch Fingerabdrücke geben – Sie haben sie doch. Die Fingerabdrücke der Person, die sie an sich genommen hatte, müßten sich auf der Rolle befinden.« Er sah einen nach dem anderen an, und Vyner schaute ihm direkt in die Augen.

»Mr. Paradine, ich habe nicht vor, über die Fingerabdrücke auf der Rolle zu sprechen.«

Mark schob seinen Stuhl zurück. »Meine haben Sie sicherlich nicht darauf gefunden«, behauptete er fest.

32

Als sich die Tür abrupt schloß, warf Colonel Bostock Vyner einen Blick zu und sagte: »Was sagen Sie dazu?«

»Na ja, Sir, das Problem mit dieser Papprolle ist, daß wir zu viele Abdrücke gefunden haben – zu viele und zu schwache, nur die von Mr. Wray waren deutlich zu identifizieren. Mit den Papieren in der Rolle war es dasselbe. Mr. Wray eröffnete mir, daß Mr. Paradine, wie er ihm selbst erzählt hatte, Mr. Moffat und Mr. Ambrose zu sich gerufen hat, um eine Besprechung wegen der Zeichnungen abzuhalten. Ich vermute, sie haben die Papiere aus der Rolle geholt und sie herumgereicht. Wir konnten Mr. Moffat noch keine Fingerabdrücke abnehmen, also haben wir keinen Vergleich, aber die der anderen beiden Gesprächsteilnehmer sind überall, genau wie andere, die ziemlich sicher die von Mr. Moffat sind. Die Rolle an sich ist noch verwirrender – ein richtiges Durcheinander, könnte man sagen, aber das ist auch kein Wunder, wenn man die Oberfläche in Betracht zieht, und außerdem muß die Rolle von Hand zu Hand gegangen sein. Nur ein Finger von Mr. Paradine und Daumen und Zeigefinger von Mr. Wray sind klar zu erkennen.«

Colonel Bostock wandte sich an Miss Silver. »Und wie beurteilen Sie die Sache?« wollte er wissen. »Mir scheint, entweder Mark Paradine oder dieses Mädchen Irene – Mrs. Ambrose – ist die Person, nach der wir suchen.«

»Liebe Güte«, sagte Miss Silver und faltete die Hände im Schoß, dann drehte sie den Kopf auf seine Seite und sah ihn erwartungsvoll an.

Colonel Bostock, der mit einem Redeschwall gerechnet hatte, war erleichtert.

»Nehmen Sie Mark«, begann er lebhaft. »Er gibt zu, noch einmal hergekommen zu sein und mit seinem Onkel gesprochen zu haben. Er wollte nicht genau sagen, worüber. Er gibt auch zu, daß die Bemerkung über den Verrat an der Familie eine Anspielung auf ihn selbst gewesen sein könnte. Wenn man genauer darüber nachdenkt, ist das eine seltsame Geschichte. Wie auch immer – er ist zurückgekommen. Er behauptet, die Unterredung wäre freundschaftlich verlaufen, gibt uns aber gleichzeitig zu verstehen, daß das Thema, das er zur Sprache brachte, den Onkel vorher immer in Rage versetzt hat. Diesmal gab es keinen Wutausbruch – alle beide waren nett und freundlich. Der Onkel willigte ein, ihn gehen zu lassen. Eine Geschichte voller Widersprüche. Was halten Sie davon?«

Miss Silver lächelte schwach. »Da Sie mich fragen, Sir, möchte ich behaupten, Mr. Mark hätte uns eine bessere Geschichte aufgetischt, wenn er eine erfunden hätte.«

»Hm! Der Kalender hat ihn verraten. Er war überrumpelt und mußte etwas sagen. Er hatte keine Zeit, sich etwas auszudenken.«

Miss Silver schüttelte den Kopf. »Er wußte, daß man ihn verdächtigt. Das war eines der ersten Dinge, die er mir anvertraut hat. Er war sich im klaren, daß ihn der Constable auf der Brücke gesehen und erkannt haben mußte. Er hätte sich eine viel bessere Geschichte zusammenreimen können. So wie die Dinge liegen, bestätigt dieser Kalender das, was er sagte, auf eine Weise, die er nicht vorausahnen konnte. Die Behauptung, daß er ihn aus der Tasche geholt und ihn seinem Onkel gegeben hat, nachdem er die Seite mit dem ersten Februar aufgeschlagen hatte, wird durch die Position der Fingerabdrücke erhärtet. Die Tatsache, daß kein anderer Kalender auf dem Tisch lag, unterstützt auch seine Aussage.«

»Das ist sehr mager!« rief Colonel Bostock erregt. »Paradine erzählt der Familie, daß einer von ihnen ein Verräter ist, und behauptet, den Übeltäter zu kennen. Jetzt frage ich Sie: Ist es vernünftig anzunehmen, daß Mark erst seine Spuren verwischt, indem er sich verabschiedet und mit seinem Cousin nach Hause geht, und dann von allen unbemerkt zurückkommt, um *kein* Geständnis abzulegen, dafür aber etwas ganz anderes mit seinem Onkel zu besprechen?«

Miss Silver schüttelte wieder den Kopf. »Ich glaube ja, daß er zurückgekommen ist, um etwas zu gestehen, aber nicht den Diebstahl von Mr. Wrays Konstruktionszeichnungen.«

Colonel Bostock starrte sie an, und Miss Silver lächelte.

»Es gibt eine sehr einfache Erklärung, Sir. Mr. Mark ist in Miss Pennington verliebt. Ich glaube, er liebt sie schon eine ganze Weile, aber ich nehme an, er hat nie mit ihr darüber gesprochen. Zumindest gewann ich diesen Eindruck, als ich sie zusammen sah. Von Mrs. Ambrose erfuhr ich, daß die Familie erwartet, Miss Pennington würde die Ehe mit Mr. Richard Paradine eingehen, der ihr wiederholt Anträge gemacht hat. Sie saßen beim Essen am Mittwochabend nebeneinander, und bei einem der Trinksprüche hat Mr. Paradine mit einem auffälligen Blick auf die beiden angedeutet, daß sie ein Paar werden würden. Ich denke, es läßt sich leicht vorstellen, daß all das Mr. Mark seine Situation unerträglich machte. Möglicherweise hat Mr. Richard auch eine Anspielung auf dem Heimweg gemacht – das werden wir wohl nie erfahren –, aber ich kann mir gut vorstellen, daß Mr. Mark nicht in der Stimmung war, schlafen zu gehen. Sie sagen, daß ein unschuldiger Mann nicht ein Gespräch gesucht hätte, das ihn kompromittieren würde, aber Sie dürfen nicht außer acht lassen, daß ein unschuldiger Mann keine Ahnung davon haben konnte, daß ein Dieb überführt werden sollte. Mr. Mark hätte durchaus den vagen Eindruck gewinnen können, daß sein Onkel von seinem Wunsch, die Firma zu verlassen, gesprochen hatte, und dann wäre es nur natürlich gewesen, daß er sich entschloß, zurückzugehen und die Angelegenheit zu bereinigen. Falls er, was ich für sehr wahrscheinlich halte, Mr. Paradine den wahren Grund für seine Kündigung nannte, kann es niemanden mehr überraschen, daß das Gespräch freundschaftlich verlief. Aus dem Umstand, daß sein Onkel ihn bat, einen Monat zu warten, bevor er sich endgültig entscheidet, schließe ich, daß der alte Herr Mr. Marks Aussichten, doch noch mit Miss Pennington glücklich zu werden, nicht so düster bewertete wie Mr. Mark selbst. Sie sehen, Colonel Bostock – das würde die ganze Geschichte erklären, nicht wahr?«

»Hm«, brummte Colonel Bostock und machte damit deutlich, daß er es vorzog, anderer Ansicht zu sein.

Vyner hielt Miss Silvers fragendem Blick stand und bemerkte: »Da ist was dran.«

Der Chief Constable funkelte ihn böse an. »Was soll das für einen Sinn machen? Wir reden über irgend etwas, ohne wirklich etwas zu sagen. Tatsache ist, daß wir es nicht wissen. Wie er selbst sagt, war Mark bis halb zwölf hier. Sein Onkel mag, wie er behauptet, noch gelebt haben, als er wegging, aber es ist genausogut möglich, daß er ihn über die Brüstung gestoßen hat.«

»Er erbt den größten Teil des Vermögens...«, warf Vyner ein, und nährte damit Colonel Bostocks Zweifel.

Colonel Bostock wandte sich wieder an Miss Silver. »Er war es, oder diese Irene hat's getan. Schockierend, aber wenn ein junges Ding einmal jemanden einen Abhang hinunterstößt, dann kann es so was durchaus auch ein zweitesmal tun. Es ist passiert, als sie mit meinen Mädchen in der Schule war. Sie hatte eine kleine Katze aufgelesen – gegen die Internatsvorschriften. Eine neunmalkluge Göre hat sich eingemischt und gedroht, daß sie alles verrät und dafür sorgt, daß das Kätzchen getötet wird. Irene stieß sie in den Fluß. Hätte leicht ertrinken können – glücklicherweise ist es nicht so weit gekommen. Sehr unerfreuliche Affäre.«

Vyner griff die Geschichte auf. »Es heißt, Mrs. Ambrose ist in ihre Kinder vernarrt. Angenommen, Mr. Ambrose hat die Blaupausen gestohlen – er war eine der Personen, die über die Zeichnungen Bescheid wußten. Ganz sicher hatte er sie in der Hand. Er hatte die Gelegenheit, sie aus Mr. Paradines Aktenkoffer zu nehmen, während Mr. Mark aus dem Fenster schaute. Es ist nicht schön, an so etwas zu denken, aber soweit ich weiß, war seine Mutter eine Deutsche – möglicherweise hat er eine Chance gesehen. Man erzählt sich, daß die Ambroses über ihre Verhältnisse leben. Sie ist keine gute Haushälterin. Angeblich haben sie Schulden – 'ne Menge unbezahlte Rechnungen und so. Ich will damit nicht behaupten, daß sie sie nicht bezahlen können, aber sie tun es nicht. Also nehmen wir mal an, er hätte die Blaupausen gestohlen – man könnte ihm eine schöne Stange Geld dafür geboten haben, daß er sie fotografiert. Und vielleicht rechnete er damit, sie noch am Mittwochabend zurückbringen zu können, ohne daß jemand etwas bemerkt. Aber noch ehe das Abendessen zu Ende war, stand Mr. Paradine auf und sagte, daß einer der Anwesenden ein Verbrechen begangen hätte und daß er wüßte, wer es war. Damit konnte er seine Hoffnungen, die Zeichnungen unbemerkt an Ort und Stelle legen zu können, begraben. Wenn Sie sich Mr. Ambroses Aussage noch einmal ansehen, werden Sie bemerken, daß er weitaus weniger sagt als all die anderen. Ausgesprochen schweigsam. Soweit ich weiß, hat niemand ein Wort über die Sache aus ihm herausbekommen.«

Colonel Bostock grunzte. »Der Mann muß nicht unbedingt der Schuldige sein, nur weil er nicht redet.«

»Nein, Sir. Ich sage ja auch nicht, daß er der Schuldige ist – ich entwickle eine Theorie. Wenn er die Blaupausen genommen hat, dann mußte er sich etwas ausdenken, und zwar schnell. Das einzige, was ihm übrigblieb, war, auf Mr. Paradines Gnade zu hoffen. Wir wissen, daß er seine Begleiterinnen um Viertel vor elf nach Hause gebracht hat. Und wir wissen auch, daß er und seine Frau das Haus noch einmal verließen. Sie sagt, daß sie zu Dr. Horton wollte. Er sagt, er hätte nach ihr gesucht. Niemand weiß, wann sie oder er wieder nach Hause gekommen sind. Angenommen, Mr. Ambrose ging zum River House, und sie ist ihm gefolgt – er könnte ihr etwas erzählt haben, oder sie hatte eine Vermutung. Die Ambroses wohnen in Meadowcroft auf der anderen Seite des Flusses – mit dem Auto ist es ein langer Weg, aber zu Fuß über den Steg und den Flußpfad braucht man nicht länger als sieben, acht Minuten. Sagen wir mal, sie haben diesen Weg genommen – Mr. Ambrose wäre nicht zur Haustür gegangen, weil das Risiko, gesehen zu werden, zu groß gewesen wäre. Ich an seiner Stelle wäre es zumindest nicht eingegangen. Ich wäre auf die Terrasse geschlichen und hätte an die Glastür geklopft. Nehmen wir mal an, Mr. Ambrose hätte das auch getan – sein Stiefvater hätte ihn hereingelassen und mit ihm geredet. Wenn Mrs. Ambrose ihrem Mann gefolgt wäre, dann hätte sie ganz leicht die Tür aufmachen und das Gespräch belauschen können. Fingerabdrücke, die das beweisen, sind unmöglich zu finden, weil die ganze Familie diese Tür angefaßt hat, bevor wir hinkamen. Angenommen sie hat an der Tür gehört, daß ihr Mann seine Stellung verliert – und das wäre die mindeste Strafe für jemanden, der militärische Geheimnisse verkauft. Wie auch immer man die Sache betrachtet, es würde den totalen Ruin bedeuten. Nach allem, was wir von Mrs. Ambrose wissen, würde sie in einem solchen Augenblick zuallererst an ihre Kinder denken. Als sie zwölf Jahre alt war und ein anderes Mädchen ihre Katze in Gefahr zu bringen drohte, stieß sie dieses Mädchen in den Fluß. Was, glauben Sie, würde sie tun, wenn ihre Kinder bedroht wären?«

»Gott sei meiner Seele gnädig«, sagte Colonel Bostock. »Was für einen Zweck hat es, sich solche Sachen zusammenzureimen? Es gibt keine Beweise.«

»Nein, Sir – es ist nur eine Theorie, die man ins Auge fassen muß. Ich behaupte nicht, daß es Mrs. Ambrose war. Mr. Ambrose könnte es auch selbst getan haben. Ich will damit nicht mehr zum Ausdruck bringen, als daß es beide gewesen sein könnten. Sie waren beide außer Haus – sie hätten nur ein paar Minuten bis zum River House gebraucht. Beide hätten ein starkes Motiv, falls Mr. Ambrose diese Blaupausen tatsächlich gestohlen hat. Die ganze Familie wußte, daß Mr. Paradine im Arbeitszimmer saß, und alle schienen auch über seine Gewohnheit, vor dem Schlafengehen noch mal auf die Terrasse zu gehen und den Ausblick zu bewundern, Bescheid gewußt zu haben. Einer der beiden hätte ihn dort erwarten und über die Brüstung stoßen können.«

»Genau wie ein halbes Dutzend anderer Leute auch. Ich bestehe nicht darauf, daß es keiner von ihnen getan hat – Irene zum Beispiel. Aber ich möchte betonen, daß es keinen Beweis dafür gibt.«

»Das stimmt, Sir«, bekannte Superintendent Vyner.

Miss Silver räusperte sich und kam auf etwas Belangloses zu sprechen. »Mir wäre es lieb, wenn Sie mir sagen könnten, wo genau Sie Mrs. Wrays Fingerabdrücke gefunden haben.«

»Gott sei meiner Seele gnädig – Sie verdächtigen Mrs. Wray?«

Miss Silver lächelte zurückhaltend. »Wenn der Superintendent so freundlich sein könnte, mich zu informieren...«

Vyner war nur allzu bereit. »Sie saß auf dem Stuhl, auf dem jetzt Chief Constable sitzt. Genau wie Mr. Mark. Die Abdrücke gehen ineinander über – auch die von Mr. Richard, aber er sagt, er war nach dem Tee hier.«

»Sind noch an anderen Stellen Mrs. Wrays Abdrücke gefunden worden, Superintendent?«

Vyner runzelte die Stirn. »Um genau zu sein, ja – und an zwei oder drei seltsamen Orten. Es scheint, als wäre sie durch das Schlafzimmer der verstorbenen Mrs. Paradine gegangen. Die Tür zwischen Kamin und Wand führt in dieses Zimmer. Ihre Abdrücke waren innen und außen auf dem Türknauf, und dasselbe entdeckten wir an der Tür zum Flur auf der anderen Seite. Der Abdruck der ganzen Hand befindet sich an dieser anderen Tür. Sieht so aus, als hätte sie sich durch die Dunkelheit getastet. Ich habe sie bis jetzt noch nicht danach gefragt – ich hatte keine Zeit dazu.«

»Können Sie sich erklären, wieso sie den Raum auf diesem Weg verlassen hat?«

»Eigentlich nicht.«

Miss Silver hüstelte geziert. »Es könnte jemand an die Tür geklopft haben, als sie hier war, und vielleicht wollte Mr. Paradine nicht, daß sie dem anderen Besucher begegnete. Er hat sie wahrscheinlich zu der Schlafzimmertür seiner Frau geführt. Wäre das eine mögliche Erklärung?«

Vyner betrachtete sie mit Respekt. »So könnte es gewesen sein.«

»Ich denke, es war so.«

»Sie glauben, sie könnte Mr. Ambrose gehört haben?«

»Das möchte ich nicht behaupten. Ich hatte nur den Eindruck, daß sie etwas gehört hat. Nachdem sie freimütig von ihrer Unterhaltung mit Mr. Paradine berichtet hatte, wurde sie plötzlich wortkarg – sie fürchtete sich davor, weiter zu erzählen. Sie suchte nach einem Vorwand und überließ mich Mr. Richard. Ich wollte sie nicht bedrängen, aber wenn Sie erlauben, rede ich noch einmal mit ihr.«

Vyner warf einen Blick über den Schreibtisch. Colonel Bostock nickte.

33

Kurze Zeit später beschäftigte sich Miss Silver mit vier Personen, denen sie sich so unauffällig und natürlich wie nur möglich näherte. Allen vieren stellte sie dieselbe Frage.

Albert Pearson ging gerade den Flur entlang, als sie aus dem Arbeitszimmer kam. Er schien auf dem Weg zur Hintertreppe zu sein, die zu den Gästezimmern führte. Als er Miss Silvers leises Hüsteln vernahm, drehte er sich um, und auf ihren Ausruf »O Mr. Pearson!« ging er ein paar Schritte auf sie zu.

»Kann ich etwas für Sie tun, Miss Silver?«

»O nein, Mr. Pearson – ich frage mich nur, ob Sie vielleicht wissen, was mit der Mittwochausgabe der *Times* geschehen ist. Da war etwas, was ich wissen wollte, aber im Grunde spielt es keine große Rolle. Ich möchte Ihnen keine Ungelegenheiten bereiten.«

Mr. Pearson war die Höflichkeit in Person – er meinte, Lane müßte darüber Bescheid wissen – »Ich werde ihn fragen«.

»Oh, ich bitte Sie, machen Sie sich keine Umstände. Ich dachte nur... wissen Sie zufällig, wo genau in Mr. Paradines Arbeitszimmer die Zeitung am Mittwochabend gelegen hat?« Albert schielte durch die dicken Brillengläser und überlegte emsig. Miss Silver mußte an eine Ente denken. La Fontaines Fabel fiel ihr ein, als er sagte: »Aber ja, ich erinnere mich... um genau zu sein, ich bin mir sogar ganz sicher. Sie lag auf dem Schreibtisch, als ich ihm eine gute Nacht wünschte.«

»Und er hat die Zeitung nicht gelesen, als Sie hereinkamen?«

»Nein, sie lag auf dem Tisch.«

»Auf der linken Seite?«

»Ja, ganz recht, Miss Silver.«

Er erntete ein liebenswürdiges Lächeln. »Vielen Dank, Mr. Pearson. Dann wird Lane sie wohl an sich genommen haben. Nein, bitte bemühen Sie sich nicht – ich frage ihn selbst danach.«

Sie traf Lane in der Halle an. Er schaffte die *Times* vom einunddreißigsten Dezember ohne jede Verzögerung herbei. Der Anblick der Zeitung schien in ihm und in Miss Silver gegensätzliche Empfindungen wachzurufen. Während sie eine zufriedene Miene zur Schau stellte, wurde Lane beinahe von seinen Gefühlen übermannt. Die Tatsache, daß die Zeitung offenbar nie ausgebreitet und gelesen worden war, riß ihn dazu hin, seiner Trauer Ausdruck zu verleihen.

»Schrecklich, nicht wahr?« sagte er. »Ich habe nie erlebt, daß er die *Times* nicht gelesen hat. Regelmäßig wie ein Uhrwerk setzte er sich nach dem Dinner mit seiner Zeitung an den Schreibtisch.«

»Dann hat also niemand sonst sie gelesen?«

Lane schüttelte den Kopf. »Nein, Madam. Die Damen haben ihre eigenen Zeitungen. Die *Times* war nur Mr. Paradine vorbehalten – er mochte es nicht, wenn sie außer ihm jemand anfaßte. Er muß am Mittwoch außerordentlich verärgert und abgelenkt gewesen sein, da er nicht zum Lesen kam.«

»Haben Sie die Zeitung gesehen, als Sie nach dem Abendessen ins Arbeitszimmer kamen?«

»O ja, Madam. Sie lag auf dem Schreibtisch zu seiner Linken.«

»Er hat sie nicht gelesen?«

»Nein, Madam. Sie war noch zusammengefaltet.«

»Können Sie sich erinnern, ob sie ganz flach auf dem Tisch lag?«

»Nein, Madam, nicht flach.«

»Sind Sie sich dessen ganz sicher?«

Lane war sich absolut sicher. »Sehen Sie, Madam, ich überlegte sogar noch, warum sie so gewölbt war. Irgend etwas schien darunter gelegen zu haben, und ich fragte mich unwillkürlich, was das wohl sein mochte. Mr. Paradine war ein Gentleman und hielt seinen Schreibtisch immer in Ordnung.«

»Ich danke Ihnen, Lane.«

Mit der *Times* in der Hand stieg Miss Silver die Treppe hinauf. Oben im Flur traf sie Phyllida Wray und fragte sie ohne viel Aufhebens: »Haben Sie die Zeitung auf dem Schreibtisch im Arbeitszimmer gesehen, als Sie am Mittwochabend mit Ihrem Onkel sprachen?«

Phyllida sah sie einen Moment geistesabwesend an, dann nahm sie sich zusammen und murmelte: »Ja, ich glaube – o ja, ich habe sie gesehen.«

Weitere Fragen ergaben, daß Phyllida zwar nicht speziell darauf geachtet habe, jetzt jedoch zu der Überzeugung komme, daß die Zeitung ein wenig aufgeworfen war, als würde etwas darunter liegen. An besagtem Abend sei ihr das nicht besonders aufgefallen, aber im nachhinein... ja, sie hatte nicht flach auf der Tischplatte aufgelegen.

Miss Silver setzte den Weg in ihr Zimmer fort und fand Polly Parsons in fliederfarbenem Kattunkleid und mit Staubwedel in der Hand vor.

Miss Silver schloß die Tür und sagte: »Ich will Sie nicht lange vom Staubwischen abhalten, Polly, aber eine Frage muß ich Ihnen stellen.« Sie hielt die *Times* in die Höhe. »Lag diese Zeitung auf dem Schreibtisch, als Sie am Mittwochabend das Feuer schürten? Denken Sie sorgfältig nach, ehe Sie antworten.«

Polly starrte mit großen Augen auf die *Times,* dann sagte sie: »O nein, Miss, sie war nicht da.«

»Wissen Sie das genau, Polly?«

»Ja, Miss. Sie lag nie auf dem Schreibtisch – Mr. Lane hätte sie niemals dort hingelegt. Es gibt ein extra Tischchen für die Zeitungen. Mir wäre es sofort aufgefallen, wenn sie sich an einem anderen Platz befunden hätte.«

Sie zeigte keinerlei Anzeichen von Verlegenheit wie am vorangegangenen Abend – kein Stammeln, kein Rotwerden. Die Farbe in ihren rosigen Wangen veränderte sich so wenig, als wären es wirkliche Äpfel. Die blauen Augen betrachteten Miss Silver in reinster Unschuld.

»Danke, Polly«, sagte Miss Silver, ging hinaus und machte die Tür hinter sich zu.

Mr. Wray hielt sich in seinem Zimmer nebenan auf. Miss Silver hörte, wie er sich bewegte.

Auf ihr Klopfen, sagte er eine Spur ungeduldig: »Herein!« Er mußte auf und ab gegangen sein, denn jetzt stand er am Fenster und sah hinaus. Als Miss Silver die Tür zudrückte, spähte er über die Schulter. Er konnte seine Überraschung nicht verbergen und rief: »Miss Silver!«

»Ich würde gern mit Ihnen reden, Mr. Wray. Können wir uns hinsetzen?«

»Worum geht es? Bitte, nehmen Sie den Sessel, ich kann mich aufs Bett setzen. Worüber wollen Sie mit mir sprechen?« Sie musterte ihn ernst und aufmerksam, dann hielt sie ihm die *Times* vom einunddreißigsten Dezember hin. »Haben Sie diese Zeitung gesehen, als Sie am Mittwochabend Mr. Paradine gute Nacht sagten?«

»Ja – sie lag auf dem Schreibtisch. Ich dachte, er wäre dabei, sie zu lesen.«

»O nein, Mr. Wray, sie wurde nie auseinandergefaltet.«

Elliot lachte ungehalten. »Dann hat er sie vermutlich später gelesen.«

»Sie wurde nie auseinandergefaltet, Mr. Wray«, wiederholte Miss Silver.

Er stützte die Ellenbogen auf den Messingrahmen des Bettes, legte das Kinn in die Hände und meinte: »Also gut, und wohin bringt uns beide das?«

Miss Silver hüstelte – nicht eigentlich, um ihre Mißbilligung kundzutun, sondern um sich selbst wieder auf das Wesentliche zu besinnen. Eine sonderbare Redewendung, aber wirklich ausdrucksstark – das mußte sie sich merken. Was wohl der gute Lord Tennyson über die moderne Sprache sagen würde? Vermutlich etwas äußerst Abwertendes, fürchtete sie... Das Räuspern brachte sie wieder zum Thema.

»Es war Mr. Paradines Gewohnheit, jeden Abend nach dem Essen die *Times* zu lesen«, erklärte sie spröde. »Am Mittwoch hielt er sich von neun bis zwölf Uhr in seinem Arbeitszimmer auf und breitete die Zeitung nicht einmal vor sich aus. Worauf läßt das Ihrer Meinung nach schließen?«

Elliot sah sie an. »Ich vermute, Sie werden mich wissen lassen, welche Schlüsse Sie daraus ziehen.«

»Na, schön. Bei jedem anderen würde ich annehmen, daß er in Gedanken zu sehr mit etwas anderem beschäftigt war, aber Sie selbst haben beobachtet, daß Mr. Paradine keineswegs verstört oder über die Maßen nachdenklich war. Mrs. Wray hatte übrigens denselben Eindruck gewonnen, genau wie Mr. Mark. Die Unterredung mit ihm half Mrs. Wray, und offenbar konnte er ihr Mut zusprechen. Mr. Mark behandelte er mit Sympathie und Zuneigung. Niemand, der sich mit ernsten persönlichen Problemen herumschlägt, bringt so viel Geduld oder Mitgefühl auf, um andere über ihre Schwierigkeiten hinwegzutrösten.«

Elliot grinste. »Das klingt nicht gerade nach Mr. Paradine.«

Miss Silver räusperte sich. »Jeder Mensch hat eine andere

Art, sich auszudrücken, Mr. Wray. Tatsache ist, daß er Mrs.Wray und Mr. Mark mit Verständnis behandelt hat.«

»Mark?«

»Ja. Er war zwischen elf und elf Uhr dreißig am Mittwochabend bei Mr. Paradine. Ich glaube, Sie haben ihn knapp verpaßt, als Sie mit Mr. Pearson die Treppe herunterkamen. Er hatte eine äußerst einleuchtende Veranlassung, sich mit ihm auszusprechen, aber darauf will ich im Augenblick nicht näher eingehen. Stattdessen möchte ich zur *Times* zurückkommen. Ich denke, es gibt zwei Gründe, warum sie niemals aufgeschlagen wurde. Der erste ist – sie wurde benutzt, um etwas darunter zu verbergen, der zweite könnte sein, daß Mr. Paradine viel zu beschäftigt war, um Zeitung zu lesen.«

»Und womit war er beschäftigt?«

Miss Silver sah ihn verschwörerisch an. »Ich glaube, er hatte eine ganze Reihe von Besuchern an diesem Abend.«

»Eine ganze Reihe?«

»Ja, das nehme ich an. Zuerst Mr. Pearson und Sie selbst. Dann Mrs. Wray – sie war etwa zwanzig Minuten zwischen zehn Uhr und halb elf bei ihm. Mr. Mark konnte nicht lange vor elf eingetroffen sein, aber ich habe Grund zu der Annahme, daß ein anderer Besucher um halb elf an seiner Tür klopfte, da Mrs. Wray das Arbeitszimmer offenbar in Eile und durch das Schlafzimmer der verstorbenen Mrs. Paradine verlassen hat.«

Elliot schaute sie skeptisch an. »Man könnte meinen, Sie wären selbst dort gewesen.«

Miss Silver lächelte und fuhr fort, als müßte sie einen zurückgebliebenen Schüler unterrichten: »Man fand ihre Fingerabdrücke an beiden Türen des Schlafzimmers. Sie hätte wohl kaum diesen Weg gewählt, wenn sie nicht eine Begegnung mit der Person, die vor Mr. Paradines Tür stand, hätte vermeiden wollen.«

»Gut, sie gehört zu den unglücklichen Menschen, die nicht lügen können. Wenn Sie mit ihr reden, gehen Sie nicht allzu streng mit ihr um.«

Miss Silver tadelte seine Leichtfertigkeit mit einem Räuspern. »Ich weiß natürlich nicht, wer dieser andere Besucher war.«

»Das überrascht mich aber sehr.«

»Aber ich bin ziemlich sicher, daß Mrs. Wray es weiß. Egal – lassen wir das für den Moment außer Acht, und kommen wir darauf zu sprechen, weshalb die *Times* zusammengefaltet auf dem Tisch liegen blieb. Das ist sehr viel wichtiger als die Besucher.«

Elliots Gesicht verdüsterte sich. »Sie sagten, daß etwas darunter versteckt war. Wollen Sie mir damit zu verstehen geben, daß die Rolle mit meinen Blaupausen unter der Zeitung lag?«

»Ja. Mr. Wray.«

»Was bringt Sie auf diesen Gedanken?«

Miss Silver hatte ihre Handarbeitstasche mitgebracht. Jetzt kramte sie die angefangene Hose für den kleinen Roger heraus und begann zu stricken. Über die graue Wolle und die klimpernden Nadeln hinweg behielt sie Elliot im Auge.

»Das ist ganz einfach, Mr. Wray. Um neun Uhr – das war der Zeitpunkt, an dem die Damen das Speisezimmer verließen – ging das zweite Hausmädchen Polly Parson ins Arbeitszimmer, um Holz im Kamin nachzulegen. Die *Times* befand sich auf dem Tischchen, auf dem die Zeitungen normalerweise lagen. Etwa um zehn Minuten vor zehn, als Sie, Mr. Pearson und Lane innerhalb von wenigen Minuten nacheinander bei Mr. Paradine waren, befand sich die *Times* zu seiner Linken auf dem Schreibtisch. Lane gibt an, es sei ihm ausdrücklich aufgefallen, daß sie nicht aufgeschlagen war und daß sie nicht flach auf dem Tisch auflag. Allem Anschein nach hat er sich gefragt, was unter der Zeitung sein könnte. Sie lag immer noch zusammengefaltet da, als Mrs. Wray kurz nach zehn herunterkam und als Mr. Mark um elf eintraf.«

»Genaugenommen war sie sogar am nächsten Morgen noch da«, ergänzte Elliot.

»Und die Papprolle mit Ihren Konstruktionszeichnungen war darunter verborgen?«

»Ja.«

Elliot setzte sich abrupt auf und rückte ein Stück von der Bettumrandung ab.

Miss Silver fuhr fort: »Mit größter Wahrscheinlichkeit wurde die Rolle zwischen neun, als Polly das Feuer schürte, und etwa zehn Minuten vor zehn, als Lane die zusammengefaltete Zeitung dort liegen sah, auf dem Schreibtisch plaziert.«

Elliot steckte die Hand in die Hosentasche. »Das ist unmöglich.«

Miss Silvers Nadeln klapperten, und das Höschen des kleinen Roger war ständig in Bewegung.

»Ich bitte Sie, mir zu verraten, wieso Sie so überzeugt davon sind, Mr. Wray.«

»Weil kein Familienmitglied in dieser Zeit die Gelegenheit hatte, die Rolle zurückzubringen. Niemand war auch nur eine Minute allein.«

»Mr. Pearson?«

Elliot runzelte die Stirn. »Lane befand sich im Arbeitszimmer, als Albert hinkam. Außerdem...« Er endete mit einem Achselzucken.

»Ich muß zugeben, daß höchstwahrscheinlich niemand diesen Zeitpunkt für eine solche Aktion gewählt hätte. Die Ambroses hatten sich gerade verabschiedet, und der Rest der Familie zog sich in die verschiedenen Schlafzimmer zurück.«

»Ein ungünstiger Augenblick«, stimmte Elliot zu. »Außerdem war Lane zuerst dort, und Sie sagten doch, ihm wäre die *Times* aufgefallen.«

»Ja. Ich habe auch nicht ernsthaft Mr. Pearson in Betracht gezogen. Alles deutet in eine ganz andere Richtung. Sie behaupten, niemand hätte die Gelegenheit gehabt, die Rolle zwischen neun und Viertel vor zehn zurückzubringen, weil keins der Familienmitglieder auch nur eine Minute allein gewesen sei. Meine Ansicht ist, daß wir die Zeitspanne auf die Viertelstunde begrenzen können, bevor die Männer sich zu den Damen im Salon gesellten und Mr. Paradine in sein Arbeitszimmer ging. Ich bin ganz sicher, daß die Rolle in dieser Zeit an ihren Platz gelegt wurde, und es gibt nur eine Person, die die Möglichkeit hatte, das zu tun.«

»Keiner der Männer hat das Speisezimmer verlassen, Miss Silver.«

»Das ist mir klar, Mr. Wray, aber eine der Damen verließ den Salon.«

Elliots Brauen zogen sich eng zusammen, während er Miss Silver mit einem funkelnden Blick bedachte. »Welche?« Er strengte sich so sehr an, ruhig zu bleiben, daß seine Stimme tonlos klang.

Miss Silver erwiderte gelassen seinen Blick, dann sagte sie: »Miss Paradine.«

34

Elliot warf den Kopf in den Nacken und lachte mehr boshaft als belustigt.

»Sie haben wirklich Mut. Sind Sie sich überhaupt im klaren, daß Sie mit Sprengstoff jonglieren?«

Miss Silver hüstelte. »Ich berichte Ihnen von meinen Beobachtungen und den Schlußfolgerungen, die ich daraus ziehe, Mr. Wray. Es würde mich freuen, wenn ich fortfahren könnte.«

»Und ich würde mich freuen, wenn Sie sich nicht von mir davon abhalten ließen.«

Sie strickte unbeirrt weiter. »Sobald Sie die Tatsachen unvoreingenommen betrachten, werden Sie zugeben müssen, daß Miss Paradine das einzige Familienmitglied war, das die Gelegenheit hatte, die Rolle zurückzubringen. Es sei denn, Sie bevorzugen die Theorie – die Sie selbst vorhin als absurd abgetan haben –, daß Mr. Pearson den Moment, in dem sich die Ambroses verabschiedeten und Lane das Tablett mit den Getränken hereinbrachte, genutzt hat, um zu seinem Arbeitgeber zu laufen und einen Diebstahl zu gestehen.«

Elliot schüttelte den Kopf. »Diese Möglichkeit scheidet aus. Albert ist die Vorsicht in Person.«

»Das ist auch mein Eindruck. Kommen wir deshalb wieder auf Miss Paradine zu sprechen. Sie verließ den Salon ein paar Minuten nach neun, weil sie die Neujahrsgeschenke, die sie für die Gäste vorbereitet hatte, von oben holen wollte. Sie war nur ganz kurz weg, aber es hätte sie auch nicht lange aufgehalten, das zu erledigen, was ich annehme. Ich glaube, sie ist durch diesen Flur und die Hintertreppe nach unten gegangen. So kam sie rasch zum Arbeitszimmer. Es hätte sie wirklich kaum Zeit gekostet. Nachdem sie die Rolle auf den

Schreibtisch gelegt hatte, hätte sie nur die Tür einen Spalt öffnen und lauschen müssen, um sicherzugehen, daß sich niemand in der Halle befand. Dann konnte sie die Halle durchqueren und mit ihren Geschenken in den Salon zurückgehen.«

Elliot stieß einen langen, leisen Pfiff aus. »Grace Paradine«, sagte er. »Warum?«

»Wissen Sie das nicht, Mr. Wray? Ich denke, Sie kennen den Grund. Verzeihen Sie, wenn ich die Sachlage ganz schlicht darstelle. Sie haßt Sie – sie ist eifersüchtig auf Sie. Ihr ist es gelungen, Sie von Ihrer Frau fernzuhalten. Es liegt in ihrer Natur, heftige Gefühle zu hegen, und sie ist vollkommen auf Mrs. Wray fixiert. Es ist ganz und gar unmöglich, das zu übersehen, wenn Sie sich alle drei in einem Raum aufhalten. Mir zumindest wurde das auf Anhieb klar. Mrs. Wray ist sich dessen auch bewußt, und es macht ihr schwer zu schaffen. Sie wird durch ihre Erziehung und das, was sie für Loyalität und ihre Pflicht hält, in die eine Richtung gezogen und in die entgegengesetzte durch einen natürlichen Instinkt und ihre Empfindungen. Bedenken Sie Miss Paradines momentane Situation. Sie hat erreicht, was sie sich zum Ziel gesetzt hatte – eine Trennung zwischen Ihnen und Ihrer Frau. Ich weiß nicht, wie sie das fertig gebracht hat, aber sie ist eine starke, entschlossene Frau und, wie ich denke, skrupellos, wenn es um ihre Gefühle für Mrs. Wray geht. Sie ist sehr dominant, sehr besitzergreifend und absolut überzeugt, daß sie ihre eigenen Ansprüche mit allen Mitteln geltend machen kann. Plötzlich tauchen Sie zu einem Geschäftsbesuch hier auf. Sie befürchtet, daß Sie Mrs. Wray begegnen könnten, und sie hat auch Angst vor zukünftigen Besuchen. Sie sucht nach einer Möglichkeit, das zu verhindern, und dann kommt ihr in den Sinn, daß der Bruch zwischen Ihnen und den Paradines auch in beruflicher Hinsicht endgültig sein würde, wenn die wichtigen Konstruktionszeichnungen in diesem Haus verlorengehen. Ich habe keine Ahnung, ob das die tatsächliche Konsequenz gewesen wäre, aber sie mag es vermutet haben. Sie erinnern sich vielleicht, daß Mr. Richard am Mittwochnachmittag den Tee mit ihr gemeinsam eingenommen hat. Nach allem, was Sie sagten, war Mr. Richard informiert, daß sein Onkel Unterlagen mit nach Hause gebracht hat, die so wichtig waren, daß er sie nicht unbeaufsichtigt im Büro liegen lassen wollte, solange er sich die Hände wusch. Mr. Paradine selbst hat ihn gebeten, während seiner Abwesenheit im Büro zu bleiben. Mr. Richard scheint mir ein liebenswürdiger, gesprächiger junger Mann zu sein. Ich nehme an, er erwähnte die Unterlagen bei der Unterhaltung mit seiner Tante, und ich bin überzeugt, sie fand eine Möglichkeit, sie an sich zu nehmen. Mr. Paradine wußte meiner Ansicht nach sehr genau, daß sie es war. Ihnen hat er doch gesagt, daß er den Übeltäter kannte, nicht wahr?«

Elliot nickte.

Während Miss Silver mit ungeheurem Tempo weiter strickte, setzte sie hinzu: »Mir kam es ausgesprochen bedeutsam vor, daß Mr. Paradine nicht das geringste Unbehagen zeigte, nachdem er den Verlust der Blaupausen entdeckt hatte. Sie können mir bestätigen, daß er nicht beunruhigt war, oder?«

Elliot sah sie scharf an. »Ja.«

»Sie haben ihn als gutgelaunt beschrieben.«

»O ja«, bestätigte Elliot grimmig, »er amüsierte sich prächtig.«

Die Nadeln klimperten lebhaft. »Sehen Sie nicht, welchen Schluß das nahelegt, Mr. Wray? Wertvolle, geheime Zeichnungen waren verschwunden. Wenn Mr. Paradine in der Lage war, sich darüber zu amüsieren, dann mußte er davon überzeugt gewesen sein, daß der Diebstahl nicht aus militärischen Gründen begangen worden war. Die Gefahr, daß die Zeichnungen fotografiert werden könnten, schloß er offensichtlich ganz aus. Denken Sie einen Moment darüber nach – es ist ziemlich unwahrscheinlich, daß er sich so abwartend und gelassen verhalten hätte, wenn er auch nur den geringsten Zweifel in diesem Punkt gehegt hätte.«

»Das stimmt«, erwiderte Elliot ausdruckslos.

Über den wirbelnden Nadeln blitzten Miss Silvers Augen so hell wie die eines Vogels – des sprichwörtlichen Vogels, der einen Wurm entdeckt hat. Dazu paßte auch ihr leicht zur Seite geneigter Kopf.

»Mr. Paradine wußte«, fuhr sie munter fort, »daß die Blaupausen nicht gestohlen worden waren, weil es Konstruktionszeichnungen waren, sondern aus rein persönlichen und privaten Gründen. Sie wurden gestohlen, weil sie Ihnen gehörten. Da er die letzten zwanzig Jahre in einem Haus mit ihr gelebt hat, dürfen wir annehmen, daß er Miss Paradines Charakter und ihre Gemütsverfassung sehr gut kannte. Wir wissen jedoch nicht, wie er herausgefunden hat, daß sie die Rolle an sich genommen hat, aber er hatte keinen Zweifel daran. Möglicherweise mochte er seine Schwester, aber ganz sicher war er nach dieser Untat wütend und entschlossen, sie zu bestrafen und zu demütigen. Wir dürfen voraussetzen, daß sie bestraft worden ist. Die Rede bei Tisch muß eine grauenvolle Tortur für Miss Paradine gewesen sein. Die Familie hat sie immer mit großer Zuneigung behandelt – das erkennt man auf Schritt und Tritt. Selbst Miss Ambrose äußert keine Kritik an ihr.«

»Sie haben sie auf ein Podest gehoben«, sagte Elliot bitter. »Ich habe mich dagegen aufgelehnt, aber Tante Grace kann nichts falsch machen. Das ist der große Familienmythos. Ich bin der einzige Gotteslästerer.«

Miss Silver nickte. »Nur wenige Menschen können die Last der Unfehlbarkeit tragen, aber wenn man sich einmal daran gewöhnt hat, auf einem Podest zu stehen, ist es schwer herunterzusteigen – und noch schlimmer ist es, heruntergestoßen zu werden, womöglich noch in aller Öffentlichkeit. Als Miss Paradine am Mittwochabend bei Tisch saß und mitanhören mußte, daß ihr Bruder wußte, wer die immer noch nicht genau benannte Übeltat begangen hatte, muß sie Höllenqualen durchlitten haben. Sie mußte befürchten, daß er jeden Augenblick der ganzen Familie eröffnete, sie hätte diesen Diebstahl begangen. Ich denke, Sie geben mir recht, wenn ich sage, daß sie dadurch bestraft wurde.«

Elliots Gesicht war blaß und unbewegt. »Sie hat es herausgefordert, nicht wahr? Erwarten Sie, daß ich Mitleid mit ihr habe? Sie wissen, was sie mir und Phyllida angetan hat. Selbst wenn ich sie jetzt besiege und dieses verdammte Podest unter ihren Füßen in Trümmer zerfällt, hat sie uns um ein gemeinsames Jahr gebracht.« Er stand auf, ging zum Fenster und kam nach einem Moment wieder zurück. »Hat sie ihren Bruder umgebracht?«

Das Klimpern der Stricknadeln verstummte, und Miss Silver legte die Hände in den Schoß. »Ich weiß es nicht, Mr. Wray.«

35

Schweigen lastete zwischen ihnen, bis Elliot unvermittelt fragte: »Was soll das heißen, Sie wissen es nicht?«

Sie nahm ihre Handarbeit wieder auf. »Genau das, was ich gesagt habe, Mr. Wray. Ich bin sicher, daß Miss Paradine die Blaupausen genommen und später wieder zurückgebracht hat. Ich bin jedoch nicht sicher, ob sie Mr. Paradine über die Brüstung gestoßen hat. Sie hatte ein Motiv und möglicherweise auch die Gelegenheit dazu, aber augenblicklich gibt es keinen Beweis dafür.«

»Sehen Sie, Miss Silver – Sie sagen, daß sie die Blaupausen gestohlen hat. Dem widerspreche ich nicht. Dann sagen Sie, sie hätte sie zurückgebracht, und das konnte sie nur zwischen neun und neun Uhr fünfzehn getan haben. Auch das leuchtet mir ein. Aber würden Sie mir bitte erklären, warum Mr. Paradine in diesem Fall bis zwölf Uhr in seinem Arbeitszimmer sitzen und auf ein Geständnis warten sollte? Ihren Nachforschungen zufolge lagen die Zeichnungen längst wieder auf seinem Schreibtisch. Er wußte, wer sie genommen hatte. Worauf wartete er also noch?«

Miss Silver lächelte. »Ich meine, diese Frage können Sie sich selbst beantworten, Mr. Wray.«

»Er wollte sie nicht so einfach davonkommen lassen? Er beabsichtigte, sie zu empfangen und sich ihr Geständnis anzuhören?«

»Ganz recht. Ich denke, es war eine Art Willenskampf. Ich wage nicht zu sagen, wer von beiden gewonnen hat. Sie beide waren entschlossene und eigensinnige Menschen. Letzten Endes mag sie heruntergekommen sein, oder sie hat es für ausreichend erachtet, daß sie die Zeichnungen zurückgebracht hat, und angenommen, er würde nicht bis zum äußersten gehen. Vielleicht hat sie sich auch eingeredet, daß er gar nicht wissen konnte, wer den Diebstahl begangen hat.«

»Das klingt plausibel«, sagte Elliot, und nach einer kurzen Pause setzte er hinzu: »Ich kann mich nicht genau erinnern, was ich Ihnen bei unserer letzten Unterhaltung erzählt habe, deshalb wiederhole ich mich jetzt vielleicht. Da ist noch etwas, was mir ungeklärt erscheint – ich weiß nicht, ob es wichtig ist oder nicht...«

»Worum handelt es sich?«

»Ich habe Ihnen gesagt, daß Albert Pearson hier mit mir zusammensaß. Um halb zwölf sind wir hinuntergegangen, um etwas zu trinken. Als wir in die Halle kamen, wurde gerade die vordere Tür geschlossen. Ich habe auch eine Tür im oberen Stockwerk gehört.«

»Auf welcher Seite des Hauses, Mr. Wray?«

Er bedachte sie mit einem düsteren Lächeln. »Auf dieser Seite war niemand. Nur Albert und ich hatten Zimmer hier.«

»Also muß es auf der anderen Seite gewesen sein.«

»Ganz recht. Und wie Sie wissen, wohnen dort nur meine Frau und Miss Paradine.«

Miss Silver musterte ihn aufmerksam. »Und das war um elf Uhr dreißig?«

»Ein wenig später. Ich weiß nicht, ob das von Bedeutung ist oder nicht. Möglicherweise hatte sie vor, herunterzukommen, und ging wieder zurück, als sie die Tür oder unsere Schritte hörte. Ich dachte, ich müßte Ihnen das erzählen.«

»Danke, Mr. Wray.«

Er vollzog eine Geste, als wollte er alles abschütteln, und fragte: »Was geschieht als nächstes?«

Miss Silver hüstelte. »Ich würde mich gern mit Mrs. Wray unterhalten, und es wäre mir lieb, wenn Sie dabei wären. Ich schlage vor, wir bitten Polly, sie zu fragen, ob sie ein paar Minuten für mich erübrigen könnte. Wir wechseln in mein Zimmer über und warten dort auf sie.«

Sie machten sich auf den Weg.

Polly war im Bad und polierte die Wasserhähne. Nachdem sie auf ihren Botengang geschickt worden war, arrangierte Miss Silver die Stühle nach ihrem Geschmack und richtete eine Frage an Elliot.

»Als Sie ihm gute Nacht gewünscht haben, Mr. Wray, was genau haben Sie da zu Mr. Paradine gesagt und was sagte er zu Ihnen? Entsinnen Sie sich noch?«

Er spannte sich leicht an. »Nichts davon hatte auch nur die geringste Bedeutung.«

Miss Silver hatte sich einen geraden Stuhl vor die Lampe und das Fenster geschoben und strickte seelenruhig. Elliot und gleich auch Phyllida mußten notgedrungen ihr gegenüber Platz nehmen und ins Licht schauen.

Sie lächelte freundlich. »Das mag sein, Mr. Wray. Trotzdem würde ich sehr gern wissen, was Mr. Paradine sagte, als er Sie sah. Hat er Ihnen den Eindruck vermittelt, daß er im Grunde jemand anderen erwartet?«

»Dazu war es zu früh, es herrschte noch zuviel Betrieb. Und wenn Sie wissen wollen, was er sagte, bitte – er fragte mich, ob ich gekommen sei, um etwas zu gestehen. Dann forderte er mich auf, zu gehen, sonst würde er mir noch sagen, daß er mich für einen Narren hielt. Das war eine der Gelegenheiten, bei denen ich den Verdacht hatte, daß er die Situation äußerst amüsant fand.«

Miss Silver sah ihn voller Interesse an, sagte aber nichts mehr. Ihre Nadeln, an denen schon ein langes Stück Höschen hing, klimperten heftig. Sie holte gerade ein neues graues Knäuel aus der Tasche und strickte den frischen Faden an.

Phyllidas Klopfen entlockte ihr ein fröhliches »Herein!«

Phyllida kam herein, schloß die Tür, und erst als sie ein paar Schritte auf Miss Silver zugegangen war, bemerkte sie Elliots Anwesenheit. Sie murmelte etwas von Polly und einer Botschaft, ohne wirklich etwas zu sagen, und blieb mit hochrotem Kopf stehen, wo sie war.

Miss Silver forderte sie beschwichtigend auf: »Kommen Sie, nehmen Sie Platz, Mrs. Wray. Ich möchte Sie nicht lange aufhalten.«

Phyllida setzte sich Miss Silver gegenüber, aber Elliot, der sich am Kaminsims abstützte, konnte sie nicht sehen. Er schwieg und beachtete den Stuhl nicht, der offensichtlich für ihn vorgesehen war. Er stand einfach nur da und beobachtete die Szene. Sonderbar, aber seine Gegenwart vermittelte Phyllida ein Gefühl der Sicherheit.

Miss Silver sprach sie in nachsichtigem Tonfall an. »Mrs. Wray, warum haben Sie am Mittwochabend das Arbeitszimmer durch die Verbindungstür zum angrenzenden Schlafzimmer verlassen?«

»Oh...«, mehr brachte Phyllida nicht heraus.

Elliot lachte. »Es hat keinen Sinn, Phyl – aus dir wird nie ein echter Verbrecher, du hast Fingerabdrücke an beiden Türen hinterlassen.«

Phyllida sah von ihm zu Miss Silver und stammelte: »Ich... ich bin nur auf diesem Weg hinausgegangen.«

»Weil jemand vor der anderen Tür stand, nicht? Mr. Paradine hat Sie durch das Schlafzimmer weggeschickt.«

Wieder machte Phyllida nur: »Oh...«

Miss Silver neigte sich näher zu ihr. »Ich nehme das zumindest an. Sie können mich korrigieren, wenn ich mich irre. Ich glaube auch, daß Sie wissen, wer dieser Jemand war. Sie gingen in das dunkle Zimmer – an dieser Tür befindet sich kein Lichtschalter. Wahrscheinlich haben Sie sich erst einmal nicht von der Stelle gerührt – das wäre nur natürlich, und sicherlich standen Sie nahe genug an der Tür, um entweder zu hören, wie der Neuankömmling mit Namen begrüßt wurde, oder Sie haben die Stimme erkannt, die Mr. Paradine ansprach. So war es doch, nicht wahr?«

Das Blut schoß in Phyllidas Wangen, aber sie sagte kein Wort dazu.

»Tut mir leid, wenn ich Sie belästige, Mrs. Wray, aber es wäre besser, wenn Sie erzählen würden, was Sie wissen. Im Augenblick steht Mr. Mark Paradine unter Verdacht.«

»Mark? Oh, aber es war nicht Mark...«

Miss Silver nickte. »Mr. Mark kam zurück, um mit seinem Onkel zu sprechen, aber er konnte das Arbeitszimmer nicht vor elf Uhr betreten haben.«

Phyllidas kummervolle Augen waren weit aufgerissen. »Es war nicht Mark. Ich kam schon um halb elf in mein eigenes Zimmer zurück.«

»Möchten Sie uns sagen, wer es war, Mrs. Wray?«

Phyllida richtete ihren verstörten Blick auf Elliot.

»Ich denke, du solltest es uns verraten, Phyl.«

Sie hauchte kaum hörbar: »Es war Frank.«

»Mr. Frank Ambrose?«

»Ja.«

»Erzählen Sie uns auch, was Sie gehört haben? Sie haben doch etwas gehört, oder?«

Phyllida hob die Hand in einer unbewußten Geste ans Gesicht.

»Ja. Onkel James sagte: ›Hallo. Frank – bist du gekommen, um zu gestehen?‹, und Frank antwortete etwas, aber ich habe nicht verstanden, was. Ich wollte es nicht hören. Ich wollte nur weg.«

Miss Silvers Nadeln klapperten. »Das ist verständlich, Mrs. Wray.«

»*Frank?*« fragte Elliot überrascht. »Ich kann's nicht glauben.«

Miss Silver räusperte sich. »Sie meinen, Sie glauben nicht, daß Mr. Ambrose der Schuldige ist, Mr. Wray? Sie zweifeln doch sicher nicht an Mrs. Wrays Aussage.«

»Sie haben es erfaßt. Ich sagte Ihnen schon einmal, daß Phyl nicht lügen kann. Sie kann es einfach nicht, und es wäre zwecklos, wenn sie es versuchen würde. Sie muß das beste draus machen und bei der Wahrheit bleiben.«

»Elliot!« protestierte Phyllida, dann fügte sie hinzu: »Miss Silver, *bitte* – das hat überhaupt nichts zu bedeuten, wirklich nicht. Ich meine das, daß Onkel James ihn mit diesen Worten begrüßte, weil er genau dasselbe auch zu mir gesagt hat – das mit dem Gestehen und so, verstehen Sie? Ich klopfte an die Tür, und er sagte: ›Herein!‹ Und als ich ihn fragte, ob ich mit ihm sprechen könne, erwiderte er: ›Kommst du, um zu gestehen?‹ – genau so. Sie sehen, daß das gar nichts zu bedeuten hat. Bitte, *bitte*, Sie dürfen das nicht denken.«

»Er hat ziemlich genau dasselbe zu mir gesagt«, warf Elliot ein. »›Sind Sie gekommen, um etwas zu gestehen?‹ Es klang ein wenig grimmig, aber es scheint seinem Sinn für Humor zu entsprechen.«

Miss Silver öffnete den Mund, um etwas zu erwidern, besann sich aber eines anderen und schloß ihn wieder. Ihren Geist beschäftigten bedeutsame Gedanken, die ihre ganze Aufmerksamkeit erforderten. Nachdem sie die Neuigkeiten verdaut hatte, richtete sie den Blick auf Phyllida, die ernst erklärte: »Alle vertrauen Frank. Er ist manchmal etwas schwierig, aber im Grunde ist er sehr nett – man kann sich auf ihn verlassen, und das tun auch alle. Ich denke, er kam am Mittwochabend zurück, um mit Onkel James über die Angelegenheit zu sprechen und herauszufinden, was genau vorgefallen war. Anders kann es gar nicht gewesen sein – ganz bestimmt nicht.«

Miss Silver musterte sie mit ernster Aufmerksamkeit und sagte: »Zweifellos wird er in der Lage sein, uns zu erklären, was er von Mr. Paradine wollte. Ich bin der Ansicht, er muß es tun.« Sie faltete ihre Handarbeit zusammen, räumte sie in die Tasche, die sie von Ethel zu Weihnachten geschenkt bekommen hatte, und stand auf. »Es gibt etwas, was ich Lane fragen möchte. Später ist er sicher sehr beschäftigt, deshalb mache ich mich lieber gleich auf die Suche nach ihm.«

Sie ging mit der Handarbeitstasche am Arm zur Tür. Mit der Hand am Knauf, drehte sie sich noch einmal zu Phyllida um. »Bitte, machen Sie sich keine Sorgen, Mrs. Wray. Die Wahrheit schmerzt manchmal, aber glauben Sie mir, am Ende ist es immer am besten, wenn alles ans Licht kommt.«

36

Elliot und Phyllida waren allein. Keiner von beiden rührte sich von der Stelle, bis sie ihn wieder aus diesen großen traurigen Augen ansah.

»Warum hast du nicht geschrieben?« fragte sie.

Er hatte am Kaminsims gelehnt, und jetzt richtete er sich abrupt auf. »Warum ich nicht geschrieben habe?«

Sie wandte den Blick nicht von ihm. Das Blau war aus ihren Augen gewichen, sie waren dunkel wie Wasser unter einem Wolkenhimmel. Auch ihr Gesicht war farblos geworden. Sie wirkte regelrecht verloren, und normalerweise wäre ihm das zu Herzen gegangen, aber im Moment war er so wütend, daß er kein Wort mehr herausbrachte.

»Ich dachte, du würdest schreiben«, fuhr sie fort, »aber du hast es nicht getan.« Ihre Stimme erstarb.

»Du hast meine Briefe nicht bekommen?« fragte er. »Willst du mir das damit sagen?«

Sie schüttelte kaum merklich den Kopf. »Nein, ich habe nichts bekommen.« Seine Miene war so düster, daß sie Angst bekam.

»Ich habe dir zwei Briefe geschrieben. Im ersten versuchte ich, dir zu erklären, was es mit Maisie Dale auf sich hatte. Im zweiten habe ich dich gebeten, mich wissen zu lassen, ob du meinen ersten Brief erhalten hast und wann ich kommen kann, um dich zu sehen. Außerdem machte ich den Vorschlag, dich in Birleton zu treffen, weil ich nicht in dieses Haus kommen wollte. Ich habe eine Antwort erhalten, ein Telegramm, das an Deutlichkeit nichts zu wünschen übrigließ: ›Ich kann dich jetzt nicht und zu keiner anderen Zeit treffen. Bitte akzeptiere das als endgültigen Entschluß.‹ Und genau das habe ich getan.«

Phyllida saß reglos da. Alles in ihr war eiskalt und so starr, daß sie sich nicht rühren konnte. Sie sah Elliot immer noch an, weil es ihr unmöglich war, den Blick von ihm zu wenden.

»Weshalb siehst du mich so an?« erkundigte sich Elliot harsch und böse.

Sie zwang sich, die Lippen zu bewegen. »Ich habe keine Briefe bekommen«, sagte sie wieder und nach einer Pause setzte sie hinzu: »Und ich habe niemals ein Telegramm an dich abgeschickt.«

Plötzlich fürchtete sie sich vor seiner finsteren Miene, und die Erstarrung löste sich. Sie fing an zu zittern und bedeckte mit den bebenden Händen ihr Gesicht. »Bitte nicht! Oh, bitte nicht«, flehte sie mit jämmerlicher Stimme. »Ich habe es wirklich nicht abgeschickt.«

Sie spürte, wie er ihre Handgelenke umfaßte und sie auf die Füße zog. Der Ausdruck, der sie so sehr erschreckt hatte, war nicht mehr da, als er beherrscht und in sanftem Tonfall sagte: »Benimm dich nicht wie ein dummes Kind – es sei denn, du willst, daß ich dich schlage. Glaubst du, ich bin böse auf dich? Wir müssen uns gründlich aussprechen. Wenn du dich zusammennimmst und mir zuhörst, erzähle ich dir, was ich in dem Brief, den du nie bekommen hast, geschrieben habe. Bist du in der Lage, mich anzuhören?«

Sein Griff an den Handgelenken tat weh. Mit einemmal fühlte sie sich, als wäre sie in Sicherheit und geborgen. »Ja«, sagte sie.

Elliot ließ sie los und zog sich Miss Silvers Stuhl heran, um sich ihr gegenüber hinzusetzen.

»Geht es dir gut genug?«

Sie nickte. »Ja. Es war dumm von mir.«

»Allerdings. Aber jetzt ist Schluß mit den gegenseitigen Vorwürfen. Hör mir zu. Laß uns von diesem Streit von damals reden – ich habe jede Bemühung aufgegeben, weil ich fürchtete, jemandem an den Kragen zu gehen, wenn ich länger in diesem Haus bleibe. Ich bin ziemlich jähzornig – das ist dir vermutlich längst aufgefallen. In aller Regel kann ich mich beherrschen, aber damals war ich außer mir. Ich hatte zum Glück noch so viel Verstand, mich auf und davon zu machen. Ich fuhr nach London, und als ich mich ein wenig beruhigt hatte, setzte ich mich hin und schrieb dir einen Brief. Da du ihn nie gelesen hast, erzähle ich dir jetzt die ganze Geschichte. Viel war ohnehin nicht dran. Ich bin nicht gerade stolz darauf, aber es war ganz sicher nicht so, wie man es dir weisgemacht hat. Ich will dir erklären, was passiert ist, aber ich kann dich nicht zwingen, mir zu glauben. Nur einen Teil der Sache könnte ich dir beweisen, doch wenn du mir ohne diesen Beweis nicht glaubst, ist ohnehin alles aus zwischen uns.«

Er wartete.

Phyllida hob den Blick und sagte: »Ich werde dir glauben...«

»Also gut. Ich muß bis zum Juni vor unserer Hochzeit zurückgehen. Damals kannten wir uns noch nicht – das erste Mal sind wir uns im September begegnet, als Mr. Paradine mich aus heiterem Himmel zum Abendessen hierher einlud – weshalb er das getan hat, weiß ich auch nicht. Ich kannte dich noch nicht einmal vom Sehen. Damals, im Juni, arbeitete ich ziemlich hart und hatte nicht viel Freizeit. Mr. Paradine bestand eines Tages darauf, daß ich mir ein Wochenende freinehme, weil ich schon lange nicht aus dem Büro gekommen war. Zufällig traf ich ausgerechnet an diesem Tag einen alten Freund. Er hatte auch ein paar Tage Urlaub und fragte mich, ob ich Lust hätte, mit ihm einen Ausflug zu seinem Haus am Fluß zu machen. Zu guter Letzt sind wir doch nicht hingefahren, sondern in ein Rasthaus – er, ich und zwei Mädchen: Doris für ihn, Maisie für mich. Wir waren eine ziemlich ausgelassene Gesellschaft. Es wurde spät an diesem Abend, und wir haben ein bißchen über die Stränge geschlagen. Mehr war nicht, soweit es Maisie und mich betrifft. Sie gehört zu der Sorte Mädchen, die auf unschuldigen Spaß aus sind und nicht genug davon bekommen können. Sie war noch ziemlich jung und voller Vitalität – man konnte richtig sehen, wie die Funken sprühten. Sie war ein nettes Ding... Wir fuhren zurück. Ich hatte einen Kater, aber ich weiß nicht, ob das an den folgenden Ereignissen schuld war. Normalerweise trinke ich nicht, und ich vermute, meine Reaktionen waren beeinträchtigt – genau kann ich das allerdings nicht sagen. Wie auch immer – wir hatten einen Unfall. Ein Lastwagen schoß plötzlich aus einer Seitenstraße, und ich war nicht schnell genug. Wir überschlugen uns. Dem Wagen fehlte kaum etwas, aber Maisie war bewußtlos, und wir brachten sie ins nächste Haus. Natürlich mußten wir unsere Namen und Adressen angeben. Maisie kam relativ schnell wieder zu sich, und als die Polizei den Unfallhergang aufgenommen hatte, setzte sie sich wieder ins Auto. Ich fuhr sie nach Hause, und das war, soweit es mich betraf, das Ende der Geschichte.«

Phyllidas Mund öffnete sich. Sie atmete schneller, sagte aber nichts. Sie hatte ihn die ganze Zeit nicht aus den Augen gelassen.

Elliot zuckte mit den Schultern und sagte: »Gut – jetzt kommt der Rest. Drei Monate später lernte ich dich kennen und verliebte mich in dich. Schon Ende September war ich ziemlich sicher, die richtige Frau gefunden zu haben. Ich schwebte wie auf Wolken. Eines Tages lief ich Doris, dem anderen Mädchen, in die Arme. Sie saß mit einem jungen Kerl – nicht mit meinem Freund, sondern mit einem anderen – in einem Restaurant. Ich ging an ihren Tisch und sprach sie an. Sie war nicht mehr ganz nüchtern und ging beinahe mit Zähnen und Klauen auf mich los. Sie sagte, ich hätte wirklich Nerven, einfach so auf sie zuzugehen und mit ihr zu sprechen, nach allem, was ich Maisie angetan hätte. Ich wollte natürlich wissen, was ich ihr so Schlimmes angetan hatte, und sie fauchte mich noch mehr an. Als ich ihr klargemacht hatte, daß ich wirklich von nichts wußte, und sie sich ein wenig beruhigte, forderte sie mich auf, zu Maisie zu gehen und selbst nachzusehen, was mit ihr los war. Genau das tat ich auch. Sie war gelähmt – bei dem Unfall wurde ihr Rücken in

Mitleidenschaft gezogen. Zuerst spürte sie gar nichts, aber im Laufe der Zeit entwickelte sich etwas Schlimmes. Ich fragte sie, warum sie mich nicht von ihrem Zustand in Kenntnis gesetzt hatte, und sie meinte, ich hätte keine Schuld an all dem, deshalb sah sie keine Veranlassung dazu. Ich machte ihr klar, daß sie Anspruch auf eine Entschädigung meiner Versicherung hätte, und bemühte mich, die Angelegenheit zu regeln. Ich schaltete einen Anwalt ein, und sie bekam ihre Entschädigung. Ich besuchte sie noch ein- oder zweimal. Sie war mir dankbar und frohen Mutes. Sie und Doris wohnen zusammen. Ich habe mit Doris alles genau durchgesprochen und mit ihr vereinbart, daß ich einen Teil der Miete übernehme. Maisie hat keine Angehörigen, und sie wollte in der Wohnung bleiben. Sie sagte, sie würde immer eine Mitbewohnerin finden und sie würde lieber sterben, als in ein Hospital zu gehen. Also habe ich alles mit Doris geregelt.«

Phyllidas Atem beschleunigte sich wieder, und diesmal brachte sie sogar ein Wort über die Lippen: »Elliot...«

Er sah sie stirnrunzelnd an. »Du siehst, Miss Paradine hatte absolut recht, als sie dir erzählte, daß ich Maisies Miete bezahle, und es stimmte auch, daß ich sie besucht habe, nachdem wir aus den Flitterwochen zurückgekommen waren. Mich würde nur noch interessieren, wie sie das herausgefunden hat.«

Phyllida befeuchtete ihre Lippen. »Mrs. Cranston hat ihr alles geschrieben – über den Unfall. Sie schrieb sofort, nachdem sie erfahren hatte, daß wir heiraten wollen. Der Brief ist offenbar bei der Post hängengeblieben und kam zu spät an – wir waren schon abgereist.«

»Cranston? Ich erinnere mich – die Frau in dem Haus... ein Pferdegesicht...«

Phyllida nickte. »Sie hielt es für ihre Pflicht, meine Tante in Kenntnis zu setzen. So ist sie eben. Als ich klein war, habe ich ihr immer hinter ihrem Rücken die Zunge rausgestreckt und hatte regelmäßig abends im Bett ein schlechtes Gewissen deswegen.«

Elliot runzelte die Stirn. »Mrs. Cranston hat ihr von dem Unfall berichtet. Aber wie erfuhr sie, daß ich die Miete bezahle und Maisie besucht habe? Hat sie einen Detektiv engagiert?«

Phyllida wurde rot bis unter die Haarwurzeln. Sie senkte den Kopf, und Elliot fing an zu lachen.

»Dachte ich mir's doch. Phyl, du brauchst dich nicht zu schämen – hör mir zu. Du mußt die Dinge endlich so sehen, wie sie sind. Ich fürchte, es wird dir nicht gefallen, aber du mußt dir jetzt über alles klarwerden. Wenn Miss Paradine einen Detektiv eingeschaltet hat, um mehr über Maisie herauszufinden, dann hat sie die Adresse von Mrs. Cranston erfahren – das Pferdegesicht hat offenbar genau die Ohren gespitzt, als wir mit der Polizei sprachen. Wie auch immer – wenn dieser Detektiv in Erfahrung gebracht hat, daß ich die Miete bezahle, dann weiß er auch, daß Maisie ein Krüppel ist, und genau das wird er Miss Paradine berichtet haben. Um es kurz und einfach auszudrücken, Phyl – sie hat dich mit voller Absicht belogen. Sie wollte uns auseinanderbringen, hat die Gelegenheit beim Schopf gepackt und auf das beste gehofft. So wie die Sache gelaufen ist, konnte sie wirklich zufrieden sein. Du warst vollkommen geschockt, und ich spielte ihr in die Hände, als ich türenknallend davonlief. Dann hat sie meine Briefe abgefangen und das Zerwürfnis zwischen uns endgültig gemacht, indem sie mir ein Telegramm in deinem Namen schickte, in dem so ungefähr stand, daß du mich nie wieder sehen willst. Das bringt man ganz einfach fertig, wenn man seinen eigenen Willen unbedingt durchsetzen will, egal um welchen Preis. Ihr war jedes Mittel recht – und ist es noch. Miss Silver kann dir darlegen, daß deine Tante die Blaupausen gestohlen hat. Und Miss Silver hat verdammt recht damit. Grace Paradine muß immer das bekommen, was sie will, und sie will dich ganz für sich allein. Sie würde alles tun, um dich nicht zu verlieren und mich loszuwerden.«

Die Schamesröte war aus Phyllidas Gesicht gewichen. Sie war weiß wie eine Wand. »Elliot...«

»Hör mal, Phyl – hat sie dir je vorgeschlagen, dich von mir scheiden zu lassen?«

Phyllida schüttelte den Kopf.

»Das ist der Beweis, verstehst du das nicht? Sie wußte verdammt gut, daß kein Scheidungsgrund vorliegt. Außerdem würde sie gar nicht wollen, daß du frei bist, sonst könntest du einen anderen heiraten. Sie will dich, wie gesagt, ganz für sich allein.«

»Elliot, *bitte*...«

»Stimmt das denn nicht? Du weißt genau, daß es wahr ist.«

Sie sah ihn wieder an. »Ja...«

Er ergriff ihren Arm und zog sie auf die Füße. »Also – was ist? Wir können dich nicht beide haben. Sie hat die Weichen gestellt und jede Möglichkeit auf eine friedliche Einigung unwiderruflich zerstört. Du bist entweder meine Frau oder ihre Tochter. Du bist genauso wenig wie ich daran schuld, daß du nicht beides sein kannst. Sie hat ganz allein diese Situation heraufbeschworen.«

»*Elliot*...«

Er lachte kurz und ärgerlich auf. »Das bringt uns nicht weiter!« Er ließ sie los und trat zurück. »Ich könnte dich dazu bringen, dich für mich zu entscheiden. Du weißt das, und ich weiß es auch. Aber ich tue es nicht – ich rühre dich nicht an.

Du mußt diese Wahl ganz allein und aus freien Stücken treffen. Wenn du Zeit brauchst, um über alles nachzudenken – ich gebe dir alle Zeit der Welt.«

»Ich brauche keine Zeit...« Die Worte waren nicht mehr als ein Hauch.

»Gut, dann entscheide dich.«

Eine Weile herrschte Schweigen, dann sagte Phyllida: »Du klingst so wütend...«

»Ich bin wütend.«

Wieder Schweigen. Dann: »Ist Maisie sehr hübsch?«

»Nein!« brüllte er aufgebracht.

»Du siehst aus, als würdest du mich hassen. Haßt du mich wirklich?«

»Wahrscheinlich.« Sein Gesicht zuckte. Er streckte die Arme aus und zog sie an sich. »Sei nicht so verdammt dumm, Phyl!«

37

Miss Silver ging mit forschen Schritten ins Speisezimmer, wo Lane dabei war, den Tisch zu decken. Ihr leises Hüsteln weckte seine Aufmerksamkeit, er richtete sich auf und drehte sich zu ihr um.

»Benötigen Sie etwas, Madam?«

»Danke, Lane, ich würde mich freuen, wenn Sie mir ein oder zwei Fragen beantworten könnten. Ich glaube, Sie haben bereits erfahren, daß mich Mr. Mark Paradine gebeten hat, die Umstände, die zum Tod seines Onkels geführt haben, zu untersuchen.«

»Ja, Madam.«

»Ich würde gern wissen, wie spät es war, als Sie am Mittwoch abend die Getränke ins Arbeitszimmer brachten.«

Lane sah sie besorgt an. »Ich weiß nicht, ob ich das sagen kann – nicht genau, Madam. Es war nach Viertel vor zehn, aber noch lange nicht zehn Uhr, würde ich sagen.«

»Ist das die übliche Zeit?«

»Nein, Madam. Normalerweise brachte ich ihm die Getränke um zehn Uhr, aber wenn Mr. Paradine sie früher wollte, klingelte er nach mir. Am Mittwochabend läutete er um Viertel vor zehn. Ich hatte gerade Mr. Ambrose und die Ladys hinausgeführt, gleich danach informierte mich Mrs. Lane, daß Mr. Paradine geklingelt hatte.«

»Ich danke Ihnen«, sagte Miss Silver. »War Mr. Paradine allein im Arbeitszimmer, als Sie das Tablett hereinbrachten?«

»Aber nein, Madam.«

Miss Silver schaute ihn erwartungsvoll an. »Tatsächlich? Wer war bei ihm?«

»Mr. Pearson, Madam. Aber ich möchte keinen falschen Eindruck erwecken. Er ging gerade erst hinein, als ich mit meinem Tablett durch die Halle kam.«

»Und hat er Sie gesehen?«

»Das glaube ich kaum. Er verschwand im Arbeitszimmer, als ich in der Halle auftauchte.«

»Hat er die Tür hinter sich zugemacht?«

»Er hatte keine Zeit dazu, Madam. Er muß mich gehört haben, bevor er sie zumachen konnte.«

»Haben Sie mitbekommen, was er zu Mr. Paradine oder Mr. Paradine zu ihm gesagt hat?«

Seine Besorgnis wuchs. »Das möchte ich nicht gern wiederholen.«

Miss Silver betrachtete ihn mit ruhigem Blick. »Sie sind viele Jahre bei Mr. Paradine gewesen, habe ich recht?«

»Ja, Madam.«

»Er wurde ermordet«, sagte sie.

Er hatte eine Kristallkaraffe in der Hand. Jetzt zitterte sie heftig, und er stellte sie auf den Tisch.

Miss Silver fuhr unbeirrt fort: »Unschuldige Menschen stehen unter Verdacht. Es gibt einen Schuldigen und ich hoffe, ich kann herausfinden, wer das ist. Jeder in diesem Haus weiß etwas, was mir weiterhelfen könnte. Und wenn mir jeder alles erzählen würde, wäre rasch klar, wer unschuldig ist. Hat Mr. Pearson zuerst gesprochen oder Mr. Paradine?«

Lane hatte sich ein wenig abgewandt, als er die Karaffe abgestellt hatte. Er blieb in dieser Position und richtete den Blick nach unten, als er ganz leise sagte: »Mr. Paradine.«

»Haben Sie gehört, was er sagte?«

»Ja, Madam.«

»Würden Sie es bitte wiederholen?«

»Madam...«

»Ja, Lane? Es wäre besser, Sie würden es mich wissen lassen.«

»Mr. Paradine sagte... na ja, Madam, er sagte: ›Hallo, Albert, sind Sie hier, um ein Geständnis abzulegen?‹ Aber wenn ich hinzufügen darf – ich habe das als einen von Mr. Paradines üblichen Scherzen aufgefaßt. Ich kannte ihn sehr lange und möchte behaupten, daß das nicht ernst gemeint war. Das war so Mr. Paradines Art – er sprach, als wäre er ärgerlich, aber dabei lachte er einen die ganze Zeit aus. Ich habe Ihnen erzählt, was er gesagt hat, aber ich möchte wirklich keinen falschen Eindruck erwecken.«

Miss Silver räusperte sich. »Das haben Sie nicht getan. Wie lange hielten Sie sich im Arbeitszimmer auf?«

»Ich stellte nur das Tablett ab und zog mich sofort wieder zurück.«

»Und wo befand sich Mr. Pearson, während Sie im Raum waren?«

»Er stand in der Nähe der Tür, Madam. Wenn Sie erlauben – er erschien mir ziemlich aufgeregt. Ich schob das darauf, daß er noch nicht an Mr. Paradines Humor gewöhnt war. Ich kann mich noch gut erinnern, daß ich selbst in der ersten Zeit, die ich im River House angestellt war, manchmal entsetzt deswegen war. Mr. Paradine konnte einen mit seinen Bemerkungen wirklich verblüffen, wenn man nicht an seine Ausdrucksweise gewöhnt war.«

Miss Silver lächelte. »Das kann ich sehr gut verstehen. Vielleicht fühlen Sie sich besser, wenn Sie erfahren, daß Mr. Paradine an diesem Abend eine ganz ähnliche Bemerkung Mrs. Wray gegenüber geäußert hat.«

Lane schien erleichtert aufzuatmen. »Dann besteht wohl kein Zweifel mehr, daß es ein Scherz war, Madam. Mr. Paradine hatte Mrs. Wray sehr gern.«

Miss Silver nickte. »Schön, Lane, war das alles? Sie verließen das Arbeitszimmer, und Mr. Pearson blieb bei Mr. Paradine?«

»Um genau zu sein, Mr. Pearson ging vor mir hinaus, aber als ich die Tür erreichte, rief Mr. Paradine ihn zurück. Ich konnte nicht umhin, mitanzuhören, was er sagte. ›Schicken Sie den Brief an Lewis noch nicht ab – ich möchte vielleicht eine Änderung vornehmen. Darüber sprechen wir zu gegebener Zeit noch.‹ Dann wünschte Mr. Pearson ihm eine gute Nacht, ging hinaus und schloß die Tür.«

38

Als Miss Silver aus dem Speisezimmer kam, stürmte Mark Paradine gerade die Treppe herunter und nahm zwei Stufen auf einmal. Er sah aus wie ein Mann, der unerbittlich einen Weg gehen mußte, den er sich nicht selbst ausgesucht hatte. Erst als Miss Silver laut und vernehmlich seinen Namen rief, wurde er sich ihrer Anwesenheit bewußt. Ihr »Mr. Mark!« hielt ihn auf. Er drehte sich um, blickte unsicher in ihre Richtung und ging auf sie zu.

»Oh... Miss Silver. Möchten Sie etwas von mir?«

»Wenn Sie mir freundlicherweise einen Augenblick Ihrer Zeit schenken würden...«

Nach einem kurzen Moment der Unschlüssigkeit erinnerte er sich, daß sich die Polizei im Arbeitszimmer aufhielt. Deshalb öffnete er die erste Tür auf der linken Seite der Halle und winkte Miss Silver in das Billardzimmer. Es war ein großer Raum mit halb zugezogenen Jalousien. Er war geheizt und die Luft so stickig, als wäre hier lange nicht gelüftet worden. Miss Silver gefiel dieses Zimmer, aber sie hätte am liebsten sofort ein Fenster aufgerissen. Da dies aber nicht der richtige Augenblick für solche Ablenkungen war, konzentrierte sie sich voll und ganz auf das Wesentliche. Bevor sie jedoch irgend etwas sagen konnte, fragte Mark tonlos: »Sie werden mich verhaften, nicht wahr?«

»Sie ziehen voreilige Schlüsse, meinen Sie nicht?«

»Das glaube ich nicht. Sie können gar nicht anders. Die einzige Frage scheint zu sein, ob sie es vor dem Mittagessen tun sollen oder danach. Der Anwalt meines Onkels, Mr. Harrison, kommt her, um dabei zu sein, wenn der Tresor um halb drei geöffnet wird. Ich dachte, daß sie bis dahin warten wollen, obwohl ich mir eigentlich nicht genau vorstellen kann, warum. Soweit ich weiß, bewahrte mein Onkel nur ein paar private Papiere und die Diamanten meiner Tante Clara in diesem Tresor auf.«

Miss Silver zeigte Interesse. »Die Diamanten, die sie auf dem Porträt trägt?«

Sie waren stehen geblieben. Mark lehnte an der schmalen Seite des Billardtisches und hatte die Hände tief in den Taschen vergraben. Er nickte. »Das sind sie. Niemand hat sie nach ihrem Tod getragen. Sie sollten eigentlich in der Bank liegen, aber er hatte sie gern in Reichweite. Er holte sie öfter aus dem Tresor und sah sie sich an. Ich habe ihn eines Abends dabei beobachtet, und er erzählte mir alles über die Diamanten – was er dafür bezahlt hat, wie sehr sie im Wert gestiegen sind und wie gut sie zu Tante Clara gepaßt hatten.«

Miss Silver griff das Wort »Wert« auf und wiederholte es nach einem warnenden Hüsteln. »Sie müssen einen beträchtlichen Wert haben.«

»Ja, vermutlich«, erwiderte er gleichmütig.

Miss Silver räusperte sich wieder. »Wem hat er sie hinterlassen?«

»Sie werden zwischen meinem Cousin Richard und mir aufgeteilt.«

Miss Silver schien nachzudenken, nach einer Weile sagte sie: »Sie werden sicher bei der Testamentseröffnung geschätzt. Würden Sie Einwände gegen eine frühere Schätzung erheben?«

»Ich? Warum sollte ich Einwände erheben? Mir ist es egal, ob und wann sie geschätzt werden.«

Sie zögerte ein wenig. »Dann hätten Sie also auch nichts dagegen, wenn heute bei der Öffnung des Tresors ein Schätzer anwesend wäre?«

Sie sah, wie sich sein Gesichtsausdruck änderte. Sein Blick

und sein Geist schienen sich zum erstenmal wirklich auf sie zu konzentrieren.

»Wozu sollte das gut sein?« erkundigte er sich verblüfft.

»Mr. James Paradine wurde ermordet«, erwiderte Miss Silver ernst. »Noch bin ich mir nicht sicher, welches Motiv der Mörder hatte.«

»Ich dachte, Sie sagten, daß Elliots Blaupausen gestohlen wurden.«

»Sie wurden tatsächlich gestohlen und wieder zurückgebracht. Sie konnten nur zwischen neun Uhr und Viertel nach neun auf den Schreibtisch zurückgelegt worden sein, und die einzige Person, die Gelegenheit dazu hatte, war Miss Paradine. Ich schließe daraus, daß sie sie auch genommen hat. Aber ich weiß nicht, ob sie später noch einmal ins Arbeitszimmer gegangen ist und den Tod ihres Bruders durch einen Stoß über die Brüstung verursacht hat.«

Mark zog die Hände aus den Taschen und stellte sich aufrecht hin. »Was sagen Sie da? Was könnte sie für ein Motiv...«

»Sie wollte ein endgültiges Zerwürfnis mit Mr. Wray herbeiführen und war der Meinung, daß der Verlust der Blaupausen eine nicht wiedergutzumachende Auseinandersetzung zur Folge hätte. Ich kann mir gut vorstellen, daß es auch so gekommen wäre. Sie wollte unter allen Umständen verhindern, daß sich Mr. und Mrs. Wray wieder versöhnen.«

Mark sah sie voller Entsetzen an, aber es war nicht das Entsetzen der Ungläubigkeit, sondern das der ungewollten Gewißheit. Er holte ein Taschentuch hervor, wischte sich die Schweißperlen von der Stirn und fragte: »Hat sie... es getan?«

»Ich sagte schon, daß ich das nicht weiß. Sie hatte ein zwingendes Motiv. Ihr Bruder wußte, was sie getan hat, und wenn er entschlossen war, ihr Ansehen in der Familie zu zerstören... Sie können sich am besten vorstellen, was das für sie bedeutet hätte.«

»Um Gottes willen, nein! Es ist zu schrecklich. Sie kann es nicht getan haben!«

Miss Silver betrachtete ihn mitfühlend. »Dann müssen wir nach einem anderen Motiv und einer anderen Person suchen. Würden Sie mir verraten, was Mr. Paradine zu Ihnen gesagt hat, als Sie am Mittwochabend sein Arbeitszimmer betraten?«

Er schien überrascht, erschrocken und erleichtert zugleich zu sein. »Was meinen Sie damit?«

»Ich möchte wissen, was er sagte, als er Sie sah.«

Mark runzelte die Stirn. Verstehen blitzte in seinen Augen auf und verschwand wieder, ein Muskel zuckte an seiner Wange. »Woher wissen Sie davon?«

Miss Silver lächelte. »Er hat zu Ihnen dasselbe gesagt wie zu den anderen drei Personen, die ihn an diesem Abend aufsuchten. Ich war nur neugierig, ob er Sie mit denselben Worten empfangen hat. Wollen Sie mir jetzt bitte seine Worte wiederholen?«

Mark wich einen Schritt zurück und hielt sich am Eck der Tischkante fest. »Er fragte mich, ob ich gekommen sei, um etwas zu gestehen.«

Miss Silver strahlte. »Das habe ich mir gedacht. Dieselbe Bemerkung hat er Mr. Pearson, dann Mr. Wray und später Mrs. Wray gegenüber gemacht.«

»Warum?«

Miss Silver hüstelte. »Laut Mr. Wray fand Mr. Paradine die Situation, die er selbst geschaffen hatte, sehr amüsant. Für einen Mann, der für Ironie viel übrig hat, mochte es äußerst unterhaltsam sein, die Reaktion auf eine Eröffnung dieser

Art zu beobachten. Er hat Sie alle sehr erschreckt, als er behauptete, jemand hätte die Familieninteressen betrogen. Er hatte dabei den Diebstahl der Blaupausen im Sinn, aber nur einer der Anwesenden war sich dessen bewußt. Wie gesagt, ich glaube, daß diese eine Person Miss Paradine war. Der Rest konnte nicht ahnen, was er meinte – sie konnten nur Vermutungen anstellen. Unglücklicherweise entspricht es der Wahrheit, daß die meisten Menschen etwas zu verbergen haben – Herzensgeheimnisse vielleicht oder Wunschträume. Wir wollen nicht, daß unsere Nöte, Mängel, Verfehlungen und Sünden ans Licht kommen. Mr. Paradines Anschuldigung hat nicht nur den Übeltäter in Angst und Schrecken versetzt, sondern auch die anderen dazu gebracht, ihr Gewissen zu erforschen. Ich frage mich, wie viele Geständnisse am Mittwochabend abgelegt wurden. Ich denke, Sie haben auch eines abgelegt, habe ich recht? Ich glaube auch, daß es sehr wohlwollend aufgenommen wurde. Aber unterstellen wir einmal, daß eines dieser Geständnisse, zu denen er Sie alle aufgefordert hatte, schwere, vernichtende Folgen nach sich ziehen müßte – in diesem Fall hätten wir ein zweites Motiv für den Mord. Das meinte ich, als ich sagte, daß wir untersuchen müssen, ob es jemanden gibt, der ein solches Motiv hatte – jemanden anderen als Miss Paradine. Ihr Motiv kennen wir. Falls *sie* ihren Bruder nicht umgebracht hat, muß es jemanden mit einem ebenso starken oder noch stärkeren Motiv geben. Um den Mörder zu entlarven, müssen wir dieses Motiv finden. Vielleicht gibt es ja auch gar kein anderes Motiv. Aber die Tatsache, daß die überaus wertvollen Diamanten im Haus aufbewahrt werden, könnte uns auf eine andere Spur führen. Da jede Möglichkeit in Betracht gezogen und untersucht werden muß, würde ich vorschlagen, daß die Juwelen von einem Fachmann überprüft werden. Wissen Sie zufällig, ob es eine

Bestandsliste gibt und wo Mr. Paradine eine solche Liste aufbewahrt haben könnte?«

Immer noch unschlüssig erwiderte Mark: »Die Liste befindet sich im Tresor. Ich kann mir beim besten Willen nicht vorstellen, daß irgendein Stück fehlt. Mein Onkel hat den Schmuck oft herausgenommen, um ihn anzuschauen – er berührte und bewunderte ihn. Wir können gern einen Schätzer hinzuziehen, wenn Sie möchten, aber er wird nichts Ungewöhnliches aufdecken. Sie müssen irgendwo anders nach einem Motiv suchen, und die Polizei hat ohnehin mich als Täter im Auge und wird gar nicht mehr weiter suchen. Wenn Sie mich fragen – sie nehmen mich fest, sobald Harrison ihnen eröffnet, in welchem Ausmaß ich im Testament meines Onkels bedacht worden bin. Ich bekomme drei Viertel von allem, müssen Sie wissen – so wollte Onkel James den Fortbestand der Familie sichern. Ein Polizist liebt Motive dieser Art – ein zielgerichteter Mord, weil der Täter sich am Vermögen des Verstorbenen bereichern will. Sobald es ihnen in den Sinn kommt, Harrison nach den Bestimmungen im Testament zu fragen, rutsche ich auf der Liste der Verdächtigen ganz nach oben. Möglicherweise erlauben sie mir noch, den Tresor zu öffnen, ehe sie mich verhaften, aber mehr Freiheiten lassen sie mir sicher nicht. Jetzt ist es zwölf Uhr dreißig – Harrison trifft um halb drei hier ein. Ich habe also noch zwei Stunden Galgenfrist. Haben Sie einen Vorschlag, wie ich diese Zeit am besten verbringen soll?«

Miss Silver beschloß, dies als Scherz aufzufassen, obwohl Scherze gewöhnlich nicht in so bitterem Tonfall zum besten gegeben werden. Sie lächelte und sagte: »Ich denke, daß es hilfreich für Sie wäre, wenn Sie die Angelegenheit mit Miss Pennington besprechen würden.«

39

Die nächste halbe Stunde war Miss Silver schwer beschäftigt. Nachdem sie sich zehn Minuten im Arbeitszimmer bei Colonel Bostock und Superintendent Vyner aufgehalten hatte, kehrte sie in ihr eigenes Zimmer zurück, fand aber dort niemanden mehr vor. Sie betätigte die Klingel und stellte Polly Parsons, als sie das Zimmer betrat, einige Fragen, die mit herzzerreißenden Schluchzern und einigen aufschlußreichen Eröffnungen beantwortet wurden. Nachdem Miss Silver sie aufgefordert hatte, ihre Tränen zu trocknen, mit niemandem über die Unterredung zu sprechen und Louisa herzubitten, machte sich Polly noch immer schwer schluckend, aber sichtlich erleichtert auf den Weg.

Mark stand eine Weile allein im Billardzimmer und starrte trübsinnig ins Leere. Dennoch war er erfüllt von der Vorstellung, die Miss Silver mit ihren letzten Worten heraufbeschworen hatte. Wenn er verhaftet werden würde, stand ihm nur noch die nächste halbe Stunde zur Verfügung, um Lydia zu sehen. Danach würde ihm das Mittagessen noch einmal Aufschub gewähren... dann kamen die Polizeibeamten zurück, falls sie überhaupt vorhatten, das Haus zu verlassen. Harrison würde eintreffen, und dann konnte es jederzeit passieren.

Lydia war in Meadowcroft. Normalerweise brauchte man auf dem Weg am Fluß und über die Fußgängerbrücke sieben Minuten. Er konnte es in fünf schaffen, wenn er sich beeilte. Mark stürmte aus dem Haus und rannte den steilen Weg zum Fluß hinunter.

Meadowcroft befand sich inmitten von Feldern und Wiesen am anderen Flußufer – ein umgebautes Farmhaus, hübsch und behaglich. Mark war schon immer der Meinung gewesen, daß es viel zu schade für Frank und Irene war, die es mit schrillen modernen Möbelgarnituren vollgestopft hatten.

Als er das Haus betrat, dachte er allerdings nicht an die unpassende Möblierung. Wenn sich Lydia nicht im Salon aufhielt, konnte er immer noch die Glocke läuten und fragen, ob er sie sprechen könne. Dann konnte jeder von seinem Besuch halten, was er wollte. Er mußte sie noch einmal sehen, bevor er kein freier Mann mehr war und unter Anklage gestellt wurde.

Er durchquerte die Halle, ohne jemandem zu begegnen, öffnete die Tür zum Salon und sah Dicky am anderen Ende des Raums. Er hatte Lydia die Hand auf die Schulter gelegt und bückte sich, um ihr einen Kuß zu geben. Zu jeder anderen Zeit hätte Mark diese Szene abgehalten, aber jetzt zog er sich nicht sofort zurück. Er schloß die Tür hinter sich und ging durch das Zimmer zum Kamin, vor dem die beiden standen.

»Hallo, Mark«, grüßte Dicky und fügte hinzu: »Ich glaube, ich mach' mich besser auf den Weg.«

Diese Worte verklangen, als wären sie gar nicht ausgesprochen worden. Soweit es Mark betraf, drangen sie nicht einmal in sein Bewußtsein. Lydia wirkte verunsichert, lächelte und sagte etwas, was nicht mehr als ein undeutliches Murmeln war, dann verfiel sie in Schweigen.

Dicky durchquerte den Raum und ging.

Als die Tür zuklappte, stützte sich Mark am Kaminsims ab und starrte ins Feuer. Seit dem ersten Moment, in dem er Zeuge geworden war, wie Lydia Dicky die Wange zum Kuß entgegengehalten hatte, fehlte ihm der Mut, den Blick auf sie zu richten. Er war hergekommen, um sie zu sehen, aber jetzt konnte er sie nicht anschauen. Es gab so viel, was er ihr zu sagen hätte, aber jetzt würde es für immer unausgesprochen bleiben. Sie würde Dicky heiraten und glücklich sein. Die Familie hatte es schon längst so geplant.

Lydias Stimme durchbrach die düsteren Gedanken. »Mark, was ist los mit dir?«

Ohne aufzusehen, entgegnete er: »Ich wollte dich sehen.« Kaum war ihm das über die Lippen gekommen, zog er ärgerlich die Stirn kraus – was hatte es jetzt noch für einen Sinn, so etwas zu sagen? Die plötzliche Eingebung, die ihn hierher getrieben hatte, hatte ihn die letzte Kraft gekostet. Im Augenblick war er ausgelaugt und matt.

»Liebling«, begann Lydia, »du wolltest mich also sehen, aber dann hilft es dir bestimmt nicht weiter, wenn du stur ins Feuer starrst. Du hast dich in der Richtung geirrt.«

Er richtete sich auf und sah sie an. Sie war ungewöhnlich blaß, und er stammelte unbeholfen: »Warum siehst du so aus?«

»Wie?«

»Blaß.«

»Liebling, meine Gesichtsfarbe kommt normalerweise aus einem Make-up-Döschen. Aber es schickt sich nicht, sich vor der Beerdigung zu schminken – wenigstens denke ich, man sollte es nicht tun.«

»Ich verstehe...«, brummte er geistesabwesend.

»Mark, weshalb bist du hier?«

»Ich glaube, sie werden mich festnehmen, und ich wollte dich noch einmal sehen.«

»Wieso sollten sie dich festnehmen?«

»Das habe ich dir schon erklärt. Ich war an diesem Abend noch einmal bei ihm. Ich habe meinen Taschenkalender auf dem Schreibtisch liegen gelassen – den, den mir Tante Grace geschenkt hat. Irgend jemand hat ihn wiedererkannt. Ich war bis halb zwölf bei ihm, und er starb vor Mitternacht. Es bleibt ihnen gar nichts anderes übrig, als mich zu verhaften. Ich wüßte nicht, was sie sonst tun sollten.«

»Warum bist du zurückgegangen?«

»Ich wollte weg – von der Firma – von Birleton. Ich habe schon früher mit ihm darüber gesprochen, und es kam zum Streit deswegen. Ich dachte, ich sollte es noch mal versuchen, und machte ihm klar, weshalb ich weg will. Er erklärte sich bereit, alles zu tun, was in seiner Macht stand, falls ich meine Meinung in einem Monat nicht geändert habe.«

»Hast du das alles der Polizei erzählt?«

»Mehr oder weniger.«

»Hast du ihm auch gesagt, warum du weg willst?«

»Nein.«

»Möchtest du mir davon erzählen?«

Er schüttelte den Kopf. »Ich denke nicht. Es spielt jetzt keine Rolle mehr. Ich bin nur hier, um mich zu verabschieden...«

Eine Weile herrschte Schweigen. Lydia warf ihm einen Blick zu und wandte sich wieder ab.

Sie beobachtete die Flammen. Sie tanzten und schimmerten vor ihren Augen. Lydia konnte sich nicht erinnern, wann sie zum letztenmal geweint hatte, aber sie spürte, daß sie jetzt kurz davor war, Tränen zu vergießen. Ihre Stimme klang hitzig vor Wut, als sie sagte: »Hör auf, dich wie ein Dummkopf aufzuführen. Warum solltest du dich von mir verabschieden?«

»Das sagte ich bereits. Ich gehe jetzt lieber. Ich möchte nicht gesehen werden. Wirst du Dicky heiraten?«

Zwei helle rote Flecken, die nicht aus dem Schminkdöschen stammten, leuchteten auf Lydias Wangen. Sie sah Mark an und fragte: »Wie kommst du auf diese Idee?«

»Er hat dich geküßt, als ich hereinkam.«

»Liebling, man müßte mich ins Gefängnis stecken, wenn ich jeden heiraten würde, der mich auf die Wange küßt. Das wäre unmöglich!«

»Warum hat er dich geküßt?«

Lydias wunderschöne Augen waren unschuldig wie die eines Neugeborenen. Der leichte Tränenschleier, der kurz zuvor die Flammen zum Schimmern gebracht hatte, vertiefte den grünen Glanz.

»Möchtest du das wirklich wissen?«

»Ja.«

»Ich habe ihm versprochen, ihm eine Cousine zu sein«, murmelte sie schamhaft.

»*Was?*«

Sie nickte. Die schwarz gefärbten Wimpern verhüllten das strahlende Grün.

»Eine Cousine ersten Grades – durch Heirat. Er hat mir sozusagen die Pistole auf die Brust gesetzt und gesagt, daß er mich schon elfmal gefragt hätte, ob ich ihn heiraten wolle, und daß es ihm nichts ausmachen würde, das Dutzend voll zu machen, wenn ich jedoch wieder nein sagen würde, gebe er sich endgültig geschlagen. Er hat Daisy Carter schrecklich gern und meint, sie könnten zusammen glücklich werden, aber er wollte mir noch eine Chance geben, bevor er es bei ihr versucht. Ich sagte: ›Danke, Liebling, aber die Antwort lautet nein.‹ Der Kuß war ein Abschiedskuß. Es gibt keine gebrochenen Herzen, und wenn er bei Daisy Erfolg hat, winkt ihm sogar das Vermögen der Carters.«

»Du hast nicht vor, ihn zu heiraten?«

Ihre dunkel umrandeten Lider hoben sich. »Du bist nicht unbedingt schnell von Begriff, wie?« Sie trat vor ihn, stellte sich auf die Zehenspitzen und hob ihm ihr Gesicht entgegen. »Du liebst mich, nicht wahr?«

»Ja.«

»Schrecklich?«

»Ganz schrecklich.«

»Schon lange?«

»Schon immer.«

»Und deshalb wolltest du weg von hier?«

»Ich dachte, du würdest Dicky heiraten – ich konnte diesen Gedanken nicht ertragen.«

»Und du bist nie auf die Idee gekommen, mir selbst einen Antrag zu machen? Du scheinst Hemmungen oder so was zu haben. Du solltest Dicky fragen, wie so etwas geht – es ist im Grunde ganz leicht.«

Er sah sie wortlos an. Sie schlang die Arme um seinen Hals und sagte zwischen Lachen und Weinen: »Versuch es einmal, Liebling.«

40

Ungefähr zehn Minuten später öffnete Irene die Tür, rief erschrocken »Oh!« und wußte nicht, ob sie bleiben oder gehen sollte. Lydia hielt Marks Arm fest, mit dem er gerade noch ihre Taille umfaßt hatte, und erklärte mit schamhaftem Stolz: »Ist alles in Ordnung – wir sind verlobt. Komm her und sag: ›Herzlichen Glückwunsch, meine Kinder!‹ Ich gehe mit Mark zum Mittagessen ins River House, dann kannst du meine Lebensmittelkarten sparen. Beeil dich mit deiner Gratulation, sonst kommen wir noch zu spät, und du weißt ja, wie Tante Grace in diesem Punkt ist.«

Irene starrte sie erst mit angehaltenem Atem an, dann beging sie die größte Taktlosigkeit ihres Lebens.

»Ich dachte, du wolltest Dicky.«

»Nein, nicht Dicky«, erwiderte Lydia munter, »sondern Mark, er hat es nur bis jetzt nicht gemerkt. Irene, du kannst dir beim Sago-Pudding eine überschwengliche Bemerkung zu diesem glücklichen Ereignis einfallen lassen. Ich bleibe sehr lange weg, also hast du Zeit genug, dir was auszudenken.«

Das Mittagessen im River House war bereits serviert, als sie ins Speisezimmer kamen, aber die anderen hatten gerade erst zu essen angefangen. Grace Paradine zog kaum merklich die Augenbrauen hoch, Lane legte noch ein Gedeck neben Marks Platz auf, und dann ging alles wie gewohnt weiter.

Während Lane die Schüssel mit dem Gemüse und den Kartoffeln hinhielt, fragte Miss Paradine leise: »Wo ist Louisa?«

Lane antwortete ebenso leise: »Es geht ihr nicht gut, Madam.« Die Hand unter der Schüssel, aus der sie sich eine Kartoffel nahm, zitterte leicht.

Ihre Augenbrauen hoben sich wieder.

Niemand wollte die Mahlzeit unnötig in die Länge ziehen, aber ohne Louisas Hilfe dauerte das Servieren länger als sonst. Phyllida und Elliot Wray waren Plätze an den entgegengesetzten Enden des Tisches angewiesen worden. Elliot sah niemanden an, aß, was man ihm vorsetzte und beschränkte seine Unterhaltung auf Mark, der sich bei mehr als nur einer Gelegenheit kaum auf seine Antworten konzentrieren konnte. Phyllida hielt den Blick eisern auf ihren Teller gerichtet. Ihr Gesicht war anmutig gerötet, und hin und wieder verzogen sich ihre Lippen zu einem bebenden Lächeln. Grace Paradine entging das alles nicht, sie erstarrte und aß keinen Bissen mehr.

Mark und Lydia saßen nebeneinander. Sie wagten es nicht, sich anzusehen, aber beide spürten die ungeheuerliche Liebe des anderen. Und beide erlebten ein beinahe erschreckendes

Glück, das ihnen jeden Moment entgleiten konnte. Daß sich Mark schweigsam gab, war nichts Neues, aber wenn die anderen nicht so sehr mit ihren eigenen Gedanken beschäftigt gewesen wären, wäre es ihnen sicherlich sonderbar vorgekommen, daß Lydia kaum den Mund aufbrachte. Lediglich Miss Silver schien sich richtig wohl zu fühlen und guter Dinge zu sein. Sie plauderte freundlich mit Albert Pearson, der jedoch ausnahmsweise auch nur wenig zur Unterhaltung beizusteuern hatte.

Alle waren froh, als die Tafel aufgehoben wurde. Mark ging hinaus, um einen Telefonanruf zu erledigen, und Lydia verließ gemeinsam mit Phyllida das Speisezimmer. Miss Silver, Albert und Elliot Wray folgten ihnen, als sich Miss Paradine, die zum Fenster gegangen war, umdrehte und Elliot ansprach.

»Würden Sie noch einen Moment bleiben? Ich habe Ihnen etwas zu sagen.«

Er schloß die Tür, nachdem die anderen gegangen waren, und wartete.

»Worum handelt es sich, Miss Paradine?«

»Ich möchte wissen, wann Sie beabsichtigen, dieses Haus zu verlassen.«

Sein Gesichtsausdruck war schon vorher so steinern gewesen, daß eine Steigerung kaum möglich erschien, aber es wurde noch starrer. »Ich bin hier, weil mich Mr. Paradine eingeladen hat – er bat mich eindringlich, herzukommen. Ich befinde mich in Marks Haus und bleibe wahrscheinlich bis nach dem Begräbnis. Ist das alles?«

»Nein. Ich würde es vorziehen, wenn Sie gingen. Sie sind hier nicht willkommen.«

»Ich bin nicht Ihr Gast, Miss Paradine.«

Sie war blaß, regelrecht bleich gewesen, aber jetzt schoß

ihr das Blut ins Gesicht. »Nehmen Sie denn gar keine Rücksicht auf Phyllida?«

»Nehmen *Sie* Rücksicht auf sie?«

»Sie sind unverschämt.«

Elliot lachte boshaft. »Ich fürchte, Sie können nicht alles zur gleichen Zeit haben. Wenn wir höflich miteinander sein wollen, dürfen Sie nicht versuchen, mich aus Marks Haus zu jagen. Falls wir jedoch die bequemere Umgangsform bevorzugen und sagen wollen, was wir denken, müssen Sie sich auch einige Dinge von mir gefallen lassen. Möchten Sie sie hören? Oder sollen wir unsere Rollen als Gastgeberin und Gast weiter spielen?«

Mit wutverzerrter Miene ging sie zur Tür, aber plötzlich begriff sie, blieb vor dem Türpfosten stehen und drehte sich um. Die Röte war aus ihrem Gesicht gewichen und hatte eine aschfahle Blässe hinterlassen. »Was haben Sie mir zu sagen?«

Inzwischen standen sie sich nur noch auf Armeslänge gegenüber. Für Elliot war das zu nah. Die Wut brodelte gefährlich in ihm. Er wich zurück, bis er an den Tisch stieß. Aus dieser sicheren Entfernung entgegnete er: »Es wird Ihnen nicht gefallen.«

»Was haben Sie mir zu sagen?« wiederholte sie.

Er musterte sie einen Augenblick, ehe er antwortete. Die Falten in ihrem Gesicht waren tiefer als sonst, jeder Muskel war angespannt, und ihre Augen sprühten Funken. Er sagte: »Ich denke, das wissen Sie bereits. Sie wollten Phyllida ganz für sich allein haben. Sie haben versucht, uns auseinander zu bringen, und Sie dachten schon, Sie hätten Ihr Ziel erreicht. Sie wissen sehr genau, daß Sie Phyllida vor einem Jahr schändlich belogen haben. Wenn Sie in Erfahrung gebracht haben, daß ich Maisie Dale finanziell unter die Arme greife, dann wußten Sie auch, daß sie ein Krüppel ist. Sie haben die

Briefe, die ich meiner Frau geschrieben habe, unterschlagen und mir ein Telegramm in ihrem Namen geschickt. Als ich zu diesem Geschäftsbesuch hier auftauchte, konnten Sie den Ereignissen nicht tatenlos ihren Lauf lassen. Wenn Sie nichts unternommen hätten – wer weiß, vielleicht hätten Sie dann gewonnen. Sie hatten den brillanten Einfall, daß der Verlust meiner Konstruktionszeichnungen neben dem privaten Bruch auch ein geschäftliches Zerwürfnis hervorrufen würde. Ich habe keine Ahnung, was oder wer Ihnen diese Idee in den Kopf gesetzt hat. Vielleicht erwähnte Ihr Bruder die Blaupausen, oder Dicky hat Ihnen erzählt, daß Mr. Paradine sie mit nach Hause bringen würde – wahrscheinlich brachte Dicky Sie darauf... Wie auch immer – Sie haben sie gestohlen. Ich weiß nicht, woher Mr. Paradine wußte, daß Sie es getan haben, aber er wußte es. Er forderte mich auf, herzukommen und zu bleiben. Dann ließ er die Bombe bei Tisch platzen, und Sie merkten, daß Sie nicht ungeschoren davonkommen würden. Sie brachten die Blaupausen zurück, bevor wir das Speisezimmer verließen und zu den Damen in den Salon gingen – dazu hatten Sie Gelegenheit, als Sie hinaufgingen, um die Geschenke für die Mädchen zu holen. Ihrem Bruder begegneten Sie nicht dabei, er war noch bei uns hier im Speisezimmer. Haben Sie ihn später gesehen? Ich habe gehört, wie oben eine Tür geschlossen wurde, als Albert und ich etwa um halb zwölf durch die Halle gingen. Wollten Sie da herunterkommen und mit ihm sprechen? Wenn ja, dann mußten Sie uns gehört haben. Sie sind zurückgegangen und warteten, bis wir aus dem Weg waren. Sind Sie später noch einmal heruntergekommen?« Sie stand reglos da und hörte ihm zu. Als er endete, fragte sie: »Ist das alles?«

»Reicht das denn nicht?«

Sie drehte sich steif um und verließ das Zimmer.

41

Als Polly die Tür zu Miss Paradines Wohnzimmer öffnete, sah sie sie am Schreibtisch sitzen. Ohne den Kopf zu ihr zu drehen, sagte Miss Paradine: »Sind Sie das, Louisa?«

»Nein, Ma'am, ich bin's.«

»Wo ist Louisa?«

»Sie fühlt sich nicht gut, Ma'am.«

Miss Paradine hielt einen Füllfederhalter in der Hand, aber sie hatte nicht geschrieben. Die Feder war trocken und das Blatt Papier, das vor ihr lag, ganz weiß. Geistesabwesend murmelte sie: »Ja – das habe ich vergessen...« Und dann lauter: »Geh hinunter und bitte Mrs. Wray, zu mir zu kommen. Wenn sie sich im Salon aufhält, bleib an der Tür stehen, und frage sie, ob du sie einen Moment sprechen könntest. Wenn sie dann herauskommt, richtest du ihr aus, daß ich sie sehen möchte. Kannst du dir das merken?«

»O ja, Ma'am.«

»Sehr gut.«

Sie hatte sich nicht umgedreht und Polly kein einziges Mal angesehen. Sie saß einfach nur da mit dem Federhalter in der Hand und schrieb nicht. Ihr Körper war starr und reglos, aber ihr Verstand war nie klarer und sie selbst nie entschlossener. Unterschwellig empfand sie eiskalte Wut. Niemals zuvor in ihrem Leben hatte jemand so mit ihr gesprochen wie Elliot Wray. Und nie zuvor hatte sie so einen starken Willen und eine solche Kraft in sich gespürt.

Als die Tür wieder aufging und Phyllida hereinkam, war sie fähig, sich umzudrehen und sie mit einem Lächeln willkommen zu heißen.

»Mein Liebling – habe ich dich gestört?«

Phyllidas Antwort war leise und klang zittrig. »Nein, Tante.«

»Was ist mit dir, Phyl?« fragte Grace Paradine schnell. »Hat er dich aufgeregt?«

»O nein.«

»Ich glaube doch. Deshalb möchte ich mit dir reden, Liebling. Diese Situation ist unerträglich. Du bist vollkommen durcheinander – wir alle sind das. Wir haben, weiß Gott, auch ohne das genug Kummer.« Sie zog ein Taschentuch aus ihrem weiten Ärmel und tupfte sich damit die Augen ab. Ihre Hand zitterte leicht.

»Bitte, Tante Grace...«, begann Phyllida.

Miss Paradine ließ die Hand, die immer noch das Taschentuch hielt, auf ihre andere sinken. »Vergib mir, Liebling – es war ein solcher Schock für mich. Ich hätte nicht einmal von Elliot Wray angenommen, daß er sich ausgerechnet einen solchen Augenblick aussucht, um alles noch viel schlimmer für mich zu machen.«

Phyllida schwieg. Was hätte sie sagen sollen? Sie wußte es nicht. Sie stand da und sah Grace Paradine an, als hätte sie ein Traumgebilde vor sich – etwas, was nicht real sein konnte.

Grace Paradine stand auf und ging zu ihr. »Ich könnte dieses unverschämte Benehmen ertragen, wenn es nur um mich ginge, aber ich kann und werde nicht dulden, daß du darunter leidest. Ich habe ihn gebeten, abzureisen – um deinetwillen, mein Liebling –, und er erwiderte, daß er Marks Gast sei, nicht meiner. Also muß ich mit Mark sprechen, aber erst wollte ich mit dir darüber reden. Ich möchte nicht, daß du glaubst, ich würde etwas hinter deinem Rücken tun.«

Phyllida schauderte. Wenn das ein Traum ist, kannst du aufwachen, dachte sie. Wenn es keiner ist, mußt du durchhalten. Laut sagte sie: »Bitte, Tante Grace – es hat keinen Sinn mehr...«

»Was meinst du damit, Phyl?«

Phyllida wandte den Blick ab. »Es hat keinen Sinn mehr. Ich weiß alles. Warum hast du das getan?«

Wenn sie Grace Paradine beobachtet hätte, wäre ihr aufgefallen, daß ihre Augen flackerten und sich die Wangen leicht röteten. Sie hatte vor zu kämpfen, und sie hatte vor, den Kampf zu gewinnen. Sie spürte die Glut, die einen Krieger anspornt.

Ihre Stimme klang süß und zart: »Phyl, Liebling, was meinst du damit? Willst du dich mir nicht anvertrauen? Hat er dir einen Floh ins Ohr gesetzt. Wenn ja, solltest du mir unbedingt davon erzählen.«

Phyllida sah sie an und senkte den Blick gleich wieder. Sie konnte Grace Paradine nicht ins Gesicht schauen. Diese Frau hatte ihr Liebe und Schutz gewährt, seit sie denken konnte. Das Gesicht war für sie gleichbedeutend mit Mitgefühl und Geborgenheit. Jetzt konnte sie dem nicht mehr begegnen. Sie flüsterte: »Bitte, Tante Grace...« Plötzlich faßte sie Mut. In Situationen wie dieser entwickelt man Courage.

»Ja, ich erzähle dir davon – ich muß. Ich habe mich mit Elliot ausgesprochen. Ich weiß, daß er mir geschrieben hat – zweimal –, und ich weiß, was in den Briefen stand. Ich habe sie nie bekommen, und mir ist klar, warum. Ich kenne die ganze Wahrheit über Maisie«, sagte sie.

»Du weißt nur, was er dir erzählt hat.«

»Ja.«

»Mein Liebling, erwartest du wirklich, daß er dir die Wahrheit sagt? Glaubst du, daß überhaupt ein Mann die Wahrheit sagt, wenn es um solche Dinge geht? Er ist dieses Mädchens überdrüssig – ich glaube, sie war krank –, und jetzt will er dich zurückgewinnen. Warum auch nicht? Du bist jung und hübsch, und James hat dir eine ansehnliche Menge Geld hinterlassen. Natürlich will er dich wieder für sich einnehmen.«

Phyllida erwiderte ruhig: »Du sagst, Maisie war krank. Wußtest du nicht, daß sie seit Monaten gelähmt ist?«

»Das hat er dir erzählt? Und du glaubst ihm? O mein Liebling, möchtest du, daß er dir noch einmal das Herz bricht? Jetzt will er dich, aber wie lange würde sein Interesse andauern, wenn du krank werden würdest wie dieses arme Mädchen? Er hat sie fallenlassen und schämt sich nicht einmal, hierher zu kommen und dir von ihr zu erzählen. Wie kannst du ihm vertrauen? Vermutlich dachte dieses Mädchen auch, man könnte sich auf ihn verlassen. Was würde dir mit ihm noch alles bevorstehen?«

Phyllida hob den Blick. In ihren Augen schimmerte unendliche Traurigkeit. »Es ist zwecklos. So war das nicht – ich denke, du weißt das genau. Wir lieben uns. Du darfst nicht mehr versuchen, uns auseinander zu bringen.«

Schweigen. Dann sagte Grace Paradine mit ihrer tiefen, tragischen Stimme: »Ist das so?«

Wieder Schweigen.

Grace Paradine drehte sich weg. Nach einem Augenblick sagte sie: »Ich möchte, daß du das alles verstehst. Wirst du mich anhören, Phyl?« Sie sprach sanft, fast zärtlich.

Phyllida stockte der Atem vor Mitleid. »Natürlich.«

Grace Paradine sah sie nicht an. Sie stand da und starrte auf die Papiere, die auf ihrem Schreibtisch lagen.

»Es ist so schwer, das jemandem so klar zu machen, daß er alles versteht. Es ist die Tragödie der älteren Menschen – sie haben gelitten, manchmal sogar schrecklich gelitten. Oft waren sie selbst schuld an diesem Kummer. Sie haben zuviel erwartet, zuviel Vertrauen gehabt und Fehler gemacht, weil sie ahnungslos waren oder weil sie dachten, sie wüßten alles. Das einzige, was sie sich immer mehr als alles andere auf der Welt wünschen, ist, daß sie die Kinder, die sie lieben, davor bewahren können, dieselben Fehler zu machen und dasselbe Leid zu durchleben. Was denkst du, wie man sich fühlt, wenn die Kinder nicht auf einen hören, einem nicht glauben – wenn man daneben stehen und mitansehen muß, wie diese Kinder unweigerlich auf einen Abgrund zusteuern?«

»Du kannst das Leben eines anderen Menschen nicht bestimmen, Tante Grace, egal wie sehr du ihn auch liebst – du mußt ihm erlauben, sein Leben selbst zu führen.«

Grace drehte den Kopf zu ihr. Sie war erschreckend bleich, aber sie lächelte. »Ich höre deine Stimme, aber das sind nicht deine Worte. Komm mal her, mein Liebling.« Als Phyllida bei ihr stand, legte sie eine Hand auf ihre Schulter. »Sieh her, Phyl – hier ist die erste Fotografie, die ich aufgenommen habe, als du zu mir kamst. Du warst achtzehn Monate alt. Ich habe dich ganz allein versorgt. Du warst das süßeste Baby der Welt. Später hatte ich ein Kindermädchen für dich, aber ich habe dich fast immer selbst gebadet und angezogen. Hier ist die Miniatur, die ich gemacht habe, als du fünf warst. Sie sieht dir auch heute noch sehr ähnlich. Da, dein erstes Schulfoto – in diesem gräßlichen Turnanzug, aber du warst so stolz darauf. Und hier bist du im Kleid für den Abschlußball. Es war ein hübsches Kleid, nicht wahr? Da sind noch viele, viele Fotos. Ich habe alle aufgehoben. Die meisten befinden sich in diesem Zimmer. Alle Leute lachen mich deswegen aus – Dicky nennt es meine Phyllida-Galerie. Aber es war mir immer egal, ob sie lachen. Jedes Stück von dir war mir so kostbar, daß ich mich nicht davon trennen konnte – ich wollte alles aufbewahren. Du warst mein Leben, siehst du?«

Phyllida vollzog eine vage Geste, ein Laut kam über ihre Lippen, als wollte sie etwas sagen, aber es formten sich keine Worte.

Mit einem neuen Tremolo in der Stimme, fuhr Grace Paradine fort: »Es ist das einzige Leben, das ich je hatte. Du kannst es nicht verstehen, stimmt's? Ich sage dir das alles, mein Liebling, weil ich möchte, daß du es verstehst. Du wurdest immer geliebt und warst willkommen, ich nicht.«

»Tante Grace!«

Grace Paradine sagte leise und ruhig. »Was auch immer ich jetzt habe, ich habe es mir selbst geschaffen.« Sie sah Phyllida ins Gesicht. »Hat dir jemals jemand erzählt, daß ich ein adoptiertes Kind war?«

Phyllida war aufrichtig bestürzt. »O nein.«

»Ich vermute, die meisten haben es vergessen – es ist schon so lange her. James' Mutter hat ein Baby, ein Mädchen, verloren, und sie adoptierten mich. Ich glaube, sie mochte mich sehr, aber sie starb, bevor ich fünf Jahre alt wurde. Die anderen behandelten mich zwar freundlich, aber ich war nicht mehr als das Kind von irgend jemandem. Ich hängte mein Herz an den Gedanken, daß ich einmal einen eigenen Lebensbereich haben würde. Als ich mich verlobte, dachte ich, ich könnte eine eigene Familie gründen. Vermutlich weißt du, daß ich mit Robert Moffat verlobt war.«

»Ja.«

»Einen Monat vor dem festgesetzten Hochzeitstermin fand ich heraus, daß es da noch ein anderes Mädchen gab, in Birstead – jemand hatte es mir zugetragen. Robert hat es nicht abgestritten, er sagte nur, daß er die Verbindung abgebrochen habe. James und Roberts Vater wollten, daß wir heiraten, und es schien für sie keine Rolle zu spielen, ob er eine Affäre hatte. Phyl, mein Liebling, ich erzähle dir das alles nicht, um dich zu quälen, sondern um dir zu zeigen, warum ich Elliot Wray so beurteile, wie ich es getan habe.«

»Ja, das verstehe ich«, erwiderte Phyllida leise. »Aber das hier ist etwas anderes.«

»Ach ja? Ich glaube nicht. Mein Leben war zerstört, und es gab niemanden, der mir meinen Kummer erleichtert hat, so wie ich es bei dir versucht habe. Es war niemand in meiner Nähe, der mir Liebe und Zärtlichkeit entgegengebracht hat, und es folgten zehn ungeheuer leere Jahre. Und dann kamst du. Alles begann von vorn. Es war wie ein neues Leben. Man kann sich nicht von einem Teil seines Lebens verabschieden, ohne selbst ein bißchen zu sterben. Deshalb habe ich all deine Kleider und Fotografien von dir aufgehoben. Ich hätte es nicht ertragen, mich von etwas zu trennen – es wäre so gewesen, als hätte ich mich von einem Stückchen meines Lebens losreißen müssen. Und dann kam Elliot.«

Als sie Elliots Namen aussprach, hatte Phyllida das Gefühl, es nicht mehr aushalten zu können. Sie war sanftmütig, aber nicht dumm. All diese Emotionen, der Kummer und Schmerz wurden als Waffe gegen Elliot eingesetzt. Gefühle, die man nicht teilt, können unerträglich werden. Grace Paradine so nahe zu sein und psychisch wie physisch das Gewicht ihrer Hand zu spüren, wurde unerträglich für Phyllida. Aber in diesem Augenblick den Rückzug anzutreten... das brachte sie nicht fertig.

Grace Paradine hatte eine Pause gemacht, als würde Elliots Name sie aufhalten. Jetzt fuhr sie fort. »Er kam her – James hatte ihn eingeladen. Wenn ich damals nicht weggewesen wäre, hätte er nie die Gelegenheit gehabt, dich so sehr zu verletzen – ich hätte zu gut aufgepaßt. Aber als ich zurückkam, war es bereits zu spät – du hattest dich mit ihm verlobt. Und James stärkte ihm den Rücken – das werde ich ihm niemals verzeihen. Ich mochte Elliot nicht, und ich vertraute ihm nicht, aber ich konnte ihm nichts Konkretes zur Last legen. Ich wünschte mir, daß die Verlobungszeit lange dauerte, doch James stellte sich wieder auf Elliots Seite und drängte auf eine

Hochzeit. Dann, leider erst nachdem du verheiratet warst, bekam ich Agnes Cranstons Brief. Ich kann dir gar nicht sagen, wie schrecklich es war, das alles auf diese Weise zu erfahren – zu spät!«

Die Hand auf Phyllidas Schulter war eisig. Durch den Kleiderstoff hindurch spürte sie die Schwere und die erschreckende Kälte. Trotz all des Mitleids hielt Phyllida es nicht mehr aus. Sie trat ein paar Schritte zurück. Die Hand fiel schwer an Grace Paradines Seite. Langsam verdüsterte sich ihr Gesicht.

Phyllida gab sich Mühe, ihre Stimme fest und ruhig klingen zu lassen: »*Bitte*, Tante Grace – ich bin hier, um dir etwas zu sagen. Möchtest du mich nicht sprechen lassen? Es hat keinen Sinn, alles, was geschehen ist, noch einmal durchzugehen. Wir haben ganz falsch begonnen – wir müssen noch einmal von vorn anfangen. Elliot und ich werden das tun. Denkst du, du kannst das auch? Menschen können noch einmal von vorn anfangen. Es ist nichts Falsches daran, verheiratet zu sein und ein eigenes Heim zu haben. Meine echte Mutter wäre froh gewesen…«

Sie hätte nichts Verheerenderes aussprechen können. Eine alte, schwelende Eifersucht flammte auf. Phyllida sah einen Gesichtsausdruck, der ihr noch nie zuvor unter die Augen gekommen war – die Beherrschung zerbröckelte zu reinstem Haß, die Lippen bewegten sich und formten leise Worte, die in einem furchteinflößenden Knurren endeten. Phyllida hätte nicht einmal genau sagen können, ob ihre Tante wirklich etwas gesagt oder nur wütende Laute von sich gegeben hatte. Sie war entsetzt und zitterte.

Als Grace Paradine sagte: »Geh!«, rannte sie aus dem Zimmer. Sie war nur von einem einzigen Gedanken beseelt, diesem Anblick und dem Sturm, den sie entfacht hatte, zu entfliehen.

42

Im Arbeitszimmer erklärte Frank Ambrose müde: »O ja, ich kam noch einmal zurück. Es macht mir nichts aus, Ihnen davon zu erzählen. Ich hätte es gleich tun sollen – vermutlich mußte es ohnehin herauskommen.«

Er saß dort, wo vorher Mark Paradine gesessen hatte, auf einem Stuhl, der an die schmale Seite des Schreibtischs gerückt worden war. Miss Silver hatte auf der anderen Seite Platz genommen und strickte gelassen. Superintendent Vyner beugte sich über seinen Schreibblock und machte sich Notizen. Ihm gegenüber saß Colonel Bostock. Der runzelte die Stirn und wünschte, er würde all diese Leute nicht schon seit einer Ewigkeit kennen. Eine verdammt unangenehme Situation – ein verdammt verzwickter Fall.

Miss Silver hüstelte und sagte: »Ich glaube, es wäre gut, wenn Sie uns jetzt alles sagen würden, Mr. Ambrose.«

Frank Ambrose straffte mühsam die Schultern. Er sah aus wie ein Mann, der nicht viel zu verlieren hatte und dem auch nicht mehr viel Schlimmeres passieren konnte. Er konnte seinen breiten Oberkörper nur noch mit größter Anstrengung aufrechthalten. Sein teilnahmsloses, breitflächiges Gesicht wirkte eingefallen vor Müdigkeit. Die helle Haut schimmerte grau.

»Es ist wirklich ganz leicht zu erklären«, sagte er, »aber durch den Tod meines Stiefvaters werden alle natürlichen und simplen Dinge, die in dieser Familie vorkommen, verdächtig. Verstehen Sie – ich kann Ihnen erzählen, was vorgefallen ist, aber ich kann Sie nicht dazu zwingen, mir zu glauben. Nichts und niemand kann meine Aussage stützen – Sie haben nur meine unbestätigte Geschichte. Ich bin zurückgekommen, weil ich vollkommen durcheinander und erschrocken war nach allem, was mein Stiefvater beim Abendessen gesagt hatte. Je mehr ich darüber nachdachte, desto mehr kam ich zu der Überzeugung, daß ich das nicht so einfach übergehen konnte und mir Klarheit verschaffen mußte. Ich faßte den Entschluß, noch einmal herzukommen und ausführlich mit meinem Stiefvater über die Sache zu sprechen. Wenn Sie jemanden fragen, der uns beide kennt, dann werden Sie erfahren, daß wir einen sehr vertrauten Umgang pflegten. In gewisser Hinsicht behandelte er mich wie einen Sohn, in anderer wie einen Freund. Ich dachte, daß er mit mir über den Vorfall reden würde. Deshalb kam ich zurück. Er war ein eigensinniger, sarkastischer Mensch, und ich wollte unbedingt verhindern, daß er etwas tat, was die Familie für immer auseinanderreißen und beeinflussen würde.«

»Wie hat er Ihr Erscheinen aufgenommen? Wie ist Ihr Besuch verlaufen?« wollte Colonel Bostock wissen.

Frank Ambrose schwieg einen Moment, dann sagte er: »Wir haben geredet. Ich war ungefähr zwanzig Minuten bei ihm, dann ging ich wieder.«

Vyner sah auf. »Hat er Ihnen gesagt, daß Mr. Wrays Blaupausen verschwunden waren?«

Wieder war es einen Moment still. »Ja«, bestätigte Frank Ambrose schließlich.

»Hat er Ihnen auch anvertraut, wer sie an sich genommen hat?«

»Ich fürchte, das kann ich Ihnen nicht sagen.«

»Sie können sich natürlich weigern, unsere Fragen zu beantworten, aber man wird sie Ihnen auch noch andernorts stellen, wenn Sie unter Eid stehen.«

»Das ist mir selbstverständlich auch klar. Aber leider kann ich Ihnen zum gegenwärtigen Zeitpunkt nicht mehr dazu sagen.«

Als sich die Tür hinter Frank Ambrose schloß, sagte Miss Silver: »Liebe Güte!«

Colonel Bostock schneuzte sich lautstark. »Also, was halten Sie davon? Er weiß etwas.«

Vyner klappte seinen Block zu. »Darüber kann kaum ein Zweifel bestehen.«

»Sieht aus, als hätte er eine Woche nicht mehr geschlafen. Übrigens –« der Chief Constable wandte sich an Miss Silver –, »seine Frau ist raus aus der Sache. Bin froh darüber. Häßliches Ding für eine junge Frau, Mord. Aber sie kommt nicht mehr in Frage. Vyner wird Ihnen alles darüber erzählen.«

Der Superintendent richtete den Blick aus seinen freundlichen, blauen Augen auf Miss Silver. »Ich habe in Dr. Hortons Haus Nachforschungen angestellt. Die beiden Mädchen, die sich die vordere Dachkammer teilen, habe ich auch gefragt. Eine der jungen Frauen sagte, daß sie nach elf Uhr aus dem Fenster geschaut und Mrs. Ambrose gesehen hat. Sie ist auf der Straße auf und ab gegangen, genau wie sie gesagt hat. Sie werden sich erinnern, daß der Mond hell geschienen hat bis kurz vor zwölf, als es zu regnen begonnen hat. Das Mädchen ist ganz sicher, daß es Mrs. Ambrose war, und hat noch Witze darüber gemacht. Wie es scheint, hat Mrs. Ambrose Dr. Horton des öfteren wegen der Kinder angerufen, und das Mädchen nimmt gewöhnlich die Nachrichten der Patienten entgegen – die beiden machten also ihre Witze über die aufgeregte Mutter und spähten mehrere Male aus dem Fenster hinaus, um nachzusehen, ob Mrs. Ambrose noch immer da war. Sie blieben lange auf, weil eins der Mädchen am nächsten Tag zur Hochzeit seiner Schwester fahren sollte und das Kleid noch fertig nähen mußte. Sie sagen, Mrs. Ambrose sei bis zehn Minuten vor zwölf vor dem Haus hin und her gegangen. Ich glaube, das reicht als Alibi.«

Miss Silver nickte. »O ja.« Über die klimpernden Nadeln hinweg betrachtete sie die beiden Männer. »Ich denke, daß wir jetzt verhältnismäßig genau sagen können, was in der Zeit zwischen Viertel vor zehn und Mitternacht vorgefallen ist. Es wäre hilfreich, wenn wir einen genauen Zeitplan hätten. Vielleicht könnte der Superintendent so freundlich sein, mitzuschreiben...

21.45 – Aufbruch von Mr. und Mrs. Ambrose, Miss Ambrose und Miss Pennington.

21.50 – etwa um diese Zeit verlassen Mr. Mark Paradine und Mr. Richard das Haus.

21.52 oder 53 – Mr. Pearson geht ins Arbeitszimmer, um gute Nacht zu sagen, direkt gefolgt von Lane, der ihn sowohl hinein- als auch herausgehen sieht.

Ein paar Minuten später – Mr. Wray geht ins Arbeitszimmer, um dem Gastgeber eine gute Nacht zu wünschen. Sein Besuch dauert nicht lange. Als er herauskommt, findet er Mr. Pearson vor, der auf ihn wartet. Sie gehen zusammen in Mr. Wrays Zimmer.

22.10 – Mrs. Wray sucht das Arbeitszimmer auf, um mit ihrem Onkel zu reden.

22.30 – Mr. Ambrose klopft an die Tür des Arbeitszimmers und wird eingelassen; Mrs. Wray verläßt den Raum durch das angrenzende, unbenutzte Schlafzimmer.

22.50 – Mr. Ambrose geht. Zwischen 22.50 und

23.00 – Mr. Mark Paradine betritt das Arbeitszimmer. Einige Minuten vor

23.30 – bricht Mr. Mark Paradine auf. Mr. Wray und Mr. Pearson gehen ins Speisezimmer, um etwas zu trinken. Mr. Wray hört, wie die Vordertür geschlossen wird. Außerdem hört er noch eine Tür im oberen Stockwerk auf dem Korridor zuklappen, an den Miss Paradines und Mrs. Wrays private Räume grenzen.

23.53 – Mr. Wray und Mr. Pearson gehen wieder hinauf. Sie trennen sich sofort. Mr. Wray nimmt ein Bad.«

Superintendent Vyner hörte auf zu schreiben und sah verwirrt auf. »Sagten Sie gerade elf Uhr dreiundfünfzig, Miss Silver?«

Das unfertige Höschen für den kleinen Roger zappelte an den zuckenden Nadeln.

»Genau das habe ich gesagt, Superintendent.«

Vyners Blick blieb an ihrem Gesicht haften. »Mr. Wray und Mr. Pearson haben beide übereinstimmend ausgesagt, daß die Uhr in Mr. Wrays Zimmer auf acht Minuten nach zwölf zeigte, als sie oben ankamen.«

Miss Silver räusperte sich. »Die Uhr ist schon vorher verstellt worden.«

»Gott sei meiner Seele gnädig«, sagte Colonel Bostock.

Miss Silver strickte unbeirrt weiter. »Mr. Pearsons Alibi hat natürlich meine Aufmerksamkeit geweckt. Es erschien mir, wenn ich einmal so ausdrücken darf, ein bißchen zu günstig und passend. Andererseits machte er kein Geheimnis aus der Tatsache, daß er das Alibi sorgfältig arrangiert hatte. Wenn Sie seine Aussage noch einmal zu Rate ziehen, dann werden sie dort wörtlich lesen: ›Nach der Anschuldigung, die Mr. Paradine gegen eins der Familienmitglieder ausgesprochen hat, ohne einen Namen zu nennen, konnte ich es mir nicht leisten, von irgend jemandem für den Übeltäter gehalten zu werden. Deshalb wartete ich auf Mr. Wray und achtete darauf, bis nach Mitternacht in seiner Gesellschaft zu bleiben. Mr. Paradine hatte angekündigt, daß er bis zwölf Uhr in seinem Arbeitszimmer sitzen würde. Es war knapp zehn Minuten nach zwölf, als wir uns an Mr. Wrays Tür voneinander trennten.‹«

Vyner hatte die Seiten durchgeblättert und nickte. »Beinahe genau der Wortlaut, Miss Silver.«

Sie neigte den Kopf. »Sie sehen, er war sehr offen, und was er sagt, klingt vernünftig. Er ist nicht beliebt beim Rest der Familie. Der Verwandtschaftsgrad ist weit entfernt, und es besteht kaum ein Zusammengehörigkeitsgefühl mit ihm. Nur wenige der jüngeren Familienmitglieder spricht er mit dem Vornamen an – er sagt Miss Paradine, Mr. Ambrose, Mrs. Ambrose. Allen wäre ein Stein vom Herzen gefallen, wenn man ihn als Übeltäter entlarvt hätte. Sein Wunsch nach einem hieb- und stichfesten Alibi mag demzufolge ganz natürlich und harmlos erscheinen, vielleicht ist er es aber auch nicht. Falls er ein Motiv hatte, seinen Arbeitgeber umzubringen, ist dieses harmlos erscheinende Alibi sehr nützlich für ihn. Bis jetzt ist noch kein Motiv ans Licht gekommen, aber falls wir eines aufdecken, sind die folgenden Punkte von äußerster Wichtigkeit.« Sie rollte ein Stück der grauen Wolle ab, drehte die Handarbeit herum und strickte weiter. »Kommen wir zum ersten Punkt. Wenn Sie seine Aussage lesen, werden Sie sehen, daß er sagt, Lane hätte sich im Arbeitszimmer befunden, als er Mr. Paradine eine gute Nacht wünschen wollte. Lanes Aussage bestätigt das in etwa, aber nicht ganz genau. Mr. Wray, Mrs. Wray, Mr. Ambrose und Mr. Mark begrüßte Mr. Paradine alle mit derselben halb sarkastischen, halb scherzhaften Bemerkung. ›Bist du – oder sind Sie – gekommen, um zu gestehen?‹ Ich wollte wissen, ob Mr. Pearson so empfangen wurde. Wenn ja und wenn er ein schlechtes Gewissen hatte, dann mußte ihn diese Frage davon überzeugen, daß seine Verfehlung, welcher Art sie auch sein mochte – bekannt war. Möglicherweise plante er dann

Mr. Paradines Tod. All das hängt natürlich davon ab, ob er überhaupt eine ernsthafte Verfehlung begangen hat. Ich befragte Lane und mußte feststellen, daß er sich nicht wirklich im Arbeitszimmer befand, als Mr. Pearson es betrat. Er kam mit dem Tablett durch die Schwingtür, als Mr. Pearson, der sich von der anderen Seite des Flurs näherte, vor ihm ins Arbeitszimmer ging. Lane hörte Mr. Paradine sagen: ›Hallo, Albert, sind Sie hier, um ein Geständnis abzulegen?‹«

»Gott sein meiner Seele gnädig!«

Miss Silvers Nadeln klapperten.

»Es ist im Moment nicht nötig, diesen Punkt allzu ausführlich zu behandeln. Wir wissen nicht, ob Mr. Pearson etwas auf dem Kerbholz hat oder nicht. Er hatte keine Zeit, Mr. Paradine eine Antwort zu geben, weil Lane hereinkam, und obwohl er noch einmal zurückgerufen wurde, als Lane wieder ging, stand Pearson wieder auf dem Flur, ehe die Schwingtür hinter Lane zufiel. Ich möchte im Augenblick wirklich nicht allzu viel Gewicht auf diesen Punkt legen, aber ich denke, wir müssen ihn vielleicht später in unsere Überlegungen miteinbeziehen.«

Vyner sagte: »Die Frage ist: Warum behauptete Pearson, daß Lane bereits im Zimmer war, als er hereinkam?«

»Ganz recht.«

»Möglicherweise hat er das nur gesagt, weil er Angst um seinen guten Ruf hatte.«

»Diese Angst ist mir nicht entgangen, Superintendent.« Miss Silver räusperte sich wieder. »Jetzt kommen wir auf den zweiten Punkt zu sprechen. Falls Mr. Pearsons Alibi falsch ist, muß die Uhr in Mr. Wrays Zimmer vorgestellt worden sein. Ich dachte darüber nach, wann er die Manipulation vorgenommen haben könnte. Nicht vor dem Essen, denn zu diesem Zeitpunkt wußte noch niemand, daß das Zimmer bewohnt werden würde oder daß Mr. Paradine vorhatte, eine derartige Anschuldigung nach dem Essen auszusprechen. Auch danach, bis Viertel vor zehn nicht, weil Mr. Pearson bis dahin ständig in Gesellschaft der anderen war. Die erste Gelegenheit bot sich ihm, nachdem er Mr. Paradine eine gute Nacht gewünscht und nachdem Lane gesehen hatte, wie er das Arbeitszimmer verließ, und bevor ihn Mr. Wray wenige Minuten später im Flur vorgefunden hatte. In dieser Zeitspanne hätte er die Treppe hinauflaufen und die Uhr in Mr. Wrays Zimmer verstellen können.«

Colonel Bostock grunzte tadelnd. »Das hätte der Bursche tun können, aber nichts davon ist erwiesen, Madam.«

Miss Silver begegnete ungerührt seinem finsteren Blick und beeilte sich, ihm beizupflichten. »Absolut richtig. Es gab keinen Beweis. Ich berichte Ihnen lediglich, was mich dazu brachte, zu untersuchen, ob es vielleicht doch einen Beweis geben könnte. Ich ging gestern abend um Viertel vor zehn in mein Zimmer. Ein paar Minuten später kam das zweite Hausmädchen, Polly Parsons, herein, um das Bett aufzudecken. Als ich darüber nachdachte, kam mir in den Sinn, daß sie am Mittwochabend zufällig auf die Uhr in Mr. Wrays Zimmer geschaut haben könnte, während sie ihre allabendliche Pflicht in den Gästezimmern erledigte. Ich hatte die Möglichkeit, sie heute vor dem Mittagessen danach zu fragen, und sie erzählte mir folgendes: Sie mußte am Mittwochabend wegen der Feier erst beim Abwasch helfen, aber als Mr. und Mrs. Ambrose um Viertel vor zehn das Haus verließen, schickte Louisa sie hinauf, um die Betten der beiden Gentlemen aufzudecken und zwei Wärmflaschen in Mr. Wrays Bett zu legen, da der Raum erst kurz zuvor gelüftet werden mußte und noch nicht richtig aufgeheizt war. Polly ging über die Hintertreppe auf der Seite der Küche hinauf und mußte die Türen zu Mrs. Wrays und Miss Paradines Räumen passieren. Dabei sah sie, wie Mr. Pearson aus Mr. Wrays Zimmer huschte und durch den Flur zur Hintertreppe auf der anderen Seite rannte. Sie sagt, daß sie noch überlegt hat, was er wohl in Mr. Wrays Zimmer zu suchen hatte. Sie ging hinein, deckte das Bett auf und legte die Wärmflaschen unter das Plumeau, und als sie sich aufrichtete, fiel ihr Blick zufällig auf die Uhr, die auf dem Kaminsims steht. Sie dachte: ›Lieber Himmel, es ist schon so spät!‹, weil die Zeiger auf zehn Minuten nach zehn standen. Dann überquerte sie den Flur, um in Mr. Pearsons Zimmer das Bett aufzudecken – die Uhr dort stand auf fünf Minuten vor zehn. Sie dachte, daß Mr. Paradine ärgerlich werden würde, wenn er das entdeckte, weil alle Uhren im Haus richtig gehen mußten. Sie sagt, daß sie gleich danach wieder in die Küche gegangen sei, um mit Gladys, dem anderen Mädchen, und Louisa darüber zu sprechen.«

Colonel Bostock spitzte die Lippen und stieß einen Pfiff aus.

Vyner sagte: »Eins der ersten Dinge, die wir hier gemacht haben, war, alle Uhren im Haus zu überprüfen. Die in Mr. Wrays Zimmer ging am Donnerstagmorgen wie alle anderen auf die Minute – aber natürlich ist sie mittlerweile wieder gerichtet worden.«

Miss Silver nickte. »Mr. Pearson wird die Zeiger zurückgestellt haben, während sich Mr. Wray im Badezimmer aufhielt. Er macht auf mich den Eindruck, ein sehr gründlicher junger Mann zu sein.« Sie machte eine Pause, gab ihr charakteristisches Hüsteln von sich und fuhr fort: »Aber da ist noch ein weiterer Hinweis. Mr. Wray sagt, er und Mr. Pearson seien kurz nach halb zwölf ins Speisezimmer gegangen. Als ich ihn bat, die Uhrzeit wenn möglich ein bißchen exakter anzugeben, sagte er, er hätte auf die Uhr in seinem Zimmer gesehen – die Zeiger standen auf sechzehn oder siebzehn Minuten vor zwölf, als er vorschlug, einen Drink im Speisezimmer einzunehmen. Als sie in die Halle kamen, hörte er, wie sich die Vordertür schloß. Mr. Mark Paradine jedoch behauptet, er habe das Haus ungefähr um halb zwölf verlassen, und er war derjenige, der die Tür in diesem Augenblick zuzog. Es bestünde also eindeutig eine zeitliche Diskrepanz, wenn wir nicht wüßten, daß die Uhr in Mr. Wrays Zimmer um eine Viertelstunde vorging. Pollys Aussage klärt, wie dieser Zeitunterschied zustande kam.«

Colonel Bostock pfiff wieder.

»In der Halle steht eine Uhr«, sagte Vyner, »genau wie im Speisezimmer. Hätte Mr. Wray den Unterschied nicht bemerken müssen?«

Miss Silver schüttelte den Kopf. »Ich denke nicht. In der Halle brannte nur das trübe Nachtlicht, und im Speisezimmer hätte Mr. Pearson die Gefahr, daß sein Begleiter auf die Uhr sah, bannen können, indem er nur das Licht über der Anrichte anschaltete. Das wäre nicht auffällig gewesen, weil die Getränke dort standen. Jedenfalls glaube ich nicht, daß Mr. Wray in der geistigen Verfassung war, so genau auf derartige Details zu achten. Er war gerade seiner Frau nach einem Jahr Trennung wieder begegnet, und seine Gedanken beschäftigten sich sicherlich hauptsächlich mit persönlichen Angelegenheiten.«

Vyner nickte. »Das ist nur zu wahr. Schön, Miss Silver... Mr. Harrison wird jeden Moment eintreffen.« Seine Augen blitzten. »Wir werden den Tresor öffnen müssen. Meinen Sie, wir könnten dort auf ein Motiv für Mr. Pearson stoßen?«

Miss Silver sah ihn streng an. »Ich möchte das nicht gern so einfach behaupten, Superintendent.«

43

Mr. Harrison kam pünktlich um halb drei. Genau um Viertel vor drei öffnete er James Paradines Tresor. Ursprünglich war vorgesehen, daß nur Mark und Richard Paradine anwesend sein sollten, aber hinsichtlich der letzten Entwicklungen in diesem Fall wurde beschlossen, möglichst alle Familienmitglieder, die sich im Haus befanden, ins Arbeitszimmer zu bitten. Miss Silver war auch zugegen, genau wie der unscheinbare Mr. Jones, der vereidigte Schätzer aus Birleton. Miss Paradine musterte ihn abschätzig, dann neigte sie sich zu Mark und fragte leise, ob er Mr. Harrisons Angestellter sei. Nachdem dies verneint wurde, zeigte sie zwar Überraschung, stellte aber keine weiteren Fragen.

Mr. Harrison trat zurück, nachdem er die Tresortür geöffnet hatte, um Superintendent Vyner Platz zu machen. Vyner nahm die mit verblaßtem roten Leder bezogenen Kästchen heraus, die Mr. Paradine kurz vor seinem Tod noch in der Hand gehabt hatte, und stellte sie auf dem Schreibtisch ab. Er berührte sie vorsichtig mit behandschuhten Händen, und als er sie einzeln absetzte, öffnete er die kleinen Schließen und klappte die Deckel auf.

»Wir überprüfen erst den Inhalt, ehe wir die Papiere untersuchen, Mr. Harrison.«

Mr. Harrison beförderte eine Liste zutage und las vor:

Diamant-Diadem – 1938 geschätzter Wert £ 4000.
Ohrringe mit Solitären – £ 1000.
Ring mit Solitär – £ 500.
Ring mit mehreren Diamanten – £ 200.
Ring mit lanzettförmigem Diamant – £ 150.
Ring mit halbrundem Diamant – £ 200.

Ein Paar Diamant-Armreifen – £ 1000.
Diamant-Collier – £ 2000.
Diamant-Brosche – £ 100.
Diamant-Rosette – £ 400.
Diamant-Schmetterling – £ 150.
Diamant-Kleeblatt – £ 200.

»Alles vorhanden und korrekt«, stellte Vyner fest. Er sah beiläufig über die Schulter. »Mr. Jones, wenn Sie bitte so gut wären...«

Die Blicke aller waren auf die Diamanten gerichtet. Grace Paradine hatte sie seit zwanzig Jahren nicht gesehen. Seltsam, daß sie so lange in der Dunkelheit verborgen gewesen waren und trotzdem nichts von ihrer Schönheit und ihrem Wert eingebüßt hatten. Claras Diamanten – der Gedanke ging ihr durch den Kopf. Sie hatte Clara nie wirklich gemocht.

Frank Ambrose dachte an das letzte Mal, als er seine Mutter mit diesen Diamanten gesehen hatte. Damals hatte sie einen kranken und zerbrechlichen Eindruck gemacht. Die Augen hatten müde gewirkt, blaß und matt neben den funkelnden Edelsteinen.

Richard, Lydia, Phyllida und Elliot Wray hatten den Schmuck noch nie zuvor gesehen. Sie kannten nur die Abbildung auf dem Porträt über dem Kamin.

Mark kannte sie und hatte sie auch schon in der Hand gehabt. Sein Blick streifte sie ohne großes Interesse. Er wollte nichts weiter, als die Formalitäten so schnell wie möglich hinter sich bringen, damit er endlich erfuhr, ob er verhaftet wurde oder nicht. Die Diamanten übten auf ihn im Augenblick ungefähr einen so großen Reiz aus wie ein Haufen Kieselsteine.

Albert Pearson, von dem man zumindest berufliches Interesse an den Edelsteinen erwartet hätte, erschien beinahe gleichgültig. Doch dieses Wort beschrieb seine Haltung nur unzureichend. Er lungerte am Rand der um den Tisch versammelten Gruppe herum, und es schien ihm fast peinlich zu sein, daß er überhaupt anwesend war. Als Verwandter hatte er wohl kaum Anspruch darauf, bei einem solchen Unternehmen dabei zu sein. Und als James Paradines Sekretär? Nein, man hatte ihn nicht mit irgendwelchen Aufgaben betraut. Er blinzelte ein paarmal hinter den Brillengläsern und vergrub die schweißnassen Hände in den Hosentaschen.

Mr. Jones sagte: »Erlauben Sie…« und ging an ihm vorbei.

Miss Silver saß aufrecht am anderen Ende des Tisches und betrachtete ihn aufmerksam. Sie strickte ausnahmsweise nicht, und ihre Hände lagen untätig im Schoß. Ihre Augen leuchteten und registrierten alles. Sie beobachtete Mr. Jones – ein kleiner, hellhäutiger und unsicherer Mann mit altmodischem Kneifer, der schief auf seiner Nase klemmte, und schimmernden falschen Zähnen, denen er offenbar die leicht lispelnde Sprechweise zu verdanken hatte. Er ging direkt zum Schreibtisch, beugte sich über die Lederkästchen und überprüfte jedes einzelne Schmuckstück mit sorgfältiger Genauigkeit. Schließlich lispelte er liebenswürdig: »Vermutlich sind Sie sich im klaren, Mr. Paradine, daß manche der Steine Kopien sind.«

Mark zuckte zusammen, richtete sich entgeistert auf und trat einen Schritt vor. Als er sich zwischen Mr. Jones und Superintendent Vyner aufgebaut hatte, fragte er erschrocken: »Was soll das heißen?«

Mr. Jones nahm einen Stift vom Schreibtisch, benutzte ihn als Zeigestab und deutete mit der Spitze auf das funkelnde Kleeblatt.

»Dies ist eine Kopie – eine sehr gute, fachmännisch eingesetzte Fälschung. Beim Schmetterling und dieser Brosche sind auch sehr gute Steine eingefügt worden. Auch die Solitäre in den Ohrringen und dem Ring sind nicht echt. Der große Stein in der Mitte des Colliers ist ebenfalls durch eine Fälschung ersetzt worden.«

»Was?« rief Mark fassungslos. »Sind Sie sicher?«

Mr. Jones zeigte sein leuchtendes Gebiß bei einem bedauernden Lächeln. »Daran kann es nicht den geringsten Zweifel geben, Mr. Paradine.«

Stille lastete im Raum. Superintendent Vyner richtete seinen Blick auf Miss Silver. So deutlich, als würde er es laut aussprechen, drückte dieser Blick aus: Da haben Sie Ihr Motiv.

Miss Silver hüstelte, und wie in einer Art stummem Einverständnis sahen sie beide Albert Pearson an. Mittlerweile schwitzte er nicht nur an den Handflächen. Auf seiner Stirn schimmerten die Schweißperlen. Selbst einem unbeteiligten Beobachter wäre aufgefallen, daß er sich ganz und gar nicht wohl in seiner Haut fühlte.

Vyner wandte sich an Mr. Jones. »Die anderen Steine sind echt?«

Mr. Jones förderte eine Lupe zutage und untersuchte noch einmal jedes Schmuckstück. Die Prozedur schien Ewigkeiten zu dauern. Mr. Jones steckte die Lupe wieder in seine Brusttasche und lispelte seine Zustimmung. Man dankte ihm für seine Bemühungen und verabschiedete sich von ihm.

Als die Tür hinter ihm ins Schloß fiel, fühlte sich Albert Pearson, als wäre sein Schicksal besiegelt. Sein Herz klopfte heftig und schmerzhaft. Seine Kopfhaut war feucht und kribbelte. Durch den Nebel der beschlagenen Brillengläser registrierte er vage, daß sich alle Anwesenden in seine Richtung gedreht hatten. Es war wie der schlimmste aller Alpträume. Er hörte, wie Superintendent Vyner seinen Namen sagte.

»Würden Sie bitte näher an den Schreibtisch kommen, Mr. Pearson? Ich würde Ihnen gern ein paar Fragen stellen. Es ist meine Pflicht, Sie darauf hinzuweisen, daß alles, was Sie sagen, zu Protokoll genommen wird und gegen Sie verwendet werden kann.«

Albert Pearson kam nach vorn, stolperte über einen Stuhl, saß plötzlich und polierte mechanisch seine Brille. Als er sie wieder aufsetzte, hatte sich ein tüchtiger junger Constable mit Notizblock neben ihm eingerichtet. Immer noch schauten alle nur Albert Pearson an – alle außer Phyllida, die aussah, als würde sie gleich anfangen zu weinen. Miss Paradine stellte eine Miene zur Schau, als müßte sie ein unehrliches Dienstmädchen entlassen. Sie wirkte zu sehr *de haut en bas*, um rachsüchtig zu erscheinen, aber die Anzeichen von Zufriedenheit waren nicht zu übersehen. Albert war jetzt nicht nur aus dem Familienkreis ausgeschlossen, sondern bereits verurteilt und verdammt, bevor auch nur ein Wort gefallen war.

Albert spürte, wie sich der Ring der Ablehnung immer enger um ihn schloß. Jetzt war genau das eingetroffen, was er immer schon vorausgesehen hatte – sie machten ihn zum Sündenbock der Familie. Na, er hatte ein sicheres Alibi – sollten sie doch zusehen, ob sie ihm etwas nachweisen konnten. Er war einmal zuviel der Außenseiter gewesen. Er straffte die Schultern, beugte sich vor, legte den Arm auf den Tisch und sagte: »Ich bin absolut bereit, all Ihre Fragen zu beantworten.«

Der Superintendent und Mark standen vor den Lederkästchen, in denen die Diamanten im Licht funkelten. Lydia Pennington drängte sich an Marks andere Seite und schob die Hand unter seinen Ellenbogen. Elliot Wray legte den Arm um die zitternde Phyllida – wieso zitterte sie überhaupt, verdammt noch mal? Frank Ambrose stand vor dem Kamin direkt unter dem Porträt seiner Mutter und starrte düster an Albert Pearson vorbei ins Leere. Die altmodische Miss Silver mit ihrer lächerlichen Mooreichen-Brosche saß am schmalen Ende des Tisches und erfaßte mit ihren kleinen, blitzenden Augen die ganze Szene. Am Tischeck stand der schockierte und ernste Mr. Harrison. Hinter ihm befanden sich Miss Paradine, Richard, und rechts von ihm saß der junge Constable mit seinem Notizblock.

Albert Pearson hatte sich beruhigt, begegnete all den entsetzten, anklagenden Blicken und fragte trotzig: »Also, was ist?«

44

Vyner sagte: »Mr. Pearson, wir haben guten Grund zu der Annahme, daß Sie durch diese Entdeckung kompromittiert sind. Nicht jeder hätte das Geschick gehabt, die Steine durch Fälschungen zu ersetzen. Zudem konnte so etwas nur jemand bewerkstelligen, der Zugang zu diesem Raum und zu den Schlüsseln des verstorbenen Mr. Paradine hatte. Auf Sie trifft beides zu, daher ist es meine Pflicht, Sie zu fragen, ob Sie etwas dazu zu sagen haben.«

Albert hatte sich in der Gewalt, er erwiderte mit seiner ernsten, langweiligen Stimme: »Ganz recht, aber ich fürchte, ich kann Ihnen nicht weiterhelfen. Ich weiß nichts über all das.«

»Diamanten im Wert von etwa zweitausend Pfund sind

verschwunden, Mr. Pearson. Sie haben sich sicher nicht von allein in Luft aufgelöst.«

»Höchstwahrscheinlich nicht, Superintendent. Kommt Ihnen nicht der Gedanke, daß Mr. Paradine selbst veranlaßt haben könnte, daß sie durch Kopien ersetzt werden?«

»Wollen Sie damit sagen, daß Sie auf seine Anweisungen hin gehandelt haben?«

»Selbstverständlich nicht. Ich sage nur, daß es Ihnen schwerfallen wird zu beweisen, daß die Steine nicht auf Mr. Paradines Anordnung hin ersetzt wurden. Natürlich werden Sie die Lederkästchen auf Fingerabdrücke untersuchen, ich fürchte jedoch, Sie werden eine Enttäuschung erleben. Sie müssen wissen, niemand außer Mr. Paradine hatte sie in der Hand. Er holte die Juwelen gern aus dem Tresor und sah sie sich an – eine Gewohnheit, die es jedem erschwert hätte, sich an den Schmuckstücken zu schaffen zu machen.«

Eine Weile herrschte Schweigen, ehe Vyner feststellte: »Sie sind sehr gut informiert, Mr. Pearson.«

Die großen runden Brillengläser wandten sich ihm ruhig zu. »Was haben Sie erwartet? Ich war sein Sekretär.«

»Schön, ich sagte bereits, es gibt naheliegende Gründe, Sie zu verdächtigen. Dazu kommen noch andere, die nicht so naheliegend und offensichtlich sind. Haben Sie in Ihrer Eigenschaft als Mr. Paradines Sekretär gehandelt, als Sie am Mittwochabend die Uhr in Mr. Wrays Zimmer um eine Viertelstunde vorgestellt haben?«

Häßliche, dunkle Flecken entstanden auf Alberts feuchter Haut. Seine Hände lagen für alle sichtbar auf der Tischplatte. Es kostete ihn große Willenskraft, sie nicht zu Fäusten zu ballen. Mit heiserer Stimme sagte er: »Ich weiß nicht, was Sie damit meinen.«

»Ich denke doch. Das zweite Hausmädchen, Polly Parsons,

sah Sie aus Mr. Wrays Zimmer kommen, als sie die Treppe heraufkam, um die Betten aufzudecken. Sie war sehr erstaunt, als sie feststellte, daß die Uhr in Mr. Wrays Zimmer auf zehn Minuten nach zehn stand, während die in ihrem eigenen Zimmer fünf Minuten vor zehn anzeigte. Fünfzehn Minuten Unterschied, Mr. Pearson. Sie waren bemerkenswert eifrig darauf bedacht, sich ein Alibi für die Zeit, die Mr. Paradine in seinem Arbeitszimmer zubrachte, zu verschaffen. Er wartete auf ein Geständnis. Als Sie etwa zehn Minuten vor zehn zu ihm gingen, um ihm gute Nacht zu sagen, hörte Lane, der kurz nach Ihnen den Raum betrat, Mr. Paradine sagen: ›Hallo, Albert, sind Sie hier, um ein Geständnis abzulegen?‹ Sie hatten keine Zeit, ihm darauf zu antworten, weil Lane mit dem Tablett hereinkam. Ich vermute, Sie hielten sich beide nur wenige Minuten dort auf, und Sie hatten Zeit, ins obere Stockwerk zu laufen, die Uhr zu verstellen und wieder unten zu sein, um Mr. Wray abzupassen, als er aus dem Arbeitszimmer kam. Sie blieben bei ihm und verschafften sich so ein Alibi, bis die verstellte Uhr acht Minuten nach zwölf anzeigte, aber in Wirklichkeit war es erst sieben Minuten vor zwölf – die Frist, die Mr. Paradine gesetzt hatte, war noch nicht verstrichen. Sie wünschten Mr. Wray, der sofort ins Bett ging und die Hähne an der Wanne aufdrehte, eine gute Nacht. Sie wußten, daß Mr. Paradine mindestens noch sieben Minuten in seinem Arbeitszimmer sitzen würde – Sie hatten also noch Zeit, ihn dort anzutreffen und die Frage zu beantworten, die er Ihnen gestellt hatte. Falls Sie ein Geständnis zu machen hatten, konnten Sie es jetzt tun. Wenn Sie jedoch nicht vorhatten, etwas zu gestehen, hatten Sie Zeit, durch eines der Fenster auf die Terrasse zu gelangen. Am Fenster des Badezimmers haben wir einen Fingerabdruck von Ihnen gefunden. Genau wie alle anderen im Haus wußten Sie, daß Mr.

Paradine jeden Abend, bevor er sich für die Nacht zurückzog, noch einmal auf die Terrasse ging. Jemand hat dort auf ihn gewartet, Mr. Pearson. Jemand hat ihn über die Brüstung gestoßen. Es ist meine Pflicht, Ihnen zu sagen...«

Albert Pearson stieß beim Aufspringen seinen Stuhl so heftig zurück, daß er umfiel. Die häßlichen Flecken auf seinem Gesicht waren weg, die dunkle Haut schimmerte grünlich. Er stützte sich mit den Händen am Tisch ab und beugte sich vor. Wenn je ein Mann tödliche Angst zeigte, dann er in diesem Augenblick. Aber da war noch etwas anderes – etwas, was Miss Silver dazu veranlaßte, eine Hand auf den Arm des Superintendent zu legen. Er war einen Schritt nach hinten getreten, um an Mark vorbeizukommen, aber die Hand hielt ihn zurück.

»Warten Sie«, empfahl Miss Silver. »Er hat noch etwas zu sagen.«

Und der gebückte, schwitzende, zitternde Albert sagte es. Er sah über den Tisch und Miss Silvers Kopf hinweg zu Frank Ambrose, der groß und düster am schwarzen Marmor der Kaminumrandung lehnte.

»Mr. Ambrose – Sie dürfen das nicht zulassen – Sie können nicht erlauben, daß er mich einsperrt. Sie können nicht länger schweigen, genausowenig wie ich. Ich bin unschuldig, und das wissen Sie. Ich war da, Sie auch, und wir beide haben gesehen, was passiert ist. Sie dürfen nicht stumm da stehen und nichts unternehmen. Ich hätte geschwiegen, wenn es nicht zu dieser Situation gekommen wäre, aber jetzt halte ich den Mund nicht mehr – das kann doch kein Mensch von mir verlangen! Wenn Sie nicht reden, werde ich es tun, aber vielleicht halten Sie es doch für besser, selbst reinen Tisch zu machen.«

Atemloses Schweigen. Die Gesichter aller drehten sich zu

Frank Ambrose, dessen Miene nichts anderes als Gleichgültigkeit und Abgespanntheit ausdrückte.

Als Superintendent Vyner scharf sagte: »Mr. Ambrose?«, richtete er sich mühsam auf.

»Ja – es gibt etwas, was ich sagen muß. Pearson hat recht. Ich darf nicht zulassen, daß er verhaftet wird. Sie wissen ja, daß ich am Mittwochabend noch einmal hier war.«

Miss Silver stand auf, rückte ihren Stuhl zur Seite und nahm wieder Platz. Wenn sie jetzt den Kopf nach rechts oder links drehte, konnte sie beide, Albert Pearson und Frank Ambrose sehen. Im Moment widmete sie letzterem ihre Aufmerksamkeit.

Vyner sagte: »In der Aussage, die Sie heute nachmittag gemacht haben, Mr. Ambrose, erklärten Sie, daß Sie um etwa halb elf hierher zurückgekommen sind, um mit Mr. Paradine zu sprechen. Diese Behauptung wird von Mrs. Wray bestätigt, die hörte, wie ihr Onkel Sie mit Namen ansprach, als Sie hereinkamen. Sie sagen weiterhin, daß Sie etwa zwanzig Minuten blieben, das Haus verließen und nach Hause gingen. Ist das korrekt?«

»Das ist korrekt – bis auf einen Punkt, ich bin nicht sofort nach Hause gegangen.«

»Sie verließen das Haus?«

»Ja, aber ich ging nicht direkt nach Hause. Ich werde versuchen, das zu erklären. Ich hatte vor, nach Hause zu gehen, aber ich hatte es nicht eilig, dort anzukommen. Ich war ziemlich durcheinander und aufgeregt über die Gemütsverfassung meines Stiefvaters und fürchtete, daß es zu einem ernstlichen Bruch in der Familie kommen könnte. Er hatte mir erzählt, was er zu tun gedachte, und ich sah voraus, daß es zu einem Streit kommen würde. Die Nacht war schön. Ich wollte nachdenken und entschied mich für einen Spaziergang, deshalb wollte ich den langen Weg über die Steinbrücke nehmen – das sind ungefähr drei Meilen. Als ich an meine Haustür kam, sah ich auf die Uhr. Es war etwa fünfzehn oder zehn Minuten vor zwölf. Mir war noch nicht danach, ins Haus zu gehen – ich hatte das Gefühl, ich müßte noch einmal zurücklaufen und nachsehen, was hier geschieht. Ich wußte, daß mein Stiefvater noch wach sein würde, und ich hatte vor, über die Terrasse zu gehen und ihn entweder anzusprechen, wenn er herauskam, oder an die Glastür zu klopfen, damit er mich hereinließ. Ich ging über die Fußgängerbrücke und den Flußpfad zurück. Bei Tageslicht dauert das etwa sieben Minuten. Ich brauchte vermutlich zehn – ich habe mich nicht beeilt. Inzwischen hatte ich mir überlegt, daß es besser wäre zu warten, bis er auf die Terrasse kommen würde – er hätte einen Besucher im Arbeitszimmer haben können. Ich ging auf die Terrasse und überquerte sie etwa zur Hälfte. Dann blieb ich stehen. Der Himmel hatte sich bewölkt, aber ein paar Mondstrahlen trafen noch auf den Fluß. In dem diffusen Licht erkannte ich die Umrisse der Brüstung vor dem schimmernden Fluß und konnte die dunklen Fenster in der weißen Hauswand ausmachen. Ich sah, wie sich das Fenster vom Badezimmer meines Stiefvaters öffnete – es ist ein Schiebefenster. Jemand beugte sich heraus.«

»Haben Sie gesehen, wer das war?«

»Nein. Zu dieser Zeit dachte ich, es wäre Lane. Mein Stiefvater konnte es nicht gewesen sein – seine große Gestalt hätte ich sicherlich sofort erkannt.«

»Könnte es Mr. Pearson gewesen sein?«

Frank Ambrose antwortete beiläufig: »O ja, es war Pearson, aber das wurde mir erst später klar.«

Miss Silver ergriff die Gelegenheit, um sich in Albert Pearsons Richtung zu drehen. Er stand aufrecht mit einer Hand in der Tasche und der anderen auf halbem Weg in die zweite Tasche. Aus der Tatsache, daß er ein Taschentuch umklammerte, schloß sie, daß er sich gerade die Stirn abgewischt hatte. Die grünliche Farbe war aus seinem Gesicht gewichen, und er wirkte wie ein Mann, der begnadigt worden war. Miss Silver ließ den Blick langsam zurückschweifen – über den jungen Constable, der mit seiner Stenomitschrift beschäftigt war, über den stehenden Richard Paradine, über die aufrechte, ausnehmend blasse Miss Paradine, über Mr. Harrison, der noch erschütterter war als zuvor, zu Frank Ambrose, der den Eindruck machte, am Ende seiner Kräfte zu sein.

Hinter Miss Silver stand Vyner und forderte: »Würden Sie bitte fortfahren, Mr. Ambrose.«

Jeder der Anwesenden würde das darauffolgende Schweigen in Erinnerung behalten. Was als nächstes ausgesprochen werden mußte, würde unwiderruflich im Raum stehen – hier war ein Augenzeuge des Mordes an James Paradine. Ob Geständnis oder Anschuldigung – die Worte, die jetzt geäußert wurden, konnten nie wieder zurückgenommen werden.

Frank Ambrose sagte in mattem, ausdruckslosem Ton: »Dieser Raum und das Zimmer meiner Mutter sind genau gleich. Ich beobachtete, wie die Glastür vom Zimmer meiner Mutter aufschwang. Jemand kam auf die Terrasse...«

»Nicht Pearson?«

»Nein, nicht Pearson. Ich hörte den ersten Schlag der Glocke vom Waisenhaus. Einen Augenblick später kam mein Stiefvater aus seinem Zimmer und ging über die Terrasse zur Brüstung. Die Person, die aus dem Zimmer meiner Mutter getreten war, folgte ihm. Ich wollte mich nicht aufdrängen und blieb stehen, wo ich war. Ich hatte keine Ahnung, was als nächstes geschehen würde – man denkt nicht an solche Dinge, bis sie tatsächlich passieren. Ich sah, wie mein Stiefvater gestoßen wurde und wie er stürzte. Die Person, die ihn gestoßen hatte, lief zurück ins Zimmer meiner Mutter. Alles kam so plötzlich, daß ich mich nicht rührte. Es schien schneller zu gehen, als ich denken konnte. Dann begann es zu regnen. Ich hatte eine Taschenlampe dabei. Ich holte sie aus der Tasche und rannte los. Dabei leuchtete ich die Terrasse ab. Der Lichtstrahl erfaßte auch Pearson am Badezimmerfenster. Er wußte, daß ich ihn gesehen hatte, aber bis vor ein paar Minuten war mir nicht bewußt, daß er auch mich erkannt hatte. Ich ging zur Brüstung und schaute den Abhang hinunter. Inzwischen regnete es in Strömen – ich konnte überhaupt nichts sehen. Ich nahm den Weg zum Fluß und fand meinen Stiefvater – er lag dort und war bereits tot. Ich vergewisserte mich trotzdem, ob er wirklich tot war, dann ging ich sofort nach Hause.«

Wieder entstand eine Pause, bis Vyner sagte: »Sie hätten der Polizei berichten müssen, was Sie gesehen haben, Mr. Ambrose.«

Frank Ambrose pflichtete ihm müde bei. »Ja, natürlich.«

»Hatten Sie zwingende Gründe für Ihr Schweigen?«

Diesmal gab er keine Antwort.

»Mr. Ambrose – ich muß Sie fragen, ob Sie die Person, die aus dem Zimmer der verstorbenen Mrs. Paradine kam, erkannt haben?«

Albert Pearson stand unbeirrt am anderen Ende des Tisches und erklärte: »Natürlich hat er das. Genau wie ich.«

Vyner wandte sich zu ihm und sah ihn direkt an. »Sie behaupten, Sie haben die Person erkannt? Möchten Sie uns erklären, wie das möglich war? Mr. Ambrose hat eben deutlich gemacht, das Licht sei nicht ausreichend hell gewesen, daß er Sie hätte erkennen können. Erst, als er Sie mit der Taschenlampe anstrahlte, sah er Sie deutlich genug.«

Albert nickte. »In dem Zimmer, aus dem sie kam, brannte Licht – deshalb erkannte ich sie. Ich sah sie, als sie herauskam und als sie wieder zurücklief. Das Licht fiel direkt auf ihr Gesicht.«

Sie – dieses Wörtchen traf alle wie ein Elektroschock. Elliot Wrays Arm legte sich fester um seine Frau. Lydia sog scharf den Atem ein.

»Sie sagen, es war eine Frau?« hakte Vyner nach.

»Ja, ganz recht.«

»Welche Frau?«

Frank Ambrose trat einen schnellen Schritt vor. »*Pearson...*«, rief er.

Aber Albert schüttelte den Kopf. »Es hat keinen Zweck mehr, Mr. Ambrose – Sie können das nicht mehr vertuschen. Ich werde nicht an ihrer Stelle hängen, ganz bestimmt nicht. Euch allen wäre das nur recht gewesen, das ist mir klar. Deshalb habe ich die Uhr vorgestellt. Ich wußte, daß alle behaupten würden, ich hätte etwas auf dem Kerbholz, was er aufgedeckt hatte, wenn ich mir kein Alibi verschaffte. Alle wären überzeugt, ich hätte das Geständnis abgelegt. Aber in diesem Fall lasse ich mich nicht zum Sündenbock machen – nicht wenn der Galgen droht. Ich habe gesehen, wer durch die Tür kam, und ihr könnt es alle erfahren.« Er drehte sich zu Vyner um und sagte mit plötzlich viel lauterer Stimme als beabsichtigt: »Es war Miss Paradine.«

45

Die Stille war ohrenbetäubend. Selbst der junge Constable riß den Kopf ruckartig hoch und starrte über seine Mitschrift auf die Familie, die von dieser Bombe getroffen worden war. Der Blick aus seinen haselnußbraunen Augen huschte von einem zum anderen. Mr. und Mrs. Wray, genau gegenüber – lieber Gott, der schaute vielleicht grimmig! –, und sie hatte den Mund aufgerissen, als wollte sie schreien, aber man hörte keinen Laut. Miss Pennington und Mr. Mark Paradine – er sah schlimm aus, wie jemand, den man geschlagen hatte und bei dem man noch nicht weiß, ob er umfällt oder nicht. Der Superintendent – hatte er diese Eröffnung erwartet, oder war auch er überrascht? – man konnte es nicht mit Gewißheit sagen. Diese Miss Silver – bei ihr konnte man auch gar nichts Genaueres sagen – wirklich eine sonderbare kleine Person. Und Mr. Ambrose – für ihn war die Neuigkeit natürlich keine Überraschung – er hatte die Katastrophe kommen sehen – eine schlimme Belastung für ihn – er hatte es die ganze Zeit gewußt und versucht, es geheimzuhalten. Wenn es um die eigene Familie geht, würden die meisten von uns wahrscheinlich so handeln.

All das erfaßte er, ohne der Phantasie die Oberhand zu lassen. Die Bilder prägten sich in dem kurzen Augenblick in sein Gehirn ein, in dem er sich wie alle anderen Anwesenden zu Grace Paradine umdrehte. Sie saß reglos in ihrem geradlehnigen Stuhl. Sie war schon vorher so bleich gewesen, daß keine Farbe mehr aus ihrem Gesicht weichen konnte. Ihre Hände hatten im Schoß gelegen – sie lagen immer noch dort. Keine Veränderung oder Bewegung war erkennbar, aber sie war schrecklich angespannt, und die Reglosigkeit hatte ihre Ursache nicht in Schwäche, sondern in unnachgiebiger Beherrschung. Was sie beherrschte, zeigte sich für einen Moment in ihren Augen – es war ein unbeschreiblicher Blick der... er fand kein passenderes Wort als Gewalttätigkeit. Plötzlich dachte er beinahe erschrocken: Menschenskind – sie hat es wirklich getan!

Miss Silver zerriß mit ihrem Hüsteln die Stille. Sie beugte sich vor und richtete das Wort an Elliot Wray.

»Mr. Wray – wenn ich einen Vorschlag machen dürfte –, es ist nicht nötig, daß Mrs. Wray hier bleibt.«

Grace Paradine rührte sich. Sie lenkte ihren Blick in dieselbe Richtung wie Miss Silver und betrachtete das aschfahle Gesicht, das an Elliots Schulter lag. Dann sagte sie mit tiefer, ruhiger Stimme: »Phyllida wird bleiben.«

Elliot beugte sich zu Phyllida, und man sah, wie sich seine Lippen bewegten. Phyllida schüttelte den Kopf.

Grace Paradine sagte: »Da sie diese ungeheuerliche Anschuldigung mit angehört hat, möchte ich, daß ihr meine Antwort darauf nicht entgeht.« Sie wandte sich an den Superintendent.

Durch die Benommenheit, die sie einhüllte wie Nebel, hörte Phyllida, wie er ihre Tante über ihre Rechte aufklärte und die Worte wiederholte, die er kurz zuvor zu Albert Pearson gesagt hatte: »Alles, was Sie sagen... wird zu Protokoll genommen... und kann gegen Sie verwendet werden...« Das Zimmer war voll mit wirbelnden Nebelschwaden, die wie in Wellen kamen und gingen. Phyllida konnte keins der Gesichter erkennen. Sie ließ den Kopf an Elliots Schulter ruhen und spürte, wie sein Arm sie stützte. Trotz dieser furchtbaren Betäubung fühlte sie, daß er bei ihr war.

Miss Paradine lauschte gefaßt den formellen Worten, dann sagte sie: »Ich danke Ihnen, Superintendent. Ich bin natürlich sehr darauf bedacht, alles zu tun, um diese Angelegenheit zur klären. Ich hätte gedacht, daß eine solche Beschuldigung, ausgesprochen von jemandem, der zugibt, selbst anwesend...«

Mr. Harrison neben ihr beugte sich vor und flüsterte ihr etwas zu. Sie drehte sich nicht zu ihm, schüttelte aber schwach den Kopf.

»Danke – ich ziehe es vor zu sprechen. Die Beschuldigung ist natürlich absurd. Mr. Pearsons Motiv ist nur allzu offensichtlich.« Ihr Blick verweilte einen Moment auf den Diamanten. »Er bestreitet nicht, daß sein Alibi falsch war, und gibt zu, da gewesen zu sein, als mein Bruder stürzte. Ich weiß wirklich nicht, was Sie noch brauchen.«

Vyner sah ihr gerade ins Gesicht. »Es gibt noch einen weiteren Zeugen außer Mr. Pearson.« Er drehte sich abrupt um. »Mr. Ambrose...«

Grace wandte sich auch Frank zu. »Also, Frank, es scheint, als würde alles an dir liegen. Du kannst die Sache mit einem Wort bereinigen.«

Ihre Blicke kreuzten sich. In ihrem lag ein Befehl. Keine Wut, keine Gewalttätigkeit – nur eine ruhige, lächelnde Aufforderung. Dies war der schrecklichste Moment in Franks Leben. Wäre sie sich seiner nicht so sicher und nicht so siegesgewiß gewesen, dann wäre ihm alles leichter gefallen. Sie lächelte und wartete darauf, daß er sie freisprach. Und er könnte es tun. Er brauchte nur zu sagen, daß die Person, die aus Clara Paradines Zimmer gekommen war, eine Fremde gewesen sei – zu groß, zu klein, zu breit, zu schmal, um Grace Paradine sein zu können. Er müßte nur sagen, daß er ein fremdes Gesicht gesehen hätte. Sein Herz wurde bleischwer. Er konnte es nicht. Unter diesem lächelnden Blick konnte er es nicht. Ursache und Wirkung – die Tat und das, was sie ausgelöst hatte für ihn selbst und für alle anderen – das, was man

Gerechtigkeit nannte, das, was man Verbrechen nannte, das feste Bindeglied zwischen beidem – der tote Mann, den er mehr geliebt hatte als die meisten Söhne ihren Vater – seine Halsstarrigkeit, die mit ihm gestorben war – all das zwang ihn zu einer Entscheidung. Er widerstand der lächelnden Aufforderung und sah, wie sich das Lächeln zu Wut entzündete.

Grace Paradine drängte mit ihrer tiefen, vollen Stimme: »Komm, Frank – wir warten. Da ich nicht dort war, kannst du mich nicht gesehen haben. Du brauchst es nur zu sagen.«

»Das kann ich nicht...«, sagte er.

Die Worte tropften in das gespannte Schweigen. Sie waren ausgesprochen worden und konnten nicht mehr zurückgenommen werden. Frank fiel ein Stein vom Herzen, und er atmete befreit auf.

»Sie haben Miss Paradine erkannt?« vergewisserte sich Vyner.

»Ja...«, flüsterte er kaum hörbar.

Grace Paradine stand auf. »Nur einen Moment, Superintendent. Ich denke, ich habe das Recht, Sie aufzufordern, diese ungeheuerliche Behauptung zu überprüfen. Da mein Neffe sagt, er hätte mich aus dem Zimmer meiner Schwägerin kommen sehen, setze ich voraus, daß er das wirklich und wahrhaftig glaubt. Ich kann beweisen, daß er sich irrt, und ich bitte Sie um eine Möglichkeit, diesen Beweis anzutreten. Aber bevor wir damit fortfahren, würde ich gern erfahren, welches Motiv ich angeblich für den Mord an meinem Bruder gehabt haben soll. Man begeht kein Verbrechen ohne ein Motiv, und da ich keines hatte...«

»Es gibt ein Motiv, Miss Paradine«, fiel ihr Vyner ins Wort. »Als Mr. Paradine Ihnen allen eröffnete, daß ein Mitglied der Familie einen Verrat begangen hat, bezog er sich auf den

Diebstahl von Mr. Wrays Blaupausen. Sie wurden am Mittwochnachmittag aus seinem Aktenkoffer entwendet und am Abend zwischen neun und neun Uhr fünfzehn auf seinen Schreibtisch zurückgelegt – es gibt Zeugen, die die Zeitspanne genau eingrenzen können. Sie waren die einzige, die für wenige Minuten in diesem Zeitraum allein war. Sie waren die einzige, die Gelegenheit hatte, die Zeichnungen zurückzubringen.«

Sie sah ihn mit einer Spur Geringschätzung an. »Das ist vollkommen absurd. Man kann mir im Augenblick wirklich nicht zumuten, daß ich mich auch noch mit dieser phantastischen Theorie befasse. Ich würde jetzt gern Mr. Pearsons und Mr. Ambroses Aussagen überprüfen. Ich schlage vor, wir gehen alle hinaus auf die Terrasse – wenigstens Mr. Ambrose sollte hinausgehen und sich genau dorthin stellen, wo er seinen Angaben nach am Mittwochabend stand. Mr. Pearson müßte sich am Fenster im Bad postieren und hinausschauen. Ich trete aus dem Zimmer meiner Schwägerin, gehe zur Brüstung und wieder zurück.«

Vyner musterte sie scharf. »Was hoffen Sie, damit zu beweisen, Miss Paradine? Bei hellstem Tageslicht ist dieses Experiment ohne jeden Wert. Wir sollten und werden das nach Einbruch der Dunkelheit überprüfen.«

Grace Paradine lächelte. Es war das schwache, beinahe unbeabsichtigte Lächeln einer Gastgeberin, die ihre Gäste sorgsam betreut. Es wirkte duldsam – ihre ganze Haltung drückte Nachsichtigkeit aus. Das entging Vyner keineswegs. Sie sagte wohlwollend: »Selbstverständlich stellen Sie Ihre eigenen Untersuchungen an, Superintendent, aber ich bin sicher, Sie werden mir dieses Experiment nicht verweigern. Es wird Sie nicht viel Zeit kosten, und ich denke, ich kann Ihnen auch bei Tageslicht zeigen, daß Mr. Ambrose oder Mr. Pearson das

Gesicht der Person, die aus dem Schlafzimmer kam, unmöglich gesehen haben können.«

Wäre sie auch nur eine Spur weniger selbstsicher aufgetreten, hätte Vyner ihr die Bitte abgeschlagen. Ihre Selbstbeherrschung, der verständige, fast gutmütige Tonfall, die Art, in der sie seine Zustimmung voraussetzte, so daß sie bereits einen Schritt auf die Tür zuging – all das beeinflußte seine Entscheidung. Er sagte: »Also schön, Miss Paradine, ich schlage Ihnen das nicht ab. Aber denken Sie daran, der Nutzen ist gering.«

Mr. Harrison hatte sich erhoben. Er sah seine Mandantin entsetzt und zweifelnd zugleich an – er nahm zumindest an, daß sie seine Mandantin sein würde. Das alles war unfaßbar! Er war nicht sicher, ob seine Kanzlei jemals in einem Mordfall die Verteidigung übernommen hatte, er wünschte sich glühend, daß sie auch jetzt nicht dazu gezwungen sein würde und eine solche Pflichtausübung vermeiden konnte.

Miss Silver war auch aufgestanden. Wie Mr. Harrison sah sie Grace Paradine nach, die, gefolgt vom jungen Constable, der mitstenographiert hatte, ins angrenzende Schlafzimmer ging. Ihre Stimmen drangen herüber, und nach einer Weile hörte man das Klappern der Vorhangringe.

Vyner sagte: »Kommen Sie, Mr. Ambrose – bringen wir's hinter uns.«

Als die beiden Männer gemeinsam auf die Glastür zugingen, öffnete Miss Silver den Mund, schloß ihn aber schnell wieder, ohne etwas von sich gegeben zu haben.

Albert Pearson ging hinaus, vermutlich um seinen Posten am Badezimmerfenster einzunehmen. Richard Paradine, Mr. Harrison, Mark und Lydia folgten Vyner und Frank auf die Terrasse. Die Glastür stand noch offen – Elliot und Phyllida hielten sich daneben auf.

Miss Silver ging zu ihnen, legte eine Hand auf Elliots Arm und sagte leise und eindringlich: »Halten Sie sie in diesem Zimmer, Mr. Wray, lassen Sie sie nicht hinaus.«

Er drehte sich erschrocken zu ihr um.

Vyners Stimme wurde von draußen laut: »Jetzt, Miss Paradine!«

Alle auf der Terrasse starrten auf die Fenster von Mrs. Paradines Schlafzimmer – zwei große Fenster und eine Glastür in der Mitte, die einen Erker bildeten. Die Vorhänge waren zugezogen, aber während die im Arbeitszimmer den Erker vom Rest des Raums abteilten, waren sie hier direkt vor den Fenstern. Man sah den rosafarbenen Stoff hinter den Scheiben.

Plötzlich geriet dieses Rosa in Bewegung. Eine dunkle Lücke tat sich vor der Glastür auf. Die Klinke der Tür bewegte sich auch, die Tür öffnete sich, und Grace Paradine kam heraus. Sie stieg die zwei Stufen hinunter und überquerte halb die Terrasse, dann sah sie zuerst nach rechts, wo Frank Ambrose in der Nähe der Fenster zum Salon stand, dann nach links zu Albert Pearson, der sich aus dem Badfenster beugte. Ihr Blick schweifte über die Gruppe vor dem Arbeitszimmer.

Phyllida war nicht da. Aber Phyllida mußte dabei sein. Die dunklen, beherrschenden Augen suchten, bis sie Phyllida im Arbeitszimmer entdeckten. Aber sie schaute nicht aus dem Fenster – Phyllida konnte sie nicht sehen. Und sie mußte sie doch sehen – sie mußte zuschauen – sie mußte sich immer daran erinnern. Wenn sie ihr nur ein bißchen mehr Zeit geben würden. Aber der junge Constable stand neben Grace Paradine. Vyner kam auf sie zu. Sie rief mit schriller Stimme: »Phyllida!«

Es blieb ihr keine Zeit mehr – überhaupt keine. Sie sah, wie sich Phyllida bewegte und sich zur Terrasse drehte.

»Was ist, Miss Paradine?« fragte Vyner.

Sie alle hörten sie erwidern: »Gar nichts.«

Aber Phyllida sah jetzt in ihre Richtung, Phyllida kam heraus.

Jetzt...

Phyllida war nicht weiter als einen Schritt gekommen, dann zog Elliot sie grob zurück, drehte ihren Kopf an seine Schulter und hielt ihn fest.

Sie sah nicht, was Grace Paradine für ihre Augen bestimmt hatte – den schnellen Schritt auf die Brüstung und den zweiten darüber hinaus. Den Sturz. Phyllida sah es nicht, aber sie wußte es. Sie schauderte und war schlaff und kalt in Elliots Armen.

46

Am späten Abend saß Miss Silver mit drei Personen in Phyllidas Wohnzimmer zusammen – Mark Paradine, Lydia und Elliot Wray. Phyllida war nicht anwesend, sie lag auf ihrem Bett im Nebenzimmer. Alle Tränen waren versiegt, und ihre Gedanken trieben ziellos. Sie konnte sich auf nichts konzentrieren und wußte nur, daß Elliot gleich hinter der Tür war und daß er sie nie wieder allein lassen würde. Sie hörte seine Stimme, auch die von Mark, Lydia und Miss Silver, aber sie verstand die Worte nicht. Sie lauschte gern dem Klang dieser Stimmen, aber sie wollte nicht hören, was sie sagten. Bald würde sie in der Lage sein, daran zu denken, daß sie mit Elliot weggehen konnte, und sich über Lydias und Marks Glück zu freuen. Sie liebte Elliot, sie liebte Lydia und Mark. Bald konnte sie wieder daran denken, daß sie sie liebte. In diesem

Augenblick jedoch konnte sie nur ganz ruhig daliegen und dem Klang ihrer Stimmen lauschen.

Auf der anderen Seite der Tür sagte Mark: »Ich war bei Colonel Bostock und Vyner. Sie haben alle Hände voll zu tun. Es ist, wie du gesagt hast, Elliot – der Minister möchte die Ereignisse so weit wie möglich vertuschen. Die Konstruktionszeichnungen wurden mit keinem Wort erwähnt. Alles wird getan, um ein öffentliches Aufsehen zu vermeiden. Sie versuchen es so hinzustellen, als sei Onkel James durch ein Mißgeschick umgekommen. Sie hat Selbstmord begangen, weil sie vollkommen verstört war und die Fassung verlor. Es wird eine Menge Gerede geben, aber das verstummt wieder.« Er seufzte schwer. »Ich vermute, sie war verrückt.«

Miss Silver hüstelte. Das Höschen für den kleinen Roger war fast fertig. Es baumelte an den Nadeln, während sie die letzten Reihen des Fußes strickte.

»Nichts im üblichen Sinne des Wortes«, widersprach sie. »Sie wußte, was sie tat, und sie ging äußerst überlegt vor. Ich denke aber, daß sie viele Jahre lang von dem fatalen und zügellosen Wunsch beherrscht wurde, die Gefühle derer, die sie liebte, ganz auf sich allein ziehen zu wollen. Ihre Verlobung mit Mr. Moffat wurde nicht wegen moralischer Bedenken gelöst, sondern weil sie die erste und auch einzige sein wollte, der er seine Zuneigung entgegenbringt. Nach allem, was Ihre Frau Ihnen von dem letzten Gespräch mit Miss Paradine erzählt hat, Mr. Wray, scheint mir das ziemlich eindeutig zu sein. Ein Hinweis auf diese schreckliche Besessenheit ist diese letzte Anstrengung, Mrs. Wrays Aufmerksamkeit auf sich zu ziehen. Sie wußte, daß sie sie verloren hatte, aber sie wollte immer noch der dominante Faktor in ihrem Leben sein. Deshalb hat sie diesen fürchterlichen Versuch unternommen, sie zum Zusehen zu bringen.«

»Sprechen Sie nicht darüber«, versetzte Elliot schroff. »Es ist abscheulich.«

Miss Silver bedachte ihn mit einem freundlichen, glänzenden Blick und fuhr fort, als hätte er sie nicht unterbrochen. »Glücklicherweise hatte sie keinen Erfolg. Sie haben sehr rasch reagiert, Mr. Wray.«

Lydia saß in einem der großen Sessel. Ihr Haar schimmerte im Licht, und ihr Gesicht war bleicher, als es je jemand zuvor hatte sehen dürfen. Dunkle Schatten lagen unter den grünen Augen mit den getuschten Wimpern. Aber trotz der Blässe wirkte ihr kleines Gesicht entspannt. Ihre Mundwinkel umspielte ein süßes, bebendes Lächeln.

Mark saß auf der Armlehne des Sessels und hatte die Hand auf ihre Schulter gelegt. Man konnte sie nicht ansehen, ohne zu bemerken, wie sehr sie sich beide der Anwesenheit des anderen bewußt waren und wie ruhig und geborgen sie sich fühlten.

»Ich war auch bei Frank«, berichtete Mark. »Er ist schrecklich aufgewühlt. Er hat es mir erzählt, und ich versprach ihm, es an euch drei weiterzugeben, an niemanden sonst. Es hat sich folgendermaßen zugetragen: Als er zum erstenmal zurückkam – er sagt, er hat das vor der Polizei ausgesagt…«

Miss Silver räusperte sich. »Ja, Mr. Paradine – ich war selbst dabei.«

»Er hat ihnen nicht viel erzählt, soweit ich weiß – nur daß er zurückkam und mit Onkel James gesprochen hat. Er hielt sehr viel von Frank und Frank sehr viel von ihm. Onkel James sagte ihm, wer die Blaupausen gestohlen hat. Onkel James selbst hat Tante Grace von Tante Claras Zimmer aus dabei beobachtet – er hatte gerade die Tür geöffnet, um ins Arbeitszimmer zu gehen, als sie hereinkam. Er blieb stehen, weil er ihr nicht begegnen wollte. Sie hatten kurz vorher eine Auseinandersetzung gehabt – wegen Elliot –, und er wollte nicht noch einmal von vorn anfangen, deshalb ließ er sich nicht blicken. Sein Aktenkoffer stand auf dem Tisch, und die Rolle mit den Blaupausen ganz oben auf. Sie ging geradewegs auf den Tisch zu, öffnete den Koffer, nahm die Rolle und verschwand wie ein Blitz durch die Tür. Er ließ sie gehen. Dann setzte er sich an den Schreibtisch und überlegte, wie er sie in die Schranken verweisen konnte. Dieses Vergehen war in seinen Augen der Gipfel eines jahrelangen Fehlverhaltens. Er ließ Frank wissen, wie er über sie dachte – sie hatte Elliot und Phyllida auseinander gebracht und tat ihr bestes, um Franks Ehe mit Irene zu zerstören. Er sagte, er hätte sich viele Jahre aus allem herausgehalten, aber jetzt könnte er ihre Intrigen nicht mehr dulden. Er erzählte Frank, daß sie die Blaupausen gestohlen hatte, weil sie hoffte, dadurch einen endgültigen Bruch zwischen Elliot und der Firma herbeizuführen und ihn so von Birleton fernzuhalten. Und Onkel James hatte vor, sie nicht mehr ungeschoren davonkommen zu lassen. Er sagte, er hätte endgültig genug von all dem. Frank war erschrocken und aufgeregt deswegen. Er versuchte, Onkel James zu beschwichtigen, und war darauf erpicht, ein Gespräch zwischen den beiden in dieser Nacht zu verhindern. Zum guten Schluß brachte er Onkel James dazu, ihr in einem Brief seine Entschlüsse darzulegen. Hier ist der Brief. Ich lese ihn vor, dann werfen wir ihn ins Feuer. Die Polizei hat ihn kopiert, aber sie werden ihn nicht verwenden.«

Er faltete das Firmenbriefpapier auseinander und las laut vor, was der alte James Paradine am Silvesterabend geschrieben hatte:

»Meine liebe Grace,

ich habe Dich beobachtet, als Du die Papprolle mit Elliots

Blaupausen an Dich genommen hast. Ich sehe, Du hattest inzwischen Gelegenheit, sie zurückzubringen, aber damit ist der Fall noch nicht erledigt. Ich halte es für das beste, wenn wir uns heute abend nicht mehr von Angesicht zu Angesicht gegenübertreten, deshalb setze ich Dich schriftlich über meine Entscheidungen und Forderungen in Kenntnis.

1. Du wirst Dich nicht mehr zwischen Elliot und Phyllida stellen. Welche Differenzen sie auch immer hatten, sie haben sich sehr gern und müssen die Möglichkeit haben, ihre Angelegenheiten ohne jede Einmischung Deinerseits ganz allein zu regeln.

2. Innerhalb einer angemessenen Frist – die jedoch nicht länger als zwei Monate dauern kann – wirst Du den Wunsch äußern, eine eigene Wohnung oder ein kleines Haus zu beziehen. Das River House werde ich als Hospital während der Kriegszeiten zur Verfügung stellen und in eine Wohnung in Birleton ziehen.

Falls Du mich doch noch sprechen möchtest, ich bleibe bis Mitternacht im Arbeitszimmer. Meine Bedingungen sind jedoch unumstößlich. Ich rate Dir, erst einmal darüber zu schlafen.«

Lydia sog scharf die Luft ein. »Wie hat er ihr den Brief zukommen lassen?«

»Frank hat ihn heraufgebracht und unter ihre Tür durchgeschoben. Dann ging er weg. Ich kam gerade ins Haus, als er es verließ. Wir sind uns auf der Auffahrt begegnet.«

Lydia atmete wieder ein paarmal tief durch. »Oh! Das hast du nie gesagt…«

Er lächelte flüchtig. »Frank auch nicht, Liebling.«

Mark stand auf, ging zum Kamin und warf das Papier in die Flammen, dann sah er zu, wie es verbrannte. Während er beobachtete, wie es sich an den Enden aufrollte und zu Funken sprühender Asche zerfiel, sagte er: »Ich frage mich, was sie vorhatte, als Elliot ihre Tür um halb zwölf hörte.«

Miss Silvers Nadeln klimperten. »Sie mochte beabsichtigt haben, gleich zu Mr. Paradine zu gehen. Als sie jedoch hörte, wie Sie, Mr. Mark, die Haustür zumachten, und merkte, daß Mr. Wray und Mr. Pearson durch die Halle gingen, kehrte sie natürlich in ihr Zimmer zurück.«

Mark bückte sich und stieß ein Holzscheit mit dem Fuß an. Asche flog auf und Funken stoben in alle Richtungen. Den Brief gab es nicht mehr. Er sagte: »Genau das geht mir nicht aus dem Kopf. Wenn sie zu diesem Zeitpunkt heruntergekommen wäre und mit ihm gesprochen hätte, wäre vielleicht alles ganz anders gekommen – sie hätte es möglicherweise nicht getan.«

»Das können wir nicht wissen, Mr. Mark. Wir dürfen nicht daran denken, was hätte geschehen können. Die Zeit können wir nicht zurückdrehen, aber wir müssen darauf achten, daß die Ereignisse die Zukunft nicht vergiften.«

»Ja«, pflichtete Mark ihr bei und setzte sich wieder auf die Lehne von Lydias Sessel.

»Das war das«, sagte Elliot unvermittelt. »Aber was ist mit Albert?«

Mark hob die Hand und ließ sie auf sein Knie fallen. »Ich habe mit der Polizei seinetwegen einen Kampf ausgefochten. Ich sagte, ich würde ihn nicht anzeigen, und Vyner erklärte, daß man ein Verbrechen dieser Größenordung nicht gütlich beilegen könne. Ich machte deutlich, daß wir keinen Beweis dafür hätten, ob überhaupt ein Verbrechen stattgefunden habe. Albert hat ganz recht – Onkel James könnte selbst den Auftrag gegeben haben, die Steine auszutauschen. Wir wissen natürlich, daß er das nicht getan hat, aber das ist nicht zu beweisen, und man kann darauf wetten, daß Albert seine Spuren sorgfältig verwischt hat. Wie auch immer – angenommen, wir könnten ihm etwas nachweisen –, wohin würde uns das führen? Genau in den Schlamassel, den wir alle vermeiden wollen. Der alte Bostock schaltete sich ein und meinte, ich hätte recht und das wäre ohnehin schon ein verzwickter Fall – mir kam das wie eine Untertreibung vor. Jedenfalls hat er Vyner die Flügel gestutzt, und Albert hat sich freiwillig zur Armee gemeldet.«

Elliot lachte kurz auf. »Dann ist der Krieg so gut wie gewonnen.«

Mark sagte: »Als ich alles geregelt hatte, ging ich zu Albert. Ich forderte ihn auf, mir seine Verfehlungen einzugestehen, und das tat er auch. Ich weiß natürlich nicht, wieviel davon gelogen war. Nicht viel, möchte ich meinen, aber natürlich tat er sein bestes, um nicht allzu schlecht dazustehen. Es ist eine abenteuerliche Geschichte, aber ich wage zu behaupten, daß sie so ziemlich der Wahrheit entspricht. Seine Mutter war krank, und sie waren entsetzlich arm. Er arbeitete für einen Juwelier mit guten Geschäftsverbindungen. Eine Menge wertvoller Schmuckstücke, die geändert oder repariert werden mußten, wurden zu ihnen gebracht. Er fing an, einen Stein hier und einen anderen Stein da herauszunehmen und sie durch weniger kostbare zu ersetzen – nicht durch falsche Steine, aber durch minderwertigere. Er verkaufte die teuren Steine und steckte die Differenz zwischen dem Preis, den er erzielte, und dem, den ihn der Ersatz gekostet hatte, in die eigene Tasche. Er sagt, so etwas wird ziemlich oft gemacht, und damals lernte er Leute kennen, die sich an einem solchen Handel bereicherten. Dann starb seine Mutter, und er kam hierher. Er sagt, daß ihm nichts ferner gelegen hätte, als weiterhin krumme Sachen zu machen. Er wollte fleißig und ehrbar werden, weil er hoffte, daß sich das mehr auszahlen würde, als immer am Abgrund zu balancieren. Unglücklicherweise holte ihn seine Vergangenheit ein – sein Freund Izzy, den er bei seinen unsauberen Machenschaften kennengelernt hatte, tauchte wieder auf. Albert sagt, dieser Izzy hätte ihn erpreßt. Das kann ich nicht so recht glauben, ich denke, Izzy hat ihm ein Geschäft mit Tante Claras Diamanten vorgeschlagen, und Albert konnte nicht widerstehen. Die Nachfrage nach Diamanten war groß. Die eifrigen Geldraffer sind nervös geworden, weil der Geldmarkt in Kriegszeiten normalerweise immer zusammenbricht, und sie investierten ihr Vermögen in Edelsteine. Tante Claras Diamanten waren gerade geschätzt worden, so daß die Möglichkeit, sie könnten bald wieder überprüft werden, äußerst gering war. Albert regelte alles mit Izzy und wartete auf eine günstige Gelegenheit. Er bekam sie, als Onkel James letztes Jahr das Bett hüten mußte. Genaugenommen wurde Albert sogar losgeschickt, um die Kästchen aus dem Tresor zu holen. Es war ganz einfach für ihn. Er fotografierte jedes Stück, maß alles ganz genau aus, und Izzy besorgte die falschen Steine. Albert machte sich an die Arbeit und setzte sie ein. Er war richtig stolz, weil er ein so geschickter Goldschmied ist. Ich konnte ihn gerade noch davon abbringen, mir einen Vortrag darüber zu halten.«

Miss Silver räusperte sich. »Das war ein Umstand, der meine Aufmerksamkeit in seine Richtung lenkte: Er wußte so viel über jedes andere Gebiet und war begierig darauf, sein Wissen an andere weiterzugeben, aber er war unfähig oder nicht bereit, sich über irgend etwas zu unterhalten, was mit seinem früheren Beruf zu tun hatte.«

»Das war ungeheuer klug von Ihnen«, sagte Lydia.

Miss Silver schüttelte bescheiden und geringschätzig den

Kopf. »O nein«, wehrte sie ab. »Sehen Sie, Mr. Pearsons Alibi war natürlich sehr verdächtig, und trotzdem hätte es bei einem jungen Mann, der offensichtlich so fest entschlossen war, im Leben vorwärtszukommen, auch eine ganz harmlose Erklärung für seine Bemühungen geben können. Was er zu Mr. Wray sagte, entsprach absolut der Wahrheit. Er hat keine einnehmende Persönlichkeit, ist nicht beliebt, und niemandem hätte es leid getan, wenn sich herausgestellt hätte, daß gerade er Mr. Paradines Unmut auf sich gezogen hatte. Also führte alles auf eines hinaus: Wenn er ein Motiv für den Mord an Mr. Paradine hatte, mußte ihn dieses mühevoll konstruierte Alibi bloßstellen, und falls sich beweisen ließe, daß es falsch war, wäre er beinahe entlarvt gewesen. Ich überlegte, welches Motiv er hätte haben können, und dachte natürlich an die Diamanten. Deshalb schlug ich vor, einen Schätzer hinzuzuziehen, wenn der Tresor geöffnet wird.«

»Das war sehr, sehr klug von Ihnen«, sagte Lydia wieder. »Wir dachten, daß Mark jeden Moment verhaftet wird. Es war, als würde man am Rand eines tödlichen Abgrundes stehen und darauf warten, daß der Absturz erfolgt. Ich hätte nie gedacht, daß eine Situation so fürchterlich sein könnte. Und Sie haben uns errettet.«

Mark legte wieder die Hand auf ihre Schulter.

Miss Silver strahlte das junge Paar an. »Ich danke Ihnen für dieses Lob, auch wenn es eine Übertreibung ist. Ich glaube nicht, daß Mr. Mark wirklich in Gefahr war. Verstehen Sie – er war unschuldig, das war so ziemlich von Anfang an klar. Er war schockiert und seine Trauer nicht gespielt. Es gab auch keinerlei Hinweise auf Schuldgefühle oder Reue. Der erste Abend in diesem Haus zeigte mir ganz deutlich zwei Dinge: Mr. Pearson war ungewöhnlich nervös und lehnte es ab, über Schmuck und Juwelen zu sprechen. Außerdem benahm sich Miss Paradine auffallend feindselig Mr. Wray gegenüber, und mir entging nicht, daß sie Mrs. Wray geradezu besitzergreifend für sich selbst einnehmen wollte. Ich bin relativ sensibel, wenn es um Empfindungen solcher Art geht – das war mir bei meiner Arbeit schon öfter von Nutzen. Derart starke Gefühle deuten oft auf ein Motiv für einen Mord hin, sogar noch überzeugender als konkrete Hinweise. Ich zog also Miss Paradine in Betracht, aber auch Mr. Pearson. Mr. Paradine hatte den Namen der Person, die er beschuldigte, nicht genannt und bot somit jedem, der irgendeine Schuld auf sich geladen hatte, die Gelegenheit, sich ihm anzuvertrauen. Ich entdeckte bald, daß nur Miss Paradine die Blaupausen an sich gebracht haben konnte, doch ich zog immer noch die Möglichkeit in Betracht, daß nicht sie, sondern Mr. Pearson den Mord begangen hatte. Je mehr ich über sein Alibi nachdachte, desto belastender erschien es mir. Nach Pollys Aussage fiel es mir schwer an Mr. Pearsons Unschuld zu glauben, und nachdem Mr. Jones erklärt hatte, daß die Diamanten durch Fälschungen ersetzt worden waren, wurde es mir ganz und gar unmöglich.«

Elliot hatte die ganze Zeit geschwiegen, aber jetzt sagte er: »Trotzdem hat er es nicht getan – oder doch?«

Mark zuckte zusammen.

Lydia rief: »Oh!«

Miss Silver musterte Elliot interessiert. »Eine äußerst interessante Bemerkung, Mr. Wray. Darf ich fragen, wie Sie darauf kommen?«

Elliot beugte sich vor. »Was hatte Albert im Badezimmer zu suchen?« wollte er wissen.

Miss Silver räusperte sich. »Diese Frage habe ich mir auch schon gestellt.«

»Es gibt keinen einleuchtenden Grund für seine Anwesenheit – es sei denn, er wartete darauf, daß Mr. Paradine auf die Terrasse ging. Albert mußte sich mindestens fünf Minuten im Bad aufgehalten haben. Wenn er nicht auf dieses Ereignis wartete, was hatte er dann vor? Falls er mit Mr. Paradine hätte sprechen wollen, wäre es doch einfacher gewesen, an seine Tür zu klopfen und ins Arbeitszimmer zu gehen. Aber er versteckte sich im Bad, beugte sich aus dem Fenster und wartete. Ich behaupte, es gibt nur eines, worauf er wartete.«

Miss Silver neigte den Kopf. »Das stimmt. Aber Sie vergessen die eindeutige Aussage von Mr. Frank Ambrose. Er beobachtete, wie Miss Paradine aus dem Schlafzimmer ihrer Schwägerin kam und wie sie ihren Bruder über die Brüstung stieß. Ein äußerst glücklicher Umstand für Mr. Pearson, daß es einen Augenzeugen gab. Immerhin war durch seinen Fingerabdruck am Fensterrahmen längst erwiesen, daß er sich im Bad aufgehalten hatte.«

»Was hatte er dort zu suchen?« wiederholte Elliot hartnäckig.

Miss Silver nahm ihr Strickzeug wieder auf. Die Maschen wurden an den Zehen des dunkelgrauen Höschens immer weniger. »Ich kann Ihnen erzählen, wie ich darüber denke«, sagte sie, »aber ich kann nicht mit Bestimmtheit sagen, ob es der Wahrheit entspricht oder nicht. Das wird wohl niemand außer Mr. Pearson selbst je ganz wissen. Aber ich habe seinen Charakter studiert und versucht, mich an seine Stelle zu versetzen. Ich kann Ihnen erzählen, was ich annehme. Bedenken Sie einen Moment, wie er sich gefühlt haben muß, als Mr. Paradine seine kurze Ansprache bei Tisch hielt. Es konnte für ihn gar keinen Zweifel geben, daß die Anschuldigung auf ihn abzielte. Seine Verfehlung war entdeckt worden. Denken Sie nur, was das für ihn bedeutet haben mochte. Er galt als fleißiger junger Mann, hatte eine Vertrauensstellung inne und gute Zukunftsaussichten, und in einem einzigen Augenblick war alles zunichte, und er stand vor dem Ruin. Ich glaube, er war in höchster Verzweiflung, als er ins Arbeitszimmer ging, und entschlossen, dem Schlimmsten ins Auge zu sehen. Mr. Paradines ›Hallo, Albert, sind Sie hier, um zu gestehen?‹ muß den letzten Hoffnungsschimmer in ihm ausgelöscht haben. Aber Lanes Erscheinen machte es ihm unmöglich, darauf zu antworten, und in den nächsten Augenblicken, die sie gemeinsam in einem Raum verbrachten, formte sich ein Plan in seinem Kopf. Mr. Paradine rief ihn später noch einmal zurück, um ihm zu eröffnen, daß ein Brief, den er an diesem Tag diktiert hatte, geändert werden mußte. Das dauerte nur einen kurzen Moment. Bevor Lane außer Hörweite war, verließ Mr. Pearson das Arbeitszimmer, dann lief er die Treppe hinauf und verstellte die Uhr in Mr. Wrays Zimmer. Der Plan, wie er sich ein Alibi verschaffen konnte, war bereits gefaßt. Ich weiß nicht, ob er schon Mr. Paradines Tod mit eingerechnet hatte, oder ob ihm dieser Gedanke erst später, als er stundenlang in Mr. Wrays Zimmer saß und auf Mitternacht wartete, durch den Kopf ging. Ich nehme an, er plante den Mord an Mr. Paradine – wie Sie kann ich mir sonst keinen plausiblen Grund für seine Anwesenheit im Badezimmer vorstellen. Aber ich glaube nicht, daß er diesen Plan ausgeführt hätte. Zumindest hat er keinerlei Anstrengungen in dieser Richtung unternommen. Er blieb am Fenster und beobachtete Mr. Paradine, der an der Brüstung stand. Er konnte nicht erwartet haben, daß er dort bis in alle Ewigkeit stehen blieb, trotzdem rührte er sich nicht vom Fleck. Er hat sich, wie ich meine, keine genauen Vorstellungen von dieser Situation gemacht. Er hatte Pläne geschmiedet, aber keine Ahnung gehabt, wie er sich fühlen würde, wenn es darum ging, diese Pläne in die Tat umzusetzen. Er hat nicht die Veranlagung für einen Mord. Seine Gedankengänge sind präzise und ausgewogen. Ich kann nur noch einmal wiederholen: Ich glaube nicht, daß er Mr. Paradine umgebracht hätte.« Die letzte Masche war gestrickt und hing an einer einzelnen Nadel. Das Höschen für den kleinen Roger war fertig und lag auf Miss Silvers Schoß. »Lassen Sie uns an erfreulichere Dinge denken«, schlug sie vor. »Mr. Wray, werden Sie Ihre Frau von hier wegbringen?«

»Sobald die gerichtlichen Untersuchungen und die Begräbnisse vorüber sind.«

»Das ist ein weiser Entschluß.« Sie wandte sich an Mark und Lydia. »Wenn Sie erlauben, möchte ich Ihnen beiden alles Glück der Welt wünschen.«

»Wir verdanken Ihnen dieses große Glück«, sagte Lydia.

Und Mark erzählte: »Lydia wird ihre Stellung aufgeben und Alberts Posten einnehmen. Dann können wir, sobald diese gräßliche Angelegenheit ausgestanden ist, heiraten. Ich werde dieses Haus als Hospital, Genesungsheim, oder was immer benötigt wird, zur Verfügung stellen. Wir wohnen dann in meiner Wohnung – fürs erste wird uns das genügen müssen.«

Miss Silver rollte die kleine Hose zusammen und steckte sie mit den Nadeln und dem halb aufgebrauchten Wollknäuel in ihre Handarbeitstasche. Dann stand sie auf und lächelte die drei jungen Menschen wohlwollend an.

»Ich wünsche Ihnen alles nur erdenkliche Glück«, wiederholte sie.

GOLDMANN

Menschen auf Abwegen

Lorenzo Carcaterra,
Mein Vater, der Mörder 42403

Eunice Chapman,
Spur ins Nichts 42401

Mike Gallagher,
Ein eiskalter Engel 42456

Isaak Jones,
»Ich bin der Fänger im Roggen« 42402

Goldmann · Der Taschenbuch-Verlag